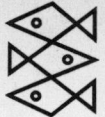

Marcel Proust geht in Combray spazieren und begegnet seiner ersten Liebe Gilberte. Marcel Pagnol will mit Onkel und Vater in der Provence auf Rebhuhnjagd gehen. Natalie Sarraute fährt mit ihrer Mama in einer Kutsche. Alice Herdan-Zuckmayer verbringt die Nacht im Gepäcknetz und lauscht aufregenden Gesprächen. Hanno Buddenbrook verträumt die großen Ferien an der Ostsee. Natalia Ginzburg haßt den Sommer im Gebirge. Erich Kästner erlebt seine Mutter zu Wasser, zu Lande und auf dem Rad. Marie Luise Kaschnitz schickt zwei ungehorsame Kinder auf eine mythische Weltreise. Fabrizia Ramondino besucht im Süden Neapels alte Villen und spielt mit den Kindern der Piazza am Meer. Albert Camus erinnert sich an Kinderspiele in Algerien. Vladimir Nabokov reist mit dem Nordexpress von St. Petersburg nach Paris, während Walter Benjamin in Gliniecke Radfahren lernt. Und Ingmar Bergman verbringt die Ferien in einem schwedischen Sommerhaus.

Sommerkinder ist ein »klassisch« komponiertes Lesebuch, das Kindersommerfreuden vergangener Tage in Romanauszügen, Erzählungen und autobiographischen Texten, vorwiegend aus der ersten Hälfte des 20. Jahrhunderts, versammelt. Nostalgisch, satirisch, humorvoll, aber auch elegisch, nachdenklich und lakonisch erzählen bekannte und weniger bekannte Autoren von einer Jahreszeit, die sich der Erinnerung an die Kindheit auf besondere Weise eingeprägt hat.

Die Herausgeberin, *Ingrid-Maria Gelhausen,* 1951 geboren, lebt und arbeitet als Lektorin in Frankfurt am Main.

Unsere Adresse im Internet: www.fischer-tb.de

SOMMERKINDER

Geschichten aus den
großen Ferien

Herausgegeben von
Ingrid-Maria Gelhausen

Fischer Taschenbuch Verlag

Originalausgabe
Veröffentlicht im Fischer Taschenbuch Verlag GmbH,
Frankfurt am Main, Mai 2001

Alle Rechte dieser Ausgabe liegen
beim Fischer Taschenbuch Verlag GmbH,
Frankfurt am Main
© für das Nachwort von Ingrid-Maria Gelhausen
Fischer Taschenbuch Verlag GmbH, Frankfurt am Main 2001
Quellenhinweise am Schluß des Bandes
Satz: Pinkuin Satz und Datentechnik, Berlin
Druck und Bindung: Clausen & Bosse, Leck
Printed in Germany
ISBN 3-596-15042-6

INHALT

Vicente Aleixandre

DIE KLEINE SCHWESTER

Sie hatte eine Stupsnase, sie war schmal.
Wie gern sie im Sande lief! Und sie begab
sich ins Wasser
ohne zu erschrecken.
Sie trieb in ihm wie in ihrem natürlichen Element,
so als ob die Wogen sie ans Ufer getragen hätten,
von fern herangespült, unschuldig in der Brandung,
mit zum Licht hin offenen Augen.
Dann rann sie mit der Welle auf den Sand und lachte,
   Kinderlachen im Gelächter des Meeres,
und erhob sich, naß, so klein,
wie gerade Perlmuttschalen entstiegen.
Und sie ging über die Erde:
ein Geschenk der Wogen.

Besinnst du dich?
Erzähl mir, was es alles gibt auf dem Meeresgrunde.
Sags mir, sags mir, bat ich sie.
Sie erinnerte sich an nichts.
Und lachend ging sie wieder ins Wasser
und schmiegte sich gehorsam in die Wellen.

Virginia Woolf

EINE SKIZZE DER VERGANGENHEIT

[...]

Wenn das Leben ein Fundament hat, auf dem es steht, wenn es
eine Schale ist, die man füllt und füllt und füllt – dann steht meine
Schale zweifellos auf dieser Erinnerung: Ich liege halb schlafend,
halb wach im Bett, im Kinderzimmer in St. Ives. Ich höre – hinter
einem gelben Rouleau –, wie die Wellen sich, eins-zwei, eins-zwei,
brechen und über den Strand hinaufschäumen, und sich dann wieder, eins-zwei, eins-zwei, brechen. Ich höre das Rouleau, das seine
kleine Holzquaste an der Schnur über den Boden schleift, wenn
der Wind es nach außen bauscht; ich liege und höre dieses Schäumen und sehe dieses Licht, und ich habe das Gefühl, es ist fast nicht
möglich, daß ich tatsächlich hier bin, mit dem Gefühl der reinsten
Ekstase, die ich mir vorstellen kann.

Thomas Mann

SPIELEN MIT DEM WEICHEN SANDE[*]

Seit manchem Jahr hatten Buddenbrooks sich der weiteren sommerlichen Reisen entwöhnt, die ehemals üblich gewesen waren, und selbst, als im vorigen Frühling die Senatorin dem Wunsche gefolgt war, ihren alten Vater in Amsterdam zu besuchen und nach so langer Zeit einmal wieder ein paar Duos mit ihm zu geigen, hatte ihr Gatte nur in ziemlich wortkarger Weise seine Einwilligung gegeben. Daß aber Gerda, der kleine Johann und Fräulein Jungmann alljährlich für die Dauer der Sommerferien ins Kurhaus von Travemünde übersiedelten, war hauptsächlich Hannos Gesundheit wegen die Regel geblieben ...

Sommerferien an der See! Begriff wohl irgend jemand weit und breit, was für ein Glück das bedeutete? Nach dem schwerflüssigen und sorgenvollen Einerlei unzähliger Schultage vier Wochen lang eine friedliche und kummerlose Abgeschiedenheit, erfüllt von Tanggeruch und dem Rauschen der sanften Brandung ... Vier Wochen, eine Zeit, die an ihrem Beginne nicht zu übersehen und ermessen war, an deren Ende zu glauben unmöglich und von deren Ende zu sprechen eine lästerliche Roheit war. Niemals verstand es der kleine Johann, wie dieser oder jener Lehrer es über sich gewann, am Schlusse des Unterrichtes Redewendungen laut werden zu lassen, wie etwa: »Hier werden wir nach den Ferien fortfahren und zu dem und dem übergehen ...« Nach den Ferien! Er schien sich noch darauf zu freuen, dieser unbegreifliche Mann im blanken Kammgarnrock! Nach den Ferien! War das überhaupt ein Gedanke? So wundervoll weit in

---

[*] Aus: Thomas Mann ›Die Buddenbrooks‹; Titel v. d. Hrsg.

graue Ferne entrückt war Alles, was jenseits dieser vier Wochen lag!

In einem der beiden Schweizer Häuser, welche, durch einen schmalen Mittelbau verbunden, mit der »Conditorei« und dem Hauptgebäude des Kurhauses eine gerade Linie bildeten: welch ein Erwachen, am ersten Morgen, nachdem Tags zuvor das Vorzeigen des Zeugnisses wohl oder übel überstanden und die Fahrt in der bepackten Droschke zurückgelegt war! Ein unbestimmtes Glücksgefühl, das in seinem Körper emporstieg und sein Herz sich zusammenziehen ließ, schreckte ihn auf ... er öffnete die Augen und umfaßte mit einem gierigen und seligen Blick die altfränkischen Möbel des reinlichen kleinen Zimmers. ... Eine Sekunde schlaftrunkener, wonniger Verwirrung – und dann begriffen, daß er in Travemünde war, für vier unermeßliche Wochen in Travemünde! Er regte sich nicht; er lag still auf dem Rücken in dem schmalen gelbhölzernen Bette, dessen Linnen vor Alter außerordentlich dünn und weich waren, schloß hie und da aufs Neue seine Augen und fühlte, wie seine Brust in tiefen, langsamen Atemzügen vor Glück und Unruhe erzitterte.

Das Zimmer lag in dem gelblichen Tageslicht, das schon durch das gestreifte Rouleau hereinfiel, während doch ringsum noch Alles still war und Ida Jungmann sowohl wie Mama noch schliefen. Nichts war zu vernehmen als das gleichmäßige und friedliche Geräusch, mit dem drunten der Hausknecht den Kies des Kurgartens harkte, und das Summen einer Fliege, die zwischen Rouleau und Fenster beharrlich gegen die Scheibe stürmte, und deren Schatten man auf der gestreiften Leinwand in langen Zickzacklinien umherschießen sah ... Stille! Das einsame Geräusch der Harke und monotones Summen! Und dieser sanft belebte Friede erfüllte den kleinen Johann alsbald mit der köstlichen Empfindung jener ruhigen, wohlgepflegten und distinguierten Abgeschiedenheit des Bades, die er so über Alles liebte. Nein, Gott sei gepriesen, hierher kam keiner der blanken Kammgarnröcke, die auf Erden Regeldetri und Grammatik vertraten, hierher nicht, denn es war ziemlich kostspielig hier draußen ...

Ein Anfall von Freude machte, daß er aus dem Bette sprang und auf nackten Füßen zum Fenster lief. Er zog das Rouleau empor, öffnete den einen Flügel, indem er den weiß lackierten Haken löste, und blickte der Fliege nach, die über die Kieswege und Rosenbeete des Kurgartens hin davonflog. Der Musiktempel, im Halbkreise von Buchsbaum umwachsen, stand noch leer und still den Hôtel-Gebäuden gegenüber. Das »Leuchtenfeld«, das seinen Namen nach dem Leuchtturm trug, der irgendwo zur Rechten aufragte, dehnte sich unter dem weißlich bezogenen Himmel aus, bis sein kurzes, von kahlen Erdflecken unterbrochenes Gras in hohe und harte Strandgewächse und dann in Sand überging, dort, wo man die Reihen der kleinen, hölzernen Privatpavillons und der Sitzkörbe unterschied, die auf die See hinausblickten. Sie lag da, die See, in Frieden und Morgenlicht, in flaschengrünen und blauen, glatten und gekrausten Streifen, und ein Dampfer kam zwischen den rotgemalten Tonnen, die ihm den Kurs bezeichneten, von Kopenhagen daher, ohne daß man zu wissen brauchte, ob er »Najaden« oder »Friederike Oeverdieck« hieß. Und Hanno Buddenbrook zog wieder tief und mit stiller Seligkeit den würzigen Atem ein, den die See zu ihm herübersandte, und grüßte sie zärtlich mit den Augen, mit einem stummen, dankbaren und liebevollen Gruße.

Und dann begann der Tag, der erste dieser armseligen achtundzwanzig Tage, die anfangs wie eine ewige Seligkeit erschienen und, waren die ersten vorüber, so verzweifelt schnell zerrannen ... Es wurde auf dem Balkon oder unter dem großen Kastanienbaum gefrühstückt, der drunten vor dem Kinderspielplatze stand, dort, wo die große Schaukel hing, – und Alles, der Geruch, den das eilig gewaschene Tischtuch ausströmte, wenn der Kellner es ausbreitete, die Servietten aus Seidenpapier, das fremdartige Brot, der Umstand, daß man die Eier nicht wie zu Hause mit knöchernen, sondern mit gewöhnlichen Teelöffeln und aus metallenen Bechern aß, – Alles entzückte den kleinen Johann.

Und was folgte, war Alles frei und leicht geordnet, ein wunderbar müßiges und pflegesames Wohlleben, das ungestört und kummerlos verging: Der Vormittag am Strande, während droben die Kurkapelle ihr Morgenprogramm erledigte, dieses Liegen und

Ruhen zu Füßen des Sitzkorbes, dieses zärtliche und träumerische Spielen mit dem weichen Sande, der nicht beschmutzt, dieses mühe- und schmerzlose Schweifen und Sichverlieren der Augen über die grüne und blaue Unendlichkeit hin, von welcher, frei und ohne Hindernis, mit sanftem Sausen ein starker, frisch, wild und herrlich duftender Hauch daherkam, der die Ohren umhüllte und einen angenehmen Schwindel hervorrief, eine gedämpfte Betäubung, in der das Bewußtsein von Zeit und Raum und allem Begrenzten still selig unterging ... Das Baden dann, das hier eine erfreulichere Sache war als in Herrn Asmussens Anstalt, denn es gab hier kein »Gänsefutter«, das hellgrüne, kristallklare Wasser schäumte weithin, wenn man es aufrührte, statt eines schleimigen Bretterbodens schmeichelte der weich gewellte Sandboden den Sohlen, und Konsul Hagenströms Söhne waren weit, sehr weit, in Norwegen oder Tyrol. Der Konsul liebte es, im Sommer eine ausgedehntere Erholungsreise zu unternehmen – und warum also nicht, nicht wahr ... Ein Spaziergang, zur Erwärmung, den Strand entlang, bis zum »Mövenstein« oder zum »Seetempel«, ein Imbiß, am Sitzkorbe eingenommen, – und die Stunde näherte sich, da man hinauf in die Zimmer ging, um vor der Toilette zur Table d'hôte eine kleine Stunde zu ruhen. Die Table d'hôte war lustig, das Bad stand in Flor, viele Leute, Familien, die den Buddenbrooks befreundet waren, sowohl wie Hamburger und sogar englische und russische Herrschaften füllten den großen Saal des Kurhauses, an einem feierlichen Tischchen kredenzte ein schwarzgekleideter Herr die Suppe aus einer silberblanken Terrine, es gab vier Gänge, die schmackhafter, würziger und jedenfalls auf irgendeine festlichere Weise zubereitet waren, als zu Hause, und an vielen Stellen der langen Tafeln ward Champagner getrunken. Oftmals kamen einzelne Herren aus der Stadt, die sich von ihren Geschäften nicht während der ganzen Woche fesseln ließen, die sich amüsieren und nach dem Essen die Roulette ein wenig in Bewegung setzen wollten: Konsul Peter Döhlmann, der seine Tochter zu Hause gelassen hatte, und mit schallender Stimme auf Plattdeutsch so ungenierte Geschichten erzählte, daß die Hamburger Damen vor Lachen husteten und um einen Augenblick Pause baten; Senator Doktor

Cremer, der alte Polizeichef, Onkel Christian und sein Schulfreund, Senator Gieseke, der ebenfalls ohne Familie war und alles für Christian Buddenbrook bezahlte … Später, wenn die Erwachsenen zu den Klängen der Musik unter dem Zeltdache der Konditorei den Kaffee tranken, saß Hanno auf einem Stuhle unermüdlich vor den Stufen des Tempels und lauschte … Es war gesorgt für den Nachmittag. Es gab eine Schießbude im Kurgarten, und zur Rechten der Schweizerhäuser standen die Stallgebäude mit Pferden, Eseln und Kühen, deren Milch man warm, schaumig und duftend zur Vesperstunde trank. Man konnte einen Spaziergang machen, in das Städtchen, die »Vorderreihe« entlang; man konnte von dort aus mit einem Boote zum »Priwal« übersetzen, an dessen Strande es Bernstein zu finden gab, konnte sich auf dem Kinderspielplatze an einer Krocket-Partie beteiligen oder sich auf einer Bank des bewaldeten Hügels, der hinter den Hôtels gelegen war, und auf dem die große Table-d'hôte-Glocke hing, von Ida Jungmann vorlesen lassen … Und doch war das Klügste stets, zur See zurückzukehren und noch im Zwielicht, das Gesicht dem offenen Horizonte zugewandt, auf der Spitze des Bollwerks zu sitzen, den großen Schiffen, die vorüberglitten, mit dem Taschentuch zuzuwinken und zu horchen, wie die kleinen Wellen mit leisem Plaudern wider die Steinblöcke klatschten und die ganze Weite ringsum von diesem gelinden und großartigen Sausen erfüllt war, das dem kleinen Johann gütevoll zusprach und ihn beredete, in ungeheurer Zufriedenheit seine Augen zu schließen. Dann aber sagte Ida Jungmann: »Komm, Hannochen; müssen gehen; Abendbrotzeit; wirst dir den Tod holen, wenn du hier wirst schlafen wollen …« Welch ein beruhigtes, befriedigtes und in wohltätiger Ordnung arbeitendes Herz er immer mitnahm vom Meere! Und wenn er sein Abendbrot mit Milch oder stark gemalztem Braunbier im Zimmer gegessen hatte, während seine Mutter später in der Glasveranda des Kurhauses in größerer Gesellschaft speiste, so senkte sich, kaum daß er wieder zwischen dem altersdünnen Linnen seines Bettes lag, zu den sanften und vollen Schlägen eben dieses befriedigten Herzens und den gedämpften Rhythmen des Abendkonzertes ganz ohne Schrecken und Fieber der Schlaf über ihn …

Am Sonntag erschien, gleich einigen anderen Herren, die während der Woche von ihren Geschäften in der Stadt zurückgehalten wurden, der Senator bei den Seinen und blieb bis zum Montag Morgen. Aber obgleich dann Eis und Champagner an der Table d'hôte serviert ward, obgleich Eselritte und Segelpartieen in die offene See hinaus veranstaltet wurden, liebte der kleine Johann diese Sonntage nicht sehr. Die Ruhe und Abgeschlossenheit des Bades war gestört. Eine Menge von Leuten aus der Stadt, die gar nicht hierher gehörten, »Eintagsfliegen aus dem guten Mittelstande«, wie Ida Jungmann sie mit wohlwollender Geringschätzung nannte, bevölkerte am Nachmittage Kurgarten und Strand, um Kaffee zu trinken, Musik zu hören, zu baden, und Hanno hätte am liebsten im geschlossenen Zimmer den Abfluß dieser festlich geputzten Störenfriede erwartet ... Nein, er war froh, wenn am Montag Alles wieder ins alltägliche Geleise kam, wenn auch die Augen seines Vaters, diese Augen, denen er sechs Tage lang fern gewesen war, und die, er hatte es wohl gefühlt, während des ganzen Sonntages wieder kritisch und forschend auf ihm geruht hatten, nicht mehr da waren ...

Und vierzehn Tage waren vorbei, und Hanno sagte sich und beteuerte es jedem, der es hören wollte, daß jetzt noch eine Zeit komme, so lang wie die Michaelisferien. Allein das war ein trügerischer Trost, denn war die Höhe der Ferien erreicht, so ging es abwärts und gegen Ende, schnell, so fürchterlich schnell, daß er sich an jede Stunde hätte klammern mögen, um sie nicht vorüber zu lassen, und jeden Seeluft-Atemzug verlangsamen, um das Glück nicht achtlos zu vergeuden.

Aber die Zeit verging unaufhaltsam im Wechsel von Regen und Sonnenschein, See- und Landwind, stiller, brütender Wärme und lärmenden Gewittern, die nicht über das Wasser konnten und kein Ende nehmen zu wollen schienen. Es gab Tage, an denen der Nordost-Wind die Bucht mit schwarzgrüner Flut überfüllte, welche den Strand mit Tang, Muscheln und Quallen bedeckte und die Pavillons bedrohte. Dann war die trübe, zerwühlte See weit und breit mit Schaum bedeckt. Große, starke Wogen wälzten sich mit einer unerbittlichen und furchteinflößenden Ruhe heran, neigten sich majestätisch, indem sie eine dunkelgrüne, metallblanke Rundung bildeten, und stürzten tosend, krachend, zischend, donnernd über den Sand … Es gab andere Tage, an denen der Westwind die See zurücktrieb, daß der zierlich gewellte Grund weit hinaus freilag und überall nackte Sandbänke sichtbar waren, während der Regen in Strömen herniederging, Himmel, Erde und Wasser ineinander verschwammen und der Stoßwind in den Regen fuhr und ihn gegen die Fensterscheiben trieb, daß nicht Tropfen, sondern Bäche daran hinunterflossen und sie undurchsichtig machten. Dann hielt Hanno sich meistens im Kursaale auf, am Pianino, das zwar bei den Réunions von Walzern und Schottischen ein wenig zerhämmert war und auf dem sich nicht so wohllautend phantasieren ließ, wie zu Haus auf dem Flügel, aber mit dessen gedeckter und glucksender Klangart doch recht unterhaltende Wirkungen zu erzielen waren … Und wieder kamen andere Tage, träumerische, blaue, ganz windstille und brütend warme, an denen die blauen Fliegen summend in der Sonne über dem »Leuchtenfeld« standen und die See stumm und spiegelnd, ohne Hauch und Regung lag. Und waren noch drei Tage übrig, so sagte sich Hanno und machte es jedem klar, daß jetzt noch eine Zeit komme, so lang wie die ganzen Pfingstferien. Aber so unanfechtbar diese Rechnung war, glaubte er doch selbst nicht daran, und seines Herzens hatte sich längst die Erkenntnis bemächtigt, daß der Mann im blanken Kammgarnrock dennoch Recht gehabt, daß die vier Wochen dennoch ein Ende nahmen, und daß man nun dennoch da fortfahren, wo man aufgehört, und zu dem und dem übergehen werde …

Die bepackte Droschke hielt vorm Kurhause, der Tag war da. Hanno hatte frühmorgens der See und dem Strande sein Adieu gesagt; er sagte es nun den Kellnern, die ihre Trinkgelder entgegennahmen, dem Musiktempel, den Rosenbeeten und dieser ganzen Sommerszeit. Und dann, unter den Verbeugungen des Hôtel-Personals, setzte sich der Wagen in Bewegung.

Er passierte die Allee, die zum Städtchen führte, und fuhr die »Vorderreihe« entlang … Hanno drückte den Kopf in die Wagenecke und sah, an Ida Jungmann vorbei, die frischäugig, weißhaarig und knochig ihm gegenüber auf dem Rückplatze saß, zum Fenster hinaus. Der Morgenhimmel war weißlich bedeckt, und die Trave warf kleine Wellen, die schnell vor dem Winde dahereilten. Dann und wann prickelten Regentropfen gegen die Scheiben. Am Ausgange der »Vorderreihe« saßen Leute vor ihren Haustüren und flickten Netze; barfüßige Kinder kamen herbeigelaufen und betrachteten neugierig den Wagen. *Die* blieben hier ...

Als der Wagen die letzten Häuser zurückließ, beugte Hanno sich vor, um noch einmal den Leuchtturm zu sehen; dann lehnte er sich zurück und schloß die Augen. »Nächst's Jahr wieder, Hannochen«, sagte Ida Jungmann mit tiefer, tröstender Stimme; aber dieser Zuspruch hatte nur gefehlt, um sein Kinn in zitternde Bewegung zu setzen und die Tränen unter seinen langen Wimpern hervorquellen zu lassen.

Sein Gesicht und seine Hände waren von der Seeluft gebräunt; aber wenn man mit diesem Badeaufenthalt den Zweck verfolgt hatte, ihn härter, energischer, frischer und widerstandsfähiger zu machen, so war man jämmerlich fehlgegangen; von dieser hoffnungslosen Wahrheit war er ganz erfüllt. Sein Herz war durch diese vier Wochen voll Meeresandacht und eingehegtem Frieden nur noch viel weicher, verwöhnter, träumerischer, empfindlicher geworden und nur noch viel unfähiger, bei dem Ausblick auf Herrn Tiedges Regeldetri tapfer zu bleiben und bei dem Gedanken an das Auswendiglernen der Geschichtszahlen und grammatischen Regeln, an das verzweifelt leichtsinnige Wegwerfen der Bücher und den tiefen Schlaf, um Allem zu entgehen, an die Angst am Morgen und vor den Stunden, die Katastrophen, die feindlichen Hagenströms und die Anforderungen, die sein Vater an ihn stellte, nicht vollständig zu verzagen.

Dann aber ermunterte die morgendliche Fahrt ihn ein wenig, die, zwischen dem Gezwitscher der Vögel, durch die wassererfüllten Geleise der Landstraße dahinging. Er dachte an Kai und das Wiedersehen mit ihm, an Herrn Pfühl, die Klavierstunden, den Flügel und sein Harmonium. Übrigens war morgen Sonntag, und der erste Schultag, übermorgen, war noch gefahrlos. Ach, er fühlte noch ein wenig Sand vom Strande in seinen Knöpfstiefeln ... er wollte den alten Grobleben bitten, ihn immer darin zu lassen ...

Mochte es nur Alles wieder beginnen, das mit den Kammgarnrökken und das mit Hagenströms und das Andere. Er hatte, was er hatte. Er wollte sich der See und des Kurgartens erinnern, wenn Alles wieder auf ihn einstürmte, und ein ganz kurzer Gedanke an das Geräusch, mit dem abends in der Stille die kleinen Wellen, weither, aus der in geheimnisvollem Schlummer liegenden Ferne kommend, gegen das Bollwerk geplanscht hatten, sollte ihn so getrost, so unberührbar gegen alle Widrigkeiten machen …

Dann kam die Fähre, es kam die Israelsdorfer Allee, der Jerusalemsberg, das Burgfeld, der Wagen erreichte das Burgtor, neben dem zur Rechten die Mauern des Gefängnisses aufragten, wo Onkel Weinschenk saß, er rollte die Burgstraße entlang und über den Koberg, ließ die Breitestraße zurück und fuhr bremsend die stark abfallende Fischergrube hinunter … Da war die rote Façade mit dem Erker und den weißen Karyatiden, und als sie von der mittagwarmen Straße in die Kühle des steinernen Flures traten, kam der Senator, die Feder in der Hand, aus dem Comptoir heraus, um sie zu begrüßen …

Und langsam, langsam, mit heimlichen Tränen, lernte der kleine Johann wieder, die See zu missen, sich zu ängstigen und ungeheuerlich zu langweilen, stets der Hagenströms gewärtig zu sein und sich mit Kai, Herrn Pfühl und der Musik zu trösten.

Die Damen Buddenbrook aus der Breitenstraße und Tante Klothilde richteten, sobald sie seiner ansichtig wurden, die Frage an ihn, wie nach den Ferien die Schule schmecke, – mit einem neckischen Blinzeln, das ein überlegenes Verständnis für seine Lage vorgab, und jenem sonderbaren Erwachsenen-Hochmut, der Alles, was Kinder angeht, möglichst spaßhaft und oberflächlich behandelt; und Hanno hielt diesen Fragen stand.

Drei oder vier Tage nach der Rückkehr in die Stadt erschien der Hausarzt Doktor Langhals in der Fischergrube, um die Wirkungen des Bades festzustellen. Nachdem er eine längere Konferenz mit der Senatorin gehabt, ward Hanno vorgeführt, um sich, halb entkleidet, einer eingehenden Prüfung zu unterziehen – seines status praesens, wie Doktor Langhals sagte, indem er seine Fingernägel besah. Er untersuchte Hannos spärliche Muskulatur, die

Breite seiner Brust und die Funktion seines Herzens, ließ sich über alle seine Lebensäußerungen Bericht erstatten, nahm schließlich vermittelst einer Nadelspritze einen Blutstropfen aus Hannos schmalem Arm, um zu Hause eine Analyse vorzunehmen, und schien im Allgemeinen wieder nicht recht befriedigt.

»Wir sind ziemlich braun geworden«, sagte er, indem er Hanno, der vor ihm stand, umarmte, die kleine, schwarzbehaarte Hand auf seiner Schulter gruppierte und zur Senatorin und Fräulein Jungmann emporsah, »aber ein allzu betrübtes Gesicht machen wir immer noch.«

»Er hat Heimweh nach der See«, bemerkte Gerda Buddenbrook.

»So, so ... also dort bist du so gern?« fragte Doktor Langhals, indem er dem kleinen Johann mit seinen eitlen Augen ins Gesicht blickte ... Hanno verfärbte sich. Was bedeutete diese Frage, auf die Doktor Langhals ersichtlich eine Antwort erwartete? Eine wahnwitzige und phantastische Hoffnung, möglich gemacht durch die schwärmerische Überzeugung, daß allen Kammgarnmännern der Welt zum Trotz vor Gott nichts unmöglich sei, stieg in ihm auf.

»Ja ...« brachte er hervor, seine erweiterten Augen starr auf den Doktor gerichtet. Aber Doktor Langhals hatte gar nichts Besonderes bei seiner Frage im Sinne gehabt.

»Nun, der Effekt der Bäder und der guten Luft wird schon noch nachkommen ... schon noch nachkommen!« sagte er, indem er dem kleinen Johann auf die Schulter klopfte, ihn von sich schob und mit einem Kopfnicken gegen die Senatorin und Ida Jungmann – dem überlegenen, wohlwollenden und ermunternden Kopfnicken des wissenden Arztes, an dessen Augen und Lippen man hängt, sich erhob und die Konsultation beendete ...

Das bereitwilligste Verständnis noch für seinen Schmerz um die See, diese Wunde, die so langsam vernarbte und, von der geringsten Härte des Alltages berührt, wieder zu brennen und zu bluten begann, fand Hanno bei Tante Antonie, die ihn mit ersichtlichem Vergnügen vom Travemünder Leben erzählen hörte, und auf seine sehnsüchtigen Lobpreisungen lebhaften Herzens einging.

»Ja, Hanno«, sagte sie, »was wahr ist, bleibt ewig wahr, und Travemünde ist ein schöner Aufenthalt! Bis ich den Fuß ins Grab setze, weißt du, werde ich mich mit Freuden an die Sommerwochen erinnern, die ich dort als junges, dummes Ding einmal erlebte. Ich wohnte bei Leuten, die ich gern hatte und die mich auch wohl leiden konnten, wie es schien, denn ich war ein hübscher Springinsfeld damals – jetzt kann ich altes Weib es ja aussprechen – und fast immer guter Dinge. Es waren brave Leute, will ich dir sagen, bieder, gutherzig und gradsinnig und außerdem so gescheut, gelehrt und begeistert, wie ich später im Leben überhaupt keine mehr gefunden habe. Ja, es war ein außerordentlich anregender Verkehr mit ihnen. Ich habe da, was Anschauungen und Kenntnisse betrifft, weißt du, für mein ganzes Leben viel gelernt, und wenn nicht Anderes dazwischen gekommen wäre, allerhand Ereignisse ... kurz, wie es im Leben so geht ... so hätte ich dummes Ding wohl noch Manches profitiert. Willst du wissen, wie dumm ich damals war? Ich wollte die bunten Sterne aus den Quallen heraushaben. Ich trug eine ganze Menge Quallen im Taschentuche nach Hause und legte sie säuberlich auf den Balkon in die Sonne, damit sie verdunsteten ... Dann mußten die Sterne doch übrig bleiben! Ja, gut ... als ich nachsah, war da ein ziemlich großer nasser Fleck. Es roch nur ein bißchen nach faulem Seetang ...«

Alice Herdan-Zuckmayer

DAS KÄSTCHEN

Ich lag, eingehüllt in eine warme Decke, oben im Gepäcknetz.

Die Gepäcknetze waren breit wie Wiegen für Zwillingskinder, damit die großen Lederkoffer und die weit gerundeten Hutschachteln darin Platz finden konnten.

Onki hatte mir das Reisepolster mit den gestickten Vergißmeinnicht unter den Kopf geschoben und mich ganz und gar in die weiche Reisedecke eingewickelt. Unser Gepäck war aufgetürmt gegenüber im andern Gepäcknetz. Der Kondukteur hatte ein gutes Trinkgeld bekommen, damit er nicht den Kopf schütteln möge über meinen Schlafplatz im Gepäcknetz. Er hatte die Vorhänge vor die Glasfenster und Türen gezogen, so daß niemand vom Gang hineinschauen konnte ins Coupé, und ein Schild vor die Türe gehängt, auf dem stand ›RESERVIERT‹, dann hatte er gesagt:»Jetzt könnt keiner mehr stören, gute Nacht die Herrschaften!«

Dann waren wir allein.

Onki zog einen kleinen Vorhang um die eine Hälfte der Schale, hinter der das Gaslicht surrte. Nun war nur mehr ein Halbmond von Licht da, die dunkle Hälfte war unsern Gesichtern zugewandt.

Bald streckte sich auch Onki auf den schönen roten Samtsitzen aus, deckte sich mit einem karierten Plaid zu, legte seinen Kopf auf ein graues, seidenes Reisekissen. Er sang ein wenig vor sich hin, ich hustete, damit er merken sollte, ich sei noch wach. Nur kleine Kinder schlafen gleich ein.

So pflegten wir viele nächtliche Reisen zu tun, von Wien nach Triest, von Wien nach Nizza, von Wien nach Interlaken, nach Miramare – Lovrana – Kastelruth – Krakau – Swinemünde – Namen,

Namen, die man vor sich hinsingen konnte, Namen, die man ausrief beim Ballauffangen und beim Schnurspringen.

Auf jener Reise, der Reise nach Holland, konnte ich vor mich hinsagen: Amsterdam – Rotterdam – Rotterdam – Amsterdam – und kaum je hatten sich Worte so sehr in die Musik der Räder eingefügt wie: Amsterdam – Rotterdam – Rotterdam – Amsterdam …

Auf jener Reise waren wir nicht allein.

Onki lag unter meinem Gepäcknetz, und unter dem andern Gepäcknetz, das die vielen Koffer tragen mußte, lag zugedeckt mit einer seidenen Decke ein schöner, junger Mann.

Seine rabenschwarzen Haare konnte man deutlich auf dem gelben Seidenkissen sehen, auf dem sein Kopf ruhte. Er hatte die Augen offen, und seine Augen funkelten wie die Ringe, die er an seinen Fingern trug.

Ich kannte ihn, ich hatte ihn einmal gesehen, das war in unserm Hotel auf dem Semmering gewesen. Er hatte von einer Kugel gesprochen, die wollte er sich in den Kopf schießen.

Nun lag sein weißes Gesicht auf dem Kissen, und so sehr ich auch schaute, auf seiner Stirn war kein einziges Loch zu sehen, in dem eine Kugel gesteckt haben könnte. Ich hatte die Decke über den Kopf gezogen, nur für die Augen bauschte ich einen Auslug, damit ich alles sehen konnte.

Der junge Mann legte die Arme über seinem Kopf zusammen, und seine Finger spielten mit dem Fenstervorhang. »Eine schöne Reise ist das«, sagte er und lachte. Sein Gebiß war so weiß und stark wie das eines Riesen, der gerne Kinder frißt.

»Leise«, sagte Onki, »wecken Sie das Kind nicht auf!«

»Eine schöne Reise«, sagte er wieder und lachte leise.

»Finden Sie, daß diese Reise zum Lachen ist?« fragte Onki.

›Warum ist diese Reise nicht zum Lachen?‹ dachte ich oben in meinem Gepäcknetz.

»Wenn einem Lachen vergeht, soll man lieber gleich sterben«, sagte der schwarze Mann.

Onki streifte seine Decke zurück und setzte sich auf. »Das Lachen wird Ihnen drüben vergehen, Laszlo!« sagte Onki streng.

›Was ist drüben?‹ – dachte ich.

Laszlo zog die Knie hoch: »Drüben – drüben –«, sagte er, »Ihr schickt mich ins Gefängnis …«

Ich legte mir die Hand vor Schrecken auf den Mund …

»… für mich aber wird sein: lustige Freiheit!«

»Hören Sie, Laszlo«, sagte Onki, »ins Gefängnis wären Sie hier, in unserm Land gekommen, wenn Ihre armen Eltern nicht alles bezahlt hätten. Und erst die Reise nach Amerika, was die kostet! Ich hätte Sie Zwischendeck fahren lassen mit den Auswanderern!«

»Der Transport von schwarzen Schafen ist teuer«, sagte Laszlo. »Ich bin nicht Sohn von Kaufmann, ich bin Graf, Adliger muß Geld haben, sonst wird er ein Lump.«

Onki räusperte sich, dann sagte er ganz langsam mit böser Stimme: »Sind Sie kein Lump?«

Laszlo sprang auf und hob die Hand …

Ich mußte den Mund zusammenpressen, um nicht zu schreien.

Laszlo ließ die Hand sinken: »Ich will nicht schlagen, ich werde nicht fordern, weil Sie sind alter Mann, und Sie meinen es gut mit meinen Eltern.«

Onki sagte mit ruhiger Stimme, als ob nichts geschehen wäre: »Ich habe Ihren Eltern gesagt, sie sollten Sie nicht erster Klasse fahren lassen, Sie werden dort zu leicht jemanden finden, der mit Ihnen spielt.«

›… warum darf Laszlo nicht spielen …?‹

Onki stand auf, nahm eine Zeitung, legte sie auf den roten Samtsitz, stieg darauf und lugte über den Rand des Gepäcknetzes.

Ich drückte die Augen ganz fest zu und rührte mich nicht.

»Ich glaube, sie schläft«, sagte Onki und stieg herunter.

»Schlafen«, sagte er, »wir wollen alle schlafen.«

Onki und Laszlo legten sich auf die Plätze zurück, deckten sich zu, und bald hörte ich an ihrem Atem, daß sie eingeschlafen waren.

Ich konnte lange nicht einschlafen, ich mußte nachdenken, ich mußte es vor mich hinsagen, um es nicht zu vergessen: *Drüben – Gefängnis – Schwarze Schafe – Lump – Spielt – –* ich wurde immer müder und müder und endlich hörte ich nur mehr die Räder singen: Amsterdam – Rotterdam – Rotterdam – Amsterdam – –

Am nächsten Tag waren wir in einem großen Hotel in Amsterdam.

Onki und ich hatten ein schönes Zimmer, daneben wohnte Laszlo.

Eine Türe war zwischen unserm Zimmer und Laszlos Zimmer.

Onki nahm mich bei der Hand und zog mich ans Fenster. Er sprach leise mit mir, damit Laszlo in seinem Zimmer nicht hören konnte, was er sagte.

»Hör mir zu«, flüsterte Onki, »du bist ein großes Mädchen, du wirst schon verstehen, was ich sage: du sollst auf den Laszlo aufpassen. Ich muß zu einem Geschäftsfreund gehen, nur zwei Stunden bin ich weg, in zwei Stunden bin ich wieder da zum Essen. Du mußt aufpassen, daß der Laszlo nicht wegläuft. Morgen fährt er nach Amerika. Wir bringen ihn nach Rotterdam aufs Schiff.«

»Ist es ein großes Schiff?« fragte ich.

»Ein großes Schiff«, sagte Onki und nickte. »Hast du mich verstanden?«

»Ja, Onki«, sagte ich.

Als Onki fortgegangen war, kam Laszlo ins Zimmer.

»Ist er fort?« fragte er.

»Ja«, sagte ich, »in zwei Stunden ist mein Onki wieder da zum Essen.«

»Wollen wir nicht spazierengehen, kleines Fräulein?« sagte Laszlo.

»Ich weiß nicht«, sagte ich ängstlich, »ich muß Onki fragen.«

»Onki ist aber nicht da«, sagte Laszlo, lachte und nahm mich bei der Hand.

Wir gingen durch viele enge Straßen und immer kamen wir zu den Wassern. Die Wasser standen zwischen den Steinmauern, die schmalen Häuser, die ihre Dächer wie spitze Mützen aufhatten, sahen aus, als könnten sie sich über die Wasser beugen, wenn sie nur wollten.

Die Wasser waren wie Flüsse, und doch schienen sie nicht zu fließen und waren keine Donau.

Ihre Ufer hatten gar keine Geländer, man konnte von der Straße ins Wasser fallen, und sooft wir ihnen entlang gingen, klammerte ich mich mit beiden Händen an Laszlo fest.

»Schöne Stadt«, sagte Laszlo, »wer weiß hätt ich sie nie gesehen – wenn ich nicht fahren müßte nach Amerika.«

»Amerika«, fragte ich, »ist das weit weg von hier?«

»Ja«, sagte Laszlo, »weit weg von hier und ganz weit weg von Budapest. Amerika ist großes, weites Land, und dort soll ich arbeiten.«

»Arbeiten?« fragte ich entsetzt, »Sie sind doch ein Graf, und Ihre Eltern haben ein Schloß, hat mir Onki gesagt.«

»Ich habe mein Leben lang nicht gearbeitet!« sagte Laszlo stolz. »Aber gespielt, zuviel gespielt und Pferderennen und ... und ...«, er sprach nicht weiter.

Wir standen vor einem Geschäft, in der Auslage funkelten Steine, glänzte Gold und Silber.

»Sehen Sie die Rubinbrosche!« rief Laszlo aus. »Und dort das Smaragdhalsband und hier der Brillantring und hier die Saphirohrringe«, er fuhr mit dem Zeigefinger über die Glasscheibe und deutete auf die Schmuckstücke, die auf Samttüchern in der Auslage prangten, »und dort – dort – das Diamantendiadem!« Dann sagte er leise: »Reich werde ich zurückkommen von drüben, und wenn ich zurückkomme, dann gehe ich hierher zu Juwelier und kaufe alles, alles, was Ihnen Freude macht, kleines Fräulein, und was Sie sich wünschen, werde ich Ihnen schenken.«

Ich legte meine beiden Hände auf die große Scheibe, hinter der die Geschenke glitzerten und funkelten. »Ja«, sagte ich, »dann bin ich groß, und dann darf ich das alles haben!«

Wir gingen weiter, immer weiter.

Da kamen wir zu einem Platz, auf dem standen Tische wie auf dem Naschmarkt, und auf den Tischen lagen Fische. Sie bewegten sich, sie schlugen mit den Schwänzen, sie klappten die Mäuler auf und zu, ihre Augen waren schrecklich anzusehen. Sie schrien in großer Not, aber niemand schien ihr Schreien zu hören.

Ein dicker Mann griff in die vielen schreienden Fische, nahm einen, hob ihn hoch und schnitt mit einem Messer in den Fisch. Das Blut floß ihm über die Hände. »Nicht schön«, sagte Laszlo,

»nicht schön, oh und der Geruch —«, er rief etwas laut in seiner Sprache.» Nicht mehr hinschauen – nicht mehr hinschauen, kleines Fräulein, Sie haben weißes Gesicht – —«

Er nahm sein fein gefaltetes Taschentuch aus der Brusttasche und breitete es mir übers Gesicht. Es war ein kühles weißes Tuch, und es roch nach Lavendel. Ich hielt das Tuch vors Gesicht, ich sah die Fische nicht mehr, ich roch ihren Geruch nicht mehr.

»Soll ich Sie ein Stückchen tragen?« fragte Laszlo. Laszlo hob mich mit seinen beiden Händen auf und trug mich eine kurze Weile vor sich her, ich spürte seine Ringe in den Achseln.

Als er mich wieder auf den Boden setzte, sagte er: »Weit fort sind wir von den Fischen, weit weit fort!«

Er zog mir das Taschentuch vom Gesicht.

Nun standen wir in einer engen, dunklen Gasse. Es roch süß und dumpf wie in manchen Gassen bei uns zu Hause.

In der Gasse waren kleine Geschäfte, eins neben dem andern, und in den Geschäften standen Männer in lange schwarze Kleider gekleidet, sie trugen hohe Hüte, und Locken wuchsen ihnen über die Wangen.

Zu Hause, in unsern Gassen hausten sie in alten Häusern, in Gewölben. Da gab es Stoffballen und Seidenzeug, da gab es alte Mäntel und Kleider, die vom Plafond baumelten, und unter ihnen standen ungeputzte alte Schuhe. Da gab es Gewölbe voll Gold und Silber und Edelsteinen, und in den Gewölben waren die schwarzgekleideten Männer, sie sprachen in unsrer Sprache, aber es war ein andrer Singsang als der von Luise, als der von Laszlo.

Laszlo führte mich in einen Laden, in dem sich die herrlichsten Dinge befanden.

Da waren silberne, kleine Schlitten von winzigen Pferden gezogen, Zwerge, die Schubkarren führten, Mädchen in Schleiern, die Lampen hielten, große Köpfe, aus denen Gras wuchs, goldene Frauen mit läutenden Glocken unter den Röcken, Katzen, die sich in Spiegel schauten, sitzende dicke Männer mit unbedeckten Bäuchen und wackelnden Köpfen.

Ich wanderte zwischen den Dingen umher, bis ich zu einem runden Marmortischchen kam, und dort stand, umgeben von bunten Wachsblumen und winzigen Holzpantoffeln: das Schönste.

Es war ein kleines Kästchen, seine Wände waren aus feinstem goldenen Garn zu Spitzen gewirkt. Das Kästchen hatte die Form eines Herzens, und auf dem Deckel, der es zuschloß, war ein Bild auf Porzellan gemalt. Die Dame auf dem Bild hatte braune Haare, braune Augen, rosa Wangen, sie trug ein Diadem auf dem Kopf und einen Stehkragen aus lauter Perlenschnüren um den Hals.

Ich wagte nicht, das Kästchen anzurühren, und wünschte und wünschte, das Kästchen möge sich von selbst öffnen und mir zeigen, was es verbarg. Ich wollte mich nicht von der Stelle rühren und hielt meine Hände fest, damit sie sich nicht dem Kästchen nähern konnten, und meine Augen starrten auf das Kästchen, um den Augenblick nicht zu versäumen, in dem der Deckel aufspringen könnte.

Plötzlich sah ich die weißen Finger Laszlos, die sich dem Kästchen näherten.

»Bitte nicht aufmachen!« rief ich.

»Nein«, sagte Laszlo, »werd ich nicht tun, wenn kleines Fräulein nicht will. Gefällt Ihnen das Kästchen?«

»Es ist das Allerschönste«, sagte ich.

Laszlo deutete auf den Deckel. »Wissen Sie«, fragte er, »wer die Dame ist?«

Ich nickte mit dem Kopf. »Ja«, sagte ich, »das weiß ich: das ist die Frau von unserm Thronfolger.«

»Ein gescheites Fräulein«, sagte Laszlo, und ich wurde rot vor Stolz. »Kennt sich aus in ihrem Kaiserhaus.« Er beugte sich über das Bild: »Hercegnö ist nicht schön wie unsre Erzsébet Kiralynö war – eure Kaiserin Elisabeth – o nein, nicht so schön ist die Herzogin …« Er strich mit den Fingern über das Bild. »Weggehen nach Amerika – nach Amerika hätte sie gehen sollen mit ihm, da müßte sie nicht leiden, nicht sich schikanieren und sekkieren lassen.«

»Wer sekkiert sie denn?« fragte ich.

»Viele«, sagte Laszlo, »wenn Erzherzog Gräfin heiratet, ist ein Malheur, nützt nichts, wenn unser alter König und Kaiser eine Herzogin aus ihr macht – nützt alles nicht!« Laszlo zog die Finger heftig weg von dem Bild: »Aber was geht mich an«, sagte er laut, »sie ist Böhmin und haßt Ungarn, und Thronfolger ist nicht besser!«

Laszlos Augen funkelten böse, und ich nahm das Kästchen rasch vom Tisch und versteckte es in meiner Hand. Der Besitzer des Ladens kam langsam herbei und deutete auf das Kästchen in meiner Hand.

»Gold«, sagte der Mann und wiegte den Kopf, »Filigranarbeit feinste, Wände ziseliert, rote Seide innen und alles, können sie mir glauben, alles Gold. Hat mir Kammerdiener von einem böhmischen Grafen verkauft, ist gewesen im höchsten Familienbesitz … schon hundert Jahr …«

Laszlo unterbrach ihn: »Die Herzogin ist nicht hundert Jahre alt …« Ich hielt das Kästchen fest in der Hand, mein Herz klopfte, und ich wünschte mir, das Kästchen zu behalten, zu haben für immer.

Da fragte Laszlo: »Wieviel?«

»Achtzehn Gulden«, sagte der Mann. »Fünf Gulden«, sagte Laszlo.

»Wollen der Herr mich ruinieren?« sagte der Mann und schüttelte den Kopf so stark, daß seine schwarzen Locken in seinem Gesicht hin und her wehten.

Laszlo klopfte mit den Fingern auf den Marmortisch, und ein großer Singsang hub an:

»Fünfzehn« – »Fünf« – »Dreizehn« – »Sechs« – »Elf« – »Sieben« – »Zehn« – »Acht« – bei Acht hörte er auf, der Singsang. Laszlo warf acht Gulden hin, sie klirrten auf dem Marmor, rollten zwischen die Holzschuhe, verbargen sich unter den Wachsblumen.

»Gut für den Herrn«, sagte der Mann, »gut für den Herrn, nicht so gut für mich.« Er griff nach meiner Hand, nahm mir das Kästchen weg und wickelte es in Zeitungspapier.

Ich schrie auf. »Nein – nein, er soll's mir nicht wegnehmen!«

»Brauchen keine Angst haben«, sagte Laszlo, »ist mein Abschiedsgeschenk für kleines Fräulein, damit es den Laszlo nicht vergißt.«

Ich sagte mehrmals »Danke schön – danke schön«, weil ich dem Laszlo nicht um den Hals fallen konnte, dann nahm ich das Kästchen dem schwarzen Mann aus der Hand, wickelte es aus dem Zeitungspapier und lief in eine dunkle Ecke. Ich hob den Deckel: das Herz war mit roter Seide gefüttert, und auf der Seide lagen eine ganz kleine Schere und zwei allerkleinste Zwirnspulen, schwarz und weiß. Der goldene Fingerhut, mit bunten funkelnden Steinchen verziert, paßte auf meinen kleinen Finger. Plötzlich rief ich voller Angst: »Laszlo, wir müssen fort, Onki wartet auf uns, wir müssen fort.«

Ich umschloß das Kästchen mit einer Hand, und mit der andern faßte ich nach Laszlos Hand und lief mit ihm aus dem Geschäft auf die Straße hinaus.

»Hoffentlich finden wir zurück zum Hotel«, sagte Laszlo.

»Wir *müssen* zurück«, sagte ich, »Onki wird schon warten, er wird glauben, Sie sind mir davongelaufen.«

»Ah!« sagte Laszlo. »So ist das! Der Herr Doktor hat Sie bestellt, damit Sie aufpassen auf den Laszlo!«

»Bitte, bitte finden Sie das Hotel«, rief ich, und meine Angst wurde immer größer.

»Wird Ihr Onki böse sein, wenn wir zu spät kommen?« sagte Laszlo, seine Stirn war in viele Falten gelegt, und er ging ganz langsam.

»Mein Onki ist nie böse mit mir«, sagte ich und zerrte an Laszlos Hand, damit er rascher ginge.

»Das ist gut«, sagte Laszlo, »da werden Sie es gut haben, wenn Sie mit ihm verheiratet sind. Sie wissen: heiraten will er Sie.«

»Ja«, sagte ich, »wenn ich groß bin, heirate ich meinen Onki!«

»Er ist alter Mann, vierzig Jahre älter als Sie, kleines Fräulein«, sagte Laszlo. »Aber macht nichts aus, Sie werden sehr reich sein, sehr reich!«

Ich verstand nicht alles, was er sagte, aber ich sah seinen Augen an, daß er etwas Böses meinte.

Ich wurde rot, meine Augen taten mir weh vor Zorn.

»Sie haben meinen Onki nicht gern!« sagte ich.

»Immer will er mein Bestes, der Herr Doktor«, sagte Laszlo.

Ich stampfte mit dem Fuß: »Und ich hab Sie nicht gern, nicht gern, gar nicht gern, wenn Sie meinen Onki nicht leiden können.«

Er antwortete nicht, er packte mich bei der Hand, wir liefen durch viele Gassen, vorbei an vielen Wassern, das goldene Kästchen hatte ich fest an mich gepreßt. Im Speisesaal des Hotels saß Onki.

Er hatte seine Uhr vor sich auf den Tisch gelegt.

Wir liefen zu dem Tisch, Onki antwortete nicht auf unsern Gruß, er sagte nur: »Eine halbe Stunde zu spät!«

Ich fiel ihm um den Hals und küßte ihn: »Bitte, bitte, sei nicht böse!«

»Ich bin nicht böse«, sagte Onki und küßte mich.

Er hatte Essen bestellt, bevor wir gekommen waren.

Kaum saßen Laszlo und ich auf unsern Stühlen, kam der Kellner mit den Fischen.

Auf einer großen Platte lagen viele kleine Fische. Sie hatten weiße Augen und bewegten sich nicht.

Der Kellner legte mir einen kleinen Fisch auf den Teller, zwei Fische gab es für Onki, zwei Fische für Laszlo.

Der kleine Fisch lag vor mir auf dem Teller, seine weißen Augen sahen mich an, ich hatte das Fischbesteck in den Händen, aber ich konnte ihn nicht berühren. Plötzlich war er in meinem Mund, als sei er mir in den Mund gesprungen. Ich spürte, wie der Fisch sich bewegte, ich hielt ihn behutsam mit der Zunge fest, sprang auf, lief durch den Saal in die Hotelhalle und dann auf die Straße hinaus, über die Straße bis zum Wasser. Am Ufer blieb ich stehen und fürchtete mich nicht mehr davor, daß kein Geländer war zwischen dem Wasser und mir.

Ich öffnete den Mund ganz weit, und der Fisch sprang aus mir heraus. Ich sah ihn vor mir liegen ganz nahe am Wasser. Ich stieß ihn mit dem Fuß ins Wasser, da wurde er wieder lebendig und schwamm davon.

Onki stand neben mir und faßte mich bei der Hand. »Ist alles in Ordnung?« fragte er.

»Ja«, sagte ich, »er ist nicht tot, dort schwimmt er.« Als wir in den Speisesaal zurückkamen, waren alle Fische fort.

Auf den Tellern von Onki und Laszlo türmten sich große Fleischstücke, umkränzt von Gemüsen.

Auf meinem Teller aber war weißer Reis ausgebreitet, und

durch ihn zogen hellbraune Bächlein von duftender Zimtsauce, und der Kellner sagte, dies sei Kaneelsaus.

Das Schiff war groß und hoch.

Laszlo stand auf dem Schiff hinter einem Geländer, und wir standen am Ufer.

Die Musik spielte, und viele Leute weinten.

Das Schiff brüllte so laut und stark, daß wir uns die Ohren zuhalten mußten, dann wurde es von den Ketten gelöst und durfte frei vom Ufer wegschwimmen.

Laszlo beugte sich über das Geländer und winkte so sehr mit seinem Taschentuch, daß es der Wind davontrug ans Ufer.

Ich lief dem Tuche nach, ich hob es auf, ich winkte, winkte, winkte.

Später im Hotel hüllte ich das goldene Kästchen in das Tuch ein, und seitdem roch das Kästchen nach Lavendel.

Wir fuhren aus den großen Städten aufs Land.

Dort standen kleine Häuser und Windmühlen. Viele Wasser liefen durch die Wiesen, und ein ganz großes Wasser war da: das Meer.

Es war nicht wie das Meer bei Lovrana, es war nicht blau, es war viel größer, und viele Tage lang stiegen hohe Wellen aus dem Meer.

In den Häusern wohnten Kinder, sie hatten gebogene Spitzenhauben und Mützen auf dem Kopf, und selbst die kleinen Kinder durften lange Kleider tragen, die Mädchen lange Röcke, die Buben weite lange Hosen.

Ich konnte nicht verstehen, was sie sagten und was sie riefen, aber es klang ähnlich wie im Märchen, das mir Mama manches Mal erzählte:

> Mantje, Mantje, Timpe Te,
> Buttje, Buttje in der See,
> Mine Fru de Ilsebill
> will nich so as ik wol will.

Viele Mädchen trugen rote Perlen um den Hals, und Onki kaufte mir solch ein Halsband. Es hatte vier Reihen roter Perlen, die schlossen sich um meinen Hals, und als Onki das goldene Schloß der Schließe zuschnappen ließ, meinte ich, ich hätte den Perlenstehkragen der Herzogin umgelegt.

Die Perlen waren rund und kühl, und Onki sagte, dies seien keine Perlen, dies seien Korallen und sie kämen auch aus dem Meere. Onki erzählte von dem Meer, das sich immer wieder aufs Land stürzte und es auffressen wollte.

»Da müssen sich die Kinder immer fürchten«, sagte ich.

»Nein«, sagte er, »die Eltern bauen Dämme gegen das Meer. Das sind fleißige, saubere Leute und selbst in den Städten putzen und waschen sie ihre Straßen wie Küchenböden.«

»Müssen die Kinder sich immer waschen?« fragte ich.

»Du siehst ja, wie sauber sie sind«, sagte Onki.

Die Großen und die Kinder trugen Holzpantoffeln, die klapperten laut und lustig, wenn sie darin liefen. Onki kaufte mir Holzpantoffeln, zuerst fiel ich hin mit ihnen, dann verlor ich sie von den Füßen, aber nach zwei Tagen schon konnte ich in ihnen laufen. Sie klapperten auf den Steinen so laut, als ob viele Pantoffeln neben ihnen herlaufen würden, aber im Dünensand waren sie nicht zu hören und wurden ganz still.

Wir bauten Burgen aus Sand, wir gruben uns in den Sand ein, Onki schaufelte Sand auf mich, bis ich keinen Arm und keinen Fuß mehr regen konnte und nur mein Gesicht frei war von dem Sand. Dann schaute ich in den Himmel, der war lang und breit und weit wie das Meer, und es war ein ganz andrer Himmel als der zu Hause. Onki mußte Sand abschaufeln, bevor ich mich wieder rühren konnte. Dann grub ich meinen Onki ein und mußte sehr acht haben, daß ihm kein Sand in Mund und Augen kam.

Einmal, als ich einen ganz hohen Hügel über ihn geschaufelt hatte und selbst er seine Arme nicht mehr bewegen konnte, sagte er: »Das ist wie im Grab.«

»Im Grab muß man tot sein«, sagte ich.

»Ja«, sagte Onki, »einmal werde ich tot sein.«

Ich schrie auf, packte die kleine Schaufel und grub ihn so hastig aus, daß ihn die Schärfe der Schaufel an die Stirne traf.

Blut sickerte von der Stirne. Er setzte sich auf, ich riß mein Taschentuch aus der Tasche und preßte es auf seine Stirne.

Als Flecken, rot wie meine Korallen, das Taschentuch färbten, fing ich bitterlich zu weinen an.

»Du darfst nicht tot sein«, schluchzte ich, »nie-nie-nie tot sein.«

Onki zog ein sauberes Taschentuch aus seiner Tasche, trocknete mir die Tränen ab, dann betupfte er seine Stirne.

»Es ist nicht schlimm«, sagte er, »es tut nicht weh.«

Die drei Wochen waren zu Ende.

Wir fuhren mit der Bahn und von der Bahn mit einem Pferdewagen eine lange Dünenstraße entlang, an vielen Hotels vorbei.

Vor einem großen Hotel hielt der Wagen an.

Ein Diener kam und nahm mein Gepäck aus dem Wagen.

Onki und ich blieben im Wagen sitzen.

Ein junges Fräulein in einem hellblauen Kleid kam vom Hotel her auf den Wagen zu. Sie hielt den Diener an, der mein Gepäck trug und suchte nach den Schildern, die an den Koffern hingen.

Sie fand meinen Namen und nickte.

Sie stand nun ganz dicht bei dem Wagen, grüßte und sagte: »Ich bin das neue Fräulein«, dann streckte sie mir die Hand entgegen, um mir aus dem Wagen zu helfen.

Onki zog den Hut, grüßte das Fräulein, dann befahl er dem Kutscher umzudrehen und zurückzufahren zum Bahnhof

Ich stand auf der Straße, Onki winkte und winkte, bis ich nichts mehr sehen konnte von dem Wagen.

Ich hatte Tränen in den Augen, und im Mund tat's mir weh.

Das Fräulein faßte mich bei der Hand und deutete auf einen der vielen Balkons, die wie Vogelnester an der Hotelmauer hingen.

Eine Gestalt stand auf dem Balkon und winkte mit der Hand.

»Dort ist deine Mama«, sagte das neue Fräulein, »sie erwartet dich.«

Marcel Pagnol

DER RUHM MEINES VATERS

Meine Freude war so groß, daß ich beim Abendessen, trotz des Zuredens meiner Mutter, keinen Bissen hinunterbrachte. Erst als der Onkel von dem sprichwörtlich guten Appetit der Jäger als von einem Charakteristikum ihrer Zunft gesprochen hatte, verschlang ich mein Kotelett und verlangte zum zweitenmal Kartoffeln.

»Was ist das plötzlich?« fragte mein Vater.

»Ich sammle Kräfte für morgen!«

»Was willst du denn morgen unternehmen?« fragte der Onkel im Ton liebevoller Neugier.

»Morgen ist doch Jagdbeginn!«

»Aber doch nicht morgen!« rief er aus, »… morgen ist doch Sonntag! Glaubst du wirklich, es ist erlaubt, am Tag des Herrn die Tiere des lieben Gottes zu töten? Und dann die Messe – wann willst du zur Messe gehen? Allerdings«, fügte er hinzu, »ihr seid ja eine Familie von Ungläubigen! Daher kommt es, daß das Kind die verrückte Idee hat, man könne die Jagd an einem Sonntag eröffnen.«

Ich war sehr bestürzt.

»Aber wann ist es dann?«

»Am Montag … also übermorgen.«

Das war eine betrübliche Nachricht, denn der Wartetag würde eine lange Pein sein. Was war da zu machen? Ich fügte mich mißmutig, aber ohne ein Wort zu sagen. Und da der Onkel erklärt hatte, er falle vor Müdigkeit gleich um, gingen wir alle zu Bett.

Als meine Mutter den kleinen Paul zugedeckt hatte, kam sie zu mir, um mir den Gutenachtkuß zu geben, und sagte:

»Morgen, wenn du deine Pfeile fabrizierst, werde ich die neuen Indianerkostüme fertig nähen. Und als Nachtisch gibt es Aprikosentorte mit Schlagsahne.«

Ich begriff, daß sie mir das alles sagte, um meine Enttäuschung zu mildern, und küßte ihr zärtlich die Hand.

Kaum war sie hinausgegangen, fing der kleine Paul zu reden an. Ich konnte ihn nicht sehen, denn sie hatte das Kerzenlicht ausgeblasen. Seine kleine Stimme war ruhig und kalt.

»Ich wußte es ja, daß sie dich nicht zur Jagderöffnung mitnehmen würden. Ich wußte es ganz genau!«

Ich antwortete heuchlerisch:

»Ich habe sie nie gebeten, mich mitzunehmen. Die Eröffnungsjagd, das ist nichts für Kinder.«

»Du bist ein großer Lügner! Ich habe gleich gemerkt, daß das mit dem Kolibri nicht stimmte. Darum bin ich schnell zurückgekommen, habe mich ans Fenster gestellt und alles gehört, was ihr gesagt habt. Und wie du geweint hast! Du hast sogar versprochen, mich anzulügen. Aber ich mache mir gar nichts daraus, auf die Jagd zu gehen. Wenn richtig geschossen wird, habe ich zuviel Angst. Aber trotzdem bist du ein Lügner, und Onkel Jules ist ein noch größerer Lügner als du.«

»Warum?«

»Weil es doch morgen ist! Ich weiß es! Mama hat heute nachmittag Tomatenomelette gemacht und es zusammen mit einer großen Wurst und rohen Koteletts, Brot und einer Flasche Wein in die Brotbeutel gepackt. Und die Brotbeutel sind im Wandschrank in der Küche versteckt, damit du sie nicht siehst! Sie wollen schon in aller Früh fortgehen, und du kannst sehen, wo du bleibst!«

Diese Enthüllung war vernichtend. Aber ich weigerte mich, daran zu glauben.

»Also wagst du zu behaupten, daß Onkel Jules lügt? Ich habe ihn in der Uniform eines Sergeanten gesehen. Und außerdem hat Onkel Jules einen Orden.«

»Ich sage dir, daß sie morgen gehen. Und jetzt halt den Mund, denn ich will schlafen.«

Die kleine Stimme verstummte, und ich lag von Zweifeln gequält mit offenen Augen im nächtlichen Dunkel.

Hat man das Recht zu lügen, wenn man Sergeant ist? Bestimmt nicht! Sergeant Bobillot* war der Beweis.

Aber dann erinnerte ich mich, daß Onkel Jules nie Sergeant gewesen war, und daß ich in meiner Verwirrung ihn erst dazu gemacht hatte. Außerdem gab es in seiner Vergangenheit die dunkle Geschichte vom Borély-Park!

Als ich damals seinen Schwindel entdeckte, was hatte er gemacht? Er hatte ganz einfach gelacht, ohne die geringste Verlegenheit.

Ich versuchte, diese schon sehr weit zurückliegende Schwindelei zu entschuldigen und zu bagatellisieren, als eine schreckliche Erinnerung mir zum Bewußtsein kam.

Heute nachmittag, als ich dummerweise gesagt hatte, man müßte Paul anlügen, weil es zu seinem Besten sei, hatte Onkel Jules den Ball aufgefangen und das ausdrücklich gebilligt, um seine verbrecherische Komödie im voraus zu rechtfertigen.

Ich war außer mir über diesen Verrat! Und mein Vater, der nichts gesagt hatte! Mein Vater, als stummer Mitverschworener in einem Komplott gegen seinen kleinen Sohn … Und Mama, meine liebe Mama, die gedacht hatte, mich mit Schlagsahne zu trösten … Mein trauriges Schicksal rührte mich plötzlich so sehr, daß ich leise zu weinen anfing. Von weitem gesellte die Silberflöte der Nachteule sich meiner Verzweiflung.

Dann überkamen mich Zweifel: Paul war manchmal ein kleiner Teufel; konnte er nicht diese ganze Geschichte erfunden haben, um sich für den Kolibristreich zu rächen?

Das ganze Haus schien zu schlafen; ich stand leise auf und brauchte länger als eine Minute, um die Tür zu öffnen … Unter den Türritzen der anderen Zimmer sah ich keinen Lichtschein. Auf bloßen Füßen stieg ich die Treppe hinunter: keine Stufe knarrte. Das Mondlicht half mir, in der Küche eine Kerze und Zündhölzer zu finden. Vor der Tür des schicksalhaften Küchenschranks zögerte ich einen Augenblick. Hinter seiner toten Holz-

---

* Held der französischen Expeditionsarmee im Tongking-Krieg 1882–1885

wand würde entweder die Schurkerei des Onkels oder die Falschheit von Paul offenbar werden – so oder so erwartete eine tiefe Enttäuschung mein Herz.

Langsam drehte ich den Schlüssel; ich drückte gegen die Tür, der Türflügel gab nach, ich schlüpfte in den großen Wandschrank und hob die Kerze hoch: da waren sie, die beiden großen Beutel aus gelbem Leder mit ihren Netztaschen – bis zum Bersten gefüllt, und auf jeder Seite ragte ein Flaschenhals heraus. Auf einem Regal neben den Beuteln standen die zwei Patronentaschen, die ich selbst hergerichtet hatte. Was für ein Fest bereitete sich vor! Ich war erbost und fest entschlossen, mit ihnen zu gehen, auch gegen ihren Willen!

Leichtfüßig wie eine Katze stieg ich wieder in mein Zimmer hinauf und machte meinen Plan.

Vor allen Dingen mußte ich die Augen offenhalten. Wenn ich einschlief, war ich verloren. Nie im Leben war ich von selbst um vier Uhr früh aufgewacht. Also, ja nicht einschlafen!

Zweitens mußte ich meine Kleider zurechtlegen, die ich nach meiner Gewohnheit im ganzen Zimmer verstreut hatte. In der Dunkelheit auf allen vieren kriechend, erwischte ich meine Sokken und stopfte sie in meine Sandalen.

Nach ziemlich langem Suchen fand ich mein Hemd unter Pauls Bett. Ich legte es zusammen mit meiner Hose auf das Fußende meines Bettes. Stolz auf den gefaßten Entschluß, kroch ich wieder in die Federn und versuchte mit aller Kraft, die Augen offenzuhalten. Paul schlief friedlich.

Jetzt antworteten zwei Käuzchen einander in regelmäßigen Abständen. Eines nicht weit vom Fenster entfernt, wahrscheinlich auf dem Mandelbaum. Die Stimme des anderen war schwächer, aber meiner Ansicht nach viel melodischer und kam aus dem Tal. Ich dachte, es wird wohl die Frau sein, die ihrem Mann antwortet.

Ein schmaler Mondstrahl, der durch das Loch im Fensterladen schimmerte, ließ das Wasserglas auf meinem Nachttisch blinken. Das Loch war rund, der Strahl war flach. Ich nahm mir vor, meinen Vater nach der Ursache dieses Phänomens zu fragen.

Plötzlich rumorten die Siebenschläfer auf dem Speicher, tanzten eine Sarabande, die mit wilden Sprüngen und schrillem Geschrei endete. Dann trat wieder Stille ein, und ich hörte durch die Wand nur noch das Schnarchen von Onkel Jules, das friedliche und regelmäßige Schnarchen eines braven Mannes oder eines hartgesottenen Sünders. »Meiner Meinung nach«, hatte er gesagt, »hat Marcel verdient, die Eröffnungsjagd mitzumachen.« Der fliegende Hirsch hatte vollkommen recht: die Bleichgesichter sind doppelzüngig!

Er hatte die Unverfrorenheit besessen, mich ›zu meinem Besten‹ anzulügen. War es zu meinem Besten, mich in Verzweiflung zu stürzen? Mich, der ihn so zärtlich umarmt hatte? Ich schwor ihm feierlich ewige Rache!

Dann dachte ich an den stummen Verrat meines Vaters. Ich gelobte mir jedoch, diesen grausamen Zwischenfall mit Stillschweigen zu übergehen, und dann sah ich mich auf einem schmalen Pfad zwischen dornenlosen Sträuchern schreiten, die meine nackten Beine streichelten. Ich trug ein Gewehr von der Länge einer Angelrute, das in der Sonne blitzte. Mein Hund – ein rotweiß gefleckter Spaniel – lief mit der Nase am Boden voraus. Von Zeit zu Zeit bellte er klagend, und es klang genau wie der melodische Schrei des Käuzchens. Ein anderer Hund antwortete von weiter. Plötzlich erhob sich ein riesiger Vogel, er hatte einen Storchenschnabel, aber es war eine Bartavelle! … Sie flog mir direkt entgegen, in blitzschnellem, mächtigem Flug. Jetzt den Königsschuß! Ich machte den Schritt zurück, ich legte an, der kleine, trockene Knall löste sich und – plum! fiel mir in einer Federwolke die Bartavelle vor die Füße. Ich hatte keine Zeit, sie aufzuheben, denn ein anderer Vogel kam mir entgegen: zehnmal, zwanzigmal glückte der Königsschuß, zur Bestürzung von Onkel Jules, der mit einem schrecklichen Lügnergesicht aus dem Dickicht kam. Trotzdem bot ich ihm Schlagrahm an, überließ ihm alle meine Bartavellen und sagte zu ihm: »Man hat das Recht, Erwachsene anzulügen, wenn es zu ihrem Besten ist.« Danach streckte ich mich unter einem Baum aus und wollte gerade einschlafen, als mein Hund kam und mir ins Ohr flüsterte: »Hörst du! Sie gehen ohne dich weg!«

Sofort war ich hellwach. Paul stand an meinem Bett und zog mich sachte an den Haaren.

»Ich habe sie gehört«, sagte er. »Sie sind an der Tür vorbeigekommen. Sie haben gehorcht. Ich habe Licht durchs Schlüsselloch gesehen. Nachher sind sie auf Zehenspitzen hinuntergegangen.«

In der Küche lief das Wasser. Ich umarmte Paul und zog mich leise an. Der Mond war schlafen gegangen, es war stockfinstere Nacht. Tastend fand ich meine Kleider.

»Was wirst du machen?« fragte Paul.

»Ich gehe mit ihnen.«

»Aber sie wollen dich nicht.«

»Ich werde ihnen den ganzen Vormittag wie ein Indianer von weitem folgen. Mittags wollen sie an einer Quelle essen. Dort werde ich mich zeigen. Wenn sie mich nach Hause schicken, sage ich, daß ich mich verirren würde. Dann werden sie es nicht wagen.«

»Vielleicht bekommst du eine Ohrfeige!«

»Macht nichts! Ich habe schon oft welche bekommen, manchmal für nichts und wieder nichts.«

»Wenn du dich im Gebüsch versteckst, hält Onkel Jules dich vielleicht für ein Wildschwein und schießt auf dich. Für ihn wäre das die gerechte Strafe, nur wärst du dann tot!«

»Mach dir um mich keine Sorgen!«

Mit einer diskreten Anlehnung an Fenimore Cooper fügte ich hinzu:

»Die Kugel, die mich trifft, ist noch nicht gegossen!«

»Und Mama, was soll ich ihr sagen?«

»Ist sie mit ihnen unten?«

»Ich weiß nicht … Ich habe nichts gehört.«

»Ich werde ihr einen Zettel auf den Küchentisch legen.«

Vorsichtig und ohne die Läden zu berühren, öffnete ich das Fenster. Ich kletterte auf die Fensterbank und guckte durch das Mondloch.

Der Tag dämmerte. Über den Hochebenen, die noch im Dunkel lagen, schimmerte rosa und blau der Gipfel des Taoumí. Auf jeden Fall war der Hügelpfad bereits genau zu erkennen. Sie konnten mir nicht mehr entkommen.

Ich wartete. Das Wasser in der Küche lief nicht mehr.

»Und wenn du einem Bären begegnest?« flüsterte Paul.

»Man hat hier noch nie welche gesehen.«

»Vielleicht versteckt er sich. Paß gut auf! Nimm das spitze Messer aus der Küchentischschublade mit.«

»Das ist eine gute Idee! Ich werde es mitnehmen.«

In der Stille hörten wir Schritte von eisenbeschlagenen Stiefeln. Dann ging die Haustür auf und schloß sich wieder.

Ich lief schnell ans Fenster und stieß die Läden leise zurück. Die Schritte kamen ums Haus herum. Die zwei Verräter erschienen und schlugen den Weg zum Kiefernwald ein. Papa trug sein Barett und die ledernen Gamaschen, Onkel Jules die Baskenmütze und die hohen Schnürstiefel. Trotz ihres schlechten Gewissens sahen sie wunderbar aus und marschierten eilig, als wollten sie mir entfliehen.

Ich küßte Paul, der sich sofort wieder schlafen legte, und ging hinunter. Schnell zündete ich die Kerze an und riß ein Blatt Papier aus meinem Heft.

Meine liebe kleine Mama. Sie haben mich schließlich doch noch mitgenommen! Hab keine Angst! Heb mir etwas Schlagrahm auf! Ich schicke dir zweitausend Küßchen.

Den Zettel legte ich weithin sichtbar auf den Küchentisch. Dann steckte ich ein Stück Brot, zwei Stangen Schokolade und eine Orange in meinen Beutel, nahm den Griff des spitzen Messers fest in die Hand und folgte der Spur der Schützen.

Ich sah und hörte nichts mehr von ihnen, aber für einen Komantschen war es ein Kinderspiel, sie wiederzufinden.

Ich lief schnell den Abhang hinauf bis an den Rand des Kiefernwaldes: es kam mir vor, als ob ich über mir auf den Steinen das Geräusch von Schritten hörte. Hart am Dickicht entlang setzte ich meinen Weg fort. Am Ende des ersten Kiefernwaldes erreichte ich schließlich eine Ebene: dort hatte man früher Wein gebaut. Jetzt war es ein Dickicht von Rosmarin, Sumach und Wacholder, alles niedrige Büsche, über die ich von weitem Barett und Baskenmütze erkennen konnte. Sie hatten das Gewehr auf der Schulter und

gingen in schnellem Tempo, bis sie vor einer großen Kiefer halt-
machten: die Baskenmütze ging links am Abhang hinunter, während das Barett den Weg geradeaus weiterverfolgte; es tauchte
abwechselnd auf und unter wie jemand, der vorsichtig auf den Zehenspitzen einen Fuß vor den andern setzt. Ich begriff, daß die
Jagd angefangen hatte … Mein Herz schlug schneller … Ich hielt
den Atem an und wartete.

Plötzlich entlud sich ein scharfer Knall, dessen Echo auf seinem Weg ins Tal von den Felswänden widerhallte. Ich lief zur
nächsten Kiefer und kletterte erschrocken hinauf. Rittlings setzte
ich mich auf einen starken Ast und wartete ängstlich auf das Erscheinen des verwundeten Wildschweins, desselben vielleicht, das
die zehn Meter Eingeweide des einarmigen Wilderers abgehaspelt
hatte.

Da sich nichts zeigte, fürchtete ich, es könnte gerade drauf und
dran sein, meinem Vater den Bauch aufzuschlitzen, und ich bat den
lieben Gott – falls es ihn gab –, das Wildschwein doch lieber auf
meinen Onkel zu lenken, der an das Paradies glaubte und infolge-
dessen sicher hoffnungsvoller sterben würde.

Aber die Baskenmütze erschien links von mir über einem Wacholderstrauch: ihr Besitzer schwang einen schwarzen Vogel, etwa
taubengroß, in der Luft und rief: »Eine schöne Amsel!« Das Barett
tauchte aus einem Ginsterbusch auf und eilte herbei. Sie schienen
etwas zu verabreden, dann trennten sie sich wieder.

Ich ließ mich zur Erde hinuntergleiten und ging mit mir zu
Rate. Sollte ich unten im Tal hinter ihnen herschleichen? Die hohen Sträucher würden mich hindern, die Jagd zu beobachten und
außerdem konnte ich – wie mein Vater gesagt hatte – von einer
verirrten Kugel getroffen werden.

Wenn ich ihnen hingegen am Grat entlang bis ans Ende der
Felsen folgte, konnte ich, hinter den Pistazien verborgen, alles sehen, ohne gesehen zu werden. Außerdem, wenn sie wirklich ein
Wildschwein anschossen, wäre ich vor ihm sicher, ja, ich konnte
das Biest vielleicht sogar töten, wenn ich einige Felsbrocken hin-
unterwarf. Ich lief also quer durch den Wald von Zwergeichen, die
meine Waden zerkratzten, durch Wacholder und Ginster. Auf der

Hochebene machte ich erst einen Umweg, verschwand wieder im Gebüsch und gelangte auf die steile Berghöhe.

Sie befanden sich in einem von blauen Felsen umgebenen Tal, durch das in der Regenzeit ein Bach lief, von dem jetzt nur das ausgetrocknete Bett zu sehen war. Es gab nur wenige Bäume, aber hohe Sträucher, die ihnen bis zum Gürtel reichten. Mein Vater ging auf meiner Seite in halber Höhe des Hanges; sein Gewehr vor sich, den Kolben unter dem Ellbogen, die rechte Hand am Abzug und die linke am Verschluß, stieg er gebückt und vorsichtig über das Gebüsch.

Schön war er anzusehen – schön und gefährlich –, und ich war stolz auf ihn. Auf dem gegenüberliegenden Hang ging der Onkel den Parallelweg. Von Zeit zu Zeit blieb er stehen, hob einen Stein auf, warf ihn ins Tal hinunter und wartete einige Sekunden. Ich sah alles ganz deutlich, besser als wenn ich bei ihnen gewesen wäre.

Nach dem dritten Stein flog ein großer Vogel aus dem Gebüsch wie ein Pfeil auf die Jäger zu. Der Onkel legte mit einer ans Wunderbare grenzenden Schnelligkeit an, zielte und schoß: der Vogel sackte ab wie ein Stein, hinter ihm in der Sonne flatterten einige Federn zu Tal.

Mein Vater sprang im Laufschritt über die dornigen Büsche, hob das Wild auf und zeigte es von weitem dem Onkel, der herüberschrie: »Das ist eine Schnepfe! Stecken Sie sie in Ihren Beutel, und gehen Sie wieder auf Ihre Linie zurück, zwanzig Meter hoch am Hang.«

Diese Geschicklichkeit, diese Kaltblütigkeit, diese Meisterschaft begeisterten mich. Mein Zorn verrauchte: ein Buffalo Bill hat das Recht zu lügen!

Sie setzten ihren Marsch fort, und als sie an meinem Beobachtungsposten vorbeigegangen waren, zog ich mich vorsichtig zurück. Auf der weiten, steinigen Hochebene beschrieb ich wieder einen großen Bogen, um ihnen meinerseits zuvorzukommen. Die Sonne strahlte zwei Meter über dem Horizont und der Lavendel, den ich im hastigen Lauf zertrat, duftete in der frischen Morgenluft.

Als ich ihnen weit voraus zu sein glaubte, lenkte ich meinen Schritt wieder zum Felsen und sah plötzlich ein goldgelbes Huhn mit roten Schwanzfedern vor mir herlaufen. Die Aufregung lähmte mich: ein Rebhuhn! Es war ein Rebhuhn! Es lief so schnell wie ein Wiesel und verschwand in einem großen Wacholderstrauch. Blindlings folgte ich ihm durch die dornenlosen Zweige. Aber schon kamen die roten Federn von der anderen Seite, denn das Huhn war nicht allein; ich sah zwei andere, dann vier, dann ein ganzes Dutzend ... ich schwenkte nach rechts, um sie gegen die Felsen zu treiben, und dieses Manöver glückte; aber sie flogen nicht auf, als wäre es ihnen, da ich ja unbewaffnet war, nicht der Mühe wert. Da nahm ich Steine und warf sie vor mir her. Ein riesiger Lärm erschreckte mich, es klang, als ob eine Ladung Steine aus einem Lastwagen gekippt würde. Eine Sekunde lang erwartete ich, ein Monstrum aus dem Dickicht brechen zu sehen, aber dann begriff ich, daß die Kette aufflog, erst in Richtung der Felsen, um dann im Tal zu verschwinden.

Als ich am Rand des Steilhangs ankam, fielen fast gleichzeitig zwei Schüsse. Ich sah meinen Vater, der geschossen hatte und nun den Gleitflug der schönen Rebhühner beobachtete. Ohne den leisesten Flügelschlag schwebten sie durch die Morgenluft. In diesem Augenblick hob sich die Baskenmütze aus dem Ginster und über ihr das Gewehr. Gelassen zielte sie: das erste Rebhuhn schwankte nach links und fiel losgelöst vom Himmel. Die übrigen wandten sich nach rechts. Das Gewehr beschrieb einen Viertelkreis, der zweite Schuß knallte, und ein weiteres Huhn schlug fast senkrecht herunter. Ich jauchzte vor Freude. Die beiden Jäger fanden nach kurzem Suchen, etwa fünfzig Meter voneinander entfernt, die Beute und schwangen sie in die Höhe. Mein Vater rief bravo; während er das Huhn in seinen Beutel steckte, sah ich ihn in die Höhe springen und fieberhaft die leeren Patronenhülsen aus seinem Gewehr nehmen: ein schöner Hase, der zwischen seinen Beinen durchgelaufen war, wartete das Ende dieser Manipulation nicht ab, sondern verschwand mit erhobenem Schwanz und gespitzten Ohren im Gebüsch ... Der Onkel rang die Hände zum Himmel: »Unglücklicherr! Soforrt wiederr laden! Wenn man geschossen hat, soforrt wiederr laden!!!«

Mein Vater breitete zerknirscht die Arme aus und lud.

Während dieser Unternehmung stand ich aufrecht am Felsrand, aber die von den Rebhühnern hypnotisierten Jäger hatten mich nicht gesehen. Ich begriff meine Unvorsichtigkeit. Einige Schritte zurück verbargen mich wieder.

Ich war bestürzt über unsern Mißerfolg, der für mich die Ausmaße einer Katastrophe annahm. Zweimal war der Königsschuß daneben gegangen, und um ihn zu verhöhnen, hatte der Hase meinen Vater zu einem kleinen Luftsprung gezwungen, ehe er ihm den Hintern zeigte. Es war von niederschmetternder Komik.

Ich suchte ihn zu entschuldigen: da er unmittelbar unter dem Felsen stand, hatte er keine Zeit gehabt, die Rebhühner kommen zu sehen, während der Onkel wie auf dem Anstand zielen konnte.

Außerdem kannte er seine Flinte noch nicht, und der Onkel hatte gesagt, das sei das wichtigste … Und dann war es sein erster Versuch, das erste Jagdfieber. Deshalb hatte er nicht rechtzeitig daran gedacht, ›sofort‹ wieder zu laden. Aber zum Schluß mußte ich zugeben, daß dieser Zwischenfall all meine Befürchtungen bestätigte. Ich beschloß, nie mit irgend jemand darüber zu sprechen und vor allem nicht mit ihm.

Was würde jetzt geschehen? Würde ihm ein ehrenvoller Schuß gelingen? Ihm, meinem Vater, der letzten Instanz bei der Abschlußprüfung, dem Meister im Boulespiel, der auch schon beim Damespiel im Kreis von Sachverständigen gegen den berühmten Raphael gewonnen hatte – würde er geschlagen nach Hause zurückkommen neben dem mit Rebhühnern und Hasen wie das Schaufenster eines Ladens dekorierten Onkel? Nein! Nein! Soweit durfte es nicht kommen! Ich würde ihm den ganzen Tag auf dem Fuße folgen und ihm soviel Vögel, Kaninchen und Hasen zutreiben, daß er schließlich etwas treffen mußte.

An eine Kiefer angelehnt, wo die kleinen, schwarzen Hügelgrillen im Duft des warmen Harzes trockenes Schilf sägten, stellte ich diese Überlegungen an und kaute nervös an einem Rosmarinhalm. Die Hände in den Taschen und mit gesenktem Kopf setzte ich meinen Marsch fort. Von fern klang dumpf ein Flintenschuß und riß mich aus meinen Gedanken. Ich rannte an den Felsrand. Die Jäger waren schon weit weg, am Ende des Tals, das in ein felsiges

Plateau mündete … Ich rannte, um sie einzuholen, sah aber, daß sie nach rechts abschwenkten und in einem Kiefernwäldchen verschwanden, direkt am Fuß des Taoumé, der sich nun vor mir erhob.

Ich beschloß, ins Tal hinunterzusteigen und ihren Spuren zu folgen. Aber der Felsen fiel mindestens hundert Meter steil ab, und ich sah nirgends einen Kamin. Also entschloß ich mich, zurückzugehen und so den Weg zu finden, den sie eingeschlagen hatten, als ich sie verließ: aber seitdem waren wir schon über eine Stunde gegangen. Ich rechnete aus, daß ich – im Laufschritt – etwa zwanzig Minuten brauchen würde, um diesen Ausgangspunkt wiederzufinden. Dann müßte ich das ganze Tal noch einmal durchqueren, wo ich schlecht laufen konnte wegen der stacheligen Ginsterbüsche, die sich bis über meinen Kopf erhoben; also noch einmal eine gute halbe Stunde. Und wo würden sie währenddessen sein? Ich setzte mich auf einen Stein, um über die Lage nachzudenken.

Mußte ich also unverrichteter Dinge nach Hause zurückkehren? Ohne den geringsten Zweifel würde ich Pauls Hochachtung verlieren, und meine Mutter würde mich mit demütigender Zärtlichkeit trösten. Es blieb natürlich der Ruhm eines mutigen Versuchs und einer gefährlichen Rückkehr, die ich dann in meinem Bericht noch ausschmücken könnte. Aber hatte ich das Recht, Joseph im Stich zu lassen? Sollte er ganz allein mit seiner lächerlichen Flinte und kurzsichtig hinter seinen Brillengläsern gegen den König der Jäger kämpfen? Nein! Dieser Verrat an ihm wäre sehr viel schlimmer als seiner an mir.

Das Problem war also, sie wiederzufinden. Würde ich mich in dieser Bergeinsamkeit nicht verirren?

Verächtlich wies ich diese kindische Angst zurück. Man mußte nur kaltes Blut bewahren und die Entschlossenheit des echten Komantschen. Da sie den Berg von links nach rechts umgangen hatten, mußte ich sie auf jeden Fall treffen, wenn ich geradeaus marschierte. Ich sah das Bergmassiv des Taoumé prüfend an. Es war gewaltig und die Entfernung, die ich zurücklegen mußte, beträchtlich. Ich nahm mir vor, mit meinen Kräften zu sparen und wie die Indianer in leichtem Trab zu laufen; auf Zehenspitzen, die Ellbogen am Körper, die Hände auf der Brust gekreuzt, die Schultern zurückgebogen und den Kopf gesenkt; alle hundert Meter auszuruhen, um auf die Geräusche des Waldes zu lauschen und dabei dreimal ruhig und tief zu atmen.

Mit einer ganz und gar indianischen Entschlossenheit machte ich mich auf den Weg.

Der Hang, der sich nun vor mir erhob, war nicht schwer zu bezwingen. Der Grund unter meinen Füßen bestand aus einer riesigen, blauschimmernden Kalksteinplatte, zerfurcht von Rissen, in denen Thymian und Lavendel blühten. Dann und wann wuchs ein gotisch gestreckter Wacholderstrauch auf dem kahlen Gestein oder eine Kiefer, deren dicker, knotiger Stamm in seltsamem Gegensatz zu der Magerkeit des kleinen Bäumchens stand, das nicht größer war als ich. Man sah, daß die ausgehungerte Pflanze seit Jahren einen wilden Kampf mit dem harten Stein kämpfte und daß sie oft tagelang geduldig auf einen einzigen Wassertropfen warten mußte. Zu meiner Linken ragte der Gipfel des Taoumé auf, der sich so mit Himmel vollgesogen hatte, daß sein blasses Blau verwaschen wirkte. Ich trottete in der vor Hitze vibrierenden Luft an seiner linken Flanke entlang. Alle hundert Meter blieb ich nach Indianerweise stehen und holte aus voller Brust dreimal tief Atem.

Nach ungefähr zwanzig Minuten stand ich plötzlich direkt unter dem Gipfel, und die Landschaft veränderte sich. Eine wilde Schlucht teilte die felsige Hochebene. Zwischen zwei eingestürzten Blöcken ragten große Kiefern und hohe Sträucher. Es war leicht, in die Schlucht hinunterzuklettern, aber auf der anderen Seite wieder hinaufzukommen erwies sich als unmöglich. Die Entfernung hatte mich über die Höhe getäuscht. Ich ging also weiter am Fuß der steilen Wand entlang, überzeugt, irgendwo einen Kamin zu finden.

Der Trab des Indianerhäuptlings wurde aber oft durch wildwuchernde Clematis und die Wirrnis einer Unmenge von Pistazienbäumchen verlangsamt. Die kleinen, spitzigen Blätter der Zwergeichen, die am Rande vier symmetrische Stacheln haben, setzten sich beim Laufen auf den Zehenspitzen in meinen Sandalen fest.

Von Zeit zu Zeit blieb ich stehen, streifte sie ab und klopfte sie an den Felsen aus.

Ständig scheuchte ich mit meinen Schritten Vögel auf, oder sie strichen über meinen Kopf hinweg. Ich konnte keine zehn Meter weit sehen. Das Dickicht der Bäume und die hohen Wände der Schlucht verbargen mir den Rest des Weltalls.

Eine unbestimmte Unruhe ergriff mich: darum holte ich das spitze Messer aus meinem Beutel und nahm es fest in die Hand. Die Luft war ruhig, und der würzige Duft der Hügel erfüllte wie ein unsichtbarer Dunst die tiefe Schlucht. Thymian, Lavendel und Rosmarin mischten sich mit dem Geruch des goldgelben Harzes, dessen lange, unbewegliche Tränen wie Glas auf dem lichten Schatten der schwarzen Baumrinde glänzten. Ich marschierte lautlos in der Stille dieser Einsamkeit, als auf einmal ein paar Schritte von mir entfernt erschreckender Lärm losbrach.

Es war eine Kakophonie von verliebten Trompetentönen, herzzerreißenden Seufzern und verzweifelten Schreien. Die geheimnisvollen Dissonanzen waren beklemmend wie ein Alpdruck; die rasch aufeinanderfolgenden Echos vervielfältigten und erweiterten sich und hallten durch die Schlucht.

Ich blieb zitternd und starr vor Angst wie angewurzelt stehen. Der Spektakel hörte unvermittelt auf, aber die unbewegliche Stille erschien mir jetzt noch schrecklicher. In diesem Moment brachte hinter mir ein Hase, der auf der Höhe des Felsens lief, einen Stein ins Rollen; er fiel auf einen Kaninchenbau aus blauen Kieseln, der fächerförmig wie ein Balkon am steilen Abhang hing. Die Kiesel setzten sich in Bewegung und hagelten mit unheilvollem Lärm bis zu meinen eingesunkenen Füßen nieder. Da sprang der unglückliche Indianerhäuptling auf wie ein erschrecktes Tier und kletterte auf eine Kiefer, deren Stamm er an sein Herz drückte, als wäre sie seine Mutter. Ich atmete tief und horchte in die Stille. Wie gern hätte ich das Zirpen einer Grille gehört – aber es war keine in der Nähe.

Um mich herum waren die Äste undurchdringlich. Unten auf dem trockenen Reisig sah ich die Klinge meines Messers blitzen. Gerade wollte ich geräuschlos von meiner Kiefer heruntergleiten, da brach die bedrohliche Kakophonie von neuem los, heftiger noch als das erstemal. Von Panik erfaßt, stieg ich fast auf die Spitze der Kiefer und konnte ein leises Schluchzen nicht mehr zurückhalten. Da sah ich auf einmal auf den höchsten Ästen einer abgestorbenen Eiche ein Dutzend Vögel mit funkelndem Gefieder: ihre Flügel waren leuchtend blau mit weißen Streifen, Hals und Steiß hellbraun, der Schwanz blauschwarz und der Schnabel kanariengelb. Ohne den geringsten Grund und wie zum Vergnügen heulten, schrien, seufzten sie und miauten mit zurückgeworfenem Kopf wie die Teufel. Jetzt packte mich der Zorn, ich hob mein Messer auf, dann einen scharfen, flachen Stein, und lief damit zu der Eiche, auf der die verrückten Vögel saßen. Doch beim Geräusch meiner Schritte flog die ganze Bande auf und davon und verlegte ihre lächerliche Katzenmusik auf eine Kiefer hoch in den Felsen.

Ich setzte mich auf das glühende Geröll unter dem Vorwand, meine Sandalen wieder auszuleeren, in Wirklichkeit aber, um mich von dem Schrecken zu erholen. Dann verspeiste ich eine Stange Schokolade.

Nun horchte ich lange in Richtung der Hügel – nichts wie tödliche Stille war zu vernehmen. Wie war das möglich? Kein einziger Jäger am Tag der Eröffnung? Erst später sollte ich erfahren, daß die Bewohner der Gegend sich an diesem Tag niemals blicken lassen, da sie es unter ihrer Würde finden, mit ›Genehmigung der Behörden‹ in den Wäldern ihrer Heimat zu jagen, und den Eifer der Landpolizei von Aubagne fürchten, der an diesem Tag besonders groß ist.

Ich sah zurück, um die Länge des zurückgelegten Weges abzuschätzen. Da erblickte ich hoch oben in Himmelsnähe einen unbekannten Berg, dessen Grat sich über mindestens fünfhundert Meter hinzog. Es war der Taoumé, aber da ich immer nur seine Vorderfront gesehen hatte, erkannte ich ihn nicht wieder. So wird der erste Astronom, der die andere Seite des Mondes sieht, glauben, er habe ein neues Gestirn entdeckt.

Ich war zuerst fassungslos, dann überfiel mich Angst. Nochmals spähte ich nach allen Seiten, fand aber keinen Anhaltspunkt. So entschloß ich mich, nach Hause zurückzugehen, das heißt, in die Nähe unseres Hauses, denn um das Gesicht zu wahren, würde ich mich nicht zeigen. Am Rand des Kiefernwaldes würde ich die Rückkehr der Jäger abwarten und mit ihnen zusammen heimkommen.

Ich ging also zurück, woher ich gekommen war, was mir ein leichtes schien, aber ich hatte nicht mit der Tücke des Objekts gerechnet.

Wege, die man hinter sich läßt, benutzen die Gelegenheit, um sich zu verändern. Der Pfad, der erst nach rechts abbog, hat es sich anders überlegt und geht bei der Rückkehr nach links.

Erst führte er einen kleinen Abhang hinunter, jetzt steigt er in die Höhe wie ein Schuttberg, und die Bäume spielen Verstecken.

Indessen, da ich mich mitten in einer Schlucht befand, gab es nur eine Möglichkeit: ich mußte auf halbem Weg umkehren und den Hohlweg, durch den ich heruntergekommen war, wieder hinaufklettern, ohne mich um das verhexte Gelände zu kümmern.

Mit meinem Messer in der Hand ging ich Schritt für Schritt zurück. Als alter Komantsche suchte ich eifrig meine Spuren: einen Fußabdruck, einen verschobenen Stein am Weg, einen abgebrochenen Zweig. Ich sah nichts und dachte an die wunderbare Klugheit des kleinen Däumlings, des genialen Erfinders einer vorsorglich hinterlassenen Fährte. Es war zu spät, seinem Beispiel zu folgen.

Plötzlich kam ich an eine Art Kreuzung. Das Tal teilte sich in drei Schluchten, die sich wie Krähenfüße bis hinauf zu dem geheimnisvollen Gipfel hinzogen … Ich hatte beim Abstieg die beiden anderen nicht bemerkt … wie war das möglich? Ich überlegte, während ich nacheinander die drei Hohlwege betrachtete. Dann wurde mir plötzlich klar, daß die Sträucher ja viel höher waren als ich selbst und daß ich beim Abstieg immer nur geradeaus den Weg, den ich ging, verfolgt hatte, und der war schwierig genug gewesen. Aber welchen Weg sollte ich jetzt gehen? Vernünftigerweise hätte ich einsehen müssen, daß ich den ersten Abhang auf der linken Seite hinuntergeklettert war, da ich von der Hochebene aus die beiden anderen nicht überquert hatte. Aber der unglückliche Komantschenhäuptling verlor die Richtung, er ließ sich auf die Erde fallen und weinte.

Trotzdem begriff ich schnell die beschämende Sinnlosigkeit meiner Verzweiflung: man mußte etwas unternehmen und sofort wie ein Mann handeln; und vor allem wieder zu Kräften kommen, denn trotz der unglaublichen Härte meiner Wadenmuskeln spürte ich eine beunruhigende Müdigkeit.

Am Beginn des einen Hohlwegs wuchs eine immergrüne Steineiche mit sieben oder acht Stämmen, die einen Kreis bildeten; ihr dunkelgrünes Geäst erhob sich über einer Insel von Büschen aus dornengespicktem Ginster und Zwergeichen. Dieses Dickicht von stachligem Grün schien undurchdringlich, aber ich erhob mein Messer zum Tomahawk und bahnte mir einen Weg.

Nach einer anstrengenden Viertelstunde und zerschunden von Dornen, deren tausend Stiche fiebrig brannten, gelang es mir, diesen Verteidigungsgürtel zu sprengen. In der Tiefe zwischen den Stämmen war ein mit Baouko bewachsener Grasplatz, dort richtete ich mich mit einem stärkenden Gefühl der Geborgenheit ein: ich war unsichtbar, und andererseits war einer der Stämme schnell zu erklettern, ein unschätzbarer Vorteil für den Fall, daß ein angeschossenes Wildschwein mir nach dem Leben trachtete. Ich streckte mich im weichen Gras aus und verschränkte die Arme im Nakken. Durch den Wipfel der Steineiche sah man ein Stück Himmel und genau in der Mitte einen Raubvogel, der beinahe regungslos das Land überwachte.

Ich stellte mir vor, daß dieser Geier – oder war es ein Condor – vielleicht im selben Augenblick meinen Vater und meinen Onkel beobachtete, wie sie auf einem Feuer aus Rosmarinzweigen ihre Koteletts brieten, denn die Sonne stand im Zenit.

Nachdem ich einige Minuten ausgeruht hatte, öffnete ich meinen Beutel und aß heißhungrig mein Brot und die Schokolade. Aber ich hatte nichts zu trinken mitgenommen, und meine Kehle war ganz ausgetrocknet.

Ich hatte große Lust, die Orange zu verzehren, aber ein Komantsche sorgt für schlechte Zeiten vor, und ich steckte sie wieder in den Beutel, denn ich konnte mir ja ein anderes Labsal verschaffen: ich wußte – von Gustave Aymard – daß es genügt, einen Kiesel zu lutschen, um sich angenehm erfrischt zu fühlen. Die vorsorgliche Natur hatte in dieser quellenarmen Gegend mit Kieselsteinen nicht gespart; ich wählte einen runden, glatten – groß wie eine Kichererbse – und schob ihn nach bewährtem Beispiel unter meine Zunge.

Der rechte Pfad erhob sich steil zum Himmel. Ungefähr fünfhundert Meter vor mir staute sich sanft abfallendes Geröll, das mir sicher helfen würde, auf die Hochebene zu steigen. Von dort konnte ich dann endlich die ganze Landschaft überblicken, vielleicht das Dorf und sogar unser Haus sehen. Ich faßte neuen Mut, und gemächlich begann ich den Aufstieg.

Diese Schlucht war genau wie die andere ein Dickicht von Sträuchern, besonders Sadebäume und Rosmarin. Die Pflanzen hier schienen älter als alle, die ich bisher gesehen hatte; ich bewunderte einen Busch, der so hoch und breit war, daß er wie eine gotische Kapelle aussah, und Rosmarinstauden, die größer waren als ich. Wenig Leben gab es in dieser Einöde. Eine Grille zirpte matt, und drei oder vier himmelblaue Fliegen folgten mir unermüdlich und brummten wie schlechtgelaunte Erwachsene.

Plötzlich glitt ein Schatten über das Buschholz. Ich hob den Kopf und sah den Condor. Er war vom Zenit heruntergekommen und kreiste majestätisch. Die Spannweite seiner Flügel war sicher zweimal so groß wie die meiner ausgebreiteten Arme. Er entfernte sich nach links. Ich dachte, er sei aus bloßer Neugierde heruntergekommen, um einen Blick auf den Eindringling zu werfen, der es gewagt hatte, sich in seinem Königreich zu zeigen. Aber ich sah ihn in einer großen Kurve auf meiner rechten Seite wieder auftauchen und stellte mit Schrecken fest, daß er einen Kreis zog, dessen Mittelpunkt ich war, und daß dieser Kreis immer enger und niedriger wurde.

Da fiel mir der ausgehungerte Geier ein, der eines Tages einem verwundeten Pfadfinder, der am Verdursten war, durch die Wüste folgte. *Diese Raubvögel ziehen oft tagelang hinter dem erschöpften Wanderer her und warten geduldig, bis er zusammenbricht. Dann reißen sie blutige Fleischfetzen aus seinem noch zuckenden Körper.*

Ich holte mein Messer vor – das ich unvorsichtigerweise wieder in meinen Beutel gesteckt hatte – und schärfte es ostentativ an einem Stein. Es kam mir vor, als ob der Todeskreis des Vogels sich nicht mehr tiefer senkte. Um der Bestie zu beweisen, daß ich noch nicht am Ende meiner Kräfte war, führte ich einen wilden Indianertanz auf, dem ich ein höhnisches Gelächter folgen ließ. Die Echos der Schlucht gaben es so gewaltig wieder, daß es mich selbst erschreckte ... Aber dieser fleischgierige Räuber ließ sich nicht einschüchtern und nahm seinen fatalen Rundflug wieder auf. Ich suchte mit den Augen – die er mir mit seinem gebogenen Schnabel aushacken wollte – eine Zuflucht. Welches Glück! Zwanzig Meter vor mir öffnete sich die Felswand in einem Spitzbogen. Ich hielt mein Messer in die Höhe, und während ich den Vogel mit angststickter Stimme beschimpfte, suchte ich in höchster Not das rettende Obdach zu erreichen ... Kerzengerade ging ich weiter mitten durch die Ginster- und Rosmarinbüsche; die stachligen Zwergeichen zerkratzten mir die Beine, und unter meinen Füßen rollten die Kieselsteine der Hochebene. Bis zu dem Schlupfwinkel waren es noch zehn Schritte – zu spät! Der Mörder stand jetzt reglos etwa zwanzig oder dreißig Meter über meinem Kopf. Ich sah seine riesigen Flügel schwanken, und sein vorgestreckter Hals bedrohte mich. Plötzlich tauchte er mit der Schnelligkeit eines fallenden Steines in die Tiefe. Wahnsinnig vor Angst schützte ich meine Augen mit den Armen und warf mich laut schreiend auf den Bauch unter einen Ginsterbusch. Im gleichen Augenblick brach ein entsetzlicher Lärm los: nur wenige Meter von mir entfernt flog eine Kette erschreckter Rebhühner auf, und ich sah den Raubvogel, wie er sich in weitem, kühnem Flug wieder in die Lüfte schwang. In seinen Krallen hielt er ein zitterndes Rebhuhn, hinter dem eine Schleppe verzweifelter Federn vom Himmel flatterte.

Ich zwang mich nur mit Mühe, nicht kläglich zu schluchzen. Wie verächtlich wäre das dem ›Edelmütigen Herzen‹ erschienen! Obwohl die Gefahr vorüber war, versteckte ich mich in der Felsspalte und versuchte, meine Fassung wiederzufinden.

Es war eine Höhle in Zeltform, gerade so hoch wie ich und etwa zwei Meter breit. Ich trat ein paarmal fest auf das Gras, das

den Boden bedeckte, setzte mich gegen die Felswand und über-
dachte meine Lage.

Ich begriff jetzt, daß der Geier nie die Absicht gehabt hatte,
mich anzugreifen, sondern die Rebhühner verfolgte, diese unglücklichen Vögel, die lange Zeit vor mir geflohen waren und aus
Furcht vor dem fliegenden Mörder, der ihnen auflauerte, nicht gewagt hatten aufzusteigen … Diese Erkenntnis beruhigte mich
über den weiteren Gang der Dinge: Der Geier würde nicht zurückkommen.

Dann beglückwünschte ich mich, daß ich zur Stillung meines
Durstes einen so glatten und runden Kieselstein gewählt hatte,
denn wie ich feststellte, hatte ich ihn in meiner Verwirrung verschluckt.

Die Haut auf meiner rechten Wange ›zog‹ mich. Ich rieb sie etwas mit der Hand und blieb mit dem Daumen kleben. Als die
blauen Vögel mir solche Angst einjagten und ich die Kiefer umarmte, hatte ich mich mit Harz beschmiert. Aus Erfahrung wußte
ich, daß dagegen ohne Öl oder Butter nichts zu machen war. Man
mußte also das Ziehen und die Empfindung, eine Wange aus Pap-
pe zu haben, geduldig ertragen. Aber wenn man ein Komantschenhäuptling sein will, darf man solche Lappalien gar nicht er-
wähnen.

Viel beunruhigender war der Zustand meiner Beine. Sie waren
von langen, roten Streifen geritzt, die sich wie die Drähte eines
Gitters kreuzten, und eine große Anzahl feiner Dornen steckte in
der Haut. Geduldig riß ich einen nach dem anderen mit den Nä-
geln heraus. Dann suchte ich – da die vielen kleinen Wunden heftig brannten – einige heilende Kräuter. Man weiß, daß Heilkräu-
ter, die man im Gebirge findet, jede Wunde schnell vernarben
lassen, aber ich mußte mich in der Wahl der Pflanzen geirrt haben,
denn nach einer kräftigen Abreibung mit Thymian und Rosmarin
fühlte ich einen so brennenden Schmerz, daß ich unter Wehge-
schrei von einem Fuß auf den anderen hüpfte. Um mich zu stär-
ken, aß ich umgehend die eine Hälfte der Orange auf, was mir
sehr guttat.

Nun versuchte ich, auf die Hochebene zu steigen, aber die

Überwindung des Gerölls war viel schwerer, als ich gedacht hatte, und ich bemerkte, daß Geröll eine natürliche Neigung hat zu rollen. Immer, wenn ich auf allen vieren gerade unter dem Gipfel angekommen war, rutschte ich auf diesem beweglichen Kieselsteinteppich wieder zurück. Schon zweifelte ich an meinem Erfolg, als ich einen gangbaren Kamin entdeckte, zu eng für einen Mann, aber für mich gerade recht.

Wahrhaftig, ich erreichte die Hochebene! Sie war weit und nur ganz wenig bewaldet. Immer wieder Zwergeichen, Rosmarin, Wacholder, Ginster, Raute und Lavendel. Immer wieder die ärmlichen Kiefern auf knotigen Stämmen, gebogen in Richtung des Mistrals. Dazu die großen flachen, blauen Steine. Ich schaute am Horizont entlang: Ich war von Hügeln umgeben, die ein weiter Kranz von unbekannten Bergen säumte.

Ich beschloß, mich erst einmal zu orientieren. Mein Vater hatte hundertmal gesagt: ›Wenn du nach Sonnenaufgang schaust, dann ist der Sonnenuntergang hinter dir. Links von dir ist Norden, rechts von dir Süden. Das ist ganz einfach.‹

Ja, ganz einfach, natürlich! Aber wo war der Sonnenaufgang? Ich sah nach der Sonne, sie stand nicht mehr in Himmelsmitte, und da ich wußte, daß Mittag schon vorbei war, konnte ich mir ungefähr vorstellen, wo sie untergehen würde.

Ich drehte ihr also den Rücken zu, streckte die Arme aus und versicherte mir selbst mit lauter Stimme: »Rechts von mir ist Süden. Links von mir ist Norden.«

Aber dann ging mir auf, daß meine glorreiche Feststellung ohne einen Anhaltspunkt gar nichts nützte. In welcher Richtung lag unser Haus? Dieser verdammten Schluchten wegen hatte ich mehrere Umwege machen müssen … Ich war vollkommen niedergeschlagen und von einer so tiefen und verzweifelten Mutlosigkeit, daß ich mich zu einem Spiel entschloß.

Ich fing an, Steine zu schleudern, so wie es die Hirten machen, die Faust in die Hüfte gestemmt. Auf dieser Hochebene gab es eine wunderbare Auswahl dünner, vollkommen flacher Steine in allen Größen. Sie flogen, um sich selbst rotierend, mit erstaunlicher Leichtigkeit durch die Luft. Je mehr ich meine Technik vervollkommnete, desto weiter flogen sie. Der zehnte schlug in einen Ginsterbusch, aus dem plötzlich eine wunderschöne, grüne Eidechse, lang wie mein Arm, hervorschoß … Sie glitt wie ein schmaler Smaragd dahin und verschwand in einem Wacholderstrauch … Ich lief ihr nach, in jeder Hand einen Stein. Den ersten warf ich, um die Eidechse zu erschrecken. Im selben Augenblick sah ich aus dem dichten Grün eine sonderbare Kreatur aufschnellen: groß wie eine Feldratte, die einen Sprung von mindestens fünf Metern machte, um auf einem flachen Felsblock zu landen. Dort blieb sie nur den Bruchteil einer Sekunde, der mir genügte, festzustellen, daß sie wie ein Liliputkänguruh aussah, mit unproportioniert langen Hinterbeinen, die so schwarz und glatt wie Hühnerbeine waren, während ihr Körper in einem hellen Pelz steckte, aus dem spitze, ganz gerade Ohren herausragten. Ich erkannte in ihr eine Springmaus, denn Onkel Jules hatte mir einmal eine beschrieben. Sie schnellte mit der Leichtigkeit eines Vogels wieder in die Höhe und erreichte mit drei Sprüngen einen kleinen Wald von Zwergeichen. Umsonst versuchte ich, sie einzuholen, sie war nirgends mehr zu erblicken. Doch als ich sie verfolgte, entdeckte ich eine Art kegelförmige Hütte aus platten, sehr sinnreich verteilten Steinen. Jede Reihe der kreisförmig angeordneten Steine wurde gegen die Mitte zu um eine Fingerbreite enger, so daß die mit jeder Lage Steine engeren Kreise sich nach oben zusammenschlossen. Es blieb eine tellergroße Öffnung, die mit einem schönen, flachen Stein bedeckt war. Der Anblick dieses Zufluchtsortes erinnerte mich an meine trostlose Lage. Die Sonne sank am Horizont, und diese Schäferhütte würde mir vielleicht das Leben retten …

Ich betrat sie nicht sofort. Jeder Präriekenner weiß, daß eine verlassene Hütte manchmal einen Sioux oder Apatschen verbirgt, der den Tomahawk bereithält, um dem arglosen Fremdling den Kopf zu zerschmettern … Außerdem konnte ich auf eine Schlange oder giftige Spinnen treffen.

Also steckte ich einen langen Kiefernzweig durch das Loch, das als Eingang diente, bewegte ihn nach allen Seiten hin und her, während ich einige finstere Drohungen hineinrief. Nichts wie Schweigen war die Antwort. Immer noch auf eine Falle gefaßt, untersuchte ich dann das Innere der Hütte. Es war nichts zu entdecken außer einem Lager aus Heu, auf dem wohl ein Jäger geschlafen hatte.

Nun schlüpfte ich in das Hüttchen, wo ich mich kühl und geborgen fühlte. Dort konnte ich zumindest die Nacht verbringen und war vor den nächtlichen Raubtieren, die im Dunkeln die Beute anschleichen, wie zum Beispiel dem Puma oder dem Leoparden, geschützt. Allerdings bemerkte ich voll Unruhe, daß das Eingangsloch keine Tür hatte! – Sofort faßte ich den Plan, eine genügende Anzahl flacher Steine zu sammeln und den Eingang durch eine kleine Mauer zu sichern, wenn die Stunde gekommen war, mich in meiner Festung zu verschanzen. Ich gab also meine Trapperrolle und die Verschlagenheit des Komantschen auf und wappnete mich mit der tapferen Geduld Robinsons.

Erstes Mißgeschick: es gab keinen einzigen flachen Stein in der Nähe der Hütte. Wo hatte der Hirt seine Bausteine gefunden? Durch einen Geistesblitz wurde mir klar, daß er sie da, wo jetzt keine mehr waren, hergenommen hatte. Ich brauchte nur in der weiteren Umgebung zu suchen, was ich mit Erfolg auch tat …

Während ich dieses Baumaterial herbeischleppte und mir die Hände blutig riß, dachte ich: Im Augenblick ist noch niemand beunruhigt. Die Jäger vermuten mich zu Hause, und meine Mutter vermutet mich bei den Jägern. Aber welche Katastrophe, wenn sie zurückkommen! Mama wird vielleicht in Ohnmacht fallen! Auf jeden Fall wird sie weinen.

Daraufhin fing ich selbst zu weinen an und drückte einen Stein, der ganz platt war, aber so schwer wie ich selbst, fest gegen meinen Bauch.

Gern hätte ich wie Robinson ›ein leidenschaftliches Gebet zum Himmel gesandt‹ und um Unterstützung der Vorsehung gebeten. Aber ich kannte keine Gebete. Und die Vorsehung, die es nicht gibt, die aber alles weiß, hatte nicht viel Grund, sich meiner anzunehmen.

Doch hatte ich gelegentlich sagen hören: ›Hilf dir selbst, so hilft dir Gott«, und überzeugt, daß mein Mut soviel wert war wie ein Gebet, setzte ich weinend meinen Steintransport fort. »Ganz bestimmt werden sie sich auf die Suche machen«, dachte ich, »sie werden die Bauern alarmieren, und nach Einbruch der Nacht werde ich einen langen Zug mit brennenden Harzfackeln zu mir heraufsteigen sehen.« Dazu wäre es natürlich notwendig, auf dem höchsten Felsen ein Feuer anzuzünden.

Zum Unglück hatte ich keine Zündhölzer. Und was den Indianerbrauch betraf, durch Aneinanderreiben zweier Holzstückchen ohne die geringste Schwierigkeit trockenes Moos in Brand zu setzen, so hatte ich es zwar oft versucht, aber nicht einmal mit Pauls Hilfe, der sich die Lungen ausblies, auch nur das kleinste Fünkchen zustande gebracht. Ich hielt meinen Mißerfolg für endgültig. Wahrscheinlich gab es dieses speziell amerikanische Holz und diese besondere Art von Moos hier nicht. Die Nacht würde also schwarz und schrecklich sein − vielleicht die letzte Nacht meines Lebens.

So weit war es also durch meinen Ungehorsam und durch Onkel Jules' Verrat gekommen.

Da erinnerte ich mich eines von meinem Vater oft wiederholten Satzes, den ich mehrere Male abschreiben mußte, wenn er mir Schreibunterricht gab: *Man braucht nicht zu hoffen, um zu handeln, noch Erfolg zu haben, um auszuharren.*

Er hatte mir den Sinn ausführlich erklärt und mir gesagt, daß es der schönste Satz der französischen Sprache sei.

Ich wiederholte ihn mir mehrmals, und wie durch eine magische Formel fühlte ich, wie ich ein kleiner Mann wurde. Ich war beschämt, daß ich geweint hatte, beschämt über meine Verzweiflung. Ich hatte mich in den Hügeln verirrt. Was war schon dabei? Seit meinem Aufbruch von zu Hause war ich fast immer steile Hänge hinaufgestiegen. Ich brauchte sie nur wieder hinunterzuklettern, dann würde ich sicher ein Dorf finden, oder wenigstens eine gangbare Straße.

Mit Bedacht verzehrte ich die zweite Hälfte der Orange, und dann ging ich mit schmerzenden Waden und wunden Füßen den schmalen Pfad hinunter, der von der Hochebene abwärts führte.

Ich sagte mir nochmals den Zaubersatz vor und sprang über Ginster und Wacholder. Zu meiner Rechten rötete die Sonne sich hinter Wolkenschleiern; sie sahen aus wie Schleifen auf Konfektschachteln, die Tanten zu Weihnachten verschenken.

So lief ich länger als eine Viertelstunde, erst leicht wie eine Springmaus, dann wie eine Ziege, dann wie ein Kalb und dann stand ich still, um zu verschnaufen. Als ich zurückblickte, stellte ich fest, daß ich mindestens einen Kilometer zurückgelegt hatte und daß ich die drei in die unendliche Hochebene versunkenen Schluchten nun nicht mehr sehen konnte.

Statt dessen glaubte ich, gegenüber auf der Seite des Sonnenuntergangs den Rand eines Tales zu unterscheiden. Gelassen wie ein Spaziergänger ging ich darauf zu, um mich etwas zu erholen, ehe ich wieder zu laufen anfing.

Ja, es war wirklich ein Tal, das sich immer mehr vertiefte, je näher ich kam. Vielleicht war es das Tal, durch das ich schon heute früh gewandert war.

Ich bog die Pistazien und den Ginster auseinander; er war so hoch wie ich. Ich hatte noch etwa fünfzig Meter bis zum Rand des Felsens, da hallte ein Schuß, dann, zwei Sekunden später, noch einer! Er kam aus der Tiefe. Ich rannte ihm entgegen, ganz außer mir vor Freude, als ein Schwarm riesiger Vögel aus dem Tal aufstieg, direkt auf mich zu.

Aber der Führer der Kette schlug plötzlich um, seine Flügel schlossen sich, er streifte einen Wacholderstrauch und fiel schwer zu Boden. Ich bückte mich, um ihn aufzuheben, als ich von einem heftigen Anprall halb erschlagen in die Knie ging: Ein zweiter Vogel war gegen meinen Kopf geprallt, und ich war einen Moment ganz betäubt. Ich rieb kräftig meinen dröhnenden Kopf; da sah ich, daß meine Hand voll Blut war. Ich dachte, es sei mein Blut und wollte gerade wieder in Tränen ausbrechen, als ich bemerkte, daß es die Vögel waren, die bluteten, und das beruhigte mich sofort.

Ich packte sie beide an den Ständern, die noch schwach zitterten.

Es waren Rebhühner, aber ihr Gewicht überraschte mich. Sie

waren so groß wie Truthähne, und so hoch ich auch die Arme hob, ihre Schnäbel berührten immer noch die Erde.

Da hüpfte mir das Herz in der Brust: Bartavellen! Königsrebhühner! Ich trug sie an den Rand des Felsens – vielleicht war das eine Dublette von Onkel Jules?

Aber selbst wenn nicht er das Wild erlegt hatte, der Jäger, der die Bartavellen suchte, würde mir sicher einen guten Empfang bereiten und mich nach Hause bringen! Ich war gerettet!

Als ich mich mühevoll durchs Dickicht arbeitete, hörte ich eine tiefe Stimme, deren rollende ›R's‹ die Echos zurückrollten: es war die Stimme von Onkel Jules, die Stimme des Heils, die Stimme der Vorsehung!

Durch die Äste konnte ich ihn sehen. Das Tal war ziemlich weit, kaum bewaldet und nicht sehr tief. Onkel Jules kam von der gegenüberliegenden Seite und rief ärgerlich:

»Aber nein, Joseph, aber nein! Sie durften nicht schießen! Sie flogen auf mich zu. Ihre Schießerei für nichts und wieder nichts hat sie vertrieben!«

Dann hörte ich die Stimme meines Vaters, den ich nicht sehen konnte, denn er stand direkt unter dem Felsen:

»Ich war in guter Schußlinie, und ich glaube, daß ich eines getroffen habe!«

»Ach, hören Sie doch auf«, sagte Onkel Jules verächtlich, »vielleicht würden Sie eines getroffen haben, wenn Sie gewartet hätten, bis es weiterflog! Aber Sie hatten den Ehrgeiz, den Königsschuß abzugeben, und nicht nur einen, sondern gleich zwei! Heute früh haben Sie schon ein Rebhuhn, das drauf und dran war, Selbstmord zu begehen, verfehlt, und jetzt versuchen Sie sich auch noch an Bartavellen, und an Bartavellen, die auf mich zuflogen!«

»Ich gebe zu, daß ich mich zu sehr beeilt habe«, sagte mein Vater schuldbewußt, »aber trotzdem …«

»Trotzdem«, sagte der Onkel schneidend, »trotzdem haben Sie die Königsrebhühner verfehlt – obwohl sie so groß sind wie Kinderdrachen und obwohl sie mit einer Gießkanne schießen, die ein ganzes Bettlaken durchlöchern könnte. Und am traurigsten ist, daß diese einmalige Gelegenheit sich nicht wiederholen wird! Wenn Sie mich nur hätten machen lassen, dann wären sie jetzt in unserer Jagdtasche!«

»Ich sehe ein, daß es unrecht war«, sagte mein Vater. »Aber trotzdem, ich habe gesehen, wie die Federn flogen …«

»Ich auch!« höhnte der Onkel. »Ich habe auch gesehen, wie die Federn flogen, schöne Federn, mit denen die Königsrebhühner in einer Geschwindigkeit von sechzig Kilometern in der Stunde davonflogen, bis hinauf in die Felsen, wo sie nicht schlecht auf uns pfeifen werden.«

Ich war nun schon ganz nah gekommen, und ich sah den armen Joseph. Unter seinem schiefgerutschten Barett kaute er nervös an einem Rosmarinhalm und schüttelte traurig den Kopf. Da stieg ich auf einen Felsenvorsprung über dem Tal, und den Körper angespannt wie einen Bogen, schrie ich aus voller Kehle:

»Er hat sie getroffen! Alle beide! Er hat sie getroffen!«

Und mit meinen kleinen, blutigen Fäusten, die vier goldfarbige Flügel hielten, hob ich im Angesicht der untergehenden Sonne den Ruhm meines Vaters hoch zum Himmel empor.

Der Überbringer einer guten Nachricht, selbst wenn es ein Verbrecher wäre, wird nie schlecht empfangen.

Mein Vater sah mit strahlendem Lächeln zu mir herauf. Er sagte nur:

»Alle beide, Jules, alle beide!«

Dann kam die Situation ihm plötzlich zum Bewußtsein, und er rief: »Was machst denn du dort oben?«

Aber seine Stimme drückte nichts anderes als freudige Überraschung aus.

Ich warf die Vögel einen nach dem anderen dem Sieger vor die Füße und ließ mich in die Schlucht hinuntergleiten. Als ich auf dem Grund des Tales angekommen war, machte ich schnell einen kleinen Sprung zur Seite, denn ein Steinhagel prasselte hinter mir herab.

Unterdessen bewunderte mein Vater seine Bartavellen und suchte mit zitternder Hand die Stelle, an der der tödliche Schuß sie getroffen hatte.

»Was machst du denn hier um sechs Uhr abends und so weit von zu Hause fort?« fragte Onkel Jules mich streng. »Du weißt wohl nicht, daß man sich hier leicht verirren kann?«

»Das ist es ja gerade! Ich habe mich verirrt«, sagte ich. »Ich werde euch alles erzählen, aber erst müßt ihr mir etwas zu trinken geben. Ich komme um vor Durst seit heute früh …«

»Wieso?« rief mein Vater. »Warst du denn zum Essen nicht zu Hause?«

»Nein, ich bin von weitem hinter euch hergelaufen. Ich werde dir alles erklären, aber gib mir zu trinken! Ich habe eine ganz geschwollene Zunge … Ich kann kaum sprechen …«

»Es ist nur noch Weißwein da«, sagte der Onkel.

Und er füllte einen kleinen Becher.

»Nur einen Schluck«, sagte mein Vater. »Du kannst dann zu Hause trinken.«

Ich gehorchte, und dann erzählte ich meine Odyssee. Ganz stolz eröffnete ich ihnen, daß ich es war, der ihnen die ersten Rebhühner zugetrieben hatte.

»Es war mir aufgefallen«, sagte der Onkel, »daß da oben jemand sein mußte. Aber ich dachte, es sei ein Jäger. Dein Ungehorsam hat sich also gelohnt, ich entschuldige dich nicht, aber ich muß es anerkennen.«

»Und die Königsrebhühner!« sagte mein Vater. Er blies in ihre Federn, um ihr Fleisch zu bewundern. »Ohne ihn hätten wir sie nie wiedergefunden, ja, wir hätten sie nicht einmal gesucht! Und ich wäre unverrichteter Dinge und ohne Ehren nach Hause zurückgekommen.«

»Ich hätte dir die Amseln als Beute überlassen«, sagte mein Onkel großzügig.

»Das wäre nur eine fromme Lüge gewesen!«

»Eine Jagdlüge zählt nicht«, sagte der Onkel, »es ist nicht einmal der Mühe wert, sie zu beichten!«

Wir saßen alle drei auf großen Steinen.

»Was hast du denn da im Gesicht?« fragte mein Vater plötzlich, als ob er aus einem Traum erwache.

»Nichts Schlimmes. Es ist nur Harz.«

Und dann erzählte ich von meinem heimlichen Aufbruch, von dem Zettel, den ich für meine Mutter zurückgelassen hatte, von meinem Plan, an der Quelle von Mûrier mit ihnen zusammenzutreffen, und die schreckliche Geschichte von dem Condor. Der Onkel ließ den Raubvogel zu einem Sperber zusammenschrumpfen und erklärte, daß er schon im Alter von zehn Jahren zwei Sperber mit Steinen getötet habe.

Gekränkt sprach ich weder von meinen Ängsten und meiner Einsamkeit noch von meiner Verzweiflung und beschloß, diese ergreifende Geschichte für meine empfindsame Mutter und meinen aufmerksamen Bruder aufzusparen.

Übrigens hörte mein Vater mir kaum zu, er war mit den Königsrebhühnern beschäftigt, trocknete das Blut, das aus ihrem Schnabel floß und band die langen, roten Flügel zusammen.

Der Onkel stand auf:

»Mein lieber Joseph«, sagte er, »ich glaube, es ist Zeit, nach Hause zu gehen; meine Füße haben genug, für den ersten Tag reicht es mir!« Mir reichte es auch! Ich konnte mich kaum mehr aufrecht halten!

Mein Vater sah mich zärtlich an und strich mir übers Haar. Dann entlud er sein Gewehr und gab es mir.

»Nimm das!« sagte er.

Respektvoll ergriff ich die siegreiche Waffe.

Dann öffnete er seine Jagdtasche, die bereits mehrere Stück Wild und zwei leere Flaschen enthielt.

»Da ist kein Platz mehr für sie«, stellte er fest. »Und dann wäre es auch schade, sie zu zerdrücken.«

Mit zwei Enden Bindfaden hängte er sie am Hals an seinen Patronengürtel, eines rechts, das andere links. Schließlich drehte er mir den Rücken zu und bückte sich, die Hände auf den Knien.

»Klettere hinauf!«

Das große Gewehr umgehängt, setzte ich mich auf seine Schultern. Onkel Jules ging vor uns. Er lauerte mit Auge und Ohr auf eine letzte Schußmöglichkeit.

»Vielleicht noch einen Hasen«, hatte er gesagt.

Ich zitterte, daß ihm einer vor die Flinte kommen könnte, denn dieser Hase würde den Erfolg der Bartavellen schmälern. Aber nicht die kleinste Spur eines Langohrs ließ sich blicken, und im Moment, als ich es am wenigsten erwartete – wir kamen gerade aus einem Kiefernwäldchen heraus –, entdeckte ich ein bißchen weiter unten das Dach unseres Hauses. Am Wegrand standen die Olivenbäume mit meinen Grillen … Ich jauchzte vor Vergnügen und hielt mich an den lockigen Haaren meines Vaters fest. Als wir am Olivenbaum vor der Efeuwand vorbeikamen, schoß unversehens ein kleiner Sioux hervor. Ein Federschmuck krönte seinen Kopf, und auf dem Rücken trug er den Köcher mit Pfeilen. Mit wildem Blick gab er zwei Pistolenschüsse auf uns ab, flüchtete ins Haus und brüllte:

»Mama, sie haben Enten geschossen!«

Daraufhin sprangen meine Mutter und meine Tante, die unter dem Feigenbaum nähten, auf und kamen uns entgegen; das Dienstmädchen lief hinter ihnen her, und wir hielten triumphalen Einzug.

Die drei Frauen drückten uns freudig erregt ihre Bewunderung aus.

Ich war noch nicht vom Rücken meines Vaters heruntergeklettert, da hatte Paul bereits geschickt eine der Bartavellen losgebunden und trug sie auf seinen Armen zu den Frauen.

Das Dienstmädchen faltete die Hände, schlug die Augen zum Himmel auf und rief ganz außer sich:

»O gütige Mutter Gottes! Das Königsrebhuhn!«

Unterdessen warf Onkel Jules geräuschvoll mehrere Handvoll Drosseln und Amseln auf den Tisch der Terrasse, fünf oder sechs Rebhühner und zwei Kaninchen. Daraufhin leerte mein Vater seine Tasche aus, die drei Rebhühner und eine Schnepfe enthielt und sagte:

»Sehen Sie sich das an, Rose, das alles hat Jules erlegt!«

»Und du?« fragte meine Mutter enttäuscht. »Hast du immer vorbeigeschossen?«

»Ich«, sagte er bescheiden, »ich habe nur die Bartavellen erlegt.«
Ich sah wohl, daß beide von Herzen glücklich darüber waren.

Ich rannte zum ›Eisschrank‹, einer leeren Seifenkiste, in der ein
Eisblock lag, um die Getränke frisch zu halten. Neben der schwit-
zenden Wasserkaraffe fand ich zwei Kompottschüsseln mit Schlagrahm. Ich lief auf meine Mutter zu, um sie zu umarmen. Sie
bestand darauf, mir meinen Harzbart abzuwaschen. Nach viermal-
igem Abseifen mußten wir Olivenöl nehmen, und selbst dann
blieb noch acht Tage lang auf der rechten Backe ein großer, bräun-
licher Flecken zurück, ziemlich abstoßend und klebrig, aber genau in der Farbe der Sioux-Indianer. Nachdem sie den traurigen
Zustand meiner Beine festgestellt hatte, legte sie mich auf den Lie-
gestuhl, machte an einem Zündholz eine Nähnadel glühend und
zog die kleinen Dornen heraus, die mich grausam stachen. Paul
verfolgte die Operation aus nächster Nähe und stieß an meiner
Stelle Schmerzensschreie aus, während ich stolz und apathisch alles mit mir geschehen ließ wie ein aus der Schlacht zurückgekehr-
ter Krieger.

Inzwischen zählte mein Vater in allen Einzelheiten die Heldentaten des Onkel Jules auf, lobte seine Jagdhundspürnase, seinen
lautlosen Gang, sein sicheres Urteil, seine außergewöhnlich
schnelle Schußbereitschaft und seine tödliche Treffsicherheit …
Der Onkel hörte zu; vor seiner entzückten Frau und vor meiner
Mutter, die ihn bewunderte. Nach der fünften oder sechsten Stro-
phe des Heldenliedes war er vollkommen entbartavellisiert und
sang nun seinerseits das Lob von Joseph: er beschrieb seine Ner-
vosität, seine ersten Ungeschicklichkeiten, die Energie, mit der er
sich zur Ruhe zwang, seinen Widerstand gegen jede Müdigkeit
und schließlich seine wunderbare Eingebung, die den schönen Tag
krönte. Er schloß mit einem Satz, der die schwarzen Augen meiner Mutter aufleuchten ließ:

»Ein doppelter Königsschuß auf die königlichen Rebhühner
von einem Neuling abgegeben – ich kann sagen, daß man so etwas noch nie erlebt hat!«

Jetzt wollte ich sprechen und mein eigenes Loblied singen, da
die Jäger mich vergessen hatten. Aber plötzlich fielen mir die

Augen zu. Ich spürte, wie die Finger meiner Mutter meine Hand öffneten, mit der ich die Lehne des Liegestuhls umklammerte, und dann trug sie mich ins Haus. Ich wollte im Namen der Schlagsahne protestieren, aber ich brachte nur noch ein schwaches Murmeln heraus bei der Begegnung mit einer hüpfenden Springmaus, die so groß wie ein Hase und schneeweiß war und mich mit vier Sprüngen in die dunklen Gefilde des Schlafes entführte.

Am nächsten Morgen stellte meine Mutter an einer Ecke des Küchentisches die Liste der Besorgungen zusammen, die mein Vater im Dorf erledigen sollte.

»Marcel«, sagte er zu mir, »nimm deinen Rucksack, du kannst mich begleiten. Die Einkaufsliste wird lang, und ich werde sehr bepackt sein. Das Gewicht der Sachen stört mich nicht, aber ihre Menge, denn ich habe die Absicht, mein Gewehr mitzunehmen. Ich habe da nämlich einen Sperber gesichtet, der öfter über dem Hühnerhof von Mutter Toffi kreist. Wenn wir ihn heute morgen sehen, werden wir im Vorübergehen ein Wort mit ihm sprechen.«

Als die Liste fertig war, las er sie noch einmal laut vor. Inzwischen hatte meine Mutter die Bartavellen aus der Vorratskammer geholt und legte sie auf den Tisch.

»Was willst du damit machen?« fragte er beunruhigt.

»Ich werde sie rupfen und ausnehmen, und heute Abend braten wir sie.«

»Aber ich bitte dich! Das ist doch kein Geflügel, das ist Wild! Und was für ein Wild! Wir können es nicht vor morgen abend essen – heute, das wäre ein Verbrechen. Übrigens«, sagte er, »ich habe eine Idee. Ich hätte nicht übel Lust, sie Mond des Parpaillouns zu zeigen, er ist Sachverständiger. Man soll nie eine Gelegenheit versäumen, sich zu unterrichten, und dieser alte Wilderer versteht sicher mehr davon als mancher Naturwissenschaftler.«

Er befestigte die beiden Vögel an seinem Gürtel, und dann schulterte er sein Gewehr.

Vergnügt brachen wir auf. Ich trug die drei leeren Beutel. Mein Vater ging voraus und durchforschte mit den Blicken die treppenartig angelegten Olivenpflanzungen, die den Weg ins Dorf hinunter säumten. Wir sahen haufenweise Spatzen, aber der Jäger der roten Königsrebhühner hatte nur Geringschätzung für sie übrig. Ich war glücklich, ihn begleiten zu dürfen, und stolz auf seine Heldentat, aber ich zwang mich, meine Eitelkeit zu verbergen, denn ich fürchtete einen Verweis.

Eines Tages hatte Monsieur Arnaud, der leidenschaftlich gern fischte, mit der Angel eine enorme Seeröte* gefangen. Eine Photographie seiner Heldentat hatte er in die Schule mitgebracht.

Zu dieser Zeit war eine Photographie ein bemerkenswertes Dokument, das die Erinnerungen der ersten Kindheit, des Militärdienstes, einer Heirat oder einer Reise ins Ausland verewigte.

Und nun sah man Monsieur Arnaud auf einer Art Postkarte, mit lächelndem Gesicht, die Brust gewölbt, in der linken Hand eine lange Stange, die rechte zum Himmel erhoben und den stacheligen Fisch am Schwanz emporhaltend.

Bei Tisch hatte mein Vater dieses gloriose Bild beschrieben und den Schluß daraus gezogen:

»Er mag sich freuen, einen so guten Fang gemacht zu haben, dagegen habe ich nichts. Aber sich mit einem Fisch photographieren zu lassen – welcher Mangel an Würde! Von allen Lastern ist Eitelkeit entschieden das lächerlichste!«

Er hatte das ohne Heftigkeit gesagt, aber mit einem mitleidigen Lächeln, das meine Bewunderung für Monsieur Arnaud für immer zerstörte. Deshalb nahm ich an, daß unser Besuch bei Mond des Parpaillouns keinen anderen als nur einen naturwissenschaftlichen Zweck hatte.

Wir erreichten das niedrige, kleine Bauernhaus, das der berühmte Mond bewohnte. Zuerst kam man an ein unbebautes Feld, wo einige Dutzend Olivenbäume wie ein Riesengestrüpp wild wucherten, denn Mond beschnitt seine Bäume nie.

Er saß rittlings auf einer Bank vor seiner Tür unter dem Maulbeerbaum und tauchte kleine Ruten in einen Eimer mit Vogelleim. Jetzt hob er den Kopf. Seine dichte, grauhaarige Mähne ver-

---

* Fisch für Bouillabaisse, das Nationalgericht der Provence

längerte sich in einen weißen Vollbart, der auf der einen Seite von einem Zigarettenstummel, der ihm aus dem Mundwinkel hing, gelb gefärbt war. Seine Augen waren schwarz und durchdringend, seine starkgeäderten Hände von gelbbraunen Flecken marmoriert.

Er sah die Bartavellen und kam mit offenem Mund auf uns zu.

»Gütige Muttergottes!« schrie er, »wer hat Ihnen denn die verkauft?«

Mein Vater lächelte unmerklich.

»Sie haben mich nicht mehr als zwei Flintenschüsse gekostet.«

»Eine Dublette?« sagte Mond ungläubig. »Mit einer Dublette zwei Bartavellen?«

»Ja, so war es«, sagte mein Vater und zwirbelte seinen Schnurrbart zwischen Daumen und Zeigefinger.

»Und wo?«

»Im Tal von Lanzelot. Gerade unterhalb des Felsens auf der Seite von Passe-Temps.«

Mond hatte die beiden Vögel ergriffen und wog sie in der Hand.

»Was mich am meisten wundert, ist, daß Sie die Vögel gefunden haben«, sagte er.

»Warum?«

»Weil diese Tiere, wenn sie in der Luft getroffen werden, immer noch fünf- bis sechshundert Meter weiterfliegen.«

»Der Junge war oben auf dem Felsen, er hat sie fallen sehen.«

»Bravo, Pitchounet!« sagte Mond zu mir. »Wenn ich an einem der nächsten Tage jagen gehe, werde ich dich mitnehmen.«

Und wie man eine Lebensregel ausspricht, erklärte er:

»Wenn man keinen Hund hat, muß man Kinder haben.«

Nun stellte mein Vater tausend Fragen über die Bartavellen, ihre Herkunft und ihre Gewohnheiten, über die Schwierigkeit, sich ihnen zu nähern, und die hohe Geschwindigkeit ihres Fluges.

Aus diesen Fragen und den Antworten des alten Mond ging klar hervor, daß ein erfolgreicher Doppelschuß auf Königsrebhühner ein wenn auch nicht geradezu unmögliches, so doch äußerst seltenes Schützenstück und einer ›großen Flinte‹ würdig war.

Nachdem diese Wahrheit erkannt war, verließen wir Mond, der

angefangen hatte, uns von seinen eigenen Erfolgen zu erzählen mit einer Eitelkeit, die stark an Monsieur Arnaud erinnerte, und stiegen hinunter ins Dorf.

Mein Vater übergab seine Liste dem Krämer, in dessen kleinem Laden sich bereits fünf oder sechs Kunden aufhielten. Aber der Kaufmann hatte, die Liste in der Hand, nur Augen für das Wild und rief: »Ah, Birkhähne.«

Mein Vater klärte ihn auf und ließ einige Worte über Leben und Gewohnheiten der Bartavellen fallen. Der Krämer schlug vor, sie zu wiegen, was mein Vater gern annahm. Die Operation fand vor den versammelten Hausfrauen des Dorfes statt.

Die große wog 1530 Gramm, die kleinere 1260, denn der Krämer bestand auf Genauigkeit. Eine alte, blitzsaubere Frau (wie sich herausstellte, war es die Pfarrersköchin) riet, sie mit Pèbre d'Ai zu füllen, ehe man sie auf den Spieß steckte, und sie nicht gleich ans starke Feuer zu bringen. Der Spieß dürfe nur ganz allmählich an die Flamme kommen, so etwa in drei Etappen. Zum Dank für diesen wertvollen Rat bat sie sich eine Schwanzfeder aus, die nun die Kopfbedeckung eines Bleichgesichts schmücken würde, und alle Neuankömmlinge staunten voll Hochachtung den Jäger an, dem ein so schöner Schuß gelungen war.

Wir ließen die Liste beim Kaufmann, der es übernehmen wollte, alles herzurichten, und mein Vater sagte: »Jetzt muß ich Monsieur Vincent ausfragen!«

Monsieur Vincent war Archivar auf der Präfektur und ein Freund von Onkel Jules. Er verbrachte seine Ferien hier im Dorf, wo er geboren war.

Aber unterwegs trafen wir den Briefträger, der selbst im Revier von Allauch jagte. Er hielt uns an, und ich war sehr erstaunt zu sehen, daß er den Hals der Bartavellen zwischen Daumen und Zeigefinger rieb.

»Unter uns«, flüsterte er vertraulich, »Sie haben sie in der Falle gefangen?«

»Nie im Leben!« sagte mein Vater. »Ich habe Glück gehabt. Mit einer Dublette ist mir der Königsschuß gelungen.«

Aber der Briefträger war ein neidischer Jäger. Er tastete noch immer den Hals der Vögel ab in der Hoffnung, das von der Falle gebrochene Genick zu entdecken. Da blies mein Vater das Gefieder zurück und zeigte ihm die Schußwunden, die er mißtrauisch untersuchte. Nun wollte er das Kaliber des Gewehres wissen, die Nummer der Kugeln, die Entfernung sowie Ort und Stunde. Schließlich überwand er seine Eifersucht und fand sich bereit, die Tat des Schützen anzuerkennen.

»Hut ab, Monsieur!« sagte er. »Diese Tiere verfolge ich seit zwei Jahren. Fünfmal habe ich auf sie geschossen und nur vier Federn erbeutet. Erlauben Sie mir, Ihnen die Hand zu drücken!«

Inzwischen hatten die Dorfkinder sich versammelt und sparten nicht mit lauter Begeisterung.

Auf dem Marktplatz angekommen, liefen wir dem Herrn Pfarrer in die Arme. Er stand beim Brunnen, las sein Brevier und wartete, auf das Plätschern in seinem Krug lauschend, bis er voll war.

Bei unserer Ankunft hob er den Kopf und weil *diese Leute immer nur auf ihren Vorteil aus sind,* lächelte er meinen Vater freundlich an und sagte mit einer sehr angenehmen Stimme:

»Monsieur, wenn Sie diese Königsrebhühner nicht von einem Händler gekauft haben, dann erlauben Sie mir, Ihnen mein Kompliment zu machen.«

Es war das erstemal, daß ich meinen Vater Aug in Aug mit seinem heimlichen Feind sah. Zu meiner großen Überraschung antwortete er überaus höflich:

»Sie kommen aus dem Tal von Lanzelot, Herr Pfarrer.«

»Ich habe selten so schöne gesehen, und ich bin geneigt anzunehmen, daß der große Sankt Hubertus mit Ihnen war!«

»Der große Sankt Hubertus und mein Zwölfkaliber!«

»Und Ihre Geschicklichkeit natürlich auch!« sagte der Herr Pfarrer. »Sie haben da einen alten Hahn und eine zweijährige Henne … Mein Vater war ein großer Jäger, und deshalb verstehe ich etwas davon. Dieses Rebhuhn ist nicht die Caccabis Rufa, denn die ist sehr viel kleiner. Es ist die Caccabis Saxatilis oder das Felsenrebhuhn, auch das griechische Rebhuhn genannt und in der Provence und auf provençalisch die ›Bartavelle‹.«

»Woher kommt dieser Name?«

»Ich werde Ihnen sehr gelehrt vorkommen«, sagte der Herr Pfarrer, »aber ich darf Ihnen gestehen, daß meine Weisheit neuesten Datums ist. Nachdem ich gestern mit einem Bauern über Bartavellen gesprochen hatte, war ich neugierig geworden, die Herkunft des Wortes zu ermitteln. Und ich bin glücklich darüber, da diese Frage Sie ja interessiert. Mein Wörterbuch sagt, daß das französische Wort aus der alten provençalischen Bezeichnung ›bartavélo‹ abgeleitet ist, was soviel bedeutet wie ›alter Riegel‹. Der Vogel wurde so genannt, weil seine Stimme, wie es scheint, ein wenig knarrt. Wenn ich mich bescheiden dazu äußern darf, so finde ich die Erklärung nicht befriedigend. Ich werde dem Domherrn von La Major, der morgen im Pfarrhaus ißt, die Frage vorlegen, und wenn er etwas Interessantes weiß, werde ich mir das Vergnügen machen, es Ihnen mitzuteilen. Entschuldigen Sie mich jetzt, mein Krug ist voll, und die Mittagsglocke ruft.«

Höflich nahm er sein Käppchen ab, mein Vater lüftete ebenso höflich sein Barett. Der Herr Pfarrer nahm seinen Krug und ging davon.

Immer gefolgt von den staunenden Kindern, gingen wir zu Monsieur Vincent: man sagte uns, er sei in der Stadt und werde erst am folgenden Tag zurückkommen. Trotzdem suchte mein Vater ihn im ganzen Dorf, er ging sogar zum Boulespielerklub, um die Spieler zu fragen, ob sie ihn nicht gesehen hätten. Nein, sie hatten ihn nicht gesehen, aber sie sahen die Bartavellen, die mein Vater durchaus nicht vor ihnen verbarg. Sie unterbrachen ihr Spiel, wogen sie bewundernd in der Hand und stellten hundert Fragen. Mein Vater gab zweihundert Antworten und belehrte sie, daß es sich nicht um Caccabis Rufa, sondern um Caccabis Saxatilis handele.

Auf allgemeines Verlangen erklärte er sich sogar bereit, den Königsschuß vorzuführen, wobei er betonte, daß man den zweiten Schuß schlagartig abfeuern müsse. Diese technischen Erklärungen, die noch bis zum Abend hätten dauern können, wurden glücklicherweise durch das Mittagsläuten der Kirchenglocken beendet.

Als wir unsere Rucksäcke im Kramladen abholten, trafen wir nochmals den Herrn Pfarrer. Er trug einen eleganten Photoapparat in Form und Größe eines Ziegelsteines in der Hand.

Lächelnd kam er uns entgegen und sagte:

»Wenn es Ihnen nicht lästig ist, würde ich gern eine Aufnahme machen zur Erinnerung an diesen bewundernswerten Erfolg.«

»Ein Glückszufall verdient eine so große Ehre nicht«, sagte mein Vater bescheiden.

»O doch! O doch! Und es wird mir ein Vergnügen sein, Ihnen einen Abzug des Bildes zu senden zur schönen Erinnerung an die diesjährigen großen Ferien.«

Mein Vater fügte sich geduldig den Anordnungen des Photographen; er ließ mich merken, daß es ihm zwar unangenehm sei, er es aber nicht wage, unhöflich zu sein. Also stellte er seinen Gewehrkolben auf die Erde, stützte die linke Hand leicht auf den Lauf und umfaßte mit dem rechten Arm meine Schulter.

Der Herr Pfarrer betrachtete uns einen Moment mit zusammengekniffenen Augen, dann näherte er sich und drehte die Bartavellen so herum, daß ihr gesprenkelter Bauch zur Geltung kam.

Nun ging er vier Schritte zurück, drückte den Apparat an die Brust, senkte den Kopf und rief:

»Nicht mehr bewegen!«

Ich hörte ein Klick, als ob man einen Schlüssel im Schloß umgedreht hätte, und der Herr Pfarrer zählte:

»Eins! Zwei! Drei – Danke!«

»Wir wohnen in Les Bellons«, sagte mein Vater, »in der Bastide Neuve.«

»Ich weiß, ich weiß!« sagte der Herr Pfarrer, und fügte etwas pathetisch hinzu: »Da ich nicht oft Gelegenheit habe, Sie zu sehen, werde ich den für Sie bestimmten Abzug Ihrem Herrn Schwager anvertrauen – dem hervorragendsten unserer Pfarrkinder. Auf Wiedersehen! Und nochmals meine besten Glückwünsche!«

Höflich grüßend entfernte er sich mit einem freundlichen Lächeln und war mir so sympathisch, daß ich gern mit ihm gegangen wäre. Das ließ mich die Gefahr erkennen, die diese Scheinheiligkeit für die Gesellschaft bedeutet.

Als wir um die Ecke bogen, sagte mein Vater zu mir:

»Wir sind in einem kleinen Dorf. Es wäre ungeschickt gewesen, sich zu weigern. Vielleicht hoffte er darauf, um uns danach als Renegaten hinzustellen. Aber wir waren noch schlauer als er!«

In schnellem Tempo gingen wir den steilen Weg zurück.

Die Bartavellen tanzten noch immer am Gürtel meines Vaters, und da sie an den Hälsen aufgehängt waren, sagte ich zu ihm, daß er zwar Rebhühner geschossen habe, daß wir aber schließlich Schwäne essen würden.

Am nächsten Tag wurden sie am Spieß gebraten – es war eine historische und beinah feierliche Mahlzeit.

Leider ereignete sich dabei ein peinliches Mißgeschick: Onkel Jules, dessen bäuerlicher Appetit die Bewunderung der ganzen Familie genoß, biß sich einen Zahn entzwei – einen Porzellanzahn – auf einer Bleikugel Nr. 7, die im zarten Hinterteil des Vogels unbemerkt geblieben war. Aber er fand seine gute Laune wieder, als mein Vater erklärte, der Pfarrer des Dorfes sei ein Gelehrter und dazu ein überaus sympathischer Mensch, dessen Unterhaltung ihn entzückt habe.

Als wir anderntags zur Jagd aufbrachen, sah ich, daß mein Vater sein Barett mit einem alten, braunen Filzhut vertauscht hatte, ›wegen der Sonne‹, sagte er, die ihn durch die Brillengläser hindurch manchmal blende. Aber ich bemerkte, ohne etwas zu sagen, daß der Filzhut ein Band hatte (was man auf einem Barett nicht anbringen kann), und daß in diesem Band zwei hübsche rote Federn steckten, Symbol und Erinnerung an den doppelten Königsschuß.

Wenn man von diesem Tag an im Dorf von meinem Vater sprach, dann hieß es:

»Sie wissen doch, der Herr aus Bellons!«

»Der mit dem großen Schnurrbart?«

»Nein, der andere, der mit den Bartavellen.«

Am nächsten Sonntag, als Onkel Jules aus der Messe kam, zog er einen gelben Briefumschlag aus seiner Tasche.

»Hier«, sagte er, »vom Herrn Pfarrer.«

Die ganze Familie eilte herbei. Der Umschlag enthielt drei Abzüge unserer Photographie.

Sie war ausgezeichnet gelungen, die Bartavellen wirkten riesengroß, und Joseph strahlte in seinem Ruhm. Er zeigte weder Überraschung noch Eitelkeit, sondern die sichere Gelassenheit eines blasierten Jägers bei seiner hundertsten Bartavellen-Dublette.

Mich hatte die Sonne zu einer kleinen Grimasse gezwungen, die ich nicht hübsch fand. Aber meine Mutter und meine Tante sahen darin einen besonderen Reiz, und die Bewunderung nahm kein Ende. Onkel Jules sagte liebenswürdig:

»Wenn es Ihnen nichts ausmacht, mein lieber Joseph, würde ich gern den dritten Abzug behalten, denn der Herr Pfarrer sagte mir, er habe ihn für mich beigelegt.«

»Selbstverständlich, wenn diese Lappalie Ihnen Freude macht ...«, sagte mein Vater.

»O ja!« sagte Tante Rose begeistert. »Ich lasse das Bild unter Glas rahmen, und wir stellen es im Eßzimmer auf.«

Der Gedanke, daß wir nun allabendlich von luxuriösem Gaslicht bestrahlt werden sollten, erfüllte mich mit Stolz. Was den lieben Joseph betraf, so zeigte er keinerlei Verlegenheit. Meine Mutter lehnte ihr Kinn an seine Schulter, und er studierte eingehend seine photographische Verherrlichung, wobei er die Länge dieser Betrachtung mit technischen Anmerkungen rechtfertigte. Er belehrte uns, daß es sich um Silbernitratpapier handele, das die Eigenschaft habe, bei Tageslicht schwarz zu werden. Dann erklärte er, daß die Belichtung ausgezeichnet, die Entwicklung des Negativs vollkommen sei, und daß der Herr Pfarrer seine Sache sehr gut verstehe. Er strich mir übers Haar und sagte schließlich:

»Da wir zwei Abzüge haben, hätte ich große Lust, meinem Vater einen zu schicken, damit er sieht, wie groß Marcel geworden ist ...«

Der kleine Paul klatschte in die Hände, und ich lachte. Ja, er war ganz stolz auf seine Heldentat. Ja, er würde seinem Vater einen Abzug schicken, und den anderen würde er der ganzen Schule zeigen – wie Monsieur Arnaud.

Ich hatte meinen lieben Übermenschen in seiner Menschlichkeit auf frischer Tat ertappt. Ich fühlte, daß ich ihn deshalb nur noch mehr liebte.

Da sang ich die Farandole* und tanzte in der Sonne …

---

* Provençalisches Tanzlied

Klaus Mann

MYTHEN DER KINDHEIT

Das Paradies hat den bittersüßen Duft von Tannen, Himbeeren und Kräutern, vermischt mit dem charakteristischen Aroma des Mooses, das von der Sonne durchwärmt ist, der großen, mächtigen Sonne eines Sommertages in Tölz. Die Lichtung, wo wir den Morgen mit Beerenpflücken verbringen, liegt mitten in dem schönen, großen Wald, der gleich hinter unserem Hause beginnt. Gibt es irgendwo auf der Welt noch andere Wälder, die sich mit diesem vergleichen ließen? Gewiß nicht; denn *unser* Wald ist durchaus einzigartig, *der* Wald *par excellence,* der mythische Inbegriff des Waldes, mit der Tempelperspektive seiner schlanken, hohen, säulenhaft glatten Stämme, mit seinem feierlichen Zwielicht, seinen Düften und Geräuschen, den hübschen Bildungen seiner Pilze und Sträucher, mit seinen Eichhörnchen, Felsen, schüchternen Blumen und murmelnden Wasserläufen.

Und hier sind wir vier Kinder mit dem Hund und mit der Mutter, die ein Sommerkleid trägt, ein dekoratives Gewand aus schwerem, rauhem Leinen mit weiten, gepufften Ärmeln und reicher Stickerei: Wir nennen es ›das Bulgarische‹, weil einer der Onkel es einmal aus dem Balkan mitgebracht hat. Die Mutter ist ohne Kopfbedeckung; ihr üppiges, dunkles Haar glänzt im Sonnenlicht. Sie sitzt auf einem Baumstumpf, neben ihr liegt der Motz, dem eine elegant geformte, spitze, hellrote Zunge aus dem geifernden Maule hängt. Er hat im Walde nach Mäusen und Vögeln gejagt, es muß äußerst genußreich für ihn gewesen sein. Noch fliegt sein Atem, aber die schönen bernsteinfarbenen Hundeaugen sind voll Frieden und Dankbarkeit. Der Motz lacht ein bißchen. Ja, wir können ganz deutlich sehen, daß er still in sich hineinlacht, während Mielein ihm mit zerstreuter Zärtlichkeit den seidigen Nakken liebkost.

»Pfui, Kinder! Wie furchtbar ungezogen ihr seid!« Dies ist ihre scherzhaft scheltende Stimme. »Ihr *sollt* doch nicht die Himbeeren jetzt schon essen! Wir pflücken sie zu einem bestimmten Zweck! Das wißt ihr doch! Die Affa spielt bekanntlich mit der Idee, höchstpersönlich einen Himbeerkuchen zum Abendessen zu backen. Sie wird fuchsteufelswild, wenn wir ihr nicht genug Beeren in die Küche bringen. Ihr werdet es ja sehen: Sie *zerplatzt* vor Zorn!«

Sie spricht so geschwind und gebraucht so drollige Worte, daß wir lachen, anstatt erschreckt zu sein. Besonders der Gedanke, daß die Affa vor Entrüstung zerplatzen könnte, kommt uns unwiderstehlich komisch vor. Sogar Mieleins Drohung, daß sie sich beim Zauberer über uns beschweren werde, macht uns nur wenig Eindruck. »Er wird euch höchstwahrscheinlich umbringen«, verheißt sie uns und muß selber lachen. Sie weiß so gut wie wir oder besser, daß der Zauberer sich wegen der fehlenden Himbeeren kaum sehr alterieren würde, sogar wenn Mielein es sich einfallen ließe, bei ihm Klage zu führen.

»Haben sie wirklich all die kleinen Beeren verschmaust?« würde er mit einem geistesabwesenden Lächeln sagen, um dann mit hochgezogenen Augenbrauen hinzuzufügen: »Ich hoffe nur, es waren keine giftigen darunter!«

Er ließ es sich oft angelegen sein, uns vor giftigen Beeren und Pilzen zu warnen, ganz besonders vor den gefährlichen Tollkirschen. »Waldmännchen hat Kirschen ohne Stein«, mahnte er uns mit erhobenem Zeigefinger, und es war höchst rührend und sonderbar zu beobachten, wie seine Miene in solchen Augenblicken derjenigen seiner Mutter, unserer Omama, ähnlich wurde. Das besorgte Gesicht des Vaters schien sich in die Länge zu ziehen, als ob es von einem Zerrspiegel reflektiert würde, indes die Augen unter den hochgezogenen Brauen kleiner und dunkler wirkten, als wir sie sonst kannten. Wir waren uns nie ganz darüber klar, ob er bei Unterhaltungen dieser Art seine Mutter absichtlich imitierte, um uns zum Lachen zu bringen, oder ob er sich der Ähnlichkeit überhaupt nicht bewußt war und ganz unabsichtlich die omamahaften

Züge annahm, während er uns ganz im Geist und Stil der Omama vom gefleckten Fliegenpilz und dem unzuträglichen Schierlingskraut erzählte.

Er erschien Punkt zwölf am Rande der Waldeslichtung, um Mielein und uns zum Baden abzuholen. Der moorige Teich, in dem wir schwimmen lernten, der sogenannte ›Klammerweiher‹, lag etwa eine Viertelstunde von unserem Haus und unserem Wald entfernt. Es war eine eher ermüdende Wanderung in der schwülen Mittagsstunde auf dem schattenlosen, geschlängelten ›Wiesenweg‹, der querfeldein zum Badeplatz führte. Aber was für ein Pfad! Was für eine Landschaft! Es gibt keine andere, die mir ebenso liebenswert schiene …

Ja, dies ist Sommer: Wir sieben – zwei Eltern, vier Kinder und ein tanzender, wirbelnder Motz – auf dem Wiesenweg, langsamen Schrittes marschierend, dem Klammerweiher entgegen. Der Grund, auf dem wir gehen, ist weich und elastisch, es ist sumpfiger Boden: daher die Üppigkeit der Vegetation, das tiefe Grün des saftig wuchernden Grases, das flammende Gold der Butterblumen, der reiche Purpur des Mohns.

Dies ist der Sommerhimmel: In seinem Blau schwimmen weiße, flockige Wolken, die sich zwischen den alpinen Gipfeln zu barocken Formationen ballen. Die Luft riecht nach Sommer, schmeckt nach Sommer, klingt nach Sommer. Die Grillen singen ihr monoton-hypnotisierendes Sommerlied. Zu unserer Rechten liegt das Sommerstädtchen Tölz mit seinen bemalten Häusern, seinem holprigen Pflaster, seinen Biergärten und Madonnenbildern. Um uns breitet sich die Sommerwiese; vor uns ragt das Gebirge, gewaltig getürmt, dabei zart, verklärt im Dunst der sommerlichen Mittagsstunde.

Seht, und da ist unser Sommerweiher, ein kleiner, runder Teich mit hohem Schilf am Ufer. Weiße Wasserrosen, beinah tellergroß, schwimmen auf seiner regungslosen, dunklen Fläche. Das Moorwasser, es ist gold-schwarz in meiner Erinnerung, atmet einen kräftig-aromatischen, dabei etwas fauligen Geruch. Es ist von seltsamer Substanz, das Wasser des Klammerweihers, sehr klar trotz seiner dunklen Färbung, von fast öliger Weichheit, und so schwer, daß man das eigene Gewicht kaum spürt, solange man sich seiner goldenen Tiefe anvertraut. Trotzdem hat ein Bäckergeselle aus dem benachbarten Dorf es fertiggebracht, in unserem Teich zu ertrinken. Wir haben seine Leiche gesehen, schön säuberlich aufgebahrt zwischen Blumen und Kerzen.

Es kam gar nicht selten vor, daß wir abends einen Spaziergang zum Friedhof unternahmen, besonders seitdem unsere frühere Köchin, die dicke Marie, den Herrn Schmiedl von der Friedhofsgärtnerei geheiratet hatte. Die Inschriften auf den Grabsteinen kamen uns komisch vor. Was für kuriose Namen die Toten hatten! Sie hießen ›Der ehrbare Jüngling Xaver Hinterhuber‹ und ›Das fromme Mägdelein Annastasia Bierdotter‹. Die Nähe der Verwesung ängstigte uns nicht. Wir lasen, daß ›der ehrbare Jüngling‹ und ›das fromme Mägdelein‹ hier ›in Frieden ruhten‹, aber wir konnten uns nichts darunter vorstellen. Der Tod hatte keine Realität für uns; er war eines jener Geheimnisse der großen Leute, um die man sich besser nicht kümmerte, eine ›Erwachsenensage‹.

Warum führte uns die Affa, zufällig – wie sie später behauptete – in jene abgelegene Kapelle, wo der ertrunkene Bäcker unter einem Berg von weißen Blüten zur Schau lag? Erst begriffen wir nicht, daß es ein Toter war, dem wir da gegenüberstanden. Wir hielten ihn für ein Gebild aus Marmor oder Wachs, ein frommes Kunstwerk, bestimmt zum Schmucke eines Grabes oder der Kapelle. Aber die Affa klärte uns eilig auf. Ihre Stimme zischte vor Erregung. Erkannten wir es nicht, das Zischen der argen Schlange, da sie uns flüsternd verriet, was es auf sich hatte mit der ›Wachsfigur‹: daß es der Bäckergeselle war aus dem nächsten Dorf und daß er nach einem Biergelage hatte schwimmen wollen im Klammerweiher, wobei ihn denn sein Schicksal ereilte. »Ersoffen ist er, jämmerlich ersoffen!« raunte die Affa. »Und wißt ihr auch, warum er die schwarze Binde um den Mund hat? Weil seine Lippen ganz blau sind und geschwollen! Man kann sie gar nicht anschauen, seine Lippen, ohne daß einem übel wird ...« Aber was man von ihm anschauen konnte, war nicht häßlich, sondern schön. Von einer fremden, spröden, beunruhigenden Schönheit. Was für empfindliche, edle Hände er hatte! Hände wie ein Prinz: Wie kam der Bäckergeselle dazu? Und sein elfenbeinfarbenes Antlitz! Wie vornehm es schien, ja wie majestätisch mit seiner glatten Stirn, den für immer geschlossenen Lidern!

Worauf tat er sich denn so viel zugute, der Schweigende dort zwischen den Blumen und Kerzen? Hatte er denn eine Heldentat vollbracht, indem er im Klammerweiher ertrank? Oder war es die bloße Tatsache, daß er tot war, die ihn so prinzlich und so kostbar machte? Aber die Erwachsenen behaupteten doch, daß wir alle sterben müssen ... Wie konnte der Tod also eine besondere Auszeichnung sein? Warum war sein Anblick so furchtbar und so schön?

Wir standen reglos, versunken in das Bild dieser unbegreiflichen Hoheit, als Affas Stimme uns mahnte: »Zeit zum Nach-Hause-Gehen, Kinder! Jetzt habt ihr ihn ja gesehen ...«

Ja, nun hatten wir ihn gesehen, den Toten, feierlich zur Schau gestellt in der Grabkapelle. Wir würden ihn nicht vergessen. Ewig jung, in vornehm bleicher Verklärung, gesellte sich der Bäckergeselle zu den Mythen der Kindheit.

Klaus Mann

DER KLAMMERWEIHER*

Am liebenswertesten war Mama im Sommer. Sie ging mit den Kindern zum Baden; vom Wiesenweg bog man nach links ab, wenn man ein Stück die Richtung zum Ort gegangen war, man erreichte den Klammerweiher, der schwarz und moorig zwischen ernsten Tannen lag. So dunkel und ehrfurchtgebietend waren selbst die Tannen im Walde nicht als diese, die hier gravitätisch das Wasser beschatteten. – Aber der Weiher wurde lieblicher dadurch, daß auf seiner verfinsterten Fläche tellerrunde Seerosen schwammen.

Über alles liebten die Kinder den Geruch in den hölzernen Ankleidehäuschen, er war sonderbar altgewohnt und morastig, mit den Ausdünstungen trocknender Bademäntel und Trikots angenehm untermischt. Die Kinder atmeten ihn schnuppernd ein, obwohl er ihnen ziemlich unappetitlich, ja unanständig und verworfen schien.

Im schwarzen Trikot saß Mama auf dem Sprungbrett, alle Herren sahen neugierig aus dem Herrenbassin herüber, aber sie hielt die Augen gesenkt. Ihre herrlichen Beine schimmerten weiß in der Sonne; es war berauschend zu sehen, wie sie die Arme hob, wie sie, ein benommenes, abwartendes, sonderbar totes und neugieriges Lächeln um den halbgeöffneten Mund, mit erhobenen Armen langsam von der Kabine aus die glitschigen Holzstufen hinunterstieg, Stufe für Stufe, bis das Wasser, schwarz und eiskalt, ihre Füße umschmeichelte, und sie sich, beglückt und fröstelnd, neigte, um ihren ganzen Leib diesen Liebkosungen hinzugeben.

---

* Aus: Klaus Mann ›Kindernovelle‹; Titel v. d. Hrsg.

Die vier Kinder saßen in Reih und Glied auf dem Balken, der das Nicht-Schwimmer-Bassin vom ganz gefährlich tiefen Wasser trennte. Sie ließen alle vier die mageren Beine baumeln, sie bespritzten sich und sie schrien, daß es über den Weiher gellte.

Renate war die einzige von ihnen, die sich richtig zu schwimmen traute. Mit ernsten Augen legte sie sich sorgsam ins Wasser, und es war ihr sicherer Glaube, daß sie untergehen müsse, vergäße sie nur eine der eingelernten Bewegungen. Unerbittlich zählte sie mit bläulichen Lippen – eins, zwei – eins, zwei – und rührte sich tapfer. – Aber Heiner wehrte sich ängstlich, wenn man ihm dergleichen zumuten wollte, er zierte sich abwehrend und war um sein Leben besorgt.

Die Badefrau stand häßlich am Ufer und scherzte mit ihnen. Rote Badehosen trockneten an der Leine, vom Winde komisch gebläht. In der Herrenabteilung standen Männer vor ihren Kabinen, in bunte Bademäntel gehüllt, und rauchten plaudernd Zigarren. Manche prusteten auch im Wasser, lauter, als nötig gewesen wäre, auf ihrer Brust wucherte schwarzes Haar.

Aber Mama schwamm weit draußen, schon zwischen Seerosen und Schilf. Sie nickte und lachte, eine Hand aus dem Wasser gehoben, weiterrudernd mit der andern, blinzelnd gegen Sonne.

Im Sommer ging man mit Mama Beeren suchen. Mitten in der Waldlichtung saß Mama zwischen vielen Dornen auf einem Baumstumpf, stumpf, benommen vor Hitze. Die vier Kinder eilten gebückt umher, aufgeregt pflückend und suchend, denn es war Ehrensache, als erster seinen Becher gefüllt zu Mama zu bringen. Mama goß seinen Inhalt in das Körbchen, das neben ihr stand, aber das Körbchen war groß, und es waren viele Becher voll Beeren nötig, bis es sich halbwegs füllte.

Auch hier war Renate vor allen anderen tüchtig und brauchbar. Mit ganz zerkratzten Beinen stieg sie rüstig umher und ließ sich kein Bücken gereuen. Um ihr finsteres Knabengesicht hing verwildert das dunkle Haar, sie sah wie ein entschlossener, strenger Betteljunge aus, wie sie so schmal und wortkarg ihre Arbeit tat.

Heiner hingegen spielte lieber mit Grashalmen, oft saß er summend und murmelnd irgendwo in der Sonne, versonnen und froh. Mahnte man ihn und schalt ihn wegen der Faulheit, war er sogleich zu liebenswürdiger Reue bereit.

Fridolin war von den Kindern der einzige, der nicht eigentlich schön war. Sein Gesicht war gnomenhaft, von seidig glattem Haar eine kleine und verzerrte Miene witzig umrahmt, mit hohem Brustkorb und zu breitem Mund – aber vielleicht war gerade er die treibende Kraft für alles, was unternommen ward, als Persönlichkeit Heiner gewiß ebenbürtig, wenngleich ihm dienend ergeben. – Beim Beerensuchen war er gleichfalls sehr fleißig, ja, von einer beunruhigenden und gräßlichen Intensität des Eifers, im Gegensatz zu Renates sachlich-melancholischer Tüchtigkeit.

Lieschen hielt sich meist großäugig in Mamas Nähe, sie fand sich selbst noch zu niedlich und zart, um sich an den Pflichten und Beschäftigungen der Großen im Ernst zu beteiligen.

Beim Nachhauseweg mußte man acht darauf haben, daß man nicht den Teil des Waldes berührte, wo das Blindenasyl untergebracht war. Mama erschrak, daß sie zitterte, wenn sie plötzlich eines von den weißäugigen Kindern, stumpf und blicklos, aber vergnügt, mit seiner frommen Wärterin lustwandeln sah.

An solchen Sommerabenden schien den Kindern Mama schöner als alle Feen und Kaiserinnen. Nach dem Abendessen spazierte sie müde im Garten, der sich im Sonnenuntergang grüngolden verklärte. Sie sah nach den Bergen hinüber, ob sie nah oder weit waren, und sprach davon, was morgen für Wetter käme. In dem Oval ihres Gesichtes schimmerten die perlmutterfarbenen Augen, deren Blick zärtlich und leer über die Dinge glitt. Auch bei den Kindern blieben ihre Augen nicht lang, sie streichelten sie liebevoll, aber fremd, fast erschrocken.

Wenn die Föhnstürme kamen, die die Kinder bis zur Leidenschaft liebten, war Mama meistens krank. Sie lag mit Kopfschmerzen und kühlen Kompressen, ihr schien es, als wollten die Berge jetzt, sie zu erdrücken, kommen, da sie doch mit einemmal so nah und grün vor ihrem Fenster lagen.

Die Kinder rannten inzwischen jauchzend im Garten, warfen

sich gegen den warmen Orkan, jubelnd und mit hochgereckten Armen. Mit flatternden Haaren liefen sie, eine Kette von Trunkenen, die Wiesen hinunter, berauschtes Leuchten im Blick.

Mama aber, auf der Veranda, fürchtete sich fast vor ihren fremden Kindern.

Iwan Bunin

EIN GUTSHOF IM ALTEN RUSSLAND★

[...]

Wo war ich geboren, wo wuchs ich auf, was hatte ich gesehen?
Weder Berge noch Flüsse, weder Seen noch Wälder – allenfalls
Sträucher in den Erdschluchten, hier und da einen Streifen mit
Bäumen und nur ganz selten richtigen Wald, so den Sakas oder
irgendeine Dubrowka; ansonsten nur Felder, nichts als Felder, einen uferlosen Ozean von Getreide. Es war nicht der Süden, nicht
die Steppe, in der Herden mit Zehntausenden von Schafen weide-
ten, wo man bis zu einer Stunde brauchte, um durch ein Kosaken-
dorf zu fahren und über die weißen Häuser, die Sauberkeit, die
Bevölkerungsdichte und den Wohlstand zu staunen. Es war erst der
Steppenrand, wo es weiter nichts gab als wellige Felder, Erdklüfte
und Anhöhen und nicht allzu ergiebige, meist steinige Weiden, wo
die kleinen Dörfer mitsamt den in Bastschuhen umherwandeln-
den Bewohnern von Gott verlassen erschienen – so genügsam, so
urtümlich einfach, so verwandt mit ihren Buschweiden und ihrem
Stroh kamen sie einem vor. Da wuchs ich denn in diesem abge-
schiedenen und doch so wunderschönen Landstrich mit seinen
langen Sommertagen auf und sah: brütender Mittag, weiße Wolken ziehen am blauen Himmel dahin, es weht ein bald warmer,
bald sehr heißer Wind, der die Sonnenglut und die Gerüche der
verschiedenen Getreidearten und Gräser noch verstärkt, während
draußen auf den Feldern, hinter unseren alten Getreidespeichern

---

★ Aus: Iwan Bunin ›Das Leben Arsenjews. Eine Jugend im alten Rußland‹;
Titel v. d. Hrsg.

– sie waren so alt, daß ihre dicken Strohdächer auf den ersten Blick fest wie aus Stein gefügt wirkten und die Balkenwände sich mit der Zeit verfärbt hatten –, daß also da draußen ein Übermaß an Hitze, Glanz und funkelndem Licht herrschte und unaufhörlich mattsilbrige Wellen über das uferlose Roggenmeer dahinwogten. Sie schimmerten in vielen Farben, selber erfreut über ihre Dichte und Fülle, und immerfort liefen Wolkenschatten über sie hin …

Dann erwies sich, daß es auf unserem von dichtem, krausem Gras überwucherten Hof einen uralten Steintrog gab, unter dem man sich wunderbar verstecken konnte, wobei man die Schuhe auszog und barfuß mit weißen Füßchen (sie gefielen einem sogar selber) auf diesem krausen grünen Rasen umherlief, der oben heiß war von der Sonne, weiter unten jedoch ziemlich kühl. Unter den Speichern aber fanden sich Bilsenkrautbüsche, von deren Beeren Olja und ich eines Tages so viele aßen, daß man uns kuhwarme Milch eintrichtern mußte: es brummte recht seltsam in unseren Schädeln, während in unserer Seele und unseren Körpern nicht nur der Wunsch, sondern auch das Gefühl der unbedingten Möglichkeit überhandnahm, sich in die Luft zu schwingen und davonzufliegen, wohin man gerade wollte. Und unter ebendiesen Speichern entdeckten wir auch unzählige Nester von großen samtschwarzen, goldgesprenkelten Hummeln, die wir unter der Erde an ihrem dumpfen, bedrohlich wütenden Summen erkannten. Und wieviel eßbare Wurzeln, wieviel süß schmeckende Halme und Körner wir im Gemüsegarten, im Umkreis der Getreidedarren, der Tenne und hinter dem Gesindehaus fanden, an dessen Rückseite das Getreide und die Gräser unmittelbar grenzten!

Hinter dem Gesindehaus und längs der Mauern des Viehhofs wucherten riesige Kletten und hohe Nesseln – himbeerfarbene mit stachligen Kronen und irgend etwas Fahlgrünes, das sich Hirschpetersilie nannte; all das hatte sein besonderes Aussehen, seine Farbe, seinen Geruch und Geschmack. Ein Hirtenjunge, den wir schließlich auch noch bemerkten, erwies sich als äußerst interessant: sein Hanfhemdchen und die kurzen Hosen bestanden aus lauter Löchern; Beine, Arme und Gesicht waren ausgedörrt, von der Sonne verbrannt und schelferten sich, die Lippen waren wund, weil er ewig bald säuerliche Roggenbrotkrusten, bald Klette oder eben jene Hirschpetersilie kaute, die regelrecht die Lippen zerfraß, während seine scharfen Augen durchtrieben umherschweiften, sah er doch die Unverantwortlichkeit unserer Freundschaft mit ihm durchaus ein, auch dessen, daß er uns dazu ermunterte, Gott weiß was zu essen. Wie reizvoll war jedoch diese unverantwortliche Freundschaft! Wie verlockend all das, was er uns vertraulich, stockend und sich alle Augenblicke umschauend, beibrachte! Außerdem konnte er bewundernswert mit seiner langen Peitsche knallen und lachte teuflisch, wenn auch wir es versuchten und uns dabei mit dem Peitschenende schmerzhaft die Ohren verbrannten …

Eine Fülle an Eßbarem, das die Erde hervorbringt, gab es indessen zwischen dem Viehhof und dem Pferdestall und im Gemüsegarten. Man konnte sich wie der Hirtenjunge mit einem gesalzenen Schwarzbrotkanten versehen und sich die langen grünen Zwiebelstengel mit ihren körnigen grauen Samenspitzen zu Gemüte führen − ebenso wie rote Radieschen, weißen Rettich und die kleinen, rauh anzufühlenden und von Buckeln übersäten Gurken, nach denen man so angenehm raschelnd unter den endlosen Ranken suchen mußte, die sich über die bröckligen Beete hinzogen. Warum taten wir das, hatten wir etwa Hunger? Nein, natürlich nicht; doch wir fanden damit, ohne uns dessen bewußt zu sein, zu unserer Erde und nahmen an all dem Sinnenbestimmten und Greifbaren teil, aus dem die Welt nun einmal besteht. Ich erinnere mich: die Sonne brannte immer heißer auf das Gras und den steinernen Trog im Hof herab, die Luft wurde immer schwüler und trüber, die Wolken drängten immer langsamer, aber auch immer dichter aufeinander zu und überzogen sich allmählich mit einem brennenden Himbeerrot, huben hoch droben, in hallender Höhe, zunächst noch leise zu grollen an, um bald darauf regelrecht zu dröhnen, dröhnend über die Erde hinzuziehen und sich in gewaltigen Donnerschlägen zu entladen, immer gewichtiger, großartiger, majestätischer ... Oh, wie ich schon damals diese göttliche Majestät der Welt und die Herrlichkeit dessen fühlte, der über ihr waltete, sie erschaffen und mit einer solchen Fülle und Kraft des Dinglichen ausgestattet hatte! Danach trat Finsternis ein, oder es blitzte, es gab Sturm und Platzregen nebst prasselndem Hagelschlag, alles ringsum geriet durcheinander, schoß hin und her, zitterte und bebte und glaubte unterzugehen; bei uns im Hause schloß man die Fenster, zündete die wächserne »Passionskerze« vor den fast schwarzen Ikonen mit ihren alten Silberverkleidungen an, bekreuzigte sich und wiederholte in einem fort: »Heilig, heilig, heilig ist der Herr Zebaoth!« Welche Erleichterung trat dafür ein, wenn alles vorüber war und sich beruhigte, wenn man aus tiefster Brust die unbeschreiblich erquickende feuchte Frische der von Nässe übersättigten Felder einatmete, die Fenster aufstieß und Vater, der am Fenster seines Arbeitszimmers saß und zu der Wolke blickte, die immer noch die Sonne verdeckte und als schwarze Wand im Osten hinter dem Gemüsegarten verharrte, wenn also Vater mich ausschickte, da draußen einen möglichst großen Rettich herauszuziehen und ihm zu bringen! Es hat in meinem Leben nur wenige Augenblicke gegeben wie den, da ich über das vom Wasser überschwemmte Steppengras hineilte, den Rettich aus der Erde zog und gierig in sein Wurzelende mitsamt dem dicken bläulichen Schlamm biß, der an ihm klebte ...

Später, als wir allmählich wagemutiger wurden, lernten wir auch den Viehhof, den Pferdestall, die Wagenremise, die Dreschtenne, den Prowal und Wysselki kennen. Die Welt weitete sich immer mehr, uns aber fesselten immer noch weniger die Menschen und das menschliche Leben als vor allem Pflanzen und Tiere; die liebsten Stellen blieben für uns die, wo man niemanden zu Gesicht bekam, besonders in den Nachmittagsstunden, wenn alles schlief. Der Garten war heiter und grün, aber schon zu bekannt; uns lockten nur noch die Dickichte, die dichten Gehölze, die Vogelnester (besonders, wenn in ihnen, diesen aus Reisig geflochtenen und mit dem oder jenem Weichen und Warmen gepolsterten Schälchen, etwas Buntes saß und uns mit wachsamen, kaum körnchengroßen schwarzen Augen beobachtete) und die Himbeersträucher, deren Beeren uns, frisch gepflückt, viel besser schmeckten als jene, die wir nach dem Mittagessen mit Milch und Zucker vorgesetzt bekamen. Es blieben also noch der Viehhof, der Pferdestall, die Wagenremise, die Tenne und der Prowal.

All das hatte seinen eigenen Reiz.

Auf dem Viehhof, der tagsüber immer leer stand, kreischte voll trägem Unwillen das Tor, wenn wir es mit allen unseren schwachen Kräften aufstießen; es stank dort scharf und säuerlich, aber unwiderstehlich verlockend nach Jauche und Schweinestall.

Im Pferdestall fristeten die Gäule ihr Dasein, das im Stillstehen und im lauten Kauen von Heu oder Hafer bestand. Wann und wie schliefen sie? Der Kutscher behauptete, daß auch sie sich gelegentlich zum Schlafen hinlegten. Aber das konnte man sich nur schwer, ja nur mit Angst und Bangen vorstellen – Pferde strecken sich doch recht schwerfällig und ungeschickt aus. Das geschah offenbar nur in tiefster Nacht, während sie sich den ganzen Tag über in den Ständen aufrecht hielten und den Hafer mit ihren Zähnen zu Milch zermahlten, am Heu herumzupften und es sich mit weichen Lippen einverleibten; sie waren alle schön und stark, hatten seidig schimmernde Kruppen, über die man mit dem größten Vergnügen hinstrich, harthaarige, bis an die Erde reichende Schweife, feminine Mähnen und große violette Augen, mit denen sie gelegentlich drohend und seltsam zu einem hinschielten und an das Schreckliche erinnerten, von dem uns der Kutscher erzählte: alle Pferde hätten einmal im Jahr ihren Tag, den Tag der beiden Heiligen Flor und Laurus, an dem sie einen Menschen zu töten bestrebt seien – als Rache für ihre Versklavung durch ihn, für ihr Pferdedasein, das in der ständigen Erwartung des Anschirrens bestand, in der Erfüllung ihrer seltsamen Bestimmung auf dieser Welt – immer nur einen Wagen zu ziehen, immer nur zu traben. Auch hier roch es durchdringend nach Mist, aber ganz anders als auf dem Viehhof, weil es sich hier um einen ganz anderen Mist handelte und sein Geruch sich mit dem der Pferdekörper, dem des Pferdegeschirrs, des faulenden Heus und einigem anderen vermischte, das nur dem Pferdestall eigen ist.

In der Wagenremise aber standen eine Reitdroschke, eine Reisekutsche und das alttestamentarische großväterliche Wägelchen; all das verband sich für uns mit Träumen von weiten Reisen; das »Heck« der Kutsche enthielt einen außerordentlich reizvollen und geheimnisvollen Reisekasten, während das großväterliche Wägelchen allein schon durch seine altertümliche Schwerfälligkeit, die heimliche Gegenwart von etwas Großväterlichem fesselte, das der Welt erhalten geblieben war und nichts Heutigem glich. Immerfort schossen Schwalben gleich schwarzen Pfeilen hin und her, bald aus der Remise in die blaue Himmelsweite hinaus, bald wieder zum Scheunentor herein, unter das Dach, wo sie ihre Kalknester bauten, die sich dank ihrer Festigkeit, Wölbung und kunstvollen Modellierung so schrecklich angenehm anfühlten. Heute geht es mir öfter durch den Kopf: Da wirst du also einmal sterben und den Himmel, die Bäume, die Vögel und mancherlei anderes nie wieder sehen, an das du dich so gewöhnt hast und von dem Abschied zu nehmen dir so schwerfallen wird. Der Abschied von den Schwalben wird mir besonders weh tun: welch liebe, einschmeichelnde, reine Schönheit, welche Eleganz bei diesen unseren Hausfreunden mit ihrem blitzartigen Durch-die-Luft-Schießen, ihrem rosig weißen Brustgefieder, dem schwarzblauen Köpfchen, den ebenfalls schwarzblauen langen und spitzen, über Kreuz zusammenzufaltenden Flügeln und dem unentwegt glücklichen Gezwitscher! Das Tor zur Wagenremise stand immer offen, nichts hinderte uns daran, jederzeit einzutreten, den Plappertaschen stundenlang zu lauschen und davon zu träumen, eine von ihnen einzufangen, uns rittlings auf eine Reitdroschke zu schwingen, in die Reisekutsche oder in Großvaters Wägelchen zu klettern, darin auf- und abzuschnellen und davonzufahren, weit, weit weg ... Warum lockt es den Menschen von Kind an in die Ferne, die Weite, die Tiefe und Höhe, ins Ungewisse, ja Gefahrvolle, dahin, wo man sein Leben aufs Spiel setzen und es sogar irgend jemand oder irgend etwas zuliebe aufopfern kann? Wie wäre das möglich, wenn unser Los nur aus dem bestünde, was da ist, was »uns von Gott gegeben ist« – aus weiter nichts als dieser Erde, aus weiter nichts als diesem Leben? Offenbar hat uns Gott weit mehr zugedacht. Wenn ich mich an die Märchen erinnere, die ich in meiner Kindheit las oder hörte, fühle ich bis auf den heutigen Tag, daß das Fesselndste an ihnen immer das Fremdartige und Ungewöhnliche war. »In einem Königreich und unbekannten Lande … irgendwo am äußersten Weltenrande … lebte hinter Bergen, Tälern und blauen Meeren … in allen Ehren die Königin unter den Jungfrauen, Wassilissa die Allweise …«

Die Getreidedarre aber wirkte auf fesselnde Art beängstigend durch ihre grauen Strohmassen, die unheilverkündende Leere und Weite, durch das Halbdunkel, das in ihr herrschte, und dadurch, daß man, sofern es einem gelang, unter dem Tor hindurchzuschlüpfen, sich nicht satt daran hören konnte, wie der Wind über sie hinging, über sie hin raschelte und sie umwehte; dort drinnen hing in einem Winkel ein verstaubtes, geweihtes Brettchen, aber man erzählte sich, nachts käme gelegentlich dennoch der Teufel herbeigeflogen, und diese Verbindung des Teufels mit dem für ihn so bedrohlichen Brettchen flößte besonders unheimliche Gedanken ein. Der Prowal lag ein Ende weiter, hinter der Getreidedarre, hinter der Tenne, einer eingestürzten weiteren Darre und einem Hirsefeld. Er stellte eine nicht gerade große, aber sehr tiefe Erdschlucht dar, mit steilen Hängen und ebendem berühmten »Prowal« auf seinem Grunde, der allmählich von hohem Steppengras überwuchert wurde. Er war für mich der ödeste Flecken, den es auf Erden gab. Welch gesegnete Einsamkeit! Ich glaube, ich hätte am liebsten mein Leben lang in dieser Erdschlucht gesessen, irgend jemand bemitleidet und geliebt. Welch sowohl dem Äußeren als auch dem Namen nach bezaubernde Blume blühte im dichten, hohen Gras an den Hängen – die himbeerfarbene Rose von Jericho mit ihrem klebrigen braunen Stengel! Und wie traurig und zärtlich klang im Steppengras das kurze Liedchen der Ammer …

Danach wird meine Kindheit abwechslungsreicher. Ich nehme immer mehr vom Leben unseres Gutshofs wahr, laufe immer häufiger nach Wysselki und bin schon in Roshdestwo, in Nowossjolki und in Baturino, bei Großmutter, gewesen.

Im Herrenhaus erwacht mit Sonnenaufgang, beim ersten Vogelgezwitscher im Garten, der Vater. Überzeugt, daß alle mit ihm zugleich zu erwachen haben, hustet er laut und ruft nach dem Samowar. Auch wir werden wach, freuen uns über den sonnigen Morgen – an andere will oder kann ich mich einfach nicht erinnern –, und ich verspüre den ungeduldigen Wunsch, in den Kirschgarten zu eilen und die von uns so begehrten Kirschen zu pflükken, auch von den Vögeln angepickte und von der Sonne angedörrte. Auf dem Viehhof knarren zu dieser Stunde morgendlich und neuartig die Tore, durch die man unter Peitschenknallen, Gebrüll oder Gequietsche die Kühe, die Schweine, die grau gelockte, geschlossene, wogende Schafherde auf die morgendlich saftigen Weiden treibt, zugleich die Pferde zum Tränken an den Feldteich; die Erde dröhnt vom Stampfen ihres kraftvollen, geschlossenen Rudels, während im Gesindehaus und in der Herrschaftsküche bereits orangerote Flammen in den Herden züngeln und die Arbeit der Wirtschafterinnen beginnt, der zuzuschauen und die zu schnuppern sich die Hunde vor den Fenstern und an den Schwellen drängen, von denen sie oft genug unter Gewinsel zurückprallen … Nach dem Morgentee fährt der Vater hier und da mit mir in der Renndroschke über die Felder, wo, je nach der Jahreszeit, entweder gepflügt wird, das heißt Bauern, barfüßig und ohne Mütze, hin und her schaukelnd und in den weichen Furchen immerfort danebentretend, einherstampfen und sowohl sich selbst als auch den dumpf knarrenden Holzpflug, an dessen Schar sich die grauen Erdschollen hochschieben, dem sich ins Zeug legenden Gaul anzupassen bemüht sind; oder unübersehbare Scharen von Dorfmädeln bald Hirse-, bald Kartoffelfelder jäten, Auge und Ohr erfreuend durch ihre bunte Kleidung, durch ihre Munterkeit, ihr Lachen und ihre Lieder; oder auch, wenn bei glühender Hitze gemäht wird, die Mäher, breitbeinig und mit eingeknickten Knien, die dichte Wand des heißen gelben Roggens umlegen, mit schweißgeschwärztem Rücken, offener Hemdbrust und von einem Riemchen zusammengehaltenem Haar, gefolgt von den Weibern mit ihren Harken, die − vorgeneigt, vornübergebeugt −, mit den stachligen, ährenreichen, von der Sonne erhitzten Roggenhalmen ringen, sie mit den Knien pressen und fest zusammenbinden … Welch unbeschreiblich bezaubernder Laut − das Schärfen einer Sense, über deren glänzende Schneide bald auf der einen, bald auf der anderen Seite geschickt ein kleiner, mit Wasser befeuchteter, mit Sand aufgerauhter Spaten hin- und hergeführt wird! Immer findet sich unter den Mähern einer, der die anderen mitreißt und ihnen weismacht, er hätte beinahe ein ganzes Wachtelnest umgemäht, beinahe eine Wachtel gefangen, beinahe eine Schlange mittendurch gesäbelt. Von den Weibern aber weiß ich bereits, daß sie die Garben manchmal auch nachts binden, sofern der Mond scheint − am Tage ist es so trocken, daß die Körner zu Boden rieseln −, und ich fühle den poetischen Reiz dieser nächtlichen Arbeit …

Ob ich mich an viele derartige Tage erinnere? An sehr, sehr wenige; der Morgen zum Beispiel, der mir jetzt vorschwebt, setzt sich aus abgerissenen, zeitlich weit auseinanderliegenden Bildern zusammen, die in meinem Gedächtnis auftauchen und vorüberflimmern. Die Mittagsstunde bei uns stellt sich mir in der Erinnerung so dar: heiße Sonne, anregende Küchengerüche und der genießerische Vorgeschmack des Mittagessens bei allen, die von den Feldern zurückkehren − bei Vater, bei dem wettergebräunten Dorfältesten mit dem krausen roten Bart, der rasch und kräftig schaukelnd auf seinem Paßgänger geritten kommt, bei den Gutsknechten, die gemäht haben und nun das mitsamt den Blumen auf den Feldrainen gemähte Gras einfahren, mit einer Fuhre, auf der die funkelnden Sensen liegen, und schließlich bei denen, die die im Teich gebadeten, spiegelglatt glänzenden Pferde herbeitreiben, an deren dunklen Mähnen und Schweifen das Wasser hinuntertrieft. Zu einer solchen Mittagsstunde erblickte ich eines Tages meinen Bruder Nikolai, auch ihn auf einer Gras- und Blumenfuhre, auf der er mit Saschka, einem Bauernmädel aus Nowossjolki, von den Feldern zurückkehrte. Ich hatte schon dies und das über die beiden vom Hausgesinde gehört, was ich indessen nicht recht verstand, was aber aus irgendeinem Grunde mein Herz berührte. Als ich sie jetzt nebeneinander auf der Fuhre sah, spürte ich plötzlich mit heimlichem Entzücken, wie schön, wie jung, wie glücklich sie waren. Sie saß, schmalgesichtig, mager, hochaufgeschossen und dennoch fast noch ein kleines Mädel, mit einem Krug in den Händen, vom Bruder abgewandt da, mit nackten, von der Fuhre baumelnden Beinen und gesenkten Wimpern; er hielt – eine weiße Schirmmütze auf dem Kopf, in einem batistenen Russenhemd mit aufgeknöpftem seitlichem Kragenschlitz, braungebrannt, blitzsauber und jung – die Zügel in den Händen, blickte sie mit strahlenden Augen an und redete auf sie ein, wobei er ihr freudig und verliebt zulächelte.

[…]

Da, am Waldrand, blinkte zwischen den Stämmen unter dem Laubüberhang trocken und gelb die freie Weite der Felder, von der Wärme, Licht und die Glückseligkeit der letzten Sommertage herüberwehten. Rechter Hand tauchte hinter den Bäumen, Gott weiß woher, eine große weiße Wolke auf, die sich unregelmäßig, aber wunderschön vor dem Himmelsblau rundete, langsam dahinzog und in den Umrissen veränderte. Nachdem ich wenige Schritte zurückgelegt hatte, streckte auch ich mich auf der Erde aus, auf ihrer glatten Grasnarbe, unter den verstreut wachsenden, gleichsam um mich herum wandelnden hellen, besonnten Bäumen, im lichten Schatten zweier zusammengewachsener Birken, weißstämmiger Schwestern mit ins Grau spielenden, kleinblättrigen Laub- und Samengehängen, stützte gleichfalls den Kopf in die Hand und starrte bald auf das strahlende, leuchtend gelbe Feld, bald zu der Wolke hinauf. Vom Feld wehten linde Hitze und Trockenheit herüber, der lichte Wald raschelte und raunte, man hörte sein schläfriges, sich gleichsam entfernendes Rauschen. Dieses Rauschen nahm gelegentlich zu und verstärkte sich; dann färbte sich der netzartige Schatten bunt und geriet in Bewegung, Sonnentupfen flammten auf und funkelten auf der Erde wie in den

Bäumen, deren Zweige sich bogen, sich der Helligkeit auftaten und den Blick zum Himmel freigaben.

Worüber dachte ich nach, wenn man das überhaupt nachdenken nennen kann? Nun, natürlich über das Gymnasium, über die seltsamen Leute, denen ich dort begegnet war und die sich Lehrer nannten und einer besonderen Spezies Mensch anzugehören schienen, deren einzige Bestimmung darin bestand, zu unterrichten und die Schüler ewig in Angst und Schrecken zu halten; mich befiel dann ein verständnisloses Befremden, und ich fragte mich, warum man mich der Versklavung durch sie auslieferte, warum man mich von meinem Elternhaus, von Kamenka, von diesem Wald trennte. Ich erinnerte mich des halben Fohlens, das vor die Egge gespannt war und sie über den Acker zog. Ich dachte, wenn auch verschwommen, ungefähr so: Wie trügerisch doch alles auf Erden ist! Ich hatte mir eingebildet, dieser Junghengst gehöre nur noch mir, aber jemand hatte anders über ihn verfügt wie über sein Eigentum, ohne mich auch nur zu fragen … Nun ja, es hatte da so ein dünnbeiniges, mausgraues Fohlen gegeben, ängstlich und schreckhaft wie alle Fohlen, aber auch fröhlich und zutraulich, mit klaren Backpflaumenaugen, das nur der Mutter anhing, die es jedesmal mit zurückhaltender Freude und zärtlichem Wiehern begrüßte; ansonsten gebärdete es sich recht unabhängig und sorglos … dieses Fohlen hatte man mir eines glücklichen Tages geschenkt, ein für allemal zur Verfügung gestellt; und ich freute mich auch einige Zeit darüber, träumte von ihm, von unserer gemeinsamen Zukunft, von unserer Vertrautheit, die nicht nur kommen sollte, sondern bereits bestand, schon weil es mir geschenkt worden war, worauf ich es aber nach und nach vergaß – war es da verwunderlich, daß auch die anderen vergaßen, daß es mir gehörte? Schließlich hatte ich es völlig vergessen – wie ich wahrscheinlich auch Baskakow und Olja, möglicherweise selbst Vater vergessen würde, an dem ich zur Zeit so hing und mit dem auf die Jagd zu gehen ein solches Glück für mich bedeutete; ja, ganz Kolomenka, wo mir jeder Winkel vertraut und teuer war … Es vergingen zwei Jahre – im Handumdrehen, so, als hätte es sie nicht gegeben –, und ich fragte mich, wie es diesem dummen und sorglosen Fohlen denn nun ergangen war. Es ist jetzt drei Jahre alt, sagte ich mir, aber wo ist seine einstige Freiheit, sein einstiger freier Wille geblieben? Da trottet es im Joch über den Acker und schleppt eine Egge … Aber ist es mir nicht ebenso ergangen wie diesem Fohlen?

Was sollte ich mit den Amalekitern? Ich staunte in einem fort und war erschrocken, aber wie konnte ich mich dagegen wehren? Die Wolke schimmerte und leuchtete weiß hinter den Birken hervor und veränderte immerfort ihre Umrisse. Konnte sie sie beibehalten? Der lichte Wald regte sich, rieselte gleichsam, schien unter schläfrigem Flüstern und Rascheln gleichsam zu entschwinden … Wohin und wozu? Und konnte man ihn aufhalten? Ich schloß die Augen und fühlte undeutlich: All das war Traum, ein wirrer Traum! Und sowohl die Stadt, die irgendwo hinter den weiten Feldern lag und in der ich nun einmal zu leben hatte, ob ich wollte oder nicht, als auch meine Zukunft in ihr und meine Vergangenheit in Kamenka, dieser heitere Spätsommertag, der sich schon dem Abend zuneigte, ich selbst, meine Gedanken, meine Sehnsüchte, meine Gefühle – all das war nur ein Traum! Ein trauriger, ein böser? Nein, trotz allem leicht und beglückend.

Gleichsam diesen Gedanken bestätigend, krachte plötzlich hinter mir ein Schuß, der über den ganzen Wald hallte, gefolgt von dem wütenden Kreischen und Gluckern eines offenbar riesigen Schwarms von aufgescheuchten Drosseln und dem irrsinnig freudigen Bellen Dshalmas; geschossen aber hatte mein inzwischen wach gewordener Vater. Und ich vergaß sogleich all meine Grübeleien und stürzte hin, so schnell mich die Beine trugen, um die erlegten, noch blutenden und warmen, angenehm nach Wild und Schießpulver riechenden Drosseln aufzulesen.

Natalie Sarraute

KINDHEIT

Ich sitze neben Mama in einem geschlossenen Wagen, der von einem Pferd gezogen wird, wir fahren über eine holperige, staubige
Landstraße. Ich halte ein französisches Kinderbuch möglichst nahe
ans Wagenfenster, und trotz des Rumpelns versuche ich zu lesen,
trotz der Zurechtweisungen Mamas: ›Hör jetzt auf, das reicht, du
verdirbst dir die Augen …‹

Die Stadt, in die wir fahren, heißt Kamenez-Podolsk. Wir
werden dort bei meinem Onkel Grischa Schatunowski, einem
von Mamas Brüdern, der Rechtsanwalt ist, den Sommer verbringen.

Das, wohin wir fahren, das, was mich dort erwartet, ist in hohem Maße geeignet, ›schöne Kindheitserinnerungen‹ entstehen zu
lassen … jene Erinnerungen, die von ihren Besitzern gewöhnlich
mit einem gewissen Anflug von Stolz lang und breit erzählt werden. Und warum sollte man nicht stolz darauf sein, Eltern gehabt
zu haben, die sich bemühten, einem solche Erinnerungen auszu-
denken, vorzubereiten, die in jeder Hinsicht den am meisten ge-
schätzten und am höchsten bewerteten Modellen entsprechen?
Ich gebe zu, daß ich ein wenig zögere …

»Das ist verständlich … eine Schönheit, die so sehr den Modellen
gleicht … Aber, was soll's, da du nun einmal das Glück hast, ebenfalls solche Erinnerungen zu haben, darfst du dich wohl ein wenig
gehen lassen, wenn schon, es ist ja so verlockend …«

»Aber sie waren nicht für mich bestimmt, sie waren mir nur geliehen worden, ich habe nur Teile davon genießen können ...«

»Das hat sie vielleicht noch nachhaltiger gemacht ... Nicht möglich, daß sie fade werden, daß man sich an sie gewöhnt ...«

»Nein, das stimmt. Alles hat seine vortreffliche Vollkommenheit bewahrt: das weiträumige Familienhaus mit all seinen Winkeln und Treppchen ... der ›Saal‹, wie man in den Häusern des alten Rußland sagte, mit einem Flügel, und überall Spiegel, glänzendes Parkett und an den Wänden mit weißen Überzügen versehene Stühle ... Der lange Tisch des Speisezimmers, an dessen beiden Enden, einander gegenüber, von weither miteinander sprechend, einander zulächelnd, der Vater und die Mutter zwischen ihren vier Kindern, zwei Jungen und zwei Mädchen, sitzen ... Nach dem Dessert, wenn meine Tante den Kindern erlaubt, vom Tisch aufzustehen, nähern sie sich ihren Eltern, um ihnen zu danken, sie küssen ihnen die Hand und bekommen einen Kuß auf den Kopf oder auf die Wange ... Ich nehme auch gern an dieser vergnüglichen Zeremonie teil.

Die Dienstboten sind, wie es sich gehört, freundlich, vertraulich und ergeben ... Nichts fehlt ... selbst die alte, sanfte, weiche ›Njanja‹ nicht, in ihrem Schal und ihren weiten Röcken ... Sie gibt uns zur Vesperzeit leckere Weißbrotschnitten mit einer dicken Schicht Zuckerbrei ... und der Kutscher, der sich im Sonnenschein auf der Holzbank wärmt, die am Mäuerchen im Hof steht, wo der Stall ist ... es macht mir Spaß, ganz leise auf dieses Mäuerchen hinter ihm zu klettern und ihm die Augen zuzuhalten ... ›Rat mal, wer ich bin‹ ... ›Ich weiß, daß du es bist, du kleine kesse Göre‹ ... ich schmiege mich an seinen breiten Rücken, schlinge die Arme um seinen Hals, schnuppere den köstlichen Geruch, der vom Leder seiner Weste, von seinem pomadisierten Haar und vom Schweiß ausgeht, der in feinen Tröpfchen auf seiner gegerbten, zerfurchten Haut perlt ...

Und der Garten ... und dahinter die mit hohen Gräsern bedeckte Wiese, wo wir immer spielen gehen, Lola, die jüngste meiner Kusinen, die in meinem Alter ist, ihr Bruder Petja und Kinder
von Nachbarn, von Freunden ... Wir pressen zwischen Daumen
und Zeigefinger gelbliche, leere Schoten von ich weiß nicht mehr
welcher Pflanze, um sie aufplatzen zu hören, wir halten zwischen
beiden Daumen, fest- und flachgedrückt, ein scharfes Gras und
blasen darauf, damit es fiept ... Mit einem langen Schleier aus weißem Musselin auf dem Kopf, einem Kranz aus Gänseblümchen,
den Njanja geflochten hat, als Gürtel und einem ganz glatten, noch
etwas feuchten, grünlichen Stab in der Hand, der nach frisch ent-
rindetem Holz riecht, gehe ich an der Spitze der Prozession, die
einen großen, flachen, schwarzen Kern einer Wassermelone zu
Grabe trägt. Er ruht in einem Schächtelchen auf einer Schicht
Moos ... wir begraben ihn gemäß den Anweisungen des Gärtners,
wir besprengen ihn mit unserer Kindergießkanne, ich schwenke
meinen Zauberstab über der Erde und spreche Beschwörungsfor-
meln aus rauh klingenden, komischen Silben, die ich lange behalten habe und nicht mehr wiederfinden kann ... Wir werden bis zu
dem Tag nach dem Grab schauen, an dem wir vielleicht endlich
das Glück haben werden, einen zarten, lebendigen Trieb aus dem
Boden hervorsprießen zu sehen ... In der Tiefe des Brunnens lebt
unter seinem Rückenschild ein ganz kleines, aber sehr bösartiges
Ungeheuer, sein Biß ist tödlich, wenn es herauskommt und auf
der Allee herankrabbelt, besteht die Gefahr, daß man es nicht sieht,
weil seine Farbe der des Sandes zum Verwechseln ähnlich ist ...

Vom Gesicht meines Onkels habe ich nur eine Vorstellung von
Feinheit, von etwas trauriger Sanftmut im Gedächtnis bewahrt ...
wir sehen ihn sehr selten, fast nur bei den Mahlzeiten ... er arbeitet so viel.

Meine Tante sehe ich hingegen sehr gut, so wie sie war, als ich
gern ihre silbernen Locken, ihren rosigen Teint und ihre Augen
betrachtete ... die einzigen blauen Augen mit einer wirklich violetten Nuance, die ich je gesehen habe ... sogar die Lücke zwi-

schen ihren beiden, ein wenig vorstehenden, schneeweißen Schneidezähnen erhöht noch ihren Charme. Es gibt etwas in ihrem Blick, an ihrer Kopfhaltung, was ihr eine gewisse Ausstrahlung verleiht ... hochmütig ist das einzige Wort, das ich heute finde, um es zu bezeichnen ... Mama sagt von Tante Anjuta, sie sei eine ›wahre Schönheit‹.

Sie hält eine große, runde Uhr in der Hand, sie legt einen Finger der anderen Hand auf das Zifferblatt und fragt mich: Wenn der große Zeiger da steht und der kleine hier ... Weißt du das nicht? Denk mal gut nach ... sag es ihr nicht vor, Lola ... Ich denke angestrengt nach, ich fürchte, mich zu irren, ich flüstere zögernd eine Antwort, und sie zeigt ein breites Lächeln, sie ruft: Gut! sehr gut!

Wir, die Kleinsten, sitzen mit ihr in der großen, offenen Kutsche, die von zwei Pferden gezogen wird, wir fahren auf die andere Seite des Flusses, wo die Kaufhäuser sind, wo der hohe, weiße Turm emporragt, der ziemlich hoch oben von einem Balkon umgeben wird ... Selbst von weitem, von unserem Ufer aus, sieht man eine Gestalt, die sich über die Balustrade beugt, sie gibt sonderbare Töne von sich, die Schreien, die Gesängen gleichen. Unsere Kutsche überquert die Furt des breiten Flusses, das Wasser überflutet das Trittbrett, es bedeckt beinahe die Brust der Pferde, aber man darf keine Angst haben, es kann uns nichts passieren, der Kutscher kennt den Weg genau ... und endlich sind wir wieder auf festem Boden, die Pferde klettern auf das andere Ufer, wir fahren im Trott auf der weißen Landstraße dahin, wo die Konditorei ist und die Läden sind, in denen Bücher, Spielzeug oder Schuhe verkauft werden ... Meine Tante schaut sich die Schuhe an, die ich an den Füßen habe, sie sind schon verschlissen, werden bald zu klein sein ... Auch du brauchst andere Schuhe ...

In dem sehr hellen, blauweißen Zimmer meiner Tante stehen auf dem Frisiertischchen allerlei Fläschchen. Sie enthalten Parfüms, Kölnisch Wasser. Hier ist ein leeres, das sie in den Papierkorb wer-

fen will, aber ich halte sie davon ab ... ›Bitte, wirf es nicht weg, gib
es mir ...‹

Hier sind wir, das Fläschchen und ich, allein in meinem Zimmer. Ich drehe es behutsam in alle Richtungen, um seine abgerundeten Linien, seine glatten Oberflächen, seinen facettenartig geschliffenen Glasstopfen besser betrachten zu können ... zuerst wollen wir mal entfernen, was dich häßlich macht ... zunächst dieses scheußliche Band, das man dir um den Hals gebunden hat ... und dann da, auf der Vorderseite, dieses dicke, gelbe, glänzende Etikett ... ich hebe es an einem Ende an und ziehe ... es geht leicht ab, aber es bleibt da eine weißliche, trockene, harte Schicht zurück, die ich aufweiche, indem ich sie mit einem Läppchen oder einem in das Wasser des Krugs getauchten Wattebausch naß mache, und sie löst sich in Form von winzigen Fusseln, die ich mit dem Finger abrubbele ... aber alles ist noch nicht ab, es bleibt eine feine Restschicht, die mit einem Taschenmesser abgeschabt werden muß, ohne dabei das Glas zu zerkratzen ... Hier ist nun das Fläschchen, befreit von allem, was es verunzierte, nackt und fertig für die Reinigung. Ich fülle es mit Wasser, ich schüttele es, um es gut zu leeren, damit es nicht die geringste Spur von dem, was es enthielt, bewahrt, ich wasche es mit Seife und spüle es dann in der Waschschüssel ab. Danach trockne ich es mit meinem Handtuch ab, und wenn es ganz trocken ist, bringe ich es auf Hochglanz, indem ich es mit einem Zipfel meiner Bettdecke oder mit einer von meinen Wollsachen poliere. Dann erscheint es in seiner ganzen glänzenden Reinheit ... Ich strecke es zum Fenster hin, um es ins Licht zu halten, ich nehme es mit in den Garten, damit die Sonne es glitzern läßt ... abends betrachte ich es unter der Lampe ... Nichts bedroht uns, keiner wird kommen, um es mir wegzunehmen, Lola beschäftigt sich nur mit ihren Puppen, Petja betrachtet es mit leerem Blick.

Ich habe nun mehrere, ganz verschiedene, aber jedes ist auf seine Weise wundervoll.

Eine auf meinem Kaminsims in einer Reihe aufgestellte Sammlung, an die – wie man mir versprochen hat – niemand rühren darf.

Wenn ich eins davon mitnehme, umwickele ich es mit etwas, es bleibt dann so eingepackt, ich will nicht, daß Blicke, daß leichtfertige Worte es treffen könnten.«

»Es ist merkwürdig, daß diese Flacon-Leidenschaft nach deiner Abreise sofort wieder verschwunden ist.«

»Das stimmt, ich habe keins davon mitgenommen. Vielleicht, weil ich während der ganzen Zeit, in der ich krank gewesen war, nicht mehr damit gespielt hatte ... es war eine jener harmlosen, aber ansteckenden Krankheiten ... waren es die Windpocken? die Röteln? In meinem, durch einen großen Baum etwas verdunkelten Schlafraum mit einer Tür zu Mamas Zimmer, liege ich in meinem Bettchen hinten an der Wand, ich erkenne wieder, daß ich hohes Fieber habe, weil die Männlein da sind, die nie fehlen, wenn mein Körper und mein Kopf brennen, und die unablässig Sandsäcke leeren, der Sand rieselt und verbreitet sich überall, sie leeren mehr und mehr Säcke, ich weiß nicht, warum diese Sandhäufchen und die Rührigkeit der Zwerge mich so ängstigen, ich will sie hindern, ich will schreien, aber sie hören mich nicht, es gelingt mir nicht, richtige Schreie auszustoßen.

Als das Fieber vorbei ist, kann ich mich in meinem Bett hinsetzen ... Ein von meiner Tante geschicktes Zimmermädchen bringt alles in Ordnung, macht mein Bett wieder, wäscht mich, kämmt mich, gibt mir zu trinken und füttert mich ...

Mama ist auch da, aber ich sehe Sie nur am Tisch sitzen, wo sie auf riesige weiße Bögen schreibt, die sie mit großen Ziffern numeriert, mit ihrer großen Schrift bedeckt und, sowie sie vollgeschrieben sind, auf den Boden wirft. Oder aber Mama sitzt in einem Sessel und liest ...«

»Sei gerecht, es ist während dieser Krankheit schon mal vorgekommen, daß sie sich mit einem Buch an dein Bett setzte.«

»Das stimmt, und zwar nicht mit einem Buch von ihr, sondern mit einem von mir … ich sehe es jetzt vor mir, ich kannte es gut … es war eine Ausgabe für Kinder von *Onkel Toms Hütte*. Ein großes kartoniertes Buch, mit grau aussehenden Stichen illustriert. Auf einem von ihnen sah man Elisa, mit ihrem Kind im Arm von einer Eisscholle zur anderen springend. Auf einem anderen den sterbenden Onkel Tom und gegenüber, auf der anderen Seite, die Beschreibung seines Todes. Beide Seiten waren ein wenig gewellt, und einige Buchstaben waren verwischt … sie waren ja so oft von meinen Tränen durchtränkt worden …

Mama liest mir mit ihrer tiefen Stimme vor, ohne etwas besonders zu betonen … Die Worte erschallen laut und klar … manchmal habe ich den Eindruck, daß sie nicht viel an das, was sie liest, denkt … wenn ich ihr sage, daß ich Schlaf habe oder müde bin, schließt sie das Buch sehr schnell, mir scheint dann, daß sie froh ist, aufhören zu können …«

»Fühltest du das damals wirklich?«

»Ich glaube ja, ich merkte es, aber ich habe sie keineswegs verurteilt … war es nicht selbstverständlich, daß ein Kinderbuch eine erwachsene Person, die lieber schwierige Bücher lesen wollte, nicht interessierte? Erst am Schluß der Krankheit, als ich aufstand, kurz bevor ich in den Garten hinunterging …«

»Hier enden die ›schönen Erinnerungen‹, die dich so mit Skrupeln erfüllten … sie entsprachen allzu sehr den Modellen …«

»Ja … es hat nicht lange gedauert, bis sie den Vorzug, nur sich selbst zu gleichen, wiedergewonnen hatten … Als ich auf meinen noch wackeligen Beinen in meinem Zimmer stand, habe ich durch die offene Tür gehört, wie Mama zu ich weiß nicht wem sagte: ›Wenn ich bedenke, daß ich hier die ganze Zeit mit Natascha eingeschlossen war, ohne daß irgend jemand daran gedacht hat, mich bei ihr abzulösen.‹ Aber das, was ich in dem Moment empfunden habe, war bald wie weggefegt ...«

»Hat sich dir eingeprägt, solltest du sagen ...«

»Mag sein ... so tief jedenfalls, daß ich nichts davon an der Oberfläche sehen kann. Es genügte eine Geste, ein Kosewort von Mama, oder daß ich sie nur in einem Sessel sitzend lesen und aufblicken sah, ihre überraschte Miene, wenn ich mich ihr näherte und zu ihr sprach, sie schaute mich durch ihren Kneifer an, die Gläser vergrößerten ihre goldbraunen Augen, sie schienen riesengroß, voller Einfalt, Unschuld und Gutmütigkeit zu sein ... und ich schmiegte mich an sie, ich drückte meine Lippen auf die feine, seidige, so sanfte Haut ihrer Stirn, ihrer Wangen.

[...]

Warum das wiederbeleben wollen, ohne Wörter, denen es gelingen könnte, einzufangen und, sei es auch nur noch für ein paar Momente, zu behalten, was mir geschehen ist … so wie die jungen Schäferinnen himmlische Erscheinungen haben … aber hier gibt es keine heilige Vision und kein frommes Kind …

Ich saß, wieder im Luxembourg, auf einer Bank des englischen Gartens zwischen meinem Vater und der jungen Frau, die in dem großen, hellen Zimmer der Rue Boissonade mit mir herumgetanzt war. Auf der Bank zwischen uns oder auf den Knien von einem der beiden lag ein dickes, gebundenes Buch … mir scheint, daß es die *Märchen* von Andersen waren.

Ich hatte gerade einen Abschnitt daraus gehört … ich betrachtete das in Blüte stehende Spalier an dem Mäuerchen aus rosa Backsteinen, die blühenden Bäume, den mit Gänseblümchen, weißen und rosigen Blütenblättern übersäten Rasen in grellem Grün, der Himmel war natürlich blau, und die Luft schien leicht zu flimmern … und in dem Augenblick überkam mich … etwas Einzigartiges … was nie mehr auf diese Weise wiederkommen wird, ein Gefühl, das so mächtig war, daß ich noch jetzt, nach so viel verflossener Zeit, wenn es abgeschwächt und zum Teil ausgelöscht wiederkehrt, fühle … was denn nur? welches Wort kann es erfassen? nicht das Allerweltswort: ›Glück‹, das sich als erstes einstellt, nein, das nicht… ›Wollust‹, ›Überschwang‹ sind zu häßliche Wörter, sie sollen nicht daran rühren … und ›Schwärmerei‹ … wie sich vor diesem Wort das, was da ist, zusammenzieht! … ›Freude‹, ja, vielleicht … dieses kleine, bescheidene, ganz einfache Wort kann es ohne Gefahr streifen … aber es ist nicht imstande, das in sich auf-

zunehmen, was mich erfüllt, was bei mir überquillt, was sich aus-
breitet, sich verlieren wird, aufgehen wird in den rosa Backsteinen,
dem in Blüte stehenden Spalier, dem Rasen, den rosigen und weißen Blütenblättern, der flimmernden Luft, die von kaum wahr-
nehmbaren Vibrationen, von Wellen durchdrungen wird ... von
Wellen des Lebens, kurzum: von Leben, wie es sonst nennen? ...
von Leben im Reinzustand, durch nichts bedroht, mit nichts vermischt, es erreicht plötzlich die größte Intensität, die es je erreichen kann ... es wird nie mehr jene Intensität geben, für nichts,
weil es da ist, weil ich darin bin, in dem rosa Mäuerchen, den Blüten des Spaliers, der Bäume, dem Rasen, der flimmernden Luft ...
ich bin in ihnen, und weiter nichts, nichts, was nicht ihnen, nichts,
was mir gehörte.

Walter Benjamin

PFAUENINSEL UND GLIENICKE

Der Sommer rückte mich an die Hohenzollern heran. In Potsdam waren es das Neue Palais und Sanssouci, Wildpark und Charlottenhof, in Babelsberg das Schloß und seine Gärten, die unsern Sommerwohnungen benachbart waren. Die Nähe dieser dynastischen Anlagen störte mich beim Spielen nie, indem ich mir die Gegend, die im Schatten der königlichen Bauten lag, zu eigen machte. Man hätte die Geschichte meiner Herrschaft schreiben können, die von meiner Investitur durch einen Sommertag bis zu dem Rückfall meines Reiches an den Spätherbst sich erstreckte. Auch ging mein Dasein ganz in Kämpfen um dieses Reich dahin. Das Seltsame an ihnen war, daß sie es nicht mit einem Gegenkaiser sondern sei es mit dieser Erde selbst, sei es mit Geistern, welche sie gegen mich entbot, zu tun hatten. Es war an einem Nachmittage auf der Pfaueninsel, daß ich mir meine schwerste Niederlage holte. Man hatte mir gesagt, ich müsse dort im Grase mich nach Pfauenfedern umsehen. Wieviel verlockender erschien mir nun die Insel als Fundort so bezaubernder Trophäen. Doch als ich dann die Rasenplätze kreuz und quer vergeblich nach dem Versprochenen durchstöbert hatte, beschlich mich, mehr als Groll gegen die Tiere, die mit ihrem unversehrten Federschmuck vor den Volieren hin und her spazierten, Trauer. Funde sind Kindern, was Erwachsenen Siege. Ich hatte etwas gesucht, was mir die Insel ganz zu eigen gegeben, sie ausschließlich mir eröffnet hätte. Mit einer einzigen Feder hätte ich sie in Besitz genommen – nicht nur die Insel, auch den Nachmittag, die Überfahrt von Sakrow mit der Fähre, all dieses wäre erst mit meiner Feder mir ganz und unbestreitbar zugefallen. Die Insel war verloren und mit ihr mehr als ein Vaterland:

107

die Pfauenerde. Und nun erst las ich in den blanken Fenstern des Schloßhofs vorm Nachhausegehn die Schilder, welche der Glast der Sonne in sie schob: ich solle heute nicht ins Innere treten. Wie aber damals mein Schmerz kein so untröstlicher gewesen wäre, hätte ich nicht mit einer Feder, welche mir entging, ein angestammtes Land verloren, wäre ein andermal die Seligkeit, radeln gelernt zu haben, nicht so groß gewesen, wenn ich nicht damit neue Territorien mir erobert hätte. Das war in einer jener asphaltierten Hallen, wo in der Modezeit des Radfahrsports die Kunst, die heut ein Kind vom andern lernt, so umständlich wie Autofahren unterrichtet wurde. Die Halle lag auf dem Land bei Glienicke; sie stammte sichtlich aus einer Zeit, der Sport und Freiluft noch durchaus nicht unzertrennliche Gegebenheiten waren. Die verschiedenen Arten des Trainings hatten sich damals noch nicht in einer allgemeinen Schulung gefunden. Eifersüchtig war vielmehr jede einzelne darauf bedacht, durch eigne Räume und ein drastisches Kostüm sich streng von allen andern abzukapseln. Auch war es dieser Frühzeit eigen, daß im Sport – zumal in dem, der hier getrieben wurde – die Exzentrizitäten tonangebend waren. Daher bewegten sich in diesen Hallen neben den Herren-, Damen-, Kinderrädern hie und da moderne Gestelle, deren Vorderrad vier-, fünfmal größer als das hintere und deren luftiger Hochsitz das Gestühl von Akrobaten war, die ihre Nummer studierten. Badeanstalten weisen oft getrennte Bassins für Nichtschwimmer und Schwimmer auf, so konnte auch hier von einer Scheidung die Rede sein. Und zwar verlief sie zwischen denen, die auf dem Asphalt sich üben mußten, und den andern, die die Halle verlassen und im Garten radeln durften. Es dauerte, bis ich in diese zweite Gruppe rückte, eine Weile. An einem schönen Sommertage aber entließ man mich ins Freie. Ich war betäubt. Der Weg ging über Kies; die Steinchen knirschten; zum ersten Male gab es keinen Schutz vor einer Sonne, die mich blendete. Der Asphalt war schattig, weglos und bequem gewesen. Hier aber lauerten Gefahren in jeder Kurve. Das Rad, obwohl es keinen Freilauf hatte und der Weg noch eben war, ging wie von selbst. Mir aber war als hätte ich noch nie auf ihm gesessen. Ein eigner Wille begann in seiner

Lenkstange sich anzumelden. Jeder Buckel war im Begriffe, mir mein Gleichgewicht zu rauben. Ich hatte längst verlernt zu fallen, aber nun geschah es, daß die Schwerkraft einen Anspruch, auf den sie jahrelang verzichtet hatte, geltend machte. Mit einmal sank, nach einer kleinen Steigung, der Weg recht plötzlich ab, die Bodenwelle, die mich von ihrem Kamme gleiten ließ, zerstob vor meinem Gummireif zu einer Wolke von Staub und Kieseln, Zweige sausten mir im Vorübereilen ins Gesicht, und als ich alle Hoffnung, mich zu halten, schon fahren lassen wollte, winkte plötzlich die sanfte Schwelle vor der Einfahrt mir. Herzklopfend, aber mit dem ganzen Schwunge, den der eben zurückgelaßne Abhang mir noch mitgegeben hatte, tauchte ich auf dem Rade in dem Schatten der Halle unter. Als ich absprang, war es mit der Gewißheit, daß für diesen Sommer Kohlhasenbrück mit seiner Bahnstation, der Griebnitzsee mit den gewölbten Lauben, die zu den Landungsstegen niedergleiten, Schloß Babelsberg mit seinen ernsten Zinnen und die duftenden Bauerngärten von Glienicke durch die Vermählung mit der Hügelwelle so mühelos in meinen Schoß gefallen seien wie Herzogtümer oder Königreiche durch Heirat an die kaiserliche Hausmacht.

Erich Kästner

MEINE MUTTER, ZU WASSER UND ZU LANDE

Und noch einmal – weil eben von Fels und Fluß und Wiesen die
Rede war – will ich die Fanfare an die Lippen setzen und das Lob
meiner Mutter in die Lüfte schmettern, daß es von den Bergen
widerhallt. Aus allen Himmelsrichtungen antwortet das Echo, bis
es klingt, als stimmten hundert Waldhörner und Trompeten, Frau
Kästner zu Ehren, in mein Preislied ein. Und schon mischen sich
die Bäche und Wasserfälle ins Konzert, die Gänse auf den Dorfstra-
ßen, die Hämmer vor der Schmiede, die Bienen im Klee, die Kühe
am Hang, die Mühlräder und Sägewerke, der Donner überm Tal,
die Hähne auf dem Mist und auf den Kirchtürmen und die Bier-
hähne in den abendlichen Gasthöfen. Die Enten im Tümpel
schnattern Beifall, die Frösche quaken Bravo, und der Kuckuck
ruft von weither seinen Namen. Sogar die Pferde vorm Pflug blikken von der Feldarbeit hoch und wünschen dem ungleichen Paar
auf der Landstraße wiehernd gute Reise.

Wer sind die beiden, die singend und braungebrannt das Land
durchstreifen? Die wie zwei Handwerksburschen aus der gluk-
kernden Feldflasche trinken? Die hoch über Hügeln und Tälern
rasten, hartgekochte Eier frühstücken und zum Nachtisch das lieb-
liche Panorama mit den Augen verzehren? Die bei Sturm und Regen mit Pelerinen und Kapuzen trotzig und unverdrossen durch
die Wälder ziehen? Die abends am Wirtshaustisch eine warme
Suppe löffeln und, kurz darauf, herrlich müde ins buntkarierte
Bauernbett sinken?

Das Wandern wurde, mir zuliebe, Frau Kästners Lust, und sie
betrieb dieses dem Gemüt und der Gesundheit dienliche Vergnügen höchst systematisch. So ließ sie sich zunächst einmal, etwa als

ich acht Jahre zählte, zum Erstaunen der Schneiderin ein wetterfestes Kostüm aus grünem Loden anfertigen. Im Geschäft wäre es billiger gewesen, doch in Geschäften gab es dergleichen nicht. Frauen wanderten damals nicht, es war ganz und gar nicht Mode. Der Rock reichte, der Zeit gemäß, fast bis zu den Knöcheln! Frau Wähner, die Putzmacherin, fabrizierte nach Mutters Angaben einen breitkrempigen grünen Lodenhut, der mit zwei gabelförmigen Patenthutnadeln in der Frisur verankert und vertäut wurde, und auch Frau Wähner staunte. Zwei grüne Regenpelerinen wurden eingekauft. Mein Vater, der das Staunen längst verlernt hatte, schuf in der Kellerwerkstatt mit wahrem Feuereifer zwei unzerreißbare grüne Rucksäcke, den kleineren für mich. Und so waren wir bald aufs beste und aufs grünste ausgerüstet.

Nicht das geringste fehlte. Alles Notwendige war beschafft worden: zwei eisenbewehrte Bergstöcke, eine Feldflasche, Büchsen für Butter, Wurst, Eier, Salz, Zucker und Pfeffer, ein Kochgeschirr für Knorrs Erbswurst und Maggi-Suppen, ein Spirituskocher und zwei leichte Eßbestecke. Zu den kernigen Stiefeln gehörte eine Büchse mit Lederfett, und nur einmal wurde sie, bei einem Picknick irgendwo in der Lausitz, mit der Butterbüchse verwechselt. Schon nach dem ersten Bissen war uns klar, daß es sich nicht empfiehlt, Lederfett aufs Brot zu streichen. Es heißt zwar, über den Geschmack ließe sich streiten. Doch auf die Frage, ob Lederfett ein Genußmittel sei, dürfte es wirklich nur eine einzige Antwort geben. Jedenfalls ist dies seitdem meine fundierte Meinung. Gegenteilige Belehrungen müßte ich rundweg ablehnen.

Wir waren aufs Wandern lückenlos vorbereitet und brauchten nur noch das Wandern selber zu erlernen. Unsre Wanderjahre waren Lehrjahre. Anfangs glaubten wir zum Beispiel, der Mensch wisse auch an Kreuzungen den richtigen Weg, der zum richtigen Ziele führt. Als wir aber, zu wiederholten Malen, nach vier, ja fünf Stunden verblüfft dort anlangten, wo wir morgens aufgebrochen waren, begannen wir am Instinkt des Europäers zu zweifeln. Wir waren keine Indianer. Und es half nichts, sich nach dem Stande der Sonne zu richten. Vor allem dann nicht, wenn man sie vor lauter Wald und Wolken gar nicht sah!

Deshalb gingen wir dazu über, anhand von Landkarten und Meßtischblättern das Weite zu suchen, und brachten es mit der Zeit zu nahezu fehlerlosen Ergebnissen. Auch Blasen an den Füßen, Atemnot und Kreuzschmerzen überwanden wir bald. Wir gaben nicht nach. Wir schritten fort und wurden Fortgeschrittene. Schließlich kannten wir alle Schliche des Wanderns. Wir legten am Tag vierzig, sogar fünfzig Kilometer zurück, ohne daß uns dies sonderlich angestrengt hätte, und wir durchstreiften auf diese Weise Thüringen, Sachsen, Böhmen und Teile Schlesiens. Wir erstiegen, langsamen Schritts, zwölfhundert Meter hohe Berge, und wir hätten auch noch höhere Gipfel erklommen, wenn es nur welche gegeben hätte. Wo es uns besonders gefiel, spendierten wir uns einen Ruhetag und faulenzten wie schnurrende Katzen. Dann ging es weiter im Text, eine Woche und manchmal vierzehn Tage lang, zuweilen mit Dora, der Kusine, meist und fast noch lieber ohne sie. Die Märsche wurden für unsere gelehrigen Füße zu Spaziergängen. Zwischen uns und der Natur stand keine Mühe mehr. Die Flüsse, der Wind, die Wolken und wir blieben im Takt. Es war herrlich. Und gesund war es außerdem. Vom Fuß bis zum Kopf, und vom Kopf bis zu den Füßen. Mens sana in corpore sano, wie wir Lateiner sagen.

So eroberten wir uns den Thüringer Wald und die Lausitzer Berge, die Sächsische Schweiz und das böhmische Mittelgebirge, das Erzgebirge und das Isergebirge, und dazu sangen wir: »O Täler weit, o Höhen, o schöner grüner Wald!« Vom Jeschken bis zum Fichtelberg, von der Roßtrappe bis zum Milleschauer erstiegen wir alle Gipfel und Gipfelchen. Ruinen und Klöster, Burgen und Museen, Dome und Schlösser, Wallfahrtskirchen und Rokokogärten lagen am Weg, und wir hielten feierlich Umschau. Dann zogen wir weiter, kreuz und quer durchs Land, die Friseuse in grünem Loden und ihr Junge. Manchmal hatte ich sogar meine buntbebänderte Laute dabei, da sang es sich noch besser. »Da draußen, stets betrogen, saust die geschäft'ge Welt« sangen wir, und der Herr von Eichendorff, der Dichter des Liedes, hätte seine helle Freude an uns beiden gehabt, wenn er nicht schon tot gewesen wäre. Zwei glücklichere Enkel der Romantik hätte er so bald nicht gefunden.

Dieser oder doch einer ähnlichen Meinung schien eines Tags ein Herr zu sein, der noch lebte. Meine Mutter und ich waren nach einer mehrtägigen Wanderung durch die Sächsische Schweiz im Linckeschen Bad eingekehrt, einem Gartenlokal an der Elbe, das durch den Kammergerichtsrat E. T. A. Hoffmann, einen romantischen Kollegen Eichendorffs, berühmt geworden ist. Die Königsbrücker Straße lag nur um die Ecke, aber wir hatten Durst und noch keine rechte Lust aufs Daheimsein. So ließen wir uns Zeit, tranken kühle Limonade und brachen, nachdem die Kellnerin kassiert hatte, in schallendes Gelächter aus. Denn jetzt besaßen wir, wie wir das Portemonnaie auch drehten und wendeten, nur noch ein einziges Geldstück, einen Kupferpfennig! Mitten im ›Goldenen Topf‹! (Diese Bemerkung gilt bloß für belesene Leute.)

Der Herr am Nebentisch wollte wissen, warum wir so fröhlich waren. Und als wir es ihm gesagt hatten, machte er meiner Mutter einen Heiratsantrag. Er sei, erzählte er, ein in den Vereinigten Staaten reichgewordener Deutscher, der sich für drüben eine Frau suche. Meine Mutter sei, das habe er sofort gemerkt, die Richtige, und daß er bei dieser einmaligen Gelegenheit auch noch einen so aufgeweckten und lustigen Sohn als Zuwaage erhalte, sei ein Glücksfall ohnegleichen. Unsere unverdrossen wachsende Heiterkeit steigerte seinen Eifer, statt ihn zu dämpfen. Daß wir einen Ehemann und Vater bereits besäßen, focht ihn nicht an. Dergleichen lasse sich, meinte er selbstsicher, mit genügend Geld und bei einigem guten Willen bequem regeln. Er war von seinem Vorsatz, uns beide zu heiraten und nach Amerika mitzunehmen, durch nichts abzubringen. Und so blieb uns schließlich nichts übrig als die Flucht. Wir waren, als geübte Wanderer, besser zu Fuß als er. Er verlor uns aus den Augen, und so konnten wir uns gerade noch retten und dem Deutschen Reich erhalten.

Hätten wir nicht so schnell laufen können, meine Mutter und ich, dann wär ich heute womöglich ein amerikanischer Schriftsteller oder, in Anbetracht meiner deutschen Sprachkenntnisse von Kind auf, Generalvertreter für Coca-Cola, Chrysler oder die Paramount in Nordrhein-Westfalen oder Bayern! Und im Jahre 1917 hätte ich dann vor dem soeben erwähnten Linckeschen Bad nicht im Schilderhause stehen und Wache schieben müssen! Aber stattdessen wär ich vielleicht amerikanischer Soldat gewesen! Denn so schnell und so weit weg, daß man auf dieser verrückten Welt nicht doch irgendwo Soldat wird, kann man gar nicht laufen! Nun ja, das gehört nicht hierher.

Mein Vater war eine beinahe noch peniblere Hausfrau als meine Mutter. Bevor sie und ich aus der Wildnis heimkehrten, begann er in Kernseife, Sidol und Bohnerwachs förmlich zu schwelgen. Wie ein Berserker fiel er mit Schrubbern, Scheuerhadern, Wurzelbürsten, Putzlappen und Fensterledern über die Wohnung her. Auf jedes Stäubchen machte er Jagd. Er rumorte bis tief in die Nacht. Tagsüber war er ja in der Kofferfabrik und hatte für Zimmerkosmetik keine Zeit. Grützners und Stefans, die nebenan wohnten, konnten dann nicht einschlafen und sagten: »Aha, die zwei Wanderburschen kommen morgen zurück!«

Es war jedesmal dasselbe. Wir traten in den Korridor und fühlten uns plötzlich noch viel staubiger und dreckiger, als wir schon waren. Die Klinken, der Herd und die Ofentüren blitzten. Die Fenster schimmerten lupenrein. Im Linoleum hätten wir uns, wenn wir gewollt hätten, spiegeln können. Aber wir wollten nicht. Wir wußten ohnehin, daß wir wie Landstreicher aussahen. Da half nur eins: der Sprung in die Badewanne.

Kaum daß wir wieder gesitteten Stadtbewohnern einigermaßen ähnlich sahen, trabte ich als Herold durch die Straßen und brachte den Kunden die Kunde, daß die Friseuse Ida Kästner aus den Ferien zurücksei und nach Weiberköpfen lechze. So wurde denn in den nächsten Tagen frisiert, onduliert, kopfmassiert und kopfgewaschen, bis alle Geschäftsfrauen und Verkäuferinnen hinter ihren Ladentischen wieder wie neu aussahen. Sie blieben ihrer Friseuse treu. Einmal wurde, weil wir auf Wanderschaft waren, sogar eine Hochzeit verschoben. Die Braut, ein Ladenfräulein aus dem Konsum, hatte darauf bestanden.

Am Abend nach unserer Rückkunft trat dann mein Vater, nachdem er sein Fahrrad im Keller verstaut hatte, in die Küche und sagte befriedigt: »Da seid ihr ja wieder!« Mehr sagte er nicht, und mehr war ja auch nicht nötig. Das Reden besorgten wir.

Länger als zwei Wochen pflegten, aus notwendiger Rücksicht auf Mutters Kundinnen, unsere Landstreichereien nicht zu dauern. Doch meine Sommerferien dauerten länger. Und so verbrachten wir halbe, manchmal sogar ganze Tage der restlichen Ferienzeit an den Waldteichen in Dresdens Nähe oder im König Friedrich August-Bad in Klotzsche-Königswald. Obwohl mir weder der Schwimmunterricht an der Angel, mit den stupiden Kommandos des Bademeisters, noch das Herumkrebsen mit einem Korkgürtel um den Bauch auch nur das mindeste genützt hatte, war ich, heimlich im Selbstlehrgang, ein leidlicher Schwimmer geworden. – Da meine Mutter es nur schwer ertragen konnte, wenn sie, hilflos vom Ufer oder vom Bassin für Nichtschwimmer aus, nichts als meinen Haarschopf erblickte, beschloß sie, Schwimmerin zu werden. Wißt ihr, wie damals Badeanzüge für Frauen aussahen? Nein? Seid froh! Sie glichen Kartoffelsäcken aus Leinen, nur daß sie bunt waren und lange Hosenbeine hatten. Und statt anliegender Badehauben trug die Damenwelt aufgeplusterte Kochmützen aus rotem Gummi. Es war ein Anblick zum Steinerweichen.

In diesem närrischen und unbequemen Kostüm stieg meine Mutter in die Fluten des Weixdorfer Teichs, legte sich waagrecht auf den Wasserspiegel, machte einige energiegeladene Bewegungen, öffnete den Mund, um etwas zu sagen, und versank! Was sie hatte sagen wollen, weiß ich nicht. Ganz bestimmt war es nicht das, was sie, als sie einige Sekunden später zornig wieder auftauchte, tatsächlich äußerte. Die Sohnespflicht und die Schicklichkeit verbieten es mir, die Bemerkung zu wiederholen. Die Nachwelt wird sich näherungsweise denken können, was gesagt wurde. Und die Nachwelt hat bekanntlich immer recht. Festgestellt sei jedenfalls, daß die hier unwiederholbare Erklärung erst abgegeben wurde, nachdem meine Mutter einen nicht unbeträchtlichen Teil des idyllisch gelegenen Waldteichs ausgespuckt hatte und, von mir gestützt, zum Ufer wankte.

Weitere Schwimmversuche unternahm sie nicht. Das Element, das keine Balken hat, hatte ihr den Gehorsam verweigert. Die Folgen hatte es sich selber zuzuschreiben. Das leuchtete allen, die meine Mutter kannten, ohne weiteres ein. Sie war in ihrem Leben schon mit ganz anderen Elementen fertiggeworden! Das Wasser wollte nicht? Ida Kästner grüßte es nicht mehr.

Im König Friedrich August-Bad gab es, außer einer mit der sächsischen Krone verzierten Umkleidekabine für den Monarchen, die von diesem freilich nur selten benutzt und bei starkem Publikumsandrang gegen ein minimales Aufgeld auch an Nichtkönige vergeben wurde, jahrelang eine weitere, keineswegs geringere Sensation. Der Herr hieß Müller. Er stammte dessenungeachtet aus Schweden und war der Erfinder einer Freiluftgymnastik, die er sich zu Ehren das ›Müllern‹ getauft hatte. Herr Müller trug einen kleinen schwarzen Bart und eine kleine weiße Badehose, war athletisch gewachsen, am ganzen Körper bronzebraun und würde heute, wenn es ihn in seiner damaligen Verfassung noch gäbe, unweigerlich zum Mister Universum gewählt werden. Herr Müller war ohne Frage der schönste Mann des neuen Jahrhunderts. Das fand, bei aller skandinavischen Bescheidenheit, sogar er selber. Das Herrenbad – die Bäder waren streng voneinander getrennt, und man konnte sich mit seiner Mama nur im ›Restaurant‹ treffen (o, die Thüringer Bratwürste mit Kartoffelsalat!) –, das Herrenbad also schloß sich Herrn Müllers Ansichten über Herrn Müller vorbehaltlos an, und da das Turnen im Grünen ein Schönheitsmittel zu sein schien, müllerten wir Männer begeistert und voller Hoffnungen. Es gibt eine Fotografie, worauf wir, in Badehosen und hübsch hintereinander, zu sehen sind. Herr Müller beschließt die Reihe. Ich bin der erste. Fast schon so schön wie der Schwede. Nur ohne Bart und wesentlich kleiner.

Daß das Damenbad hinter unserer Bewunderung nicht zurückstehen wollte und konnte, versteht sich am Rande. Dank seiner Eigenschaften als Erfinder und Vorturner war Herr Müller der einzige Mann, der das Paradies der Damen betreten durfte, und die Dresdner Frauenwelt müllerte, in sogenannte Lufthemden gehüllt, daß die Wiese zitterte. Trotzdem blieb der Schwede schön, und wenn es ihm gelungen war, sich von den Evastöchtern und -müttern loszureißen, turnte er, zur Erholung, wieder mit uns Männern.

Mit dem Schwimmen war meine Mutter böse. Mit dem Radfahren fand sie sich ab. Tante Lina hatte Dora ein Fahrrad geschenkt. Ich hatte die Fahrkunst auf meines Vaters Rad gelernt. Und weil der Gedanke auftauchte, man könne durch gelegentliche Radtouren das Ferienprogramm noch bunter als bisher gestalten, kaufte sich meine Mutter bei Seidel & Naumann ein fabrikneues Damenrad und nahm neugierig darauf Platz. Mein Vater hielt das Rad am Sattel fest, lief eifrig neben seiner kurvenden Gattin her und erteilte atemlos Ratschläge. Diese Versuche waren nicht nur von ihm, sondern auch von Erfolg begleitet, und so stand einem Ausflug per Rad nichts Sonderliches im Wege. Er lieh mir sein Fahrrad, schraubte den Sattel so niedrig wie möglich und wünschte uns viel Glück.

Glück kann man immer gebrauchen. Ebene Wegstrecken und leichte Steigungen boten keine nennenswerten Schwierigkeiten, und von der Mordgrundbrücke bis zum Weißen Hirsch wurden die Räder, weil es steil bergauf ging, geschoben. Dann saßen wir wieder auf, strampelten nach Bühlau und bogen in die Heide ein. Denn wir wollten in der Ullersdorfer Mühle Kaffee trinken und Quarkkuchen essen. Oder Eierschecke? (Eierschecke heißt eine sächsische Kuchensorte, die zum Schaden der Menschheit auf dem restlichen Globus unbekannt geblieben ist.) Vielleicht wollten wir auch beides essen, Eierschecke und Quarkkuchen, und schließlich taten wir es ja auch, – nur meine Mutter, die freute sich nicht, sondern trank Kamillentee. Sie war, kurz zuvor und gegenüber der Mühle, in einen dörflichen Gartenzaun gesaust. Dabei waren der

Zaun und die tollkühne Radlerin leicht beschädigt worden. Der Schreck war größer gewesen als das Malheur, aber die Kaffeelust und Kuchenlaune waren ihr vergangen. Sie hatte beim Bergab vergessen gehabt, auf die Rücktrittbremse zu treten, und das nahm sie sich und der Bremse übel.

Was Zufall, Pech und Anfängerei gewesen zu sein schien, entpuppte sich mit der Zeit als Gesetz. Meine Mutter vergaß die Rücktrittbremse jedesmal und immer wieder! Kaum senkte sich ein Weg, so raste sie auch schon davon, etwa wie die Rennfahrer der Tour de France, wenn sie von den Pyrenäen herunterkommen.

Dora und ich jagten hinterdrein, und wenn wir sie am Ende des Berges endlich eingeholt hatten, stand sie neben ihrem Rad, war blaß und sagte: »Wieder vergessen!« Es war lebensgefährlich.

Von der Augustusburg sauste sie die steile Straße nach Erdmannsdorf hinunter, daß uns Kindern das Herz stehenblieb. Wieder war ihr nichts zugestoßen. Vielleicht war ein Schutzengel mit ihr Tandem gefahren. Doch unsere Radtouren wurden mehr und mehr zu Angstpartien. Man konnte davon träumen. Manchmal sprang sie mitten auf dem Berg ab und ließ das Rad fallen. Manchmal lenkte sie es in den Straßengraben und fiel selber. Es ging immer glimpflich ab. Aber ihre und unsere Nerven wurden dünner und dünner. Das konnte nicht der Sinn solcher Ferientage sein. Und so stiegen wir für immer von den Pedalen herab und auf Schusters Rappen um. Das Damenrad wanderte in den Keller, und wir wanderten wie ehedem zu Fuß. Da gab es keine Rücktrittbremse, die man vergessen konnte.

Wenn ich ein moderner Seelenprofessor wäre, würde ich mir tiefe Gedanken machen und in einer der Fachzeitschriften unter dem Titel ›Die Rücktrittbremse als Komplex, Versuch einer Deutung‹ einen Aufsatz veröffentlichen, worin es etwa hieße: »Für Frau Ida K., die vorerwähnte Patientin, konnte es, wie im Leben überhaupt, so auch beim Radfahren im besonderen, nur ein Bergauf geben. Dem unverwüstlichen Ehrgeiz, der diese Frau, nach eigenen Enttäuschungen und im Hinblick auf ihren hoffnungsvollen Sohn, pausenlos erfüllte, war der gegenteilige Begriff, das Bergab, ziel- und wesensfremd. Da Ida K. das Bergab kategorisch ablehnte und dessen Konsequenzen deshalb gar nicht bedenken konnte, fehlte ihr naturnotwendig jeder Sinn für Vorsichtsmaßregeln. Befand sie sich, wie beispielsweise bei Radtouren, dennoch einem Bergab gegenüber, so weigerte sich ihr Bewußtsein, eingelernte Regeln anzuwenden. Sie wurden automatisch über die Bewußtseinsschwelle ins Unterbewußtsein abgedrängt. Dort fristete die Rücktrittbremse, obwohl gerade die Firma Seidel & Naumann vorzügliche Bremsen fabrizierte, ein für Frau Ida K. im Momente der Gefahr unbekanntes, weil von ihr radikal abgestrittenes Dasein. Sie konnte weder das Phänomen des Bergab noch wie auch immer geartete Techniken anerkennen, die den Niedergang bremsen sollen. Damit hätte sie, implicite, ihren magischen Willen zum Bergauf kritisiert und angezweifelt. Das kam für sie nicht in Betracht. Lieber bezweifelte sie grundsätzlich, daß Berge nicht nur empor, sondern auch abwärts führen. Lieber bezweifelte sie, auf jedes Risiko hin, die Realität.«

Glücklicherweise bin ich kein beruflicher Tiefseelentaucher und kann mir derartig hintersinnige Abhandlungen und Deutungen ersparen. Menschen zu beschreiben interessiert mich mehr, als sie zu erklären. Beschreibung ist Erklärung genug. Doch vielleicht ist in dem vorigen Absatz, den ich zum Spaß schrieb, ein Fünkchen Wahrheit enthalten? Es würde mich gar nicht wundern.

Jedenfalls steht fest, daß wir allesamt heilfroh waren, als die Angstpartien ihr Ende gefunden hatten, und noch dazu ein glückliches Ende. Am frohesten war mein Vater. Denn nun hatte er sein Rad wieder und brauchte während der Schulferien nicht mehr mit der Straßenbahn in die Fabrik zu fahren.

René Goscinny

DER STRAND IST KLASSE

Am Strand haben wir viel Spaß. Ich habe viele neue Freunde getroffen, Fred und Fruchthäuser und Kappe – der hat 'ne Meise! –
und Friedhelm und Fabian und Bremer und Jens, aber der ist nicht
in Urlaub, der ist hier aus der Gegend. Und wir spielen zusammen
und streiten uns und dann sprechen wir nicht mehr miteinander –
Klasse!

»Geh und spiel schön mit deinen kleinen Kameraden«, hat Papa
heute morgen gesagt. »Ich will mich ein wenig ausruhen und ein
Sonnenbad nehmen.« Und er hat sich überall Öl hingeschmiert
und er hat gelacht und gesagt: »Ah – wenn ich an die Kollegen
denke, die jetzt hinterm Schreibtisch sitzen!«

Wir haben angefangen, mit Friedhelms Ball zu spielen.

»Spielt mal ein bißchen weiter drüben«, hat Papa gesagt, als er
sich eingeölt hatte und Peng – hat er den Ball auf den Kopf gekriegt. Das hat Papa gar nicht gefallen, er ist richtig wütend geworden und hat den Ball mit dem Fuß weggestoßen, richtig feste und
der Ball ist ins Wasser gefallen, ganz weit draußen. Ein toller Schuß!

»Ist doch wahr, verflixt noch mal«, hat Papa gesagt. Friedhelm,
der ist weggerannt und dann ist er wiedergekommen, mit seinem
Papa. Friedhelms Papa, der ist ganz toll groß und er hat ein böses
Gesicht gemacht.

»Der war es, der da!« hat Friedhelm gesagt und er hat mit dem
Finger auf meinen Papa gezeigt.

»Aha, also Sie«, hat Friedhelms Papa zu meinem Papa gesagt.
»Sie haben den Ball meines Jungen ins Wasser geworfen?« »Klar«,
hat mein Papa zu Friedhelms Papa gesagt. »Ins Gesicht hab ich ihn
gekriegt, den Ball.«

»Die Kinder sind hier am Strand, um sich auszutoben«, hat Friedhelms Papa gesagt. »Wenn Ihnen das nicht paßt, dann können Sie ja zu Hause bleiben. Aber jetzt holen Sie erst mal den Ball wieder!«

»Hör nicht auf ihn«, hat Mama zu Papa gesagt. Aber Papa hat doch lieber auf ihn gehört.

»Gut, schön«, hat er gesagt. »Ich hole ihn schon, Ihren kostbaren Ball.«

»Ja«, hat Friedhelms Papa gesagt, »das würde ich an Ihrer Stelle auch tun.«

Papa hat ziemlich lange gebraucht, den Ball zu holen, denn der Wind hatte ihn schon ganz weit abgetrieben. Papa hat sehr müde ausgesehen, als er dem Friedhelm den Ball wiedergegeben hat und er hat zu uns gesagt:

»Hört mal, Kinder, ich möchte mich richtig ausruhen. Müßt ihr denn unbedingt mit dem Ball spielen?«

»Na, was denn sonst zum Beispiel?« hat Kappe gefragt. – Der ist vielleicht bescheuert!

»Woher soll ich das wissen?« hat Papa gesagt. »Irgendwas – grabt Löcher! Löcher in den Sand graben, das macht Spaß.«

Wir haben gesagt, das ist eine prima Idee und wir haben unsere Schaufeln geholt und Papa wollte sich wieder einölen, aber das ging nicht mehr, denn er hatte kein Öl mehr in der Flasche. »Ich kaufe mir neues Sonnenöl drüben im Laden«, hat Papa gesagt und Mama hat gefragt, warum er sich nicht einfach ein bißchen ausruht.

Wir haben angefangen, ein Loch zu graben, ein prima Loch, groß und ganz tief. Papa ist zurückgekommen und ich habe ihn gerufen und hab gesagt: »Willst du unser Loch sehen, Papa?«

»Sehr hübsch, mein Kleiner«, hat Papa gesagt und er hat versucht, den Schraubverschluß von der Ölflasche mit den Zähnen aufzumachen. Aber da ist ein Herr mit einer weißen Mütze gekommen und hat uns gefragt, wer uns erlaubt hat, am Strand ein Loch zu graben. »Der da drüben«, haben meine Freunde gerufen und sie haben auf Papa gezeigt. Ich war schon ganz stolz, weil ich dachte, der Herr mit der Mütze will Papa gratulieren zu der guten Idee. Aber der Herr war gar nicht freundlich.

»Sie sind wohl nicht recht bei Trost, was? Den Flegeln solche Flausen in den Kopf zu setzen!« hat der Herr geschrien. Papa, der war damit beschäftigt, seine neue Ölflasche aufzuschrauben und er hat nur gefragt: »Na und?« Da hat der Herr mit der Mütze erst richtig angefangen zu schreien: unglaublich, wie verantwortungslos die Leute sind und man kann sich ein Bein brechen, wenn man in das Loch fällt und bei Flut verlieren die Nichtschwimmer den Boden unter den Füßen und ertrinken und der Sand kann nachrutschen und einer von uns kann verschüttet werden und es können schreckliche Dinge passieren mit dem Loch und wir müssen das Loch sofort wieder zuschaufeln.

»Na ja«, hat Papa gesagt, »macht das Loch wieder zu, Kinder.« Aber meine Freunde, die wollten nicht.

»Ein Loch graben«, haben sie gesagt, »das ist dufte. Aber ein Loch zuschaufeln, das ist doof!«

»Kommt, wir gehen ins Wasser!« hat Fabian gerufen. Sie sind alle weggelaufen, nur ich bin natürlich dageblieben, denn Papa sah aus, als wenn er sich ärgert.

»Kinder! He! Kinder!« hat Papa gerufen, aber der Herr mit der Mütze hat gesagt:

»Lassen Sie die Kinder in Ruhe und schaufeln Sie das Loch zu – sofort, wenn ich bitten darf!« – und er ist weggegangen.

Papa hat gestöhnt und er hat mir geholfen, das Loch zuzuschaufeln. Aber wir haben nur die eine kleine Schaufel gehabt und es hat ziemlich lange gedauert. Wir waren kaum fertig, da hat Mama schon gerufen, es ist Zeit, zum Hotel zurückzugehen zum Mittagessen, und wir müssen uns beeilen, denn wenn wir zu spät kommen, kriegen wir nichts mehr. »Hol deine Sachen zusammen, deine Schaufel, deinen Eimer, und dann komm«, hat Mama gesagt. Ich hab meine Sachen geholt, aber den Eimer habe ich nicht gefunden.

»Macht nichts – los, gehen wir!« hat Papa gesagt. Aber da habe ich angefangen zu weinen, richtig feste. So ein schöner Eimer, ganz toll gelb und rot und man kann phantastische Kuchen damit backen.

»Nun mal langsam«, hat Papa gesagt. »Wo hast du den Eimer denn hingetan?«

Ich habe gesagt, vielleicht ist er unten in dem Loch, das wir gerade zugemacht haben. Papa hat mich angeschaut, als wenn er mich durchhauen will und ich habe gleich noch ein bißchen mehr geweint und Papa hat gesagt, also gut, er sucht den Eimer, aber ich soll um Himmels willen mit der Heulerei aufhören. Mein Papa — also wirklich, der ist unheimlich Klasse!

Weil wir ja nur die eine kleine Schaufel hatten, habe ich ihm nicht helfen können und ich habe zugeschaut. Aber da hat auf einmal hinter uns einer laut gebrüllt: »Sie haben es wohl nicht nötig, meine Anordnungen zu befolgen, was?«

Papa hat einen richtigen Schreck gekriegt und wir haben uns umgedreht und da stand der Herr mit der weißen Mütze. »Ich glaube mich zu erinnern, daß ich Ihnen untersagt habe, Löcher zu graben«, hat er gesagt. Papa hat ihm erklärt, wir suchen meinen Eimer. »Na gut«, hat der Herr gesagt, »aber das Loch muß sofort wieder zugeschaufelt werden.« Er ist dageblieben und hat kontrolliert, ob Papa auch gehorcht.

»Hör mal«, hat Mama zu Papa gesagt, »ich gehe schon mit Nick ins Hotel zurück. Komm gleich nach, wenn du den Eimer gefunden hast.« Und wir sind los.

Papa ist erst sehr spät ins Hotel gekommen. Er war sehr müde und hatte keinen Hunger mehr und er ist auch gleich aufs Zimmer gegangen und hat sich hingelegt. Den Eimer hat er nicht gefunden, aber das war nicht so schlimm, denn ich habe gemerkt, daß ich ihn in meinem Zimmer gelassen hatte. Am Nachmittag haben wir den Doktor holen müssen, nämlich, Papa hat einen schlimmen Sonnenbrand. Der Doktor hat zu Papa gesagt, er muß zwei Tage im Bett bleiben.

»Wie kann man sich nur so der Sonne aussetzen«, hat der Doktor gesagt, »ohne sich den Körper einzuölen!«

»Ah«, hat Papa gesagt, »wenn ich an die Kollegen denke, die jetzt zu Hause sitzen!«

Aber er hat gar kein freundliches Gesicht gemacht dabei.

Karla Schneider

SOMMERSCHWEISS

Auf den Decken, an der Elbe, im Sommer, haben wir gern dicht
beieinander gelegen, so dicht, wie es sich machen ließ. Wir haben
alle gleich gerochen: nach Elbe, nach Flußschlamm und nach heißer Haut. Sogar unser Schweiß hat den gleichen Geruch gehabt.
Er roch nach dem süßen Pinselende des Birnenstiels. Erwachsene,
wenn sie schwitzten, rochen entweder nach Ziege, nach kalter Ge-
müsesuppe oder nach läufigem Hund.

Es war Suse Vogelers Idee gewesen, die Privatterritorien unserer
vier Decken zu einem einzigen Areal zusammenzulegen, zu einer
Art Deckenrepublik. Suse Vogeler gefiel sich in der Rolle der
Clansmutter; sie war immerhin schon elf. Daß die Vogelers in unserem Haus wohnten, hat Suse ein Recht gegeben, neben ihren
beiden jüngeren Geschwistern auch meinen Cousin Niko und
mich zu kommandieren. Böhmes Annelie, meine Schulfreundin,
hat ebenfalls dazugehört. Böhmes Annelie hatte viel längere und
dickere Zöpfe als wir, Zöpfe wie eine Kreuzung aus Schneewitt-
chen und Rapunzel. Sie wurde nie braun, sondern blieb immer
»wie Milch und Blut«. Suse Vogeler, die uns andere oft mit ihrer
Baßstimme angeblafft hat, verhielt sich Annelie gegenüber geradezu devot.

Nummer sieben und acht der Deckenrepublik waren die beiden kleinen Wunderwalds von jenseits der Gasse. Karen Wunderwald war erst vor kurzem von einem längeren Aufenthalt im Lande Schweiz zurückgekommen; dort hatte man ihre Lunge daran
gehindert, einen Schatten zu werfen, und dort hatte Karen auch
diese fremde Sprache gelernt. Alles, was sie sagte, klang zärtlich,
Zopf und Hund und Gasse hießen Züpfli und Hündli und Gäßli.

Im Sommer danach hat Karen leider die Sprache vergessen und wieder so gesprochen wie wir.

An Buben gehörten nur mein Cousin Niko zu uns sowie der jüngere Vogeler und Karens Bruder, der kleine Wunderwald. Ältere Jungen hätten wir nicht auf unserer Deckenrepublik geduldet. Die drei Kleinen aber haben die Familienstruktur des Clans gestärkt, ohne die weibliche Vormachtstellung zu gefährden. Außerdem beanspruchten sie so gut wie keinen Platz. Sie haben immer sofort ihre Schwimmflügel aus Kopfkissenstoff aufgeblasen und die Elbe nur verlassen, um nach den mit kaltem Malzkaffee oder Essigwasser gefüllten Bierflaschen zu fragen. Die setzten sie dann an ihre bläulichen Lippen, als bliesen sie in Muschelhörner.

Auch wir Mädchen hatten unsere Luftkissen dabei. Zuerst kauerten wir uns ins Seichtwasser, um sie naßzumachen, dann wurde geblasen, bis einem schwindlig gewesen ist. Am Rande, wo das Wasser noch flach und lau war, mußte man über Kieselgeröll humpeln. Wir gingen immer zusammen, in einer breiten Phalanx. Hörten die Steine auf, kam der Schlamm, der samtig war und die Zehen einsinken ließ. Ab jetzt wurde das Wasser kühler und tiefer, und wir sind erst einmal stehengeblieben und haben gepinkelt. Die Strömung atmete uns vor sich her und zwang uns zu kleinen Hopsern.

Keine von uns fünf konnte schwimmen. Jede wußte es von der anderen, aber jede tat, als könne sie es doch und verzichte nur aus Taktgefühl, der anderen wegen, darauf.

»Wer ist vorne?« hat Suse gefragt, eine rein rhetorische Frage, denn Suse, unsere Clansmutter, war immer vorne. Sie hat sich auf ihre Luftkissen geschmissen und das Wasser mit den Armen vor sich her gescheucht. Annelie grapschte sofort nach Suses Hüften, ich hängte mich an Annelie und spürte, wie sich die kleinen Klauen von Fide Vogeler an mir festkrallten und wie Karen mit einem Sprung Fides Hintern gerade noch erreichte. Suse trug die Verantwortung für uns alle, deshalb durchliefen von Zeit zu Zeit Rucke unser Gebilde; dann tastete Suse mit dem ausgestreckten rechten Bein nach Grund. Es stand für uns außer Frage, daß unsere Kette aus fünf Paar Luftkissen, rotkarierte, batistgeblümte, schürzenblaue, ein vom Ufer aus vielbeachtetes Schauspiel darstellte. Immerhin befanden wir uns fast im Tiefen, denn wir waren bis zu den Achselhöhlen hineingewatet. Sanft und mühelos schlängelten wir uns durch das Wasser, das brackig roch; ab und zu, wenn es in den Mund drang, wurde laut gegurgelt, das schallte dann über dem Wasser hin und gab einem irgendwie das Gefühl von Großartigkeit.

Manchmal halfen wir Suse ein bißchen, indem wir die Beine bewegten, und zuletzt wußte man nicht mehr genau, war es nun Suse, der wir diese Schwerelosigkeit verdankten, oder konnten wir vielleicht doch schwimmen und hatten es bloß nicht mitgekriegt, und die Elbe trug uns. Das Ufer wirkte weit entfernt, wenn man es mit den Augen suchte. Es ist in jenem Sommer übersät gewesen mit weißen Skeletthändchen, toten Wollhandkrabben, die es auf die Elbkiesel angeschwemmt hatte.

Befriedigt, dem Volk der anderen Badenden eine einmalige Vorstellung geliefert zu haben, sind wir dann aus der Elbe gestiegen und haben uns, tropfenschüttelnd und zitternd, wieder auf die Decken geworfen. Die waren heiß und haben wie versengt gerochen. Aus den Haaren rann es noch lange, und die Wimpern waren von der Nässe zu pechschwarzen Pfeilen zusammengeklebt. Wir sind ganz eng zusammengekrochen und haben im Chor mit den Zähnen geklappert. Zu Anfang waren wir nur ein Knäuel aus eisigen Fußsohlen, aus Armen, auf denen die Härchen gesträubt waren, aus schlammverschmierten Schenkeln, rücksichtslosen Ellenbogen und hervorspießenden Schulterblättern. Wir lagen einfach nur da, wie tot. Waren wir wieder etwas warm geworden, entspannten sich die Gänsehäute, und wir haben angefangen uns die Zehen in die Seite zu bohren oder damit unter die Badehosen zu fahren. Wir legten die Beine übereinander wie einen Scheiterhaufen, wobei es sich gehörte, daß die, deren Beine zuunterst lagen, mit den Waden ausschlug und alles in die Luft wippte. Wir haben die Arme über den Schultern zu einem Kranz verflochten und die Köpfe zueinander gesteckt, um zu tuscheln. Suse Vogeler und Böhmes Annelie lagen dabei immer in der Mitte.

Wir haben beobachtet, was sich so auf den anderen Decken tat und darüber geredet. Wir haben uns über die komischen Schwellungen mokiert, die ältere Mädchen auf der Brust hatten. Die schlenkernden Fleischbeutel der erwachsenen Frauen waren in heftpflasterschmuddlige Halterungen eingebettet, oder sie zeichneten sich nach dem Baden unter klebenden Unterröcken ab als breitfließende Puddingmassen mit Knöpfchen, die abstanden wie Fingerhüte. Nachdem wir uns das eine Weile angeschaut hatten, haben wir uns lieber wieder mit uns beschäftigt.

Wir machten einander die nassen Zöpfe auf, kämmten sie mit den Fingern und flochten sie neu, wobei die Zopfspangen zwischen die Zähne geklemmt wurden. Das war ein schönes Gefühl – die fremden Finger im eigenen Haar. Nur Karen Wunderwald, die keine Zöpfe hatte, kam dabei zu kurz.

Auf einem untergeschlagenen Bein sitzend, im Kreis, die Rücken nach außen gekehrt, teilten wir die Quartettkarten aus. Das Quartett gehörte mir und hieß *Der fröhliche Wald*. Die Rückseiten des Quartetts waren grün wie die Flügeldecken der großen Heuschrecken, deshalb haben wir es oft nicht gemerkt, wenn Karten von den abgelegten Häufchen herunterrutschten und im Gras untertauchten. Erst am nächsten oder übernächsten Tag, nachdem lange umsonst reihum angefragt worden war, kam dann heraus, daß wieder mal eine Karte es geschafft hatte, zu verschwinden. Umgehend wurde eine Razzia angesetzt und das letzte Spiel für ungültig erklärt. Auf Knien und Händen krochen wir in der Nähe unseres Lagers herum, haben Grasbüschel auseinandergebogen und sogar die Ecken fremder Decken aufgehoben. Auch mein Cousin Niko, Erhard Vogeler und Wunderwalds Gunterli wurden aufgefordert, mitzusuchen. Es ist vorgekommen, daß wir Glück hatten und die abgängigen Karten wiederfanden, die dann allerdings zerknickt waren oder vom Tau aufgeweicht; *Familie Zapfenklein* Nummer 3 aber und *Beim Waldklausner* Nummer 2 blieben für immer abhanden gekommen.

Daß sich die Konstellation der Decken mit jedem Tag veränderte und wir nie genau an der gleichen Stelle zu liegen kamen, erschwerte die Nachforschungen. Hinzu kam, daß es auf den Elbwiesen zwei Besetzungen gab. Die erste, zahlenmäßig stärkste, zu der auch wir gehörten, räumte die Wiesen zur Abendbrotzeit, also zwischen sechs und sieben. Zu diesem Zeitpunkt begann der fliegende Wechsel, und die ersten Vertreter der Abendschicht trafen ein. Man erkannte sie daran, daß sie nur ein zusammengerolltes Handtuch unterm Arm trugen, während wir Nachmittagsleute ganze Ballen Hausrat schleppten.

Die Leute von der Abendschicht waren fast ausschließlich Einzelpersonen, die sich nicht an den Treidelpfad legten, in Wassernähe, wie wir, sondern weit in die Wiesen hineingingen, wo das Gras hoch stand und noch nicht niedergelegen war und wo es Weidengebüsche gab. Sie zogen sich rasch aus und stellten sich dann aufrecht hin, wobei sie die Augen mit der Hand gegen die tiefstehende Sonne abschirmten. Sie gingen auch selten ins Wasser, sondern blieben im hohen Gras stehen und schauten interessiert herum, wer noch so alles kam. Sie benahmen sich fast wie die Leute auf dem Oberdeck der Elbdampfer, die auch jedem zuwinkten, der sich am Ufer zeigte. Das Zwielichtige, das sie umgab, hat mich beschäftigt. Was wollten sie so spät am Tag noch an der Elbe, wenn sie sowieso nicht ins Wasser gingen oder falls doch, dann nur einmal, ganz kurz, gerade so lange, um naß wieder rauszukommen und sich naß zu zeigen.

Ich habe da so eine Theorie gehabt, über die ich mit den anderen nicht sprach, weil sie mir selbst zu unheimlich gewesen ist. Bei den einzelnen Leuten, die erst dann an die Elbe kamen, wenn alle anderen schon heimgingen, handelte es sich nämlich um Fledderer. Sobald es auf den Wiesen leer geworden war, würden sie wie schnüffelnde Hunde alles absuchen und aufsammeln, was ihnen in die Hände fiel: Löffel und verlorene Schnuller, einzelne Spielkarten, angerostete Siebe, stehengebliebene Puddinggläser, aus unseren Steckbüchern herausgefallene Bildchen und liegengelassene Unterhemden, die zu feuchten Würsten zusammengedreht waren. Und alles, was sie einmal angefaßt hatten, würde für immer unbrauchbar sein, besudelt, eklig.

Meine Vermutung stützte sich auf ein Beweisstück, das dem jüngsten Mitglied unseres Clans, Karens Bruder Gunterli, in die Hände gefallen war.

Böhmes Annelie und ich hatten gerade Suse Vogeler konsultiert, wegen dieses Zettels, der am Vormittag, am zweiten Tag nach Ende der großen Ferien, von Bank zu Bank weitergereicht worden war. Die Zeichnung – Tintenstift auf Kästchenpapier – hatte den Aufriß einer Frau dargestellt, als Frau jedenfalls kenntlich durch lange Locken und durch die untere Hälfte eines Faltenrocks, der vom Schritt bis auf die Waden herabhing. Der Rumpf ließ in das Innere der Figur sehen, das durch einzelne Regalbretter unterteilt war, und in diesen Leibesschrankfächern waren etwa ein Dutzend kleine Menschen hineingepfercht, kugelbäuchig und großköpfig, mit kümmerlichen Extremitäten, die nur durch Striche angedeutet waren. Zwischen diesen Babies schwebten zwei Busenkreise mit einer dicken Pupille im Zentrum, als schaue der Leib der Frau durch riesige Brillengläser aus sich selbst heraus. Vom untersten Regalfach führte eine Art Schacht in den Faltenrock und durch ihn hindurch ins Freie; eins der Babies war aus dem Einmachschrank des Bauches gefallen und lag zwischen den klobigen, nach außen gerichteten Schuhen der Frau.

Obwohl das Ganze leicht faßlich und einleuchtend gezeichnet war, wollten weder Böhmes Annelie noch ich die Angelegenheit so einfach hinnehmen; es gab zu viele Unklarheiten. Zwar behauptete Grunert, der Zeichner, er habe alles aus einem Buch kopiert, aber das konnte ebensogut auch reine Erfindung sein, um sich wichtig zu machen. Sicher – wir kannten etliche monströse Frauen im Dorf, denen man zutrauen konnte, daß sie solche Vorräte mit sich herumtrugen. Die Frage war: Nahmen solche Frauen nun die Arbeit für alle anderen Mütter auf sich? Brachten sie für sie die Kinder zur Welt, eins nach dem anderen, wie eierlegende Hennen, und zu Festpreisen? Und: Wuchsen die Kinder im Innern des Bauches immer wieder nach oder wie? Mußten solche Frauen vielleicht spezielle Medizinen einnehmen?

Suse Vogeler war zwar einmal sitzengeblieben, galt aber als Autorität. Wir mußten ihr die Zeichnung noch mal beschreiben und völlig nebensächliche Fragen beantworten: Ob kein Mann auf dem Bild gewesen wäre. Wieso Mann? Was sollte ein Mann auf dem Bild einer Frau, die den Bauch voller Kinder hatte?

Suse feixte; »geht mal weg«, sagte sie zu Fide und Karen. Böhmes Annelie und ich mußten ganz nahe zu ihr rücken. Suse hat die Hände auf den Knien gehalten und ihre Iltisaugen zu den anderen Decken flitzen lassen, ob auch keiner uns beobachtet. Dann hat sie mit der linken Hand eine Faust gemacht und den Zeigefinger der rechten Hand ein paarmal schnell nacheinander in die Faust hineingestoßen.

Ich habe gefragt: »Na und?« Diese Geste hatte ich bestimmte Jungen aus meiner Klasse schon öfter ausführen und sich dabei vor Lachen wälzen sehen.

»Mensch, bist du doof!« Suse hat die Augen zum Himmel gerollt. Aber ich konnte Böhmes Annelie anmerken, daß sie auch gerne Na und? gefragt hätte.

»Das muß der Mann nämlich mit der Frau …«, sagte Suse.

In diesem Moment platzte Gunterli. Er war ganz aufgeregt. Zwischen den Gräsern, dicht bei den Decken, hatte er einen Luftballon gefunden und hielt dessen weiches Gummimaul zwischen seinen Dreckfingern. Unsere Clansmutter nahm ihm die Beute ab; alles gehörte zuerst mal ihr. Mit kräftigen Atemstößen hat sie die Blase aufgepustet und das Ende zum Schwänzchen zusammengezwirbelt, damit die Luft auch hielt. Der Ballon ist auf komische Art undurchsichtig gewesen, von trüber Chamoisfarbe wie ein großer Bovist und innen mit den Flecken rätselhafter Rückstände gesprenkelt. Wir haben ihn über den hochgehaltenen Händen tanzen lassen und mit den Fingerspitzen angestoßen, immer wieder, aber er schwebte nicht besonders gut. Irgendwie war er zu schwer, gar nicht wie ein richtiger Luftballon.

Gunterli, der nicht an unsere hochgereckten Hände heranreichte, wollte seinen Ballon wiederhaben. Er fing an, wie ein verrückter Ziegenbock zu springen, zuletzt hat er laut geheult vor Zorn. Jetzt haben sie von den anderen Decken zu uns herübergeguckt.

»Pfui Deibel, wolldrdas wo wägwärfm!« wurde gebrüllt. »Faßdas bloßni-an, ihr Färgl!«

Wir sind erschrocken gewesen und haben den Ballon fallen lassen. Als Gunterli ihn sich schnappen wollte, hat Karen ihm auf die Hand geklapst. Schwach ist der Ballon auf und nieder getrudelt, bis Suse beherzt das Deckenende über ihn geworfen hat und mit dem Fuß draufgestampft. Wir warteten auf den Knall, mit dem er zerplatzen würde, aber es kam keiner, obwohl die Beule unter der Decke jetzt verschwunden war.

»Ausgerechnet unsre Decke, du Sau«, sagte mein Cousin Niko zu Suse, obwohl keiner eine Ahnung hatte, wieso der Ballon behandelt wurde wie ein Hybrid aus Blindgänger und toter Ratte. Als wir die Decke umklappten, lag da nur eine faltige Hülle. Suse faßte sie mit zwei Fingern und händigte sie Gunterli aus.

»Tu das vergraben«, sagte sie streng, »unten am Wasser. Und mach Steine drüber, hast du gehört? Wehe, du bläst den wieder auf, vielleicht isser giftig.«

Ich könnte nicht sagen, ob Suse uns dann noch erklärt hat, inwiefern das Finger-in-die-Faust-Stopfen mit dem Kinderkriegen zusammenhing.

Jedenfalls sind wir, auch später, in der Oberschule, weitgehend auf private Informationen beschränkt gewesen.

Im zehnten Schuljahr haben wir die Renaissance und die Reformation durchgenommen, deshalb waren in einer der Geschichtsbroschüren graue, verwischte Abbildungen der Mona Lisa, des David von Michelangelo und Porträts von Dante und Raffael. Unter dem Schamhaar des David, soweit man das überhaupt erkennen konnte, klebte ein Feigenblatt, das säuberlich um sein Geschlecht herumgepackt war.

Das ganze Schaffen Michelangelos ist durchdrungen von der Empörung gegen die Unterdrückung seiner Heimat, ist ein Aufruf zu machtvollem Widerstand, stand daneben zu lesen.

Um nicht vor Langeweile einzuschlafen, hatte ich immer Romane in der Mappe, die ich heimlich aus dem Bücherschrank meiner Tante Lilla auslieh. Ihr Mann, Onkel Herbert, der inzwischen aus der Gefangenschaft heimgekommen war und noch lange von England geschwärmt hat, hatte sich schon wieder abgesetzt und lebte fern von seiner Familie im Flüchtlingslager Hamburg-Bergedorf. Weil aber alle Bücher ihm gehörten und er mit seinen Sachen so eigen war, wollte Tante Lilla nicht, daß ich an den Schrank ging. Ich habe mich also bedienen müssen, während sie auf Arbeit in der Kartonagenfabrik war.

Ich liebte das Gefühl der schweren rosa Seidenbommeln in der Hand, wenn ich an den Schlüsseln des Bücherschranks drehte. Im neunten und zehnten Schuljahr war ich auf Ganghofer, Victor Hugo und Dickens abonniert. Die Ganghoferbände waren alle rosenkohlgrün, und im Dickens gab es komische Illustrationen mit Seidenpapier davor.

Weil ich also unter der Bank gelesen habe, wobei man in Abständen aufschauen mußte, mit einem konzentrierten Blick ins Auge des Lehrers, um sich zu melden und zu zeigen, daß man »mitmachte«, ist mir nicht sofort aufgefallen, daß die anderen, wenn der Lehrer nicht hinsah, eine Seite aus der Geschichtsbroschüre gegen das Fenster gehalten haben. »Seite hundertvierundzwanzig«, wurde von Bank zu Bank weitergesagt, »Seite hundertvierundzwanzig ...«

Ich habe mich unauffällig nach hinten geneigt, wo der lange Pillich saß, Pillich mit dem kleinen, spitzen und traurigen Kopf. Was mit der Seite los wäre.

Pillich sagte und zitterte dabei, weil es ihn vor Lachen schüttelte, das nicht laut werden durfte: »Die kratzt den am Sack und lutscht an seim Finger!« Ich hatte ihn noch nie so aufgeräumt erlebt.

Ich habe auf einen Moment gewartet, wo der Lehrer in einer anderen Richtung etwas abgefragt hat, und dann die Seite hundertvierundzwanzig gegen das Licht gehalten. Auf Seite hundertdreiundzwanzig oben rechts war die Mona Lisa abgebildet, Seite hundertvierundzwanzig links, von oben bis unten, nahm der David ein. Es sah wirklich so aus, als hätte der David die Finger der linken Hand, also die des angewinkelten Schleuder-Arms, im Mund der Mona Lisa stecken und als kitzelte die Mona Lisa mit ihren langen schmalen Fingern das verpackte Geschlecht des David, um das Blatt abzukriegen.

Dreißig Jahre später hat mir eine Bekannte aus Florenz eine Ansichtskarte des David geschickt, nicht Grau in Grau gedruckt, sondern gestochen scharf. Schimmelfarbener Marmor vor einer mauveroten Mauer. Allerdings hat die Karte ihn dafür nur auszugsweise gezeigt – vom Nabel bis zu den Knien. Das Feigenblatt hat gefehlt; das kleine feste Geschlecht lag offen zwischen den Schenkeln und den Leisten, wie die Marzipanfrüchte vor Weihnachten in den Konditoreien. Ich habe die Ansichtskarte lange als Lesezeichen benutzt.

Ingmar Bergman

SONNTAGSKINDER

Der Bahnhof von Dufnäs besteht aus einem roten Stationsgebäude mit weißen Ecken, einem Klohäuschen mit der Aufschrift
»Männer« und »Frauen«, zwei Signalmasten, zwei Ausweichgleisen,
einem Lagerhaus, einem gepflasterten Bahnsteig und einem Erd-
keller. Bahnhofsvorsteher Ericsson wohnt seit zwanzig Jahren mit
seiner kropfkranken Frau im Obergeschoß des Stationsgebäudes.
Der junge Pu, gerade acht geworden, hat die Erlaubnis seiner Mutter und Großmutter, sich auf dem Bahnhofsgelände aufzuhalten.
Onkel Ericsson wurde nicht gefragt, behandelt seinen jungen Besucher aber mit zerstreuter Freundlichkeit. Sein Dienstraum riecht
nach altem Pfeifenrauch und verschimmeltem Linoleumteppich.
Schläfrige Fliegen summen an den Fenstern, hin und wieder rat-
tert der Telegraph und spuckt einen schmalen Papierstreifen mit
Punkten und Strichen aus. Onkel Ericsson ist über seinen großen
Arbeitstisch gebeugt und schreibt in ein längliches Buch mit
schwarzen Deckeln. Dann sortiert er Frachtbriefe. Hin und wieder klopft jemand an den Schalter im Wartesaal und kauft eine
Fahrkarte nach Repbäcken, Insjön, Larsboda oder Gustavs. Die
Stille ist wie die Ewigkeit und bestimmt genauso würdevoll.

Pu tritt ohne zu klopfen ein. Er ist klein, auffallend mager, fast
schmächtig, die Haare sind sehr kurz geschnitten (ein kreisrunder
»Topfschnitt«), und er hat Schorf am rechten Knie. Da dies ein
Samstagnachmittag Ende Juli ist, trägt er ein verwaschenes Hemd
mit abgeschnittenen Ärmeln und Shorts, die Unterhosen schauen
ein Stück unter dem Hosenrand hervor. Das Ganze wird von einem Pfadfindergürtel zusammengehalten, am Gürtel hängt ein
Fahrtenmesser. An den Füßen hat Pu ein Paar ausgelatschte San-

dalen. Es ist oft schwer zu erkennen, was Pu denkt. Sein Blick ist etwas schläfrig, die Backen kindlich rund und der Mund halb geöffnet, vermutlich wegen Polypen.

Er grüßt höflich: Guten Tag, Onkel Ericsson. Onkel Ericsson blickt in sein schwarzes Buch und sieht nur kurz auf, die Pfeife brodelt und stößt eine kleine Wolke aus. Guten Tag, junger Herr Bergman.

Pu erklettert einen der hohen, dreibeinigen Schemel am Telegraphen.

–Vater kommt mit dem Vier-Uhr-Zug.

– Sieh mal an.

– Ich soll ihn empfangen. Mutter und Maj kommen später. Maj wollte noch Frachtgut abholen.

– Soso.

–Vater ist in Stockholm gewesen und hat für den König und die Königin gepredigt.

– Das ist nobel.

– Dann war er zum Essen eingeladen.

– Beim König etwa?

– Ja, beim König. Vater ist ein alter Freund vom König und von der Königin. Besonders von der Königin. Er gibt ihr gute Ratschläge und all sowas.

– Das ist gut.

– Der König und die Königin würden ohne Vater bestimmt nicht zurechtkommen.

Darauf folgt eine lange Gedankenpause. Onkel Ericsson zündet seine erlöschende Pfeife wieder an. Eine Fliege summt sterbend in der prallen Sonne am Fenster. Die fette gesprenkelte Katze erhebt sich und streckt die Vorderbeine, schnurrt. Sie tut ein paar schwankende Schritte über den Fenstertisch und legt sich auf das Kursbuch der Schwedischen Eisenbahn. Pu kneift die Augen zusammen. Das Sonnenlicht brennt weiß und reglos auf die Schienen und die hohen Birken herab. Auf der hinteren Stichbahn schläft eine kleine Rangierlok, die an einige mit Hölzern beladene Waggons angekuppelt ist.

– Ich glaube, die Königin ist in meinen Vater verliebt.

– Aha, soso, sieh mal an.

Onkel Ericsson klingt nicht besonders beeindruckt, außerdem ist er mit seinen Frachtbriefen beschäftigt, die Anzahl stimmt nicht, er zählt sie immer wieder nach und legt sie auf zwei Stapel: fünfzehn, sechzehn, siebzehn, achtzehn. Jemand klopft an den Schalter im Wartesaal. Onkel Ericsson legt die Pfeife in den schweren Aschenbecher und steht auf, öffnet das kleine Glasfenster und sagt: Guten Tag, guten Tag. Ach, heute bis nach Rättvik? Aha, und morgen nach Orsa? So. Das macht zwei fünfundsiebzig. Danke, bitte sehr.

Mutter und Maj und Bruder Dag kommen langsam draußen auf dem sonnenweißen gesandeten Platz angeschlendert. Mutter trägt ein helles Sommerkleid mit einem breiten Gürtel um die schmale Taille. Ihr Hut ist gelb und breitkrempig. Wie üblich ist Mutter schön, eigentlich die schönste aller denkbarer Personen, schöner als die Jungfrau Maria und Lillian Gish. Maj hat ein ziemlich kurzes, verwaschenes Kleid aus blaukariertem Stoff an. Sie trägt schwarze Strümpfe und schwarze staubige Stiefel mit hohem Schaft. Dag, vier Jahre älter als sein Bruder, ist ungefähr genauso angezogen wie Pu, nur daß seine Unterhosen nicht auf die Knie herunterhängen. Mutter wirkt leicht irritiert und sagt etwas zu Dag, sie runzelt die Stirn und lächelt dabei. Dag schüttelt den Kopf und sieht sich um, entdeckt Pu hinter dem Fenster und deutet auf ihn. Ach so, da bist du natürlich, sagt Mutter eine Spur ärgerlich, aber es ist wie im Kino, man muß erraten, was die Personen sagen. Sie macht ihm ein Zeichen, sofort herauszukommen. Also dann, auf Wiedersehen, Onkel Ericsson.

In diesem Moment klingelt das Wandtelefon zweimal kurz. Der Vorsteher nimmt den Hörer ab und sagt: Hallo, Dufnäs. Jemand sagt im Hörer: Lännheden ab drei Uhr zweiundfünfzig. Onkel Ericsson schlüpft in seine Uniformjacke und setzt die Uniformmütze mit der roten Kokarde auf den Kopf, nimmt die Flagge aus dem blaugestrichenen Gestell neben der Eingangstür und tritt hinaus auf die Treppe des Stationsgebäudes, dicht gefolgt von Pu. Sie gehen zum Signalmast, der sogleich seinen rotweißgestreiften Arm erhebt, jetzt kann der Zug kommen. Onkel Ericsson steht vor Mutter und Maj stramm, geht dann hinüber zu einem Mann mit Pferd und Wagen. Sie wechseln ein paar Worte und deuten auf das Lagerhaus.

Pu steht am Signalmast und bewacht ihn. Mutter ruft Pu, aber da er sie nicht hört oder jedenfalls so tut, schüttelt sie den Kopf und dreht sich zu Maj.

Das starke Sonnenlicht prallt auf Lagerhaus und Stationsgebäude, auf Schienen und Bahnsteig. Es riecht nach Teer und erhitztem Eisen. An der Brücke hinten plätschert ein Fluß, die Hitze vibriert über den ölgefleckten Schwellen, die Steine schießen wie Blitze. Schweigen und Erwartung.

Die dicke Katze hat sich auf der Draisine niedergelassen. Aus der kleinen Rangierlok auf dem hinteren Gleis kommen verhaltene Seufzer. Der Hilfslokführer heizt den Kessel. Plötzlich taucht der Zug kurz hinter der Biegung am Långsjön auf, zuerst als schwarzer Klecks im dichten Grün, beinahe lautlos, aber bald mit anschwellendem Getöse, jetzt ist der Zug mit seiner starken Verbundlokomotive und den acht Waggons auf der Brücke über dem Fluß, die Weichen krachen, das Getöse schwillt an, und Pu zittert das Herz.

Die Lok zischt und schnauft, es dampft unter den Kolbenstangen, die Erde bebt, jetzt kommen die Waggons, die langen eleganten Stockholmer Wagen, die Bremsen kreischen. Onkel Ericsson grüßt den Lokführer mit der Hand an der Mütze. Pu steht da wie versteinert. Jetzt schwenkt der Bahnhofsvorsteher die rote Flagge. Knirschend und knackend ist das Ganze auf unerklärliche Weise zum Halten gekommen und steht, während die Lok keucht und keucht. Komm jetzt, Pu, befiehlt Mutter. Wenn Mutter diese Stimme hat, gehorcht man besser.

Vater steigt auf den Bahnsteig herunter, er ist noch ziemlich weit entfernt, nähert sich aber mit raschen Schritten. Er ist barhäuptig, die dünnen Haare fliegen ein bißchen. Er trägt den Mantel über dem Arm und den Hut in der rechten Hand, in der linken hält er seine abgewetzte schwarze Aktentasche, ausgebeult von Büchern und Nachtzeug. Vater haßt es, mit Koffer zu reisen, er bevorzugt leichtes Gepäck. Mutter und Vater küssen sich auf die

Wangen, Mutters gelber Hut verrutscht, sie lächeln einander zu, jetzt ist Dag mit der Begrüßung an der Reihe, und er gibt seinem Vater die Hand, Vater tätschelt ihm den Nacken, womöglich ein bißchen hart und nicht besonders liebevoll. Pu nimmt Anlauf, er lacht vergnügt und rennt auf seinen Vater zu, der sofort lacht und seinen Sohn hochhebt und ihn in den Armen hält. Mutter hat Vater Hut und Mantel abgenommen, und Maj hat den Pastor mit einem dezenten Knicks von der bauchigen Aktentasche befreit. Vater riecht nach Rasierwasser und Zigarillos, seine Wange ist ein bißchen kratzig. Gib mir einen Kuß, sagt Vater, und Pu drückt ihm einen nassen Schmatzer aufs Ohr.

Onkel Ericsson gibt das Signal zur Abfahrt. Die Lok stößt rhythmisch schwarze Rauchwolken aus, die Räder drehen sich und finden Halt in den Schienen, Türen knallen und Schranken klappern. Der Signalmast senkt sich, der Zug wird immer schneller auf dem Weg zum Viadukt über der Landstraße. In der Biegung unterhalb von Våroms stößt die Lok einen Pfiff aus, dann verschwindet sie im Wald.

– Müssen wir gleich nach Hause kommen? fragt Dag und wendet sich etwas unbestimmt an die versammelte elterliche Autorität. Aber nein, sagt Mutter und lächelt rasch, da sie merkt, daß Dags Frage in diesem Moment unpassend ist. Aber nein. Sei nur rechtzeitig zum Essen zu Hause. Du hast ja deine Uhr, sagt Vater ziemlich kurz. Sie ist kaputt, aber ich kann fragen, sagt Dag.

Die Schmiede liegt hundert Meter nördlich vom Bahnhof. Ein hohes, aber schmales, schlecht gebautes zweistöckiges Holzhaus. Im Erdgeschoß befindet sich die Schmiede, im Obergeschoß, das aus zwei Zimmern und einer geräumigen Küche besteht, wohnen der Schmied Smed und seine Frau Helga zusammen mit fünf Kindern verschiedenen Alters und Aussehens. Jonte ist gleichaltrig mit Pu und Matsen mit Bruder Dag. Alles ist schmutzig und elend und ärmlich bei Smed und seiner Familie, aber die Stimmung ist, wie ich mich erinnere, recht munter. Daher zieht es uns zu den Spielplätzen bei der Schmiede. Der Schmied Smed sieht aus wie ein Kirgisenhäuptling, er ist ein stattlicher dunkelhäutiger Mann, seine Frau ist hochgewachsen, mit den Spuren verblaßter Schönheit. Sie hat nicht mehr viele Zähne, lacht aber gern. Dabei hält sie die große Hand vor den Mund. Bei allen Mitgliedern der Familie sind Haare und Augen schwarz wie die Nacht. Das jüngste ist ein Mädchen von vier Monaten namens Desideria. Sie hat eine Hasenscharte.

Nachdem Bruder Dag und Pu sich glücklich vom Empfangskomitee am Bahnhof losgemacht haben, laufen sie schnurstracks zu dem streng verbotenen Spielplatz hinter der Schmiede. Mutter ist der Meinung, sie sollten überhaupt nicht mit den Smedkindern spielen. Großmutter meint das Gegenteil, daher ist es ihnen erlaubt. Nur über einen bestimmten Spielplatz ist ein Totalverbot verhängt. Das ist der Tümpel hinter der Schmiede. Der Tümpel ist ein Wasserloch in einer runden Vertiefung der stark hügeligen Wiesenlandschaft, die sich von dem steil abfallenden Waldgebiet bis hinunter zum Fluß und den Schluchten erstreckt. Im Frühjahr kann der Tümpel mehr als zwei Meter tief sein, im Sommer ist er wesentlich seichter. Im trüben Wasser gedeihen Kaulquappen, Weißfische und die eine oder andere fette Plötze.

An diesem Nachmittag tobt eine Seeschlacht auf dem Wasser. Zwei geräumige Versandkisten, einigermaßen abgedichtet und geteert und an dem provisorisch zusammengeschreinerten Bug mit Totenschädeln bemalt, sind Piratenschiff beziehungsweise Königin Elisabeths Freibeuter. Pus Bruder Dag ist Regisseur und Anführer des Kriegsspiels. Er hat sich selbst die Rolle des Häuptlings der Piraten zugeteilt. Matsen ist General Archibald. General und Pirat sind allein in ihren jeweiligen Schiffen. Auf ein vereinbartes Zeichen stürzen sie von gegenüberliegenden Seiten des Tümpels los und staken mit Hilfe eines selbstgemachten Ruders in großer Geschwindigkeit aufeinander zu. Es gibt eine gewaltige Kollision. Dann sollen sich die beiden Kombattanten mit dem Ruder schubsen und stoßen. Der Kampf soll fünf Minuten dauern und wird von Matsens älterer Schwester Inga-Brita überwacht, die den Wecker der Familie Smed hat. Wer ins Wasser fällt, hat verloren. Wird ein Schiff zum Kentern gebracht, gilt dies als bedeutender Erfolg.

Bengt, Sten und Arne Frykholm vom Missionshaus sind auf

Dags Seite. Die ständig rotzenden und hustenden Jungen Törnqvist auf Matsens. Trotz permanenter Feindseligkeit verlangt die Familiensolidarität, daß Pu auf der Seite seines Bruders steht. Es wird, wie erwartet, ein erbitterter Kampf, der nach etwa einer Minute rituellen Fechtens in ein unkontrolliertes Handgemenge übergeht. Dag ist ein Wüterich, der sich wegen der kleinsten Kleinigkeit prügelt. Nach wenigen Minuten hat er Matsens Boot umgekippt und ist aus seinem eigenen herausgesprungen. Bis zur Brust im lehmigen Wasser stehend, dreschen die Parteien wild aufeinander los und machen ernstliche Versuche, einander zu ertränken, angefeuert von ihren jeweiligen Verbündeten. Da der Kampf rasch ausartet, öffnet Helga Smed das Fenster im Obergeschoß und ruft, wer Saft und Brötchen haben wolle, solle sofort kommen. Unverzüglich läßt das Publikum die Kämpfer im Stich, und diese hören mangels Aufmerksamkeit auf und waten an Land. Sie ziehen ihre nassen Sachen aus, behalten aber die Unterhosen an, so daß Dag kaum riskiert, ertappt zu werden, und Pu wagt nicht zu petzen.

Es wird eng in der Küche der Smeds. Man teilt sich zwei Gläser und vier gesprungene Porzellantassen, die Gäste haben den Vortritt, und die Brötchen sind ofenfrisch. Ein leises, höfliches Schlürfen beginnt. Die Sonne schießt scharfe Pfeile durch das verschmutzte Fenster, der Staub schimmert, die Hitze ist mächtig, und die ungewohnten Gerüche sind erstickend. Frau Helga nimmt ihre Letztgeborene auf und gibt ihr die Brust, auf dem braungebeizten Bett im Zimmer neben der Küche sitzend. Sie zieht ihre fleckige dunkelrote Bluse über der Brust hoch, und Desideria schmatzt eifrig. Nachdem die Kleine sich sattgetrunken und Bäuerchen gemacht hat, wird sie aufs Bett gelegt. Helga wendet sich an meinen Spielgefährten Jonte und fordert ihn auf, zu ihr zu kommen: Komm her, Jonte, jetzt kriegst du deinen Teil. Möglicherweise macht Jonte ein verlegenes Gesicht, daran erinnere ich mich nicht, aber ich glaube es nicht. Jedenfalls geht er zu seiner Mutter und stellt sich zwischen ihre Knie. Sie hebt die schwere Brust an, und er trinkt gierig. (Jonte hat Schwindsucht gehabt und den ganzen Winter im Sanatorium gelegen.) Nachdem er seinen Durst gestillt hat, wischt er sich den Mund mit dem Handrücken ab und kaut an seinem Roggenbrötchen mit Sirup.

Helga will gerade die Bluse wieder über die Brust ziehen und sich vom Bett erheben, als Pu mit lauter Stimmt fragt, ob er probieren darf. Alle lachen, es ist ein großes Gelächter, das durch die heiße, schmutzige Küche schallt. Die Frau lacht auch und schüttelt den Kopf: Bitte sehr, Pu, ich hab' nichts dagegen. Aber du mußt sicher erst deine Oma fragen oder deine Mama. Wieder lachen alle, und Pu schämt sich: Er errötet zuerst an den abstehenden Ohren, dann an Wangen und Stirn, und dann kommen die Tränen, nichts kann die Tränen aufhalten. Helga Smed tätschelt ihn mit ihrer harten Hand und fragt, ob er nicht noch ein Brötchen mag, sie würde Sirup draufschmieren, aber Pu mag kein Brötchen, die derbe Freundlichkeit verwirrt ihn nur noch mehr, die Tränen fließen aus der Nase hinab zu den Mundwinkeln: Verdammte Scheiße, verdammte Höllenscheiße. Alle lachen ein drittes Mal. Pu ist eigentlich ein Mädchen, das sieht man deutlich, bemerkt Bruder Dag. Pu wirft seinem Bruder die Safttasse ins Gesicht und stolpert wütend die steile Treppe zur Schmiede hinunter.

An dem verrußten Fenster steht Maj und schwatzt mit dem Schmied. Er soll einen schadhaften Topf löten. Auf der Esse brennt ein Kohlenfeuer. Schwarze Räder, Hebelstangen und Antriebswellen, die verschrammte Werkbank an den Fenstern der Längswand. Der glitschige, morsche Fußboden, geflickt mit Bretterstücken und flachen Steinen. Der Geruch von verbrannter Kohle, heißem Öl und Ruß. Außerdem verbreitet Smed seinen eigenen Duft, was immer das sein mag. Jedenfalls ist es kein ekliger Geruch, und es scheint, daß Maj ihn mag. Sie lacht über etwas, was der Schmied bemerkt, und zieht sich, jedoch nicht unfreundlich, ein wenig zurück.

Maj wendet Pu das sommersprossige, gebräunte Gesicht zu und sagt albern lachend, jetzt müßten sie sich beeilen, damit sie sich nicht zum Essen verspäteten. Sie streicht eine Haarsträhne aus der Stirn. Der Schmied nickt Pu zu und zeigt seine Zähne, die weiß sind, wie neu. Vor der Schmiede wartet ein schlaksiger Junge mit einem Pferd, das beschlagen werden soll. Es wird ein rascher Abschied, und dann ab mit Majs Rad. Pu klettert auf den hinteren Gepäckträger und hält sich an den Federn des Sattels fest. Direkt vor seinen Augen und seiner Nase bewegen sich Majs Hintern, Hüften, Taille und Rücken, sie riecht nach Maj. Pu liebt Maj fast genauso sehr wie Mutter, manchmal mehr, aber auf eine verwirrende Art.

An der Post macht die Landstraße einen steilen, aber kurzen Buckel. Maj trampelt ein Stück hinauf, gibt dann aber auf, und sie gehen nebeneinander und schieben gemeinsam das Rad. Hast du geheult, fragt Maj, ohne Pu anzusehen. Nein, geheult hab ich nicht, ich bin nur so verdammt wütend geworden, antwortet Pu unverzüglich. Wenn ich wütend werde, sieht es so aus, als würde ich heulen, aber ich heule nicht. War es Dagge, fragt Maj weiter. Pu denkt einen Augenblick nach und sagt dann ernst: Eines Tages erstech' ich ihn mit dem Messer. Pu zieht den Rotz in der Nase hoch, ist fast wiederhergestellt. Du darfst auf keinen Fall deinen Bruder mit dem Messer stechen, sagt Maj und lacht. Sonst kommst du ins Erziehungsheim. Lach nicht, sagt Pu zähneknirschend und pufft Maj, die einen Schritt zur Seite tut. Hör auf zu puffen, du kleiner Scheißer, sagt Maj freundlich, und dann: Nein, nein, ich werd nicht lachen, ich schwöre es. Aber du mußt lernen, daß die Leute über alles mögliche lachen, das ist nicht so schlimm. Lach doch einfach mit.

Schlag fünf stehen alle Bewohner des Hauses hinter ihren Stühlen rings um den Eßtisch, falten die Hände und beten gemeinsam: Komm Herr Jesu, sei unser Gast und segne, was du uns bescheret hast. Dann setzt man sich mit Gepolter und Gerumpel zu Tisch. Hier ist nun die Versammlung, insgesamt zehn Personen: Mutter und Vater einander gegenüber. Zu Vaters Rechten thront Tante Emma, die keine richtige Tante ist, sondern die Schwester von Vaters Vater, ein übriggebliebener, übergewichtiger Dinosaurus aus Vaters Verwandtschaft. (Tante war damals, vor allem auf dem Lande, eine übliche Anrede für ältere, alleinstehende weibliche Verwandte. Tante Emma lebte übrigens meistens allein in einer Zwölf-Zimmer-Wohnung in Gävle. Sie war ein Vielfraß und entsetzlich geizig, außerdem nicht besonders freundlich, eher scharfzüngig und schlagfertig. Christenpflicht schrieb Tante Emmas Sommeraufenthalte und Weihnachtsbesuche bei uns vor. Zu den Kindern war sie barsch, zärtlich und fürsorglich, las ihnen Märchen vor und spielte Mensch-ärgere-dich-nicht. Pu war Tante Emmas Liebling, sie erklärte gern, daß er einst ihr Vermögen erben würde. Pu lächelte beflissen, er war vermutlich ein beflissenes Kind.)

Zu Vaters Linken sitzt Lalla wie auf Nadeln, da sie Mutters demokratischen Einfall gemeinsamer Sommermahlzeiten für Herrschaft und Dienstboten stark mißbilligt. (Ich kann mich nicht erinnern, daß Lalla je anders oder irgendwie besonders ausgesehen hätte. Eine kleine, sehnige Person mit flinken Bewegungen, einem durch und durch klugen Gesicht, sarkastischem Lächeln, breiter Stirn, grauen, in der Mitte gescheitelten Haaren, tiefblauen Blikken. Lalla war, wie gesagt, die Herrin der Küche. Sie kannte Mutter als Kind und junges Mädchen, redete sie aber unerschütterlich mit Frau Bergman an.)

Neben Lalla sitzt Maj. Sie beaufsichtigt Lillan, die vier Jahre alt ist und gerade vom Kinderstuhl zu einem harten Kissen übergewechselt ist. (Lillan war eine runde, freundliche und weiche kleine Person. Wenn niemand es sah, spielte Pu gern mit seiner Schwester. Wenn Dagge in der Nähe war, nannte er sie »Speck«. Weil Dag Pu wegen jeder Kleinigkeit verhaute, verhaute Pu Lillan wegen jeder Kleinigkeit. Lillan saß auf ihrem runden Hintern und betrachtete verdutzt ihren Bruder, während sich ihre großen blauen Augen mit Tränen füllten. Jedoch verpetzte sie ihn selten. Pu war lieber mit seiner Schwester zusammen und spielte mit Puppen in der reich ausstaffierten Puppenstube als mit seinem Bruder, der Zinnsoldaten vorzog.)

Auf der anderen Seite von Lillan sitzt Marianne, eine dunkle Schönheit, breithüftig und hochbusig. (Vater und Mutter waren enge Freunde von Mariannes Eltern gewesen, die bei einem Zugunglück ums Leben gekommen waren. Marianne, einst Vaters Konfirmandin, war ein häufiger Gast im Pfarrhaus. In diesem Sommer sollte sie Dag Nachhilfeunterricht in Deutsch und Mathematik geben. Dieser hatte nichts dagegen, da er in seine schöne Lehrerin verliebt war. Auch Pu war verliebt, aber aus der Ferne. Er akzeptierte seine Unzulänglichkeit. Zugleich aber war er neidisch auf seinen Bruder und frotzelte ihn wegen seiner deutlich zur Schau getragenen zärtlichen Gefühle. Marianne hatte eine natürliche Altstimme und wollte Opernsängerin werden.)

Mutter hat Dag und Pu zur Linken. Neben Pu sitzt Märta. (Märta Johansson war eine lange, dürre Frau unbestimmten Alters, etwas schwankend und leicht gebeugt. Eigentlich war sie zur Volksschullehrerin ausgebildet, jedoch kränklich, mit einem schwachen Herzen und nur einer Lunge. Ihr heiteres Gemüt und ihre sanfte Art machten sie bei allen beliebt. Das heißt, Lalla mochte sie nicht, denn sie hatte eines Abends vergessen, den Gasherd im Pfarrhaus abzustellen und dadurch eine kleinere Explosion verursacht. Laut Lalla wäre es besser gewesen, »die arme Person« wäre dabei draufgegangen. Als Mutter mit Vater von zu Hause fort war, hatte Märta mit gutgelaunter Entschlossenheit das Kommando übernommen. In diesem Sommer kränkelte sie und besuchte die Familie, um sich zu erholen und auszuruhen. Pu stellte sich vor, ein Engel könnte wie Märta aussehen. Einige Jahre später starb sie, und bestimmt wurde sie ein Engel.)

Der samstägliche Speisezettel ist gleichbleibend und wird selten geändert. Er besteht aus Fleischklößchen mit Makkaroniauflauf und Preiselbeerkompott. Zum Nachtisch gibt es wechselweise Rhabarbercreme, Erdbeercreme und Stachelbeercreme. Die Vorspeise steht fest: Heringshappen mit neuen Kartoffeln. Dazu trinkt der Pastor einen Schnaps und ein Glas Helles. Die übrigen Familienmitglieder trinken Dünnbier oder, besonders samstags, Limonade. Das Speisezimmer, das auch als Wohnzimmer dient, ist geräumig und hell, es grenzt an eine schmale Glasveranda. Maj serviert, und Marianne hilft je nach Bedarf. Märta muß sich schonen, und Lalla hat die Anweisung, stillzusitzen und sich bedienen zu lassen, was sie mißbilligt.

Jetzt werden die Kartoffeln zum Hering gereicht, der Topf macht die Runde, Vater gießt den Branntwein ein, und Tante Emma nimmt auch einen kleinen Schluck zu den beiden Heringshappen und den rosigen, dünnschaligen Kartoffeln. Bitte sehr, tritt in das Bild ein, du kannst an der Tür zur Veranda stehen oder dich auf das geschweifte Sofa unter der Wanduhr setzen, bitte sehr: Zunächst reden wir alle drauflos, leise und versiert. Es geht ums Wetter, was sonst: das Wetter in Stockholm und das Wetter in Dufnäs und die plötzliche Hitze, und Tante Emma bemerkt, ein Gewitter liege in der Luft, das spüre sie in ihrem Knie, und fügt im Tonfall der Kennerin hinzu, die Fleischklößchen seien hervorragend. Lalla erwidert, sie freue sich, daß Fräulein Eneroth die Fleischklößchen schmeckten. Während sie das sagt, lächelt sie säuerlich. Lalla schätzt weder Lob noch Tadel, und schon gar nicht von Fräulein Eneroth.

Der einzige, der Lalla mit ihrem småländischen Hochmut hin und wieder behutsam zurechtweist, ist der Pastor. Das mag sie, das ist in Ordnung. Eine milde Ermahnung dient dem Seelenheil. Der Boden ist ausgedörrt, und das Wasser in unserm Bach ist tüchtig gesunken, sagt Mutter. Schade um die Margeriten und die Glokkenblumen. Ich habe eine Stelle gefunden, sagt Marianne fröhlich. Es gibt eine kleine Wiese auf dem Weg zum Gimmen. Da wimmelt es von Blumen und wilden Erdbeeren. Ich und Dag waren vorgestern da, nein, am Dienstag. Nanu, ein Ausflug mitten in der Woche, sagt Vater scherzhaft. Vom Schnaps ist seine Stirn leicht gerötet. Erik, du solltest mitkommen, sagt Marianne ablenkend. Es ist ein herrlicher Spaziergang. Die Wiese liegt ganz versteckt, man kann sie von der Straße aus nicht sehen.

Das wäre nett, sagt Vater und lächelt Marianne zu. Alma war übrigens heute vormittag da, sagt Mutter plötzlich. Sirl war auch dabei, sagt Märta mit ihrer sanften, fast flüsternden Stimme. Sie hat mir ihre Handarbeit gezeigt, ich werde etwas Ähnliches machen. Es ist schön, die Hände zu beschäftigen, jetzt, wo ich so klapprig bin. Sie lacht.

Märta sieht schon viel gesünder aus als bei der Ankunft vor ein paar Wochen, tröstet Vater freundlich. Märta schüttelt leicht den Kopf. Alma hat jedenfalls angekündigt, daß Ma heute abend mit Onkel Carl vorbeischaut. Wie nett, sagt Vater sofort. Das ist gut, sagt Dag, Onkel Calle schuldet mir nämlich zwei Kronen, und die will ich zurückhaben. Du bekommst deine Kronen von mir, sagt Mutter entschieden.

So, Tante kommt also her, sagt Vater mit noch immer leicht geröteter Stirn. Dann können wir jetzt die Stachelbeercreme hereinbringen, sagt Mutter an Maj und Marianne gewandt, die sofort aufstehen und die Fleischklößchenteller einsammeln. Ja, fährt sie fort, Mama kommt her, damit wir unseren gemeinsamen Ausflug nach Mångsbodarna planen, und außerdem will sie dich zu Hause willkommen heißen. Carl begleitet sie, da Ma nicht allein auf dem Waldweg gehen will, nachdem sie sich den Fuß verstaucht hat. Dann können wir ja probieren, ob Onkel Calle mit dem Bogen schießen kann, sagt Dag. Vater nimmt sich von der Creme und schüttet Milch in den tiefen Teller mit der Blumenranke am Rand: Trotzdem ist es komisch, sagt Vater und schüttelt den Kopf ein wenig. Was ist komisch? sagt Mutter sofort. Ich finde es komisch, daß Tante sich die Mühe macht, den langen Weg von Våroms hierherzugehen. Es wäre doch einfacher für uns, die wir jung und gut zu Fuß sind, einen Abendspaziergang durch den Wald zu machen. Ach, du kennst doch Ma, beschwichtigt Mutter freundlich. Es ist ihr bestimmt ein bißchen langweilig, seit sie allein in dem großen Haus sitzt.

Kommt denn keiner von ihren Söhnen in diesem Sommer zu Besuch? Nicht einmal Ernst? Ich weiß nicht, aber das ist jetzt jedenfalls ausgemacht, Mutter runzelt die Stirn, ihre Stimme ist etwas kurz angebunden. Und das Essen morgen, was ist damit? fragt Vater. Wie üblich, denk ich. Was soll damit sein? Weil ich bekanntlich nach Grånäs muß, um die Predigt zu halten, und es nicht sicher, ob ich bis vier zurück sein kann. Aber *lieber* Erik! Jetzt versteh ich überhaupt nichts mehr! Meinst du, die Rückreise von Grånäs dauert *drei* Stunden? Das ist doch nicht möglich. Doch, das ist durchaus möglich, erwidert Vater in leichtem Ton. Das ist in der Tat durchaus möglich, da ich mich nicht vor dem Kirchenkaffee drücken kann. Der Gemeindepfarrer hat *eigens* geschrieben, er freue sich darauf, mich nach dem Gottesdienst zu sehen. So werde ich wohl erst gegen zwei von Grånäs wegkommen, und der Güterzug von Insjön, in den ich umsteigen muß, geht kurz nach halb vier. Du mußt mich wohl also leider entschuldigen. Kommt Pu übrigens mit? Was?! sagt Pu und sperrt den Mund besonders weit auf, zum einen ist er nicht besonders aufmerksam gewesen, zum anderen hört er am liebsten weg, wenn Mutter und Vater diesen besonders freundlichen Ton haben, und außerdem hat er den Sinn der Frage begriffen, die eine schwere Bedrohung für die Pläne des morgigen Tages darstellt.

Was? Nun, kleiner Pu, ich frage, ob du Lust hast, deinen Vater nach Grånäs zu begleiten. Wir könnten richtig Spaß zusammen haben, meinst du nicht? (Kurzes Schweigen.) Das solltest du dir nicht entgehen lassen, sagt Marianne vermittelnd. Natürlich kommt Pu gern mit, sagt Mutter. Das wird bestimmt prima, grinst Dag mit unverhohlener Schadenfreude. Der Vater sieht seinen Sohn Pu an, der von Stummheit geschlagen ist und Stachelbeercreme mit Milch löffelt. Pu soll sich nicht verpflichtet fühlen, sagt Vater freundlich. Wenn du was Besseres vorhast, dann fühl dich nicht verpflichtet. Nee, sagt Pu. Mutter lacht ein wenig, immer muß sie beschwichtigen. Sind wir mit dem Essen fertig? Dann heben wir die Tafel auf. Man erhebt sich vom Tisch, stellt sich hinter die Stühle, faltet die Hände auf den Rückenlehnen: Hab Dank für Speis und Trank. Amen. Verbeugen und knicksen. Dann geht man zu Mutter, küßt ihr die Hand und dankt fürs Essen, und dann helfen alle beim Abdecken, bis auf Vater und Tante Emma, die sich zwischen Pelargonien und Fleißigen Lieschen auf der noch immer sonnenheißen Veranda niederlassen.

Dag streckt sein Gesicht dicht vor Pus und sagt: Toll, was? Marianne erwischt ihn und zieht ihn an den Ohren: Du sollst dich um deine eigenen Angelegenheiten kümmern, sonst lasse ich dich den ganzen Sonntag Rechenaufgaben machen. Ja, wenn Dagge ausnahmsweise mal die Klappe halten könnte, klagt Pu, sehr bedrückt von dem plötzlich entstandenen Problem.

Marianne legt ihm den Arm um die Schultern und drückt ihn an ihre weiche Brust: Ich weiß, daß Vater sich freuen würde, wenn du ihn begleitetest. Pu schüttelt den Kopf: Er würde sich viel mehr freuen, wenn *du* ihn begleitetest. Marianne sieht Pu ernst an: Das geht nicht. Warum geht das nicht? Tja, es geht eben nicht, sagt Marianne und läßt Pu los.

Drückt euch jetzt nicht, ruft Maj, ihr müßt beim Abwasch helfen, Pu trocknet die Löffel und Gabeln ab. Sie zieht Dag mit sich fort. Ich muß erst pinkeln, ruft Pu und schlüpft hinter Marianne hinaus. Schnell läuft er über den gesandeten Platz und hinauf zum Waldrand, wo er sich hinter den Kirschbaum stellt, aber er pinkelt nicht. Er steht nur da und späht heimlich hinüber zur Dahlbergschen Behausung und ihren Bewohnern.

Er sieht Vater und Tante Emma auf der Veranda, sie sind halb verborgen hinter Blumen und Kletterpflanzen. Vater steckt sich ein Zigarillo an, und Tante Emma nimmt ihre Pillen gegen Sodbrennen. Mutter taucht für ein paar Augenblicke in der offenen Tür zur Veranda auf: Sie hält Lillan an der Hand.

Ist Pu da? sagt sie in die Luft hinaus, wartet aber nicht auf eine Antwort. Märta durchquert das Speisezimmer mit einem Tablett voller Gläser und Teller, sie sagt etwas Unverständliches, und Mutter erwidert, Pu soll nicht so unfreundlich sein, wenn ihm was nicht paßt, ich muß mit ihm reden. Lalla tritt vorsichtig auf den Absatz der Küchentreppe hinaus, einen kleinen Eimer in der Hand: Wir müssen die Türen geschlossen halten, sonst haben wir hier jede Menge Mücken und Fliegen drin! Marianne ist ins Obergeschoß hinaufgegangen, sie kämmt mit kräftigen Strichen ihr dickes braunes Haar, man kann sehen, daß sie vor sich hinsummt. Mutter geht hinaus auf die Veranda, sie hält Lillan an der Hand. Unterwegs holen sie eine große, verschlissene Stoffpuppe. Maj spült das Geschirr, es geht flott, dabei redet sie ununterbrochen mit Märta, aber das Küchenfenster ist geschlossen, und daher hört man nicht, was sie sagt. Dag hat sich mit einem Handtuch bewaffnet und trocknet Gläser ab. Märta lacht über etwas, das Maj sagt, und Maj rempelt Dag mit dem Hintern an. Marianne rennt die Treppe hinunter und packt Lillan. Sie hebt sie hoch und hält sie fest. Ihre Arme sind nackt. Lillan umklammert ihre schlaffe alte Puppe. Sie gehen zu dem hohen, mit Schnitzereien versehenen Klavier, und Marianne setzt sich daran, mit Lillan auf dem Schoß. Sie spielen Ton für Ton: zuerst Lillan, dann Marianne. Mutter steht am Blumentisch der Veranda, sie ist in Pus Richtung gewandt, sieht ihn aber nicht. Sie ist völlig damit beschäftigt, gelbe Blätter von einer hohen Pelargonie abzuzupfen, die ihre großen roten Blüten an die staubige Scheibe des Fensters lehnt.

Die Sonne ist hinter das Haus gewandert und läßt die Veranda in bläulichem Schatten zurück. Es rauscht in den Bäumen, es raschelt und knackt in den uralten Ästen des Kirschbaums. Pu kann sich einer plötzlichen Trauer nicht erwehren. Doch sie hält nicht lange an.

Jetzt hört man drüben am morschen Zauntor eine Unterhaltung. Da stehen Großmutter und Onkel Carl und verschnaufen nach dem anstrengenden Waldspaziergang von Våroms. Das ist eine hervorragende Gelegenheit, sich vorm Abtrocknen zu drücken, und Pu rennt über den Hof hinunter zum Zauntor. Großmutter tätschelt ihm die Wange, und Onkel Carl schüttelt ihn mit einem festen Griff am Nacken. Er riecht nach Punsch. Pu weiß, daß es der Geruch von Punsch ist, weil Mutter Onkel Carl stets mit der gleichen Wendung begrüßt: Ich versteh nicht, wieso du immer nach Punsch riechen mußt, Calle. Worauf Onkel Carl erwidert, das komme vermutlich daher, daß er ständig Punsch trinke. Onkel Carl hat einen gepflegten Bart, große blaue Augen hinter dem Zwicker und fette weiche Hände, einen großen weichen Bauch mit einer Uhrkette, einen weißen, etwas fleckigen Sommeranzug und einen steifen Kragen mit Schlips. Auf dem Kopf trägt er einen zerknitterten Leinenhut.

Großmutter ist klein, aber trotz ihres kleinen Wuchses nahezu imposant. Sie ist zweiundsechzig, das Gesicht ist rund, mit einem kräftigen Doppelkinn, die Augen blaugrau und forschend, die weißen, glänzenden Haare sind von der breiten Stirn zurückgekämmt. Sie trägt ein schwarzes, knöchellanges Kleid mit weißem Kragen und Spitzenmanschetten. Über ihrem Arm hängt ein graubeiger Sommermantel. Großmutter hat kleine, runde Hände, die sowohl weich sein können als auch hart.

Ich glaube, Pu ist seit gestern gewachsen, sagt Onkel Carl neckend. Oder die Nase. Onkel Carl zieht Pu an der Nase. Pu ist begeistert, Onkel Carl ist sein Favorit. Großmutter legt Pu ihren Mantel auf die Schulter und nimmt ihn an der Hand. Schaust du morgen bei mir vorbei, dann lesen wir ein paar Kapitel aus der *Schatzinsel*?

Nein, das geht nicht, antwortet Pu. Es geht nicht? Nein, es geht nicht, ich muß mit Vater nach Grånäs. Er predigt da in der Kirche und will, daß ich mitkomme. Soso. Aha. Klingt ja nett, neckt Onkel Carl. Großmutter wirft ihm einen kurzen Blick zu, und darauf sagt er nichts mehr. Wir können nächsten Sonntag doppelt so viele Kapitel lesen! sagt Großmutter und drückt Pus Hand.

Mutter kommt ihnen entgegen, und Vater steigt die Verandatreppe herunter, Tante Emma zeigt sich an der inneren Tür. Willkommen in Dufnäs, lieber Erik! Ich wünsche dir schöne, erholsame Ferien. Danke, liebe Tante! Danke, sehr freundlich von dir! Grüß dich, Calle, magst du auf einen Kognak hereinkommen? Vater tätschelt Onkel Carls Arme. Wir haben keinen Kognak, sagt Mutter entschieden. Jetzt ist die übrige Familie auf den Hof getreten und begrüßt Großmutter mit unterschiedlichen Abstufungen von Herzlichkeit. Mutter bittet in die Fliederlaube, zu Kaffee und Kuchen.

Ich will Bogenschießen! ruft Carl. Wer wagt es, mich herauszufordern, ich setze zwei Kronen! Er fischt sein großes Portemonnaie heraus und entnimmt ihm ein blankes Zwei-Kronen-Stück, das er auf den geborstenen Sockel der Sonnenuhr legt. So verschleuderst du dein Geld, bemerkt Großmutter lachend und setzt sich in den ehemals weißen Gartensessel. Tante Emma, Mutter und Vater leisten ihr Gesellschaft. Sogleich beginnt man den Ausflug nach Mångsbodarna zu planen, der traditionsgemäß am zweiten Sonntag im August gemacht wird.

Lalla hat sich auf die Küchentreppe gesetzt und trinkt Kaffee mit Würfelzucker, neben sich hat sie ein Strickzeug. Märta verzieht sich mit einem Roman in die Hängematte, und Maj macht die Schlafzimmer für die Nacht zurecht. Sie pfeift.

Außer Onkel Carl beteiligen sich Dag und Pu und Marianne am Wettschießen. Der Bogen ist eine Kreuzung aus Spielzeug und Waffe, ein ziemlich riskantes Gerät. Die Zielscheibe ist groß, speziell für Wettschießen, mit verschiedenfarbigen Ringen um einen schwarzen Mittelpunkt. Sie wird an die Tür des Klohäuschens gelehnt, und die Entfernung wird abgeschritten, Pu hat ein paar Meter gut.

Wir kommen diesen Sommer vielleicht nicht mit auf den Ausflug, läßt sich Vaters sehr deutlicher Bariton hören. Mutter sagt etwas Unverständliches, und Großmutters Lächeln ist unverändert liebenswürdig. Die Pfeile bohren sich in die weiche Fläche der Zielscheibe. Nein, das tun wir nicht, ertönt wieder Vaters Stimme. Märta hebt den Blick von ihrem Roman, liest dann aber weiter. Lalla schlürft ein bißchen, sie hat den heißen Trank auf die Untertasse geschüttet und balanciert den Teller auf drei Fingerspitzen. Onkel Carl schießt. Marianne applaudiert. Jetzt ist sie an der Reihe. Dag liegt bäuchlings auf der Erde und zählt die Punkte. Onkel Carl hat sich eine Zigarre angesteckt und sich auf einen Schemel gesetzt, der vor Jahren auf der Wiese vergessen wurde und seitdem da steht. Pu hat den Auftrag bekommen, die abgeschossenen Pfeile einzusammeln.

Tante, das ist schrecklich nett, aber dieses Angebot ändert eigentlich nichts, sagt Vater. Er ist noch immer der einzige, den man versteht, obwohl alle sich an einer ziemlich lebhaften Diskussion beteiligen. Schrecklich nett, und Tante wird uns vermutlich unhöflich finden, aber ich – Du kannst gern für dich absagen, aber ich für meinen Teil entscheide, Mutter hat die Stimme erhoben, aber was Mutter eigentlich entscheidet, hört man nicht. Ein kleiner Wind geht durch die Bäume, es ist ungefähr eine Stunde vor Sonnenuntergang. Unten auf Berglunds Weide brüllt eine Kuh, und Sudd bellt ein paarmal.

Mit Erstaunen stelle ich fest, daß ich Sudd noch nicht erwähnt habe. Er ist ein brauner Pudel von edler Abstammung und heißt laut Stammbaum Teddy von Trasselsudd. In seiner Kindheit ist er mit seiner Mutter von einem Zirkus ausgerissen und im Hundezwinger gelandet, einer Sammelstelle für die verirrten Köter der Stadt. Vater hat ihn für einen Fünfer erworben. Der Hund wurde sofort in die Familie aufgenommen. Pu hatte Angst vor Sudd, was dieser sofort merkte. Er biß Pu, wann immer sich die Gelegenheit bot. Pu rächte sich. Wenn Sudd schlief, übergoß ihn Pu mit Wasser und schoß ihm einen Knaller ins Ohr. Jetzt verbellte Sudd der Ordnung halber Berglunds Kuh.

Pu will sich am Wettschießen beteiligen, schafft es aber nicht ganz, den Bogen zu spannen. Er spürt den dicken Bauch von Onkel Carl im Rücken. Moment, ich helf dir! Pu ist von Onkel Carl und seinem Zigarrenrauch umgeben, der Onkel hilft Pu, den Bogen zu spannen: Na, wollen wir? sagt Onkel Carl, die Zigarre zwischen den dicken, bläulichen Lippen. Wollen wir? Was wir wollen, versteht Pu genau. Onkel Carl und Pu halten gemeinsam den Bogen, und jetzt liegt ein Pfeil auf der Sehne. Aber die Spitze des Pfeils zeigt nicht mehr auf die Zielscheibe, sondern auf die Laube. Die scharfe, eisenbeschlagene Spitze sucht nicht Vater, nicht Mutter, Pu schließt die Augen und schaut, schließt wieder die Augen. Onkel Carl atmet schwer, es gurgelt ein wenig unter der engen Weste, und es rumort in seinem Bauch. Na, wollen wir? flüstert er und läßt eine Wolke von Zigarrenrauch auf Pu herabschweben. Großmutter sitzt im Profil da, in diesem Moment Tante Emma zugewandt. Sie spricht, ihr Zeigefinger schlägt nachdrücklich auf die Kante des Gartentischs. Könnte man doch endlich dieses ewig plappernde Weibermaul zum Schweigen bringen, flüstert Onkel Carl.

Mutter steht auf, um Großmutter Kaffee nachzuschenken. Sie verdeckt Großmutter mit ihrem Körper. Plötzlich geht der Pfeil mit einem scharfen Schwirren ab und trifft ins schwarze Zentrum der Scheibe. Pu ist Sieger, hol's der Teufel! ruft Onkel Carl völlig regelwidrig und überreicht das Zwei-Kronen-Stück dem Jungen, dem vor Überraschung der Mund offensteht. Mach den Mund zu, Pu, sagt der Onkel und preßt ihm die weiche Hand gegen das Kinn. Wenn du den Mund so aufsperrst, siehst du dumm aus. Und du bist doch nicht dumm. Oder bist du das?

Maj tritt auf die Küchentreppe hinaus, sie trägt eine emaillierte Milchkanne, die bestimmt drei Liter faßt. Pu, kommst du mit Milch holen? ruft sie quer über den Hof. Ja, gern, ruft er zurück und steckt die zwei Kronen in die Hosentasche.

Maj geht rasch den Hang hinab zum Wald. Pu im Laufschritt neben ihr. Sie hat ihr blaues Leinenkleid an, die roten Haare sind geflochten, und der Zopf reicht bis zur Taille. Sie geht mit vorgeschobenem Kopf, die kleine Stupsnase zeigt geradeaus, sie pfeift vor sich hin. Die ganze Maj riecht gut nach Schweiß und einer grünen Seife, die Palmolive heißt. An der Brücke über den Bach machen sie halt. Die Wasserflut strömt still und schnell dahin, an den Ufersteinen haben sich dunkle Tümpel gebildet, wo sich das Wasser in trägen Strudeln dreht. Im Bodengrus wogt Seegras, schlängelt sich und wogt. Siehst du einen Fisch? sagt Pu. Sei still, sie haben Angst bekommen, weil wir hier so angetrampelt sind. Wir müssen ganz still sein und abwarten. Pu kniet, auf die Handflächen gestützt, neben Maj, die sich hingehockt hat. Er drückt sich vorsichtig an ihre Hüfte, sie legt ihm den Arm um die Schulter. Plötzlich ist das strömende Wasser erfüllt von huschenden, schimmernden Schatten. Unter den Schatten gleitet ein schweres, abgeplattetes Geschöpf mit kahlgescheuertem Kopf dahin, ein vierhörniger Seeskorpion. Eine leichte Kälte steigt aus dem Bach auf, Maj läßt ihre Hand zu dem Schwarm hinabgleiten. Er verschwindet in einer heftigen, gemeinsamen Bewegung. Nur der Seeskorpion bleibt am Boden im Sand zurück.

Das ist die Stelle, wo sich der Uhrmacher erhängt hat, flüstert Maj. Was? Maj sieht Pu aus zusammengekniffenen Augen an und weist ihn zurecht: Immer sagst du »Was«, als würdest du nicht verstehen, dabei verstehst du ganz genau. Wo er sich erhängt hat? Ach, das wußtest du nicht. Da drüben hinter den zusammengewachsenen Föhren. Da, bei dem Reisighaufen. Ja, er hat sich erhängt. Alle sagen, er hätte sich aus enttäuschter Liebe erhängt, aber das stimmt nicht. Warum er sich erhängt hat? Ich weiß es nicht genau. Lalla kennt die ganze Geschichte, frag sie doch. Spukt er? fragt Pu, und ein Kälteschauer durchfährt ihn, ob von der Kühle des Bachs oder von der Nähe der Schreckenstat ist schwer auszumachen. Ob er spukt? Ja, es heißt, er würde in dem Reisighaufen rumstochern. Da gibt es übrigens fette Kreuzottern, sieh dich also vor, und gib gut acht.

Gespenster und Kreuzottern, murmelt Pu leise vor sich hin. *Ich* hab' noch keins gesehen, sagt Maj. Aber ich sehe so was nicht. Man muß besonders veranlagt sein, damit man Geister und Gespenster und Wichtel sieht. Meine Großmutter hat das zweite Gesicht – ich hab' dafür überhaupt keinen Sinn. Aber *ich,* sagt Pu, denn ich bin ein Sonntagskind. Du bist ein Sonntagskind? Das hab' ich nicht gewußt. Am vierzehnten Juli neunzehnhundertachtzehn bin ich um drei Uhr morgens geboren. Und was hast du gesehen? fragt Maj eine Spur mißtrauisch. Schon allerhand. Pu macht sich wichtig. Davon mußt du mir irgendwann erzählen. Das klingt ja sehr interessant. Maj spritzt Pu Wasser ins Gesicht und lacht: Und außerdem willst du dich bloß wichtig machen.

Sie steht auf und eilt den steinigen, gewundenen Waldweg entlang. Pu galoppiert nebenher.

– Wenn du willst, komm ich bei dir spuken, wenn ich tot bin.
– Wozu soll das gut sein?
– Ich würde dir ja dann erzählen können, wie es ist.
– Was denn?
– Naja, da, auf der andern Seite.
– Vielen Dank. Aber ich hab' keine Lust.
– Ich würde ganz vorsichtig kommen. Und bei Tageslicht.
– Was soll der Blödsinn, Pu?
– Ehrenwort.
– Wenn man tot ist, ist man tot.
– Aber der Uhrmacher?
– Quatsch, das sind doch bloß komische Geschichten.

Maj hat sich ein paar Jahre später im Fluß ertränkt. Sie wurde schwanger, und der Kindsvater wollte nichts von ihr wissen. An einem Vorfrühlingstag trieb sie mit einer großen Platzwunde an der Stirn in der Biegung des Flusses an die Oberfläche. Manchmal denke ich an sie und an unser Gespräch auf der Brücke über dem Bach. Sie hat nie gespukt. Aber sie hatte auch nichts Bestimmtes versprochen.

Der Hof der Berglunds liegt auf beiden Seiten der Landstraße. Das Wohnhaus hin zum Waldrand, Heuschober, Pferdestall, Schuppen und Kuhstall blicken auf die Felder, die sich zum Fluß und zum Bahnhof hinunter erstrecken. Das Holzhaus aus dem achtzehnten Jahrhundert enthält eine Küche mit gemauertem Herd, Eßtisch und zwei Sprossenbänken. Auf der anderen Seite der Diele befindet sich die Milchkammer. Auf dem Dachboden drängen sich zwei kleine Kammern mit dem dunklen Speicher, der vollgestopft ist mit Hausrat und Kleidungsstücken von Generationen.

Der Hof ist weitläufig und gepflegt. Im Hintergrund ragt ein uraltes Vorratshaus auf, das jetzt als Kornspeicher dient. Gegenüber dem alten Haus liegt das ziemlich neugebaute »Altenteil« mit Glasveranda und Obstgarten auf der Rückseite.

Die alte Frau Berglund hilft in der Milchkammer. Sie ist breit und untersetzt, trägt ein Tuch über den Haaren und eine gestreifte Kittelschürze. Ihr Gesicht ist verschrumpelt, der Mund zahnlos. Die Milchkammer ist geräumig, hat aber nur ein Fenster. Wände, Boden und Decke sind weiß gestrichen. An den Wänden stehen breite Regale mit verschieden geformten Käselaiben. In einer Ecke glänzt die Milchzentrifuge. Mitten im Raum thront die Milchwanne. Frau Berglund schöpft daraus mit einem Litermaß, dessen langer Stil in einem Haken endet.

– Wir schlachten heute abend zwei Kälber, Maj, du kannst also Frau Bergman und Frau Åkerblom sagen, es gibt heute abend Kalbfleisch. Und Kalbsleber. Die mag der Herr Pastor doch so gern. Er ist ja heute gekommen, hab' ich von dem Jungen gehört. Er war am Bahnhof, und Ericsson hat gesagt, der Pastor ist mit dem Drei-Uhr-Zug aus Stockholm gekommen. Möchte der junge Herr Bergman vielleicht ein Honigbonbon?

Frau Berglund wankt auf geschwollenen Beinen zu einem blaugestrichenen Schrank mit Blumen und Figuren. Sie öffnet ihn und nimmt eine Porzellanschale mit prallen gelben Bonbons heraus, die wie Kissen aussehen. Er darf zwei nehmen, sagt die Alte und haucht Pu an. Pu hat eigentlich noch nie eine so häßliche Person gesehen, nicht einmal Tante Emma erreicht annähernd Tante Berglunds verheerende Häßlichkeit. Du mußt danke schön sagen, mahnt Maj. Was? sagt Pu und besinnt sich sofort. Vielen Dank, sagt er und verbeugt sich leicht. Er bricht zwei klebrige Bonbons ab und steckt sie sofort in den Mund, so daß die Backen wie Beulen abstehen. Schmeckt gut, wie? zwinkert Tante Berglund. Die Augen verschwinden fast hinter Falten und bräunlichen Höckern. Eine Tasse Kaffee, Maj? Ich hab' Kaffee gekocht für die Leute, die schlachten. Nein danke, wir müssen gleich wieder nach Hause, sagt Maj und macht einen Knicks. Trotzdem vielen Dank. Bist du froh, daß Vater jetzt zu Hause Ferien macht? fragt Tante Berglund und legt Pu die Hand auf den Kopf. Pu nickt. Wir fahren morgen nach Grånäs, da hält Vater die Predigt. Das hab' ich gehört, sagt die Alte und schiebt den Deckel auf den Milchbehälter. Zu schade, daß ich nicht zum Gottesdienst nach Grånäs kommen kann, aber es ist zu weit. Und der Ford der Jungen ist in Borlänge in der Werkstatt. Frau Berglund begleitet sie hinaus auf den Treppenabsatz, kehrt dann aber in die Küche zurück, um den bauchigen Kaffeekessel zu überwachen. Und vergiß nicht, Frau Bergman wegen des Kalbfleisches zu grüßen, mahnt sie und lächelt zahnlos. Nein, das werde ich nicht vergessen. Gute Nacht, Tante Berglund. Gute Nacht, Maj, und gute Nacht, kleiner Pu. Unten am Stall wird geschlachtet. Das erste Kalb liegt bereits auf einer Ladefläche, mit durchschnittener Kehle, aus der das Blut in eine Blechschüssel pulsiert. Der alte Bauer Berglund hält die Schüssel und schlägt das Blut mit dem Schneebesen. Die beiden jüngeren Männer haben dem anderen Kalb ein Halfter umgelegt. Am Halfter wird ein Seil befestigt und das Kalb hinaus auf den Hof geführt. Der Bauer hält einen Schmiedehammer halb hinter dem Rücken. Die drei kleineren Berglundkinder umstehen bedrückt den Hinrichtungsplatz. Die junge Frau Berglund hilft dem Schwiegervater mit dem frisch geschlachteten Kalb.

Pu bleibt wie versteinert auf dem Hof stehen. Er hat schon gesehen, wie man Hühner schlachtet, das war ziemlich komisch und zugleich auch unheimlich: Einmal war ein Hahn davongeflogen und hatte sich auf das Scheunendach gesetzt, und da saß er mehrere Minuten lang ohne Kopf und flatterte mit den Flügeln, bevor er herunterplumpste. Aber das Schlachten eines großen Tiers wie eines Kalbes hat Pu noch nie gesehen. Der Bauer haut dem Kalb den Schmiedehammer zwischen die Ohren, ein dumpfes Knirschen. Das Kalb hüpft und tanzt, etwas Braunes sickert über die Augen des Tiers. Noch ein schwerer Schlag, und es fällt, erhebt sich sofort wieder, bleibt aber mit offenem Maul stehen. Dann bekommt es einen dritten Schlag, die Vorderbeine knicken sofort ein, und zuckend fällt es zu Boden.

Der Wind im Kirschbaum ist abgeflaut, und es dämmert, aber über den Höhenzügen im Westen ist der Himmel plötzlich brandgelb. Der Abendzug nach Krylbo tutet unterhalb von Våroms und hält im Bahnhof, der Rauch steigt lotrecht aus dem Schornstein der Lok, man hört das Schnaufen und Onkel Ericssons Stimme. Er spricht mit einem Bahnwärter, während er den Signalmast herunterläßt.

In dem Dahlbergschen Anwesen oder »Gebilde«, wie Onkel Carl sagt, hat man im Speisezimmer, in der Küche und auf der unteren Veranda Petroleumlampen angezündet. In Mutters Zimmer im Obergeschoß brennt ein Nachtlicht für Lillan, sie bekommt leicht Angst im Dunkeln. Steht man am Klohäuschen und betrachtet das Haus oder wie man es nennen soll, dann schimmert es aus sich heraus, es wirkt fast wie eine verzauberte Behausung für Märchen und Träume.

Die Erwachsenen haben sich um den Eßtisch versammelt, den zwei Lampen beleuchten, eine an der Decke und eine auf dem Tisch. Mutter stickt auf einem Rahmen, Vater liest die Tageszeitung, beide tragen eine Brille, Mutters Brille sitzt immer tief unten auf der Nase. Tante Emma legt eine Patience. Märta beugt sich über ihren Zeichenblock und malt mit dünnen Wasserfarben, es wird ein strenges Bild von einer Linnea. Marianne liest eine dicke Biographie über Richard Wagner, sie hat einen Bleistift in der Hand, mit dem sie hier und da unterstreicht.

In der Küche essen Dag und Pu jeder ein Knäckebrot mit Molkenkäse und trinken Milch, die noch lau ist. Lalla sitzt am Küchentisch und stopft einen Strumpf, sie hat die hohen Stiefel aufgeschnürt und die schmerzenden Füße in weiche Pantoffeln gesteckt. Trotz der schwülen Wärme hat sie eine Wolljacke über den Schultern hängen. Die Brille ist rund und hat eine dünne Nickelfassung. Neben ihr auf dem Tisch steht die letzte Tasse Kaffee des Tages.

– Morgen ist Jesu Verklärung, verkündet Lalla, als müßten sich die Brüder Bergman für dieses Ereignis interessieren. Morgen ist der Tag von Jesu Verklärung, wiederholt sie, und mit diesem Tag hat es eine besondere Bewandtnis.

– Welche denn? fragt Pu aus Höflichkeit.

– Das ist der Tag, an dem Gott zu den Jüngern spricht. Sie hören wie ein Gewitter aus den Wolken eine Stimme, die sagt: »Dies ist mein lieber Sohn, an welchem ich Wohlgefallen habe. Hört ihn an.« Gott wollte damit sagen, daß Jesus sein geliebter Sohn ist. Es gab wohl Leute, die daran zweifelten.

– Was ist daran so merkwürdig? fragt Dag und schlürft aus seinem Glas.

– Wo ich geboren und aufgewachsen bin, ist der Verklärungstag etwas Besonderes.

– Was ist denn daran so besonders? fragt Pu und fängt an, sich zu interessieren, obwohl er das eigentlich nicht will.

– Man kann beispielsweise erfahren, wie lange man zu leben hat. Wer bei Sonnenaufgang an einen Ort geht, wo sich jemand das Leben genommen hat, erfährt das eine und das andere. Bei uns daheim hat das wirklich gestimmt.

– Hast du's probiert, Lalla? fragt Dag ironisch.

– Ich nicht, aber meine Halbschwester.

– Und?

– Ich sage nichts. Aber es war schon merkwürdig. Übrigens war sie ein Sonntagskind.

– Was? sagt Pu und sperrt den Mund auf.

– Ich bin ein Donnerstagskind und kann bei hübschen Mädchen durch die Kleider sehen, erklärt Dag treuherzig.

Man knabbert Knäckebrot und trinkt Milch. Lalla lächelt, ihr Gebiß ist schön und ebenmäßig, sie hat ein helles Lächeln, das rasch in ihre blaugrauen Augen aufsteigt.

– Bei diesen Dingen weiß man nie, was wahr und was unwahr ist. Pu sieht was anderes als Dag. Der Pastor sieht was anderes als Fräulein Eneroth. Ich sehe manches, was Maj nicht sieht. Ein jeder sieht das Seine.

– Warum hat der Uhrmacher sich das Leben genommen? fragt Pu unvermittelt. Er fragt, obwohl er nicht fragen will, aber jetzt ist die Frage gestellt.

– Genau weiß das niemand, sagt Lalla und sieht aus, als wisse sie Bescheid.

– Erzähl doch, Lalla.

– Dann bekommt Pu Schiß und macht sich in die Hosen, sagt Dag.

– Halt's Maul, sagt Pu, ein bißchen ungeduldig, nicht unfreundlich.

– Genau weiß das niemand, wiederholt Lalla. Aber es heißt – man sagt –, er sei vor Angst verrückt geworden. Er stammte nicht von hier, sondern aus Tammerfors. Zuerst hat er sich in Kvarnsveden niedergelassen, aber da war keiner an Uhren interessiert, also war sein Einkommen gering. Als seine Frau an Typhus starb, ist er nach Borlänge gezogen, da war ja damals viel los, und er machte gute Geschäfte. Aber die Leute fanden ihn sonderbar. Nicht doch! Er war immer freundlich und höflich, das war überhaupt keine Frage. Und seine Aufträge hat er ordentlich erledigt, er war ganz bestimmt ein ehrenhafter Mann, trotzdem fanden ihn die Leute sonderbar.

– Warum hat er sich das Leben genommen? Pu kratzt sich an einem Mückenstich in der Kniebeuge. Er hat aufgehört, sein Butterbrot zu kauen. Auch Dag zeigt, allerdings widerstrebend und skeptisch, Interesse. Lalla erkennt jetzt, daß sie ihre Zuhörer gefesselt hat und läßt sich Zeit.

– In seinem Laden gab es eine Standuhr, sie war hoch und schmal und schwarz, mit goldenen Verzierungen rings um das Zifferblatt. Man konnte das obere Türchen öffnen, dahinter schlug das Pendel, und dann – aus irgendeinem Grund – gab es ein unteres Türchen. Dahinter war ein leerer Raum – oder es sah aus wie ein leerer Raum. Die Uhr tickte bedächtig und würdevoll, mit düsterem Ton schlug sie die halben und die vollen Stunden. Viele Jahre lang war nichts Auffälliges an dieser Uhr. Im Gegenteil, sie war genau und zuverlässig, und man mußte sie nie reparieren. Aber plötzlich – ja, von einem Tag auf den andern – war sie wie verwandelt. Sie ging mal nach, mal vor, manchmal mehrere Stunden pro Tag.

Wenn sie beispielsweise zwei schlagen sollte, schlug sie sieben. Und wenn sie die volle Stunde schlagen sollte, schlug sie die halbe, und manchmal stellte sie sich ganz still, wie tot, fing aber wieder an zu gehen, ohne daß der Uhrmacher sie in Gang gebracht hätte. Die Sache mit der Uhr bereitete dem Uhrmacher allmählich ernsten Kummer. Er reparierte sie und wechselte den Mechanismus aus, die Zahnrädchen und das Gewicht und das Pendel und die Zeiger. Es half alles nichts. Schließlich stellte er die Uhr in sein Schlafzimmer, das gleichzeitig als Küche diente, es war ein dunkler Verschlag hinter dem Laden. Er konnte doch schließlich nicht seine widerspenstige und unordentliche Uhr zum allgemeinen Gespött im Laden stehen haben. Das war unmöglich. Das versteht sich. So lebte er Tag und Nacht mit dieser Uhr. Mehrmals täglich machte er seinen Laden zu und lief ins Hinterzimmer, um nachzusehen, ob seine Uhr Vernunft angenommen hatte. Nachts wachte er jede Stunde auf, horchte auf die Schläge, aber er mußte einsehen, daß alles drunter und drüber ging. Eines Tages, als er das Uhrwerk herausnahm, um den Mechanismus durchzusehen, sprang ein Zahnrad wie aus eigener Kraft heraus und schnitt ihn tief in die Handfläche. Er hat furchtbar geblutet, und das Blut floß über das Uhrwerk und auf den Tisch. Er mußte zur Krankenstation laufen und die Wunde versorgen lassen, damit das Blut gestillt wurde.

Eines Nachts erwachte er ruckartig davon, daß seine Uhr dreizehn- oder vielleicht vierzehnmal schlug, dabei war es in Wirklichkeit halb vier Uhr morgens. Obwohl es Winter war und stockdunkel, herrschte im Zimmer ein sonderbares Licht, und das Licht hatte sich sozusagen um den unteren Teil der Uhr herum gesammelt, ein sonderbares Licht, weder Abenddämmerung noch Morgengrauen.

Der Uhrmacher setzte sich im Bett auf und starrte dorthin.

Maj kommt auf bloßen Füßen in die Küche getapst. Sie stellt eine geblümte, henkellose Tasse auf den Küchentisch. Diese ist bis zum Rand mit reifen Walderdbeeren gefüllt.

–Wo hast du um diese Jahreszeit wilde Erdbeeren gefunden? sagt Lalla verdutzt, und möglicherweise ist sie dankbar für die Unterbrechung, da sie erkennt, daß eine Kunstpause ihrer Schilderung guttut. Vielleicht hat sie sich mitsamt ihrem Uhrmacher in eine Sackgasse manövriert, und jetzt gilt es, einen Ausweg zu finden.

– Oberhalb von der alten Mühle. Da gibt es immer zweimal im Jahr wilde Erdbeeren. Ich bin eigentlich mehr aus Spaß hingegangen, um nachzusehen. Da war alles voll von wilden Erdbeeren. Aber dann ist es zu dunkel geworden.

– Maj, nimm dir doch Kaffee. Es ist noch ein Rest im Topf.

– Wir reden von dem Uhrmacher, erklärt Dag.

– Ach so, diese Geschichte. Ist das nicht zu unheimlich für Pu zu dieser Zeit am Abend?

– Quatsch! Ich hab' keine Angst.

– Woher weiß man all das über den Uhrmacher? fragt Dag.

– Die letzten Jahres seines Lebens hat der Uhrmacher in einem kleinen Hinterhaus bei Anders-Per auf dem Weg nach Solbacken gewohnt – ungefähr eine Viertelmeile von hier. Und Anders-Per hat eurer Großmutter erzählt, daß der Uhrmacher einen Brief mit der Aufschrift »Nach meinem Tod zu öffnen« hinterlassen hat. Doch keiner weiß es ganz sicher, denn nur Anders-Per hat den Brief gelesen, und später ist er verschwunden, nachdem der Alte gestorben ist und die Jungen seinen Sekretär auf einer Auktion verkauft haben.

– Erzähl doch weiter, drängt Pu, bereits völlig aufgewühlt.

– Ja, sagt Lalla, jetzt mit neuem Schwung. Er sah, daß das untere Türchen der Uhr sich langsam ganz von selbst öffnete. Und aus dem Dunkel da drin ertönte ein merkwürdiges Geräusch. Es klang fast wie Weinen, stell ich mir vor. Aber nichts war zu sehen. Den Uhrmacher ergriff ein namenloses Entsetzen. Aber es hielt ihn nicht länger im Bett. Mit zitternder Hand zündete er die Kerze auf seinem Nachttisch an, stieg aus dem Bett und schlich zur Uhr. Er hielt den Kerzenleuchter in der Hand, aber er war so aufgeregt, daß er die Pantoffeln vergaß und nicht merkte, wie eiskalt der Boden war, denn das Feuer war erloschen und das Zimmer völlig ausgekühlt.

– Das kann man verstehen, sagt Pu zähneklappernd.

– Ja. Jedenfalls schlich sich der Uhrmacher zur Uhr, er merkte sofort, daß das Pendel sich langsamer bewegte als gewöhnlich, es zögerte und stockte und schien stehenzubleiben, blieb aber nicht stehen. Der Stundenzeiger und der Minutenzeiger waren beide herabgesunken und zeigten auf sechs. Das obere Türchen war geschlossen, aber es knarrte in dem unteren Türchen, das sich noch ein bißchen weiter öffnete. Der Uhrmacher fiel in seinem langen

Nachthemd auf die Knie, dann machte er das Türchen ganz auf und leuchtete mit der Kerze in den dunklen Raum. Zuerst sah er natürlich überhaupt nichts, aber nachdem seine Augen sich an die Dunkelheit gewöhnt hatten, entdeckte er ein Türchen hinter dem Türchen, und dieses Türchen hatte sich einen Spalt geöffnet. Und da sah er, wer da weinte. Es war ein winziges Geschöpf, eine Frau, die da drinnen kauerte und furchtbar schluchzte. Sie hatte ein langes Hemd an, und die langen schwarzen Haare fielen ihr lose auf die Schultern. Der Uhrmacher merkte, daß die Uhr nun ganz stehengeblieben war, jetzt hörte man nur das trostlose Schluchzen der Frau und den Wind im Schornstein. Er streckte die Hand aus und berührte die kleine Person, sie war höchstens einen halben Meter groß, aber es war kein Kind oder Zwerg, sondern eine richtige Frau. Er berührte sie, und sie sah auf, sie hatte das Gesicht hinter den Haaren in den Händen verborgen. Aber jetzt, als sie aufblickte, sah er ihr Gesicht.

Sie hatte große blinde Augen ohne etwas darin, nur das bläuliche Weiß, der Mund war halb offen, und keine Zähne waren zu sehen, denn der Mund war blutig, und die Lippen waren blutverschmiert. Das Gesicht war schmal und blaß, fast ausgemergelt, aber die Stirn war hoch und die Nase schmal und fein. Dem Uhrmacher schien es, die kleine Frau sei die schönste Person, die er in seinem ganzen Leben gesehen hatte, obwohl sie so verflixt klein war.

– Er hat sich natürlich in sie verliebt, sagt Maj.

– Ich weiß nicht, ob er sich wirklich verliebt hat, aber irgendwas ist wohl mit dem armen Uhrmacher passiert, seufzt Lalla und zieht den fertig gestopften Strumpf vom Stopfpilz. Sie zieht den Strumpf auf dem Tisch glatt und streicht mit der Hand darüber.

– Und dann? mahnt Pu ungeduldig und starr vor Schrecken.

– Nun, er befreite die kleine Dame aus ihrem Gefängnis und tupfte ihr Mund und Stirn mit einem feuchten Tuch ab und wickelte sie in einen Schal und legte sie auf sein Bett. Er zündete seine Petroleumlampe an, legte sich neben sie und betrachtete die Frau, die die Lider über den blinden Augen geschlossen hatte. Vermutlich schlief sie. Er hatte nicht lange so gelegen, als die große schwarze Uhr anfing zu knarren und zu ächzen, als wäre sie verrückt geworden. Immer wieder schlug sie, aber unregelmäßig und jeweils nur einmal. Es war ein *grauenhafter* Lärm, man kann es nicht anders beschreiben. Beide Türchen, das obere und das untere, öffneten und schlossen sich mit starkem Knall, und das Pendel schlug in beide Richtungen aus. Der Uhrmacher begriff, daß die Uhr durchgedreht war und ihn töten wollte. Da rannte er in die Werkstatt und holte einen Stahlhammer mit einer schweren Bahn an der einen Seite und einer scharfen Schneide an der andern. Damit ging er auf die Uhr los und zertrümmerte sie. Als er das Zifferblatt mit einem einzigen Schlag zerschmetterte, fiel die Uhr mit ihrem ganzen Gewicht und ihrer ganzen Größe auf ihn – sie war ja größer als der Uhrmacher, der ein kleiner, schmächtiger Mann war. Er kam jedoch mit einer Wunde am Fuß davon. Direkt bevor die Uhr fiel, gerade als das Zifferblatt vom Hammer des Uhrmachers zertrümmert wurde, meinte er ein verzerrtes, tückisches Gesicht zu sehen, das hinter den Zahnrädern und Stangen des Uhrwerks auftauchte. Ein böses, entstelltes Gesicht mit blinden, hervortretenden Augen und einem aufgesperrten, brüllenden Mund voll fauler Zähne. Das Gesicht hatte eine klaffende Wunde an der Stirn, aus der Blut hervorquoll. Das war bestimmt gräßlich, aber es wird noch schlimmer. Lalla leert ihre Kaffeetasse bis auf den Grund und kratzt den Zucker mit dem Löffel heraus. Maj, Dag und Pu warten andächtig und aufmerksam. Jetzt darf man auf keinen Fall unterbrechen.

– Ja, also *und* folgendermaßen, sagt Lalla endlich nach einem genau kalkulierten Schweigen. Der Uhrmacher schlug seine Uhr kurz und klein und zerschmetterte womöglich dieses Wesen, das in der Uhr hauste. Aber das ist nicht gesagt, es ist eine Vermutung, in dem Brief, den der Uhrmacher hinterließ, hat nichts davon gestanden. Während er die Uhr zerschlug, heulte und winselte das kleine Frauenzimmer wie eine Verrückte, es waren keine menschlichen Schreie, sie schrie wie ein Tier, ein Fuchs in der Falle oder so ähnlich. Der Uhrmacher versuchte sie zu trösten, aber vergeblich. Sie schrie und schrie, er drückte sie an sich, er streichelte sie, er sprach mit ihr, vielleicht machte er ihr sogar einen Heiratsantrag, das weiß ich nicht genau, aber sie schrie und schrie nur, und der Uhrmacher wurde immer verzweifelter und weinte und bat, als ginge es um sein Leben. Und es galt das Leben, so war es ja. Nun, dann fing diese Frau an, seine Hände zu zerkratzen, aber sie war ja blind, und er konnte sich schützen. Plötzlich befreite sie sich aus seiner Umarmung und rollte auf den Boden und kroch auf allen vieren davon. Der Tisch mit der Petroleumlampe wurde umgestoßen, und in einer Ecke fing es an zu brennen, ich weiß es nicht genau, davon stand nichts in dem Brief. Aber der Uhrmacher stürzte ihr nach und bekam sie zu fassen und hielt sie und küßte sie, doch sie biß ihn in die Lippen, ja, es war ein fürchterlicher Kampf, und man kann wohl nicht alles erzählen, was bei diesem Kampf geschah. Zuletzt packte der Uhrmacher seinen Hammer und zerschmetterte die Frau genauso, wie er die Uhr zerschmettert hatte. Er war wie von Sinnen. Nachdem er sich beruhigt hatte, grub er im Garten ein Loch und versenkte sowohl die Frau als auch die Uhr darin. Ein paar Tage später zog er aus dem Laden und dem Haus in Borlänge fort und ließ sich bei Anders-Pers auf dem Weg nach Solbacka nieder. Nach einem knappen Jahr hat er sich erhängt.

Die Dämmerung außerhalb des gelben Kreises der Petroleumlampe wird tiefer, ein Nachtfalter prallt gegen den Glasschirm. Aus dem angrenzenden Zimmer hört man Mariannes Gesang. Sie singt ohne Begleitung, sie singt eins von Jonas Carl Love Almqvists »Songes«.

> O mein Gott, wie ist es herrlich,
> Töne zu hören aus eines seligen Engels Mund.
> O mein Gott, wie ist es köstlich,
> zu sterben in Tönen und Gesang.
> Fließe still, o meine Seele, in dem Strom,
> im dunklen, himmlischen Purpurstrom.
> Sinke still, o mein glückseliger Geist,
> in die göttliche Umarmung, frisch und gut.

Dag steht leise auf und stellt sein geleertes Milchglas im Spülstein ab. Er verschwindet, lautlos öffnet und schließt sich die Tür zum Speisezimmer.

– Dagge ist in Marianne verliebt, sagt Pu.

– Davon versteht so ein kleiner Scheißer wie Pu überhaupt nichts, erwidert Maj und kneift Pu ins Ohr.

Pu ist entzückt.

– Doch. Das hat er selbst gesagt. Er sagt, er will Opernsänger werden, genau wie Marianne.

– Pu, du sollst deinen Bruder nicht verpetzen. Das ist nicht nett. Lalla steht auf und packt ihren aus Bast geflochtenen Nähkorb zusammen. Im übrigen ist für Pu jetzt Schlafenszeit.

– Ich darf bis halb zehn aufbleiben.

– Wer hat das gesagt.

– Das hat Großmutter gesagt.

– Naja, so war das bei Großmutter, aber jetzt sind wir bei Bergmans, und hier gilt neun Uhr.

Pu erhebt sich seufzend von seinem Stuhl, er denkt an morgen, einiges steht ihm bevor am Tag von Jesu Verklärung. Er will bei Sonnenaufgang an der Selbstmordstelle sein und abwarten, ob er dort dem Uhrmacher begegnet, und er muß mit Vater zur Kirche von Grånäs fahren.

– Was ist Pu, geht's dir nicht gut?

– Was, sagt Pu und sperrt den Mund auf.

– Mach den Mund zu, Pu. Ich frag' dich, ob es dir nicht gutgeht. Maj sieht den kleinen Kerl an.

– Doch, verdammt, seufzt Pu, es ist nur alles so *viel*.

– Komm, wir gehn rüber und hören Marianne noch eine Weile zu, und dann schick ich den kleinen Pu ins Bett. Komm jetzt, und laß deinen Mund nicht offenstehen. Denk dran, daß du ihn geschlossen hältst. Man sieht dumm aus mit offenem Mund.

– Ich weiß. Nur Idioten lassen den Mund offenstehen.

– Gute Nacht, Pu, sagt Lalla. Und denk dran, du bist ein Sonntagskind.

– Ja. Pu nickt, gewichtig und auserwählt. Ja.

– Gute Nacht, Maj. Ich geh' rüber in mein Zimmer.

– Gute Nacht, Fräulein Nilsson.

– Gute Nacht, Pu.

– Gute Nacht, Lalla.

Lalla verschwindet die Küchentreppe hinunter zu der Reihe enger Zellen. Maj umfaßt Pus schmalen Nacken und schiebt ihn vor sich her ins Speisezimmer.

Marianne singt in der Dämmerung. Die Lampen sind gelöscht, ein paar Kerzen auf dem breiten Büfett erleuchten den Raum. Sie sitzt auf dem Klavierstuhl, leicht vorgebeugt, die Hände im Schoß. Der Blick ist dunkel und geweitet, sie singt mit einer Stimme, die angeboren und in ihrem Körper lebendig ist. Ich bin auch in sie verliebt, denkt Pu traurig. Mutter sitzt am Eßtisch, den Kopf in die Hand gestützt, die Augen geschlossen. Pu seufzt: Am allermeisten bin ich in Mutter verliebt. Ich will, daß sie auf mich atmet, aber im Moment trau ich mich nicht zu ihr hin. Nein, ich lass' sie besser in Ruhe. Pu setzt sich auf einen hochlehnigen Stuhl an der Tür zur Diele. Lillan kommt verschlafen aus dem Obergeschoß angetapst. Sie hat den Teddybär Baloo im Arm. Pu fängt sie an der Schwelle ein und nimmt sie auf den Schoß. Sie läßt es mit sich geschehen und steckt den Daumen in den Mund. Die langen Wimpern zittern auf den Wangen, sie lehnt sich eng an Pu, dem es gefällt, in der Dämmerung mit seiner Schwester im Arm dazusitzen.

Vater hat seinen Stuhl vom Tisch weggerückt und die Brille in die Stirn geschoben, er beschattet die Augen mit der Hand, er hat den linken Stiefel aufgeschnürt und ausgezogen, der große Zeh bewegt sich im Strumpf. Tante Emma schläft mit einem Kissen hinterm Kopf in ihrem bequemen Sessel. Ihr Mund steht offen, sie atmet verschnupft an der Grenze zu einem kleinen Schnarchen. Märtas Blick ist sanft, regungslos und traurig. Sie friert trotz der schwebenden restlichen Wärme. Ihre Wangen sind rot. Bestimmt hat sie Fieber.

Fabrizia Ramondino

AM MEER

Einen langen Sommer, sechs Monate hindurch, von April bis September, gingen wir ans Meer hinunter. Von April bis Juni nur sonntags, wegen der Schule. Aber von allen Kindern der Piazza genossen wir allein diese lange Vertrautheit mit dem Meer, denn die anderen gingen nur einen Monat lang hin, im Juli oder im August; die älteren Schwestern, die sie begleiteten, konnten der Hausarbeit nicht zu lange fernbleiben, und darüber hinaus wurde das Meer als Kur betrachtet. Die Dorfbewohner, die ihren Kindern auf der Piazza, auf den Pfaden, auf dem Land soviel Freiheit ließen, fürchteten das Meer und wollten nicht, daß ihre Kinder allein an den Strand hinuntergingen. Auch dachten sie, zuviel Meer mache die Kinder nervös.[*] All diese Monate gingen wir daher allein, doch stets schlossen sich manche Kinder an, die das Verbot übertraten oder deren Familien gerade eine schwere Zeit durchmachten, so daß sich die Eltern nicht darum kümmern konnten, was die Kinder taten.

Oft kam, im Frühling oder im Herbst, auch die Mama mit; dann gingen wir nicht an den gewohnten Strand, sondern suchten unwegsame, menschenleere Buchten und Klippen auf, die die Mama und ihre Cousins seit früher Jugend kannten, weil die Natur dort besonders schön war. Aber in den letzten Jahren ging sie nicht mehr mit.

----

[*] Wir befanden uns immer in Situationen auf halbem Weg zwischen Reichtum und Armut, Stadt und Land, Meer und Dorf, Glück und Unglück; oder vielmehr in Situationen des Übergangs von einer Zone zur anderen. Das hat uns geholfen, die Welt kennenzulernen.

Wenn wir mit den Kindern von der Piazza ans Meer gingen, wurden wir den älteren Schwestern anvertraut. Und diese Schwestern gingen langsam hinter uns her, während wir vorausrannten, es ging dann nicht querfeldein, sondern den Pfad entlang, denn sie waren beladen mit Körben mit Maccheroniauflauf und Flaschen voll Wasser oder Limonade. Sie tauchten langsam unter, die Badeanzüge mit Röckchen, unter denen sie den Büstenhalter anbehielten, vollgesogen mit Wasser; und immer amüsierte sich irgendein kleines Mädchen am Strand damit, ihn unvermutet aufzumachen, dann fielen die großen Brüste auf einmal herunter und stießen an die Auflaufform, und sie, die das Messer in der Hand hielten, um die Portionen zu schneiden, konnten ihn nicht wieder zumachen.

Doch das Meer, an das ich mich erinnere, ist das von uns drei Geschwistern.* Das Vesperbrot in der Hand sprangen wir eilig querfeldein die Terrassen hinunter, um zu dem großen Ereignis zu gelangen, das jeden Tag neu war und uns nie langweilte. Kaum erwacht, spähten wir durch die halbgeöffneten Fensterläden nach dem Licht, es war, als wollte es uns von der Piazza aus mit goldenen Zungen belecken; die Mama lag in dem dunklen, sommerlichen Zimmer auf dem Bett, neben sich das Töpfchen mit Essigwasser; bevor wir uns auf den Weg machten, küßten wir ihr die Hand, um ihr nicht am Kopf weh zu tun, wir wechselten ihr den essiggetränkten Lappen aus, sie lächelte, sagte:»Wie kühl das ist!« Danach rannten wir frei dem blendenden Licht der Piazza entgegen.

Kaum waren wir am Meer angelangt, warfen wir uns, der mütterlichen Ermahnungen uneingedenk, sofort, verschwitzt, wie wir waren, ins Wasser und glichen Fischen, die in ihr Element zurückgekehrt sind. Das Wasser biß an den Wunden an Knie und Ellbogen, die in jenen Monaten nie verheilten, oder an den Striemen, die das Gras auf unseren Beinen zurückgelassen hatte. Lang blieben wir dann auf dem nassen Sand liegen oder wälzte uns im trockenen Sand, der zu heiß war, um sich darauf nicht zu rühren; oder aber wir wetteiferten, wie Fakire, darin, reglos auf dem glühenden

---

* Gemeinsam kehrten die Geschwister in das jahrtausendalte Reich zurück, aus dem sie gekommen waren.

Sand zu verharren, so steif wie möglich, um die Reibungsfläche zu verringern, bis die Kühle, die der Haut entströmte, die Glut des Sandes milderte; das ganze Universum schien sich in einem brennenden Punkt im Zentrum des Bauches zusammenzuballen, bis die Glut das Leben würgte wie ein Knoten, den es zu lösen, abzuschütteln, freizulegen galt; da stand man dann auf und ging wieder ins Wasser. Oder man setzte sich eine Zeitlang auf die Sitzbank eines Bootes, denn die schaukelnde Brise linderte das Stechen der Sonne; oder man legte sich kopfunter auf den Holzsteg und wurde trunken von der Bewegung des Meeres unter den Planken; lang blieb man, wie durch einen Zauber festgenagelt, dort liegen, und rollte eine Welle heran, hörte man rechter Hand vom Strand her ein dumpfes Aufklatschen, dem weitere dumpfe Schläge folgten, die sich näherten, bis der Steg erschüttert wurde, und zuweilen wurde man naßgespritzt; es war nicht leicht, sich von jenen Rhythmen aus Farben und dumpfen Schlägen zu lösen, und oft überraschte eines der Geschwister ein anderes auf dem Steg, wo es eingeschlafen zu sein schien, doch es war ja bloß eingelullt, tat aber so, als schliefe es, so faszinierend war jenes Eingelulltsein.

Sicheren Fußes machten wir uns, von Klippe zu Klippe springend, auf den Weg zu den beiden äußersten Enden des Strandes; und so sicher, genau und ruhig war unser Sprung, mochte er den anderen auch unvorsichtig erscheinen, und wie von einem eigenen geheimen Rhythmus geleitet, daß wir wie Schlafwandler wirkten; wehe, wenn uns ein Warnschrei oder ein Zuruf erreicht hätte, wir wären gefallen, aus dem magischen Kreis herausgerissen worden. Vor den Kindern aus den Villen brüsteten wir uns mit jenem strandgewandten Fuß, der, glühenden Sand und glühende Kiesel gewohnt, nicht einmal vor gewissen spitzen, von Meeresflöhen ausgehöhlten Felsen zurückwich; und mit hochmütiger Genugtuung setzte ich die Sicherheit jenes Fußes gegen die harmonischen, fast schon rundlichen Liebreize Dianas und ihrer Freundinnen.

In jenen Buchten und Grotten, fern von den Augen der Matrosen, entdeckten wir die Lust, den Po von der Nässe der Badehose zu befreien und ihn der frischen Luft auszusetzen – im ersten Augenblick verdampfte die Feuchtigkeit und fächelte das Fleisch –, gleich darauf aber wurde es kochend heiß, und die Sonne schien ihre ganze Glut auf jenes weiße Fleisch zu konzentrieren; und nachdem wir unsere Lage verändert hatten, wuschen wir uns den kratzenden Sand vom Po, indem wir ihn ins Meer hängten wie eine schwimmende Ente. Nie aber zogen wir die Badehose ganz aus, wir zogen sie bloß hinten etwas herunter. Denn wirklich schämten wir uns, auch unter uns Geschwistern, der vorderen Teile jener Körperzone, nie der Popos, so daß jeder von uns in aller Ruhe den weißen Po des anderen betrachtete, der uns, der Sonne entgegengestreckt oder im Wasser weichend, vertraut, harmlos und töricht vorkam wie die Haushaltsgeräte; und er erinnerte uns an das dunkle Zimmer, in das wir bei den gemeinsamen Infektionskrankheiten, Röteln, Scharlach, Masern, eingeschlossen wurden, all die Matratzen auf der Erde, die Tür, die sich ab und zu für die uns pflegende Mutter oder Großmutter öffnete, das ständige Flüstern, wenn das Fieber anstieg; und die Purzelbäume von einer Matratze zur anderen, wenn es dann wieder fiel und die Tür zu war. Oder daran, wie wir, noch früher, im Morgenlicht dalagen und jeder an seiner Flasche saugte.

Am Strand oder über steinige Erde zum Meer hinabsteigend, fanden wir die Skelette der Stämme von Kaktusfeigen, die den Überresten prähistorischer Tiere glichen; jenseits der Barbarei der Formen offenbarte sich, wenn wir die Reste der Schale abkratzten, das zarte Wunder der weißen holzigen Spitzengewebe, die in mehreren Schichten ihr Geheimnis umhüllten; denn diese fast tierische Pflanze barg ein lunares Geheimnis, und wir stellten uns, jedem Augenschein zum Trotz, gerne vor, es handle sich nicht um zerfetzte Überreste fleischiger Kaktusfeigen, sondern um einen pflanzlichen Meteor, vom Himmel gefallen in einer jener sternklaren Sommernächte, in denen es, wenn man den Himmel betrachtet, scheint, als schwebe man auf ihn zu und kreise im lichten Staub der Welten. Hatte man die vielen Spitzenschichten beiseite geschoben, so sorgsam wie möglich darauf bedacht, ihr Gespinst nicht zu beschädigen, kam eine weiße, mit schwarzen Samen übersäte Substanz zum Vorschein, die wie Watte war und die außergewöhnliche Eigenschaft der Phosphoreszenz aufwies. Die nahmen wir bei Ebbe mit in die Meeresgrotten, und im dunkelsten Grunde bestreuten wir uns damit den Körper, von dem dann ein himmlischer Schein ausging. So mit zaubrischer Substanz bekleidet, liefen wir mit erhobenen Armen in der Grotte umher und flogen dem Geheimnis der Planeten entgegen; oder wir erforschten, sacht dahingleitend wie Schlafwandler, die Meeresgründe.

Kilometerweit kannten wir am Strand entlang jedes Geheimnis der Klippen und Wassertiefen; oft verbrachten wir Stunden an der Seite eines Fischerjungen, der Napfschnecken und Krebse sammelte; meist wußten wir nicht einmal den Namen dieser Jungen, aber es kam wie von selbst, die Stunden mit ihnen zu verbringen. Manchmal nahm einer uns mit zu sich nach Hause; die Zimmer waren blau gestrichen; und er zeigte uns auf der Kredenz kleine Flotten, große tropische Muscheln und Fotografien von ertrunkenen Onkeln; in diesen Zimmern hing immer der beißende Geruch von gebratenem Knoblauch in der Luft oder lastete ungreifbar ölig der von Tintenfischen, die in einer Tonpfanne murmelten; zudem waren überall Netze aufgehäuft, in den Ecken oder unter den Betten, und stets saß jemand auf dem Boden und flickte sie.

Gleichzeitig zivilisierter und wilder wirkten die sehr zahlreichen Bewohner des Ortes am Meer. Entlang der breiten Treppe, die bis zum Meer hinunterging, standen dicht gedrängt die Häuser, fast als träten sie vor ihr zurück; zu jeder Stunde des Tages und des Abends wimmelte es ununterbrochen von Bewohnern, die durch die Türen ein- und ausgingen, schmaler und dunkler als die Dorfbewohner; die Frauen waren zudem jeden Tag, nicht nur an den Festtagen, mit Ohrringen und Gold- und Korallenkettchen geschmückt; die ganz kleinen Kinder liefen oft nackt herum, trugen nicht einmal das Wollunterhemdchen zum herkömmlichen Schutz der Schultern; die Frauen gingen am Ufer entlang mit Körben voller Fische und Netze auf dem Kopf, die Röcke zwischen den Beinen zusammengebunden, so daß eine Hose daraus wurde; kräftige, öfter aber magere und gebräunte Schenkel kamen darunter zum Vorschein; abends kämmten sich die Mädchen, auf den Schwellen sitzend, gegenseitig die langen schwarzen Haare, und da sie sich ja ständig herabbeugten, um Fische zu sortieren oder Netze zu flicken, trugen sie die Zöpfe nicht lose, sondern mehrfach um den Kopf gewickelt; die Männer trugen ein rotes Tuch um die Stirn gebunden, das rosa verblaßt war, denn Rot ist gut gegen Sonnenstrahlen und hält sie vom Gehirn fern; sogar die Schutzheiligen des Seeortes waren seltsam, vor allem die Schwarze Muttergottes, ganz mit Gold behängt, deren Bild über den Betten thronte oder als kleine Reproduktion hinter den Türen hing.

In jenen Häusern sahen wir zum ersten Mal Gegenstände, die sich dann auch bei uns im Dorf in den Häusern breitmachten; kleine, fade nach Puder riechende Kalender, wo auf jeder Seite eine andere nackte Frau abgebildet war; Tomatendosen, die auf dem Papier, mit dem sie umwickelt waren, eine von Goldmedaillen umgebene Frau in der Tracht der Gegend zeigten; wir ließen uns diese Etiketten schenken und preßten sie dann zwischen den Seiten der Schulbücher, damit sie glatt würden und sich nicht mehr wie Zylinder zusammenrollten; oder Zeitungsausschnitte, die Hollywood-Schauspielerinnen zeigten; oder duftende rosa, grüne oder violette Seifenstücke, die die Männer, vom Fischverkauf an den Häfen zurück, ihren Frauen als Geschenk mitbrachten; und schließlich Tütchen mit Brausepulver mit Orangengeschmack.

Die Männer rauchten keine Nazionali, sondern zogen Zigaretten aus glänzenden, bunten Pappschachteln hervor; wellige, duftende Rauchspiralen erhoben sich über ihren schwarzgelockten Haaren, wenn sie sich mit gespreizten Beinen zum Ausruhen auf den Strand legten. Sogar die Pflanzen waren anders, kleiner, aber intensiver in Farben und Geruch, wuchsen sie in Töpfen, die aus Konservendosen bestanden – wir dagegen waren nur Tontöpfe, zerlöcherte Kochtöpfe und weiße, blaugeränderte Nachttöpfe gewöhnt; und das Basilikum war schärfer, die Geranien waren röter und dichter; und am intensivsten war der Duft der Nelke, der uns den Atem benahm. Was fehlte, war die Süße der Rosen, fast als ertrügen die Blütenblätter den Seewind nicht; in den kleinen Parzellen hinter den Häusern, wo die Erde grau und mit Sand vermischt war, wuchsen kleine, leicht haarige Tomaten, die wir verstohlen abpflückten, um ihr konzentriertes herbes Aroma zu kosten, das uns im Mund zerbarst; und kleiner waren die Kapern, und süßer und weniger wäßrig die Feigen. Die Häusermauern, die

Türen und Fenster waren in lebhaften Farben gestrichen, die die verschiedenen Farbkombinationen der Boote wieder aufnahmen. Von den Felsen rundum wehte überall in absichtslosen Schwaden der süßliche Duft des Vermuts herüber.

Wir warteten auf die Dämmerung; wenn das Geräusch des Meeres verstummte, brachen die Boote, die in dem kleinen Hafen schaukelten, zum Fischfang auf, alle hatten sie holzgeschnitzte bemalte Wahrzeichen an den Mast im Vorschiff genagelt, eins stellte einen Fisch dar, eins eine Sirene, eins einen Delphin, eins die Madonna Turrita, die Madonna mit dem Turm, viele die Schwarze Muttergottes, manche einen Stern. Auf dem Bauch liegend, die Ellbogen im Sand vergraben, das Gesicht in die Hände gestützt, betrachteten wir reglos und fasziniert die schwankenden Wahrzeichen vor dem rosa-violetten Himmel; eine blaue Verdichtung am Horizont zeigte die Inseln an. Lustlos nun, ganz erschöpft, betrachteten wir den späten Sprung eines Jungen vom Rand eines Fischerbootes oder den gewagteren eines Jünglings von der Höhe der Grotte. Im Widerspruch zu der ganzen Hitze, die sich im Körper angestaut hatte und wieder an die Hautoberfläche emporstieg, ließ uns die Dämmerstunde erschauern. Dann suchten wir unsere Kleider zusammen und machten uns ganz langsam auf den Weg, die Treppenstufen und Pfade hinauf, doch waren wir, kaum zu Hause angelangt, nach einem eiligen Gruß für die Mama, dem raschen Diebstahl eines Vorschusses auf das Abendessen in der Küche, eines Fleischbällchens, einer gekochten Kartoffel, schon wieder bereit hinauszulaufen, den abendlichen Ausschweifungen der Piazza entgegen; und die Treppe hinunter folgte uns das Schelten der Mama, weil wir die Badesachen auf dem Boden liegengelassen und uns nicht einmal gekämmt hatten. Abends, in der Kühle, wurden die Spiele heftiger, lauter die Schreie, fast, als sollten sie die Rufe übertönen, die, wie wir wußten, bald wechselweise aus den Fenstern erklingen würden, fast auch, als sollten sie die Stunde des abendlichen Rechenschaftsberichts rund um den Tisch und vor allem die Angst vor dem Schlaf bannen.

Und nach all diesen abendlichen Riten – am lästigsten von allen war der des Füßewaschens – krochen wir unter die Leintücher, die nie allzu sauber waren, denn damals wusch man die Wäsche mit der Hand, und die Leintücher wurden nicht oft gewechselt, so daß darunter jeder von uns in seinen abgelagerten Körpergeruch eintauchte; und ich mußte jedesmal daran denken, daß die Großmutter immer zu mir sagte, gute Menschen würden nicht stinken; und gut war ich gewiß nicht. Die Heiligen schließlich dufteten sogar. Lange lag ich still in der Dunkelheit und versuchte einzuschlafen; noch hallte das Geräusch des Meeres in meinen Ohren, und all die während des Tages unbedacht aufgenommene Sonne erwachte auf den geröteten Beinen und dem geröteten Bauch, nicht die gleichmäßig über allen Dingen des Tages liegende Sonne, sondern eine bösartige, fiebrige, stechende, nicht eine gelbe und lichte, sondern eine rote und düstere Sonne, und einmal zitterte ich vor Kälte ohne das Leintuch, dann wieder war mir das Leintuch unerträglich, ich wälzte mich hin und her, fühlte mich wie knisterndes, zerknittertes Pergamentpapier, und wenn ich an meinem Handgelenk roch, war mir, als spürte ich einen Geruch nach fauligen Dingen, die brennen, und nach Schwefel. Kläglich rief ich dann die Mama, die mir meine Unterhose, die die Haut reizte, auszog und mir mit Zitronenscheiben oder, falls wir welche im Haus hatten, mit Gurkenscheiben über Bauch und Beine strich. Danach schloß sie die Tür. Aber zu groß war die Aufregung des Tages gewesen, so daß es mir, waren das Geräusch des Meeres in den Ohren und die fiebrige Hitze auf der Haut abgeklungen, schien, als stürze ich kopfüber in eine bodenlose Dunkelheit, und einmal wurde sie durchbrochen von riesigen bunten Krebsen, die sich hinter den zugekniffenen Lidern formten, dann wieder von Myriaden von Sternen, die einer nach dem anderen verlöschten, wenn ich die Lider wieder locker ließ, in einem gefräßigen Dunkel; dann schien mir, als hörte ich fern den Donner; also öffnete ich die Augen und verwechselte einen Moment lang die kleine Lampe, die die Piazza erhellte und die man durch die angelehnten Fensterläden schimmern sah, mit einem Blitz. Aber sofort wurde mir klar, daß dieses ruhige, beständige Licht nicht der schreckliche, nackte Blitz sein konnte, der in grausamen Spielen den Himmel aufriß. Auf der Suche nach Entsprechungen für meine rasende Angst ließ ich mir Grauen einjagen vom Liebesstreit der

Katzen, oder meine Beklemmung zog sich in die Länge durch das anhaltende und vergebliche Heulen eines Hundes.★

Von dem erbarmungslosen Dunkel besiegt, flüchtete ich mich zu dem Lämpchen der Mama im anderen Zimmer; die Mama hatte die Angewohnheit, lange im Bett zu lesen, weil vielleicht eine konkretere, aber nicht minder starke Angst ihr den Schlaf verwehrte; damals nahm man noch keine Beruhigungsmittel. Und wenn sie mich ungeduldig ausschimpfte, vergeblich an meinen Stolz appellierend, und mich durchaus von ihrem Körper wegschob, entfaltete ich zu ihren Füßen auf dem Boden eine Decke, und dort legte ich mich dann hin, ganz zusammengerollt, um unsichtbar zu sein, mit beinahe angehaltenem Atem, und um sie, während sie las, meine Gegenwart nicht spüren zu lassen; und dort schlief ich dann ein, dem drohenden Unmut und Zorn den Vorzug gebend vor dem einsamen und verschlingenden Dunkel.

Aber nicht alle Tage am Meer waren so. An manchen Tagen ging man los, und der Himmel schien klar, doch dann verhüllten Nebel und Schwüle ihn für den Rest des Tages. Und man verbrachte Stunden unter der trostlosen Schwüle, unlustig ging man ins Wasser, das trüber war als die Luft, manchmal von Fischen durchfurcht, die daraus hervorsprangen, beinahe als wollten sie der unbewegten Hitze entfliehen, und man machte sich nicht auf, um die nebelverhangene Wassertiefe, die Riffe oder die Grotten zu erforschen; es fehlte die Lust zu riskanten Sprüngen, nur ab und zu ließ man sich kerzengerade hineinfallen, wie hinabgezogen vom Gewicht des Tages. Die Gewalt der Sonne und des Meeres unterbrachen die Zeit nicht; nein, keine Zeit schien vergangen zu sein seit dem Morgen, wenn man abends heim-

---

★ Später habe ich erfahren, daß dieser Zustand *Pavor nocturnus* heißt und im allgemeinen bei schwachen, nervösen Konstitutionen auftritt. Aber niemals hat mich irgendeine Ärztewissenschaft wirklich davon überzeugen können, daß diese Furcht unbegründet war, da sich ja dann auch herausgestellt hat, daß die zu fürchtenden Dinge sehr viel beunruhigender waren als die, vor denen ich mich damals fürchtete.

ging; geistesabwesend gelangte man zu Hause an und fand die Mama schier begraben unter den essiggetränkten Lappen und der Dunkelheit. Die Piazza war staubig und leer, die Schwüle lud nicht zum Spielen ein; ein kleiner Junge nur lutschte auf der Schwelle eines Hauses langsam an einer Pflaume. Von Zeit zu Zeit ließ ein letzter Strahl der untergehenden Sonne, nachdem er mit Mühe vielfach schwere Draperien beiseite geschoben hatte, die Farben der zum Trocknen aufgehängten Wäsche aufleuchten, wie wenn auf der Bühne die Lichter angehen und das Schauspiel gleich beginnt. Ein nächtliches Gewitter zog sich zusammen; schon kämpften am Rande des Tals meine wilden Brüder, die Blitze.*

---

* Ich dachte nämlich damals, ich sei eine Wolke und die Blitze seien meine Brüder. Mein Spiel war, ständig die Form zu ändern, und sie spielten Licht und Krieg.

Marcel Proust

GILBERTE[*]

Wir kehrten immer frühzeitig genug von unsern Spaziergängen
heim, um meiner Tante Léonie vor dem Abendessen noch einen
Besuch zu machen. Zu Beginn der Jahreszeit, wo die Tage früh zu
Ende gehen, lag, wenn wir in der Rue du Saint-Esprit ankamen,
stets ein Widerschein der Abendröte auf den Fenstern des Hauses
und ein Purpurstreifen am Fuße der Wälder vor dem Kalvarien-
berg, der sich weiter fort im Teiche spiegelte, eine Röte, die, oft
von ziemlich lebhafter Kälte begleitet, in meinem Geiste mit der
Röte des Feuers eine Verbindung einging, über dem das Hähn-
chen briet, das für mich nach dem poetischen Vergnügen der Wanderung die Freuden der Tafel, der Wärme und Ruhe einleitete. Im
Sommer hingegen ging die Sonne bei unserem Heimkommen
noch nicht unter; erst während des Besuches, den wir bei Tante
Léonie machten, senkte sich ihr Schein, traf das Fenster, wurde
zwischen den dicken Vorhängen und ihren Haltern zerstreut, ab-
gezweigt, gefiltert und versah wie in jener zarten Abwandlung,
die er im Dickicht des Waldes erfährt, das Zitronenholz der Kommode mit feinen Goldintarsien. Aber an gewissen, freilich seltenen
Tagen hatte, wenn wir ins Haus zurückkehrten, die Kommode seit
langem diesen so kurzlebigen Intarsienschmuck verloren, und
wenn wir in die Rue du Saint-Esprit einbogen, lag kein Widerschein des Abendrots auf den Scheiben; der Teich zu Füßen des
Kalvarienberges hatte seine Röte eingebüßt, war manchmal schon
in Opalfarbe übergegangen, und eine lange Mondbahn, die im-

---

[*] Aus: Marcel Proust ›Auf der Suche nach der verlorenen Zeit‹ Bd. 1; Titel
v. d. Hrsg.

mer breiter wurde und sich in den Wellenringen des Wassers brach, zog sich über die ganze Oberfläche hin. Wenn wir uns dann dem Hause näherten, erkannten wir eine Gestalt auf der Schwelle, und meine Mutter sagte zu mir:

– Mein Gott! da steht Françoise und wartet auf uns; Tante Léonie sorgt sich sicherlich schon: wir sind aber auch spät daran.

Wir nahmen uns dann nicht die Zeit, erst unsere Sachen abzulegen, sondern eilten unmittelbar zu Tante Léonie, um sie zu beruhigen und ihr durch unsern Anblick zu beweisen, daß uns entgegen ihren Befürchtungen nichts zugestoßen war, sondern daß wir nur ›nach der Seite von Guermantes‹ gegangen waren, und, lieber Gott, meine Tante wußte ja, daß man, wenn man diesen Spaziergang machte, nicht so genau sagen konnte, wann man wieder zu Hause war.

– Da siehst du, Françoise, sagte meine Tante dann, ich habe es dir ja gesagt, sicher sind sie nach Guermantes zu gegangen! Himmel, was müssen sie da für einen Hunger haben! Und deine Hammelkeule ist gewiß ganz hart geworden, wo sie so lange schon fertig ist! Das ist aber auch eine Zeit, um nach Hause zu kommen! Soso, da seid ihr also nach Guermantes zu gegangen!

– Aber ich dachte, du wüßtest es, Léonie, entgegnete Mama. Ich meine, Françoise hätte uns doch durch die kleine Tür vom Küchengarten hinausgehen sehen.

Denn es gab in der Umgebung von Combray zwei ›Seiten‹ für Spaziergänge, die einander so entgegengesetzt waren, daß wir nicht einmal durch die gleiche Pforte aufbrachen, wenn wir nach der einen oder anderen Richtung gehen wollten: die Seite von Méséglise-la-Vineuse, die auch als Swanns Seite bezeichnet wurde, weil wir dort an dem Besitztum unseres Freundes vorbeikamen, und die Seite von Guermantes. Von Méséglise habe ich, wie ich gestehen muß, weiter nichts als die Gegend gesehen und ein paar fremde Menschen, die am Sonntag in Combray spazierengingen, Leute, die diesmal wirklich weder wir noch unsere Tante ›kannten‹ und die man auf diesen Augenschein hin für ›Leute aus Méséglise‹ hielt. Guermantes hingegen sollte ich eines Tages näher kennenlernen, aber viel später erst; und wenn während meiner ganzen Jugend Méséglise etwas so Unerreichbares blieb wie der Horizont, etwas was, wie weit man auch ging, doch stets den Blikken durch die Erhebungen eines Bodens entzogen blieb, der schon nicht mehr der Erde von Combray glich, so kam mir auch Guermantes eher als ein idealer denn als ein wirklicher Endpunkt der nach ihm bezeichneten Gegend vor, als eine Art von geographischer Bezeichnung wie Äquator, wie Pol, wie Zenit. ›Über Guermantes‹ nach Méséglise zu gehen oder umgekehrt wäre mir als eine ebenso sinnlose Wendung erschienen, wie wenn man nach Osten aufbrechen wollte, um gen Westen zu gehen. Da mein Vater immer von der Gegend um Méséglise als von dem schönsten Ausblick in die Ebene sprach, den er überhaupt kannte, und von der Gegend um Guermantes als der idealen Flußlandschaft, gab ich beiden Seiten, indem ich sie als zwei Wesenheiten begriff, jene Zusammengehörigkeit und Einheit, die nur den Schöpfungen unseres Geistes eigen ist; der geringste Teil davon schien mir kostbar und eine Bekundung ihrer speziellen Vollkommenheit, während neben ihnen – bevor man den geheiligten Boden der einen oder anderen betreten hatte – die rein materiellen Wege, in deren System sie als die ideale Ansicht der Ebene und ideale Flußlandschaft eingefügt waren, ebensowenig das Anschauen lohnten wie für einen leidenschaftlich der dramatischen Kunst ergebenen Zuschauer die kleinen Straßen in der Nachbarschaft des Theaters. Vor allem aber legte ich zwischen sie weit mehr als die in Kilometern ausdrückbare Entfernung jene andere, die zwischen den beiden Teilen meines Gehirns bestand, in denen ich an sie dachte, eine jener Distanzen im geistigen Bereich, die die Dinge nicht nur auseinanderhalten, sondern wirklich trennen und auf verschiedene Ebenen verweisen. Diese Absonderung wurde dadurch noch endgültiger, daß wir die Gewohnheit hatten, niemals am gleichen Tage auf einem einzigen Spaziergang nach beiden Seiten zu gehen, sondern vielmehr einmal nach Méséglise zu und einmal in Richtung Guermantes; dadurch wurden sie weit voneinander, unerkennbar füreinander in die gesonderten und verbindungslosen Gefäße verschiedener Nachmittage eingeschlossen.

Wenn wir nach Méséglise zu gehen wollten, brachen wir (nicht allzufrüh und selbst bei bedecktem Himmel, weil der Spaziergang nicht sehr lang war und nicht allzusehr anstrengte) genau wie für jeden beliebigen Ausgang durch die große Eingangstür des Hauses meiner Tante an der Rue du Saint-Esprit auf. Wir wurden von dem Büchsenmacher begrüßt, warfen unsere Briefe ein, verständigten Theodor im Auftrag von Françoise, daß sie keinen Kaffee oder kein Öl mehr habe, und verließen die Stadt auf dem Wege, der an der weißen Einfriedung des Parkes von Monsieur Swann vorbeiführte. Bevor wir dorthin gelangten, strömte uns schon der jeden Näherkommenden begrüßende Fliederduft entgegen. Zwischen den frischen grünen Herzen ihrer Blätter lugten ihre violetten oder weißen Helmbüsche, auf denen selbst im Schatten noch die Sonne zu flimmern schien, in der sie gebadet hatten, neugierig über den Zaun. Einige von ihnen, die halb hinter dem kleinen Ziegelhaus, dem sogenannten ›Bogenschützenhaus‹, in dem der Parkwächter wohnte, verborgen blieben, schauten mit ihrem Minarettrosa über den gotischen Giebel hinweg. Frühlingsnymphen hätten plump gewirkt neben den jungen Huris, die in diesem französischen Garten die klaren lebendigen Farben persischer Miniaturen in sich verkörperten. Trotz meines Verlangens, ihre schlanke Gestalt zu umfangen, die bestirnten Locken ihrer duftenden Häupter an mich heranzuziehen, gingen wir weiter, ohne uns zu verweilen, denn meine Eltern besuchten Tansonville nicht mehr seit der Heirat Swanns, und damit es nicht so aussähe, als wollten wir in den Park hineinschauen, schlugen wir anstatt des Weges, der an der Parkmauer entlang unmittelbar in die Felder führte, einen anderen ein, der gleichfalls, aber von der Seite her und erst an einem späteren Punkt in sie einmündete.

– Erinnert ihr euch, daß Swann gestern gesagt hat, seine Frau und seine Tochter würden nach Reims fahren, und er werde die Zeit benutzen, selbst vierundzwanzig Stunden in Paris zu verbringen? Wir könnten also gut am Park entlanggehen, da ja die Damen nicht anwesend sind; wir kürzen den Weg dadurch ab.

Einen Augenblick blieben wir vor dem Parktor stehen. Die Fliederzeit ging ihrem Ende zu; einzelne Zweige ließen noch auf hohen grauvioletten Leuchtern die zarten Bläschen ihrer Blüten leuchten, aber in vielen Partien des Laubwerks, wo sie vor einer Woche ungefähr noch duftend aufgeschäumt waren, welkten sie jetzt als schrumpfendes, geschwärztes, hohles, trockenes, duftlos gewordnes Gekräusel dahin. Mein Großvater setzte meinem Vater auseinander, inwieweit der Platz sein Aussehen beibehalten und worin er sich verändert hätte seit jenem Spaziergang, den er mit dem alten Swann an dem Tage gemacht hatte, als dessen Frau gestorben war, und ergriff die Gelegenheit, die Einzelheiten diese Spaziergangs noch einmal genau zu schildern.

Unmittelbar vor uns führte eine mit Kapuzinerkresse eingefaßte Allee etwas aufwärts zum Schloß. Zur Rechten hingegen breitete der Park sich vollkommen eben aus. Verdunkelt durch den Schatten großer Bäume, die ihn rings umgaben, lag ein Teich, den Swanns Eltern hatten anlegen lassen; aber auch noch in seinen künstlichsten Schöpfungen hat es eben der Mensch doch stets mit der Natur zu tun; gewisse Stätten stellen immer wieder ihre Eigenherrschaft her und richten inmitten eines Parks ihre Hoheitszeichen genauso auf, wie sie es fern von jedem menschlichen Eingriff getan hätten, in einer Einsamkeit, die sich von allen Seiten her wieder lautlos um sie schließt und ihren Bedingungen gemäß alles Menschenwerk von neuem überdeckt. So hatte sich am Fuße der Allee, die oberhalb des künstlichen Teiches hinlief, in zwei aus Vergißmeinnicht und Sinngrün geflochtenen Girlanden ein natürlicher zartblauer Kranz gebildet, der die verschattete Stirn des Wasserbeckens umschlang, und die Iris, die ihre Schwerter mit königlicher Gelassenheit senkte, reckte doch über dem im feuchten Grunde verwurzelten Wasserdost und Hahnenfuß die violett und gelb gefransten Lilienblüten ihres sumpfbeherrschenden Zepters auf.

Daß Mademoiselle Swann nicht anwesend war, benahm mir zwar die gleichzeitig erschreckende und beglückende Möglichkeit, sie am Ende einer Allee auftauchen zu sehen und so der Bekanntschaft und Nichtachtung des bevorrechteten kleinen Mädchens teilhaftig zu werden, das mit Bergotte befreundet war und in seiner Begleitung Kathedralen besuchte, aber es machte mich auch gleichgültig gegen den Anblick von Tansonville dies erste Mal, wo er sich mir bot; in den Augen meines Vaters und meines Großvaters jedoch versah diese Tatsache den Besitz mit gewissen vorübergehenden Annehmlichkeiten und Erleichterungen für Besucher und machte, wie das Fehlen jeder Wolkenbildung bei einem Ausflug ins Gebirge, den Tag hervorragend für einen Spaziergang in diese Gegend geeignet; ich hätte mir gewünscht, daß ihre Berechnung zunichte würde, daß durch ein Wunder Mademoiselle Swann mit ihrem Vater auftauchte, und zwar so dicht neben uns, daß wir keine Zeit mehr hätten, ihr zu entkommen, also genötigt wären, ihre Bekanntschaft zu machen. Als ich daher mit einem Male auf dem Grase, gleichsam als ein Zeichen ihrer möglichen Anwesenheit, ein vergessenes Deckelkörbchen neben einer Angel sah, deren Kork auf dem Wasser schwamm, versuchte ich rasch die Blicke meines Vaters und meines Großvaters nach der anderen Seite abzulenken. Außerdem konnte freilich, da Swann gesagt hatte, es sei nicht ganz recht, daß er das Haus verließe, da er Verwandtenbesuch habe, die Angel sehr wohl einem seiner Gäste gehören. Auf den Alleen vernahm man das Geräusch der Schritte nicht. In halber Höhe eines nicht zu ermitteInden Baumes war ein unsichtbarer Vogel bemüht, sich den Tag zu verkürzen; mit einem lang angehaltenen Ton versuchte er die Einsamkeit auszuloten, aber er erhielt eine so klare Antwort, eine Art Resonanz aus nichts als Schweigen und tiefer Ruhe, daß es schien, als hielte er nun für immer den Augenblick fest, den er eben noch versucht hatte, schnell zum Enteilen zu bringen. Das Licht fiel so schonungslos von einem erstarrten Himmel herab, daß man sich gern seiner Aufmerksamkeit entzogen hätte, und das schlafende Wasser, dessen Ruhe die Insekten unaufhörlich durchschwirrten, träumte sicherlich von irgendeinem eingebildeten Maelstrom und vermehrte die Unruhe, in die mich der Anblick des Korkschwimmers gestürzt hatte, indem es ihn in großer Geschwindigkeit in die schweigenden Weiten des widergespiegelten Himmels hineinzuziehen schien; fast vertikal gestellt, schien er sinken zu wollen, und ich fragte mich, ob ich nicht ganz unabhängig von dem Wunsch und der Furcht, sie kennenzulernen, einfach die Pflicht hätte, Mademoiselle Swann darauf aufmerksam zu machen, daß ein Fisch angebissen habe – als ich feststellte, daß ich laufen mußte, um meinen Vater und meinen Großvater einzuholen; beide riefen mich, erstaunt darüber, daß ich ihnen nicht auf dem kleinen Pfad in die Felder gefolgt war, den sie eingeschlagen hatten. Für mich erhob sich summend darüber der Duft der Weißdornhecken. Diese Hecken bildeten in meinen Augen eine unaufhörliche Folge von Kapellen, die unter dem Schmuck der wie auf Altären dargebotenen Blüten verschwanden; unter ihnen zeichnete die Sonne auf den Boden ein lichtes Gitterwerk, so als fiele ihr Schein durch ein Kirchenfenster; ihr Duft strömte sich so voll und überquellend aus, wie ich ihn vor dem Altar der Muttergottes stehend verspürt hatte, und die ebenso geschmückten Blüten trugen eine jede mit gleicher gedankenloser Miene ihr schimmerndes Strahlenbündel aus Staubgefäßen, feine glitzernde Rippen im spätgotischen Stil wie die, die in der Kirche das Gitter der Empore durchzogen oder die Kreuze der Buntglasfenster, die aber hier die weiße sinnliche Fülle von Erdbeerblüten hatten. Wieviel naiver und bäuerlicher wirkten im Vergleich dazu die Heckenrosen, die in wenigen Wochen im vollen Sonnenschein den gleichen ländlichen Weg erklimmen würden, mit der glatten Seide ihres rötlichen Mieders bekleidet, das der leiseste Hauch zerflattern macht.

Aber ich mochte mich noch so lange vor dem Weißdorn aufhalten, ihn riechen, in meinen Gedanken, die nichts damit anzufangen wußten, seinen unsichtbaren, unveränderlichen Duft mir vorstellen, ihn verlieren und wiederfinden, mich eins fühlen mit dem Rhythmus, in dem sich seine Blüten in jugendlicher Munterkeit und in Abständen, die so unerwartet waren wie gewisse musikalische Intervalle, hierhin und dorthin wendeten; sie entfalteten für mich auf unbestimmte Zeit hin den gleichen Reiz in unerschöpflicher Fülle, aber ohne daß ich tiefer in ihn einzudringen vermochte, so wie es gewisse Melodien gibt, die man hundertmal hintereinander spielt, ohne in der Entdeckung ihres Geheimnisses einen Fortschritt zu machen. Einen Augenblick wendete ich mich von ihnen ab, um ihnen wieder mit frischeren Kräften gegenüberzustehen. Ich folgte mit dem Blick bis draußen zur Böschung, die jenseits der Weißdornhecke steil zu den Feldern aufstieg, einigen vereinzelten Mohnblumen und träge zurückgebliebenen Kornblumen, die hier und da ihre Blüten in den Hang eingewirkt hatten, so wie in weitläufigen Abständen am Rande einer Stickerei das pflanzliche Motiv erscheint, das erst in der Mittelpartie sich völlig entfalten wird; selten noch und lückenhaft wie die Häuser, mit denen sich die Nähe eines Dorfes ankündigt, zeigten sie mir die ungeheuren weizenwogenden Weiten an, über denen sich Wolken kräuselten, und der Anblick einer einzigen Mohnblüte, die am Ende ihres Tauwerks im Winde die rote Flamme aufzüngeln ließ über der schwarzen wie ölgetränkten Boje, ließ mein Herz höher schlagen wie das eines Reisenden, der in der Nähe des Strandes eine erste gescheiterte Barke erblickt, an der ein Kalfaterer gerade die Schäden behebt; bevor er es noch wirklich gesichtet hat, ruft er dann aus: ›Das Meer!‹

Ich kehrte zu dem Weißdorn zurück wie zu einem Kunstwerk, von dem man meint, man werde es besser sehen, wenn man es einen Augenblick inzwischen nicht angeschaut hat; aber es nützte nichts, daß ich meinen Blick mit den Händen abschirmte, um nichts weiter zu sehen: das Gefühl, das er in mir weckte, blieb dunkel und unbestimmt, versuchte vergebens, sich loszulösen und die Verbindung mit den Blüten einzugehen. Sie verhalfen mir nicht dazu, es wirklich deutlich zu machen, und von anderen Blumen erreichte ich nicht, daß sie es mir verschafften. Da aber schenkte mir mein Großvater die Freude, die wir empfinden, wenn wir auf ein Werk unseres Lieblingsmalers stoßen, das von den uns bekannten ganz verschieden ist, oder wenn man uns vor ein Bild führt, von dem wir bislang nur eine Bleistiftskizze gesehen haben, oder wenn ein Stück, das wir nur auf dem Klavier gehört haben, durch eine Orchesteraufführung seine wahre Vielfarbigkeit erhält, denn er sagte zu mir: »Du hast doch den Weißdorn so gern, schau her, hier gibt es einen mit rosa Blüten, er ist wirklich hübsch!« Tatsächlich war es auch ein Dornstrauch, doch rosa, noch köstlicher als die weißen. Auch er war geschmückt wie für ein Fest, eines jener einzig wirklichen Feste, wie es nur kirchliche Festtage sind, da sie ja nicht wie weltliche durch eine Zufallslaune an einen beliebigen Tag geheftet werden, der nicht besonders für sie vorgesehen ist und nichts im tiefsten Wesen Feiertagsmäßiges besitzt – aber noch reicher, denn die Blüten, die an den Zweigen in der Weise aufgereiht waren, daß sie wie die Pompons an einem Rokokohirtenstab keine Stelle ungarniert ließen, waren ›farbig‹ und somit von höherer Qualität nach den Gesetzen der Ästhetik von Combray, jedenfalls nach der Staffelung der Preise im ›Warenhaus‹ oder bei Camus zu schließen, wo die Pâtisserie mit rosa Guß teurer war als die andere. Ich selbst schätzte mehr den rosa Rahmkäse, in den ich hatte Erdbeeren drücken dürfen. Diese Blumen aber hatten sich gerade jenen rosa Farbton ausgewählt, den eßbare Dinge haben oder eine liebenswürdige Kleinigkeit, mit der man eine Festtagstoilette schmückt, ein Rosa, das, weil die Gründe für seine Überlegenheit so klar zutage treten, in den Augen der Kinder die überzeugendste Farbe ist und deshalb später für sie immer etwas Lebendigeres und Natürlicheres behält als alle anderen Tönungen, selbst wenn sie begriffen haben, daß es dem Geschmacksempfinden keine besonderen Reize bietet oder von der Schneiderin nicht eigentlich für das Kleid bestimmt worden ist. Und tatsächlich empfand ich ebenso wie angesichts der weißen Dornenhecke, aber doch noch mit größerem Staunen, daß nicht erst durch etwas Künstliches, durch einen Kniff der menschlichen Industrie die festtägliche Bestimmung der Blumen zustande gekommen war, sondern daß die Natur sie in ihnen selbst spontan zum Ausdruck gebracht hat mit der Naivität einer dörflichen Händlerin, die Artikel für einen feiertäglichen Hausaltar herstellt, indem sie nämlich dieses Zweigwerk mit Rosetten von allzu süßem Rosa und in altmodischem Provinzgeschmack ausgestattet hat. Oben an den Zweigen sproßten in übermäßiger Fülle, ähnlich den kleinen Rosenstöckchen, in deren in Papiermanschetten verschwindenden Töpfen bei großen Festen am Altar winzige Kerzen erstrahlen, kleine Knöspchen von blasserem Ton, die, wenn sie sich öffneten, im Innern in einem Kelch aus blutrotem Marmor ein rötliches Linienwerk zeigten und mehr noch als die Blüten die ganz besondere, unzerstörbare Substanz dieser Gattung verrieten, die überall, wo sie Knospen treibt oder blüht, immer nur Rosa erzeugt. In die Hecke eingefügt, und doch so verschieden von ihr wie ein junges Mädchen im Festgewand von den Personen im Werktagskleid, die zu Hause bleiben, bereit für die Maiandacht in der Kirche, zu der es schon ganz zu gehören schien, so leuchtete lächelnd, frisch eingekleidet, dieses katholische, dieses köstliche Gewächs.

Durch die Hecke hindurch sah man im Innern des Parks eine Allee, die mit Jasmin, Stiefmütterchen und Verbenen eingefaßt war, zwischen denen Levkojen ihre taufrischen Täschchen in einem wie altes Corduanleder duftenden und etwas vergilbten Rosa öffneten, während auf dem Kiesweg ein langer grüngestrichener Gartenschlauch in vielen Windungen sich hinzog und aus seinen Öffnungen über den Blumen, deren Duft er durchfeuchtete, den senkrecht aufgestellten, als Prisma wirkenden Fächer seiner in allen Farben spielenden Tröpfchen aufsteigen ließ. Auf einmal blieb ich regungslos stehen wie vor einer Vision, die nicht nur die Blicke fesselt, sondern auch tiefere Wahrnehmungsschichten und schließlich unser gesamtes Sein in Anspruch nimmt. Ein Mädchen mit rotblondem Haar, das von einem Spaziergang heimzukommen schien und eine Gartenschaufel in der Hand trug, hob ihr mit rosigen Flecken übersätes Gesicht und schaute zu uns herüber. Ihre schwarzen Augen blitzten, und da ich damals so wenig wie später einen starken Eindruck in seine einzelnen Elemente zu zerlegen verstand, weil ich nun einmal nicht, wie man es nennt, genügend ›Beobachtungsgabe‹ besaß, um einen deutlichen Begriff von der Farbe dieser Augen zu gewinnen, hat sich mir lange Zeit hindurch, so oft ich an sie dachte, in der Erinnerung ihr Leuchten wie das von einem kräftigen Azurblau dargestellt, weil sie nun einmal blond war: so daß ich mich, wenn sie nicht so schwarze Augen gehabt hätte – gerade die Intensität fiel mir bei ihrem ersten Anblick so ganz besonders auf – vielleicht nicht, wie es tatsächlich geschah, mehr als in irgend etwas anderes an ihr, in ihre blauen Augen verliebt hätte.

Ich betrachtete sie zunächst mit einem Blick, der nicht nur das Sprachrohr der Augen ist, sondern wie ein Fenster, durch das sich alle Sinne angstvoll und wie versteinert neigen, einem Blick, der Leib und Seele dessen, was er anschaut, berühren, einfangen, mit sich forttragen möchte, dann aber mit einem zweiten, in den ich in meiner Todesangst, mein Großvater und mein Vater könnten das Mädchen bemerken und mich von ihr entfernen, indem sie mich vor sich hergehen hießen, unbewußt einen flehentlichen, an sie gerichteten Appell legte, durch welchen ich sie zwingen wollte, von mir Notiz zu nehmen und meine Bekanntschaft zu machen. Sie ließ ihre Augäpfel nach vorn und nach der Seite rollen, um meinen Großvater und meinen Vater mit dem Blick zu umfassen, und zweifellos nahm sie den Eindruck davon mit, daß wir komische Leute seien, denn mit gleichgültiger und nichtachtender Miene wendete sie sich ab und stellte sich so hin, daß ihr Gesicht nicht in das Blickfeld der beiden anderen fiel; als sie weitergingen, ohne sie zu bemerken, schoß sie einen langen Blick zu mir herüber, der ganz ohne Ausdruck war und mir gar nicht zu gelten schien, aber so starr und mit einem versteckten Lächeln darin, daß ich ihn auf Grund der Vorstellungen von guter Erziehung, die man mir beigebracht hatte, nur als eine Bekundung äußerster Verachtung auffassen konnte; gleichzeitig machte sie flüchtig mit der Hand eine nicht ganz anständige Bewegung, die, wenn sie öffentlich einem Unbekannten gegenüber ausgeführt wurde, nach dem kleinen Höflichkeitskodex, den ich in mir trug, eindeutig eine ganz bewußte Ungezogenheit war.

– Gilberte, komm auf der Stelle her; was machst du denn da, rief die energisch befehlende Stimme einer Dame in Weiß, die ich bislang nicht gesehen hatte und neben der in einer gewissen Entfernung ein Herr in leichtem Sommeranzug stand, der mir unbekannt war; er aber starrte mich aus leicht hervortretenden Augen an; das Mädchen hörte plötzlich auf zu lächeln, nahm die Schaufel und entfernte sich, ohne sich nach mir umzudrehen, mit gefügiger, undurchdringlicher und etwas tückischer Miene.

So klang dicht neben mir der Name Gilberte auf, mir geschenkt wie ein Talisman, der mir vielleicht erlauben würde, eines Tages diejenige wiederzufinden, die er aus einem eben noch ganz ungewissen Bild zu einer wirklichen Person umgeschaffen hatte. So flog er an mir vorüber, über Jasmin und Levkojen hinweg, scharf und kühl wie die Tropfen aus dem grünen Gartenschlauch; er füllte die klare Luftzone, die er durcheilt und völlig von allem anderen abgetrennt hatte, mit dem Duft und dem Farbenspiel, die dem Geheimnis des Lebens derjenigen innewohnten, die für die beglückten Wesen, die mit ihr lebten und reisten, sein Klang bezeichnete; unter dem rosa Blütenbusch in Schulterhöhe ließ er die verdichtete Essenz einer für mich so schmerzlichen Vertrautheit mit ihr erstehen, mit dem Unbekannten ihres Seins, zu dem ich nie Zugang haben würde.

Einen Augenblick lang (während wir uns entfernten und mein Großvater murmelte: »Dieser arme Swann, was für eine lächerliche Rolle lassen sie ihn spielen: sie sorgen, daß er abreist, damit sie mit Charlus allein bleiben kann, denn er war es, ich habe ihn erkannt! Und dies kleine Mädchen ziehen sie auch in diese Infamie mit hinein!«) beschwichtigte der Eindruck von Gilbertes Mutter, deren Befehlen sie ohne Widerrede gehorchte, etwas mein Leiden insofern, als ich daraus ersah, daß sie jemandem folgen mußte und also nicht über alles und jedes erhaben war; er gab mir wieder etwas Hoffnung und verminderte ein wenig meine Liebe. Aber sehr schnell schon wuchs diese Liebe wieder in einer Reaktion, in der mein gedemütigtes Herz sich entweder zu Gilbertens Höhen emporschwingen oder sie bis zu meinem Niveau herunterziehen wollte. Ich liebte sie, ich bedauerte, daß ich weder Zeit noch Einfallsvermögen genug gehabt hatte, um sie zu beleidigen, ihr Böses zuzufügen und ihr die Erinnerung an mich dadurch aufzuzwingen. Ich fand sie so schön, daß ich gern noch einmal umgekehrt wäre und ihr achselzuckend zugerufen hätte: ›Ich finde dich häßlich, furchtbar komisch, und es graust mir vor dir!‹ Statt dessen ging ich davon und trug für immer als Prototyp eines für Kinder meiner Art nach einem unverrückbaren Naturgesetz unzugänglichen Glückes das Bild eines kleinen rothaarigen Mädchens mit rosa Sommersprossen mit mir fort, das eine Schaufel in der Hand hielt und lachte, während sie mir lange, hintergründige und doch ganz ausdruckslose Blicke zusandte. Und schon begann der Zauber, mit dem ihr Name die Stelle unter dem rosa Dornstrauch, an der er gleichzeitig vor ihren und meinen Ohren aufgeklungen war, mit Weihrauch umnebelt hatte, alles zu erfassen, zu durchduften und mit Balsam zu erfüllen, was irgend mit ihr zu tun hatte, ihre Großeltern, die zu kennen die meinen das unaussprechliche Glück gehabt hatten, den erhabenen Beruf des Wechselmaklers, die schmerzlichsüße Region der Champs-Elysées, die sie in Paris bewohnte.

Vladimir Nabokov

ERINNERUNG, SPRICH

I

In den ersten Jahren dieses Jahrhunderts stand im Schaufenster eines Reisebüros auf dem Newskij-Prospekt das meterlange Modell
eines eichenbraunen internationalen Schlafwagens. In seiner zierlichen Naturgetreuheit stellte es das bemalte Blech meiner Aufzieheisenbahnen völlig in den Schatten. Unglücklicherweise war
es nicht verkäuflich. Im Innern konnte man die blaue Polsterung
erkennen, die bossierte Lederverkleidung der Abteilwände, ihre
polierte Holztäfelung, eingelassene Spiegel, tulpenförmige Leselampen und andere betörende Einzelheiten. Breite Fenster wechselten mit schmaleren, die einzeln oder paarweise angeordnet waren, und einige von den schmaleren hatten Milchglasscheiben. In
mehreren Abteilen waren die Betten gemacht.

Der Nordexpreß, in jenen Tagen noch groß und herrlich (nach
dem Ersten Weltkrieg, als sein elegantes Braun zu einem neureichen Blau wurde, war er nie wieder der gleiche), bestand ausschließlich aus solchen Wagen, verkehrte nur zweimal die Woche
und verband St. Petersburg mit Paris. Ich hätte gesagt: direkt mit
Paris, wären die Reisenden nicht genötigt gewesen, einmal in
einen ihm oberflächlich gleichenden Zug umzusteigen – an der
russisch-deutschen Grenze (Wershbolowo-Eydtkuhnen), wo die
normale europäische Spurweite von 1 m 435 mm die breite und
behäbige russische von 1 m 524 mm ablöste und Kohle an die Stelle der Birkenscheite trat.

Am anderen Ende meines Geistes vermag ich mindestens fünf

solcher Reisen nach Paris, deren endgültiges Ziel die Riviera oder Biarritz war, aus einem Knäuel zu lösen. Im Jahre 1909, das ich jetzt herausgreifen möchte, bestand unsere Reisegesellschaft aus elf Personen und einem Dackel. Mit Handschuhen und einer Reisemütze saß mein Vater in einem Abteil, das er mit unserem Hauslehrer teilte, und las ein Buch. Ein Waschraum trennte sie von meinem Bruder und mir. Meine Mutter und ihr Mädchen Natascha hatten ein Abteil neben unserem. Danach kamen meine beiden kleinen Schwestern, ihre englische Gouvernante Miss Lavington und ein russisches Kindermädchen. Der Überzählige unserer Reisegesellschaft, Ossip, der Diener meines Vaters (den die pedantischen Bolschewisten zehn Jahre später erschießen sollten, weil er sich unsere Fahrräder angeeignet hatte, statt sie dem Volk zu überlassen), teilte sein Coupé mit einem Fremden.

Historisch und künstlerisch hatte das Jahr mit einer politischen Karikatur in *Punch* begonnen: Göttin England beugt sich über Göttin Italien, auf deren Kopf ein Ziegel aus Messina gelandet ist – wahrscheinlich das schlechteste Bild, das ein Erdbeben je inspiriert hat. Im April jenes Jahres hatte Peary den Nordpol erreicht. Im Mai hatte Schaljapin in Paris gesungen. Im Juni hatte das Kriegsministerium der Vereinigten Staaten, beunruhigt von Gerüchten über neue und bessere Zeppeline, Reportern gegenüber etwas von Plänen für eine Luftflotte verlauten lassen. Im Juli war Blériot von Calais nach Dover geflogen (mit einer kleinen zusätzlichen Schleife, als er seine Orientierung verlor). Jetzt war es Ende August. Die Tannen und Sümpfe Nordwestrußlands flogen vorüber und wichen am Tag danach deutschen Kiefernwäldern und Heiden.

An einem herabklappbaren Tischchen spielten meine Mutter und ich ein Kartenspiel, das sich *duratschki* nannte. Obwohl es noch hell am Tage war, spiegelten sich im Fenster unsere Karten, ein Glas und auf einer anderen Ebene die Kofferschlösser. Durch Feld und Wald, in plötzlichen Trasseneinschnitten und unter enteilenden Hütten spielten jene körperlosen Hasardeure unentwegt um unentwegt funkelnde Einsätze. Es war ein langes, sehr langes Spiel: An diesem grauen Wintermorgen sehe ich im Spiegel meines hellen

Hotelzimmers genau dieselben Schlösser dieser nun siebzig Jahre alten Reisetasche glänzen, eines ziemlich hohen, ziemlich schweren *nécessaire de voyage* aus Schweinsleder, das ein kunstvoll verwebtes »H. N.« aus dickem Silber unter einer ähnlichen Krone trägt und das 1897 für die Hochzeitsreise meiner Mutter nach Florenz angeschafft worden war. 1917 transportierte es eine Handvoll Edelsteine von St. Petersburg auf die Krim und von dort weiter nach London. Um 1930 verlor es seine teuren Behältnisse aus Kristall und Silber an einen Pfandleiher, so daß die schlau ausgedachten ledernen Halterungen innen an seinem Deckel leer zurückblieben. Doch dieser Verlust ist während der dreißig Jahre, die es mich auf meinen Reisen begleitete, reichlich wettgemacht worden – von Prag nach Paris, von St. Nazaire nach New York und durch die Spiegel von mehr als zweihundert Motelzimmern und gemieteten Häusern in sechsundvierzig Staaten. Der Umstand, daß sich eine Reisetasche als der robusteste Überlebende unserer russischen Erbschaft erwies, ist sowohl logisch als auch emblematisch.

»*Ne budet-li, ty wed ustal* [hast du nicht genug, du bist doch müde]?« fragte meine Mutter und versank in Gedanken, während sie langsam die Karten mischte. Die Abteiltür stand offen, und ich konnte das Gangfenster sehen, wo die Drähte – sechs dünne schwarze Drähte – ihr Bestes taten, um anzusteigen, um sich himmelwärts zu schwingen, den blitzartigen Schlägen zum Trotz, die ihnen ein Telegraphenmast nach dem anderen versetzte; doch gerade, wenn alle sechs in einem triumphalen Aufschwung rührender Begeisterung im Begriff standen, den oberen Rand des Fensters zu erreichen, holte ein besonders tückischer Schlag sie auf ihre vormalige Tiefe herunter, und sie waren gezwungen, von vorn anzufangen.

Wenn der Zug auf Reisen wie dieser durch irgendeine große deutsche Stadt kam, seine Geschwindigkeit zu einem würdigen Paßgang minderte und um ein Haar Hausfassaden und Ladenschilder streifte, fühlte ich eine zweifache Erregung, wie sie mir die Zielbahnhöfe nie verschaffen konnten. Ich sah eine Stadt mit ihren Spielzeugstraßenbahnen, Linden und Ziegelmauern ins Abteil dringen, mit den Spiegeln kumpelhaft tun und die Fenster auf der Seite des Ganges bis zum Rand füllen. Diese zwanglose Berührung von Zug und Stadt machte den einen Teil des Reizes aus. Der andere bestand darin, daß ich mich an die Stelle irgendeines Passanten versetzte, der – so stellte ich mir vor – ebenso entzückt war, wie ich es an seiner Stelle gewesen wäre, die langen, romantischen, nußbraunen Wagen mit ihren fledermausflügelschwarzen Harmonikas und ihren in der niedrigstehenden Sonne kupfern glänzenden Metallaufschriften gemächlich eine Eisenbahnbrücke, die über eine alltägliche Hauptstraße führte, überqueren und dann mit aufblitzenden Fenstern um einen letzten Häuserblock entschwinden zu sehen.

Diese optischen Amalgamierungen hatten auch ihre Kehrseiten. Der breitfenstrige Speisewagen, eine Allee keuscher Mineralwasserflaschen, mitraartig gefalteter Servietten und bunter Schokoladentafelattrappen (deren Hüllen – Cailler, Kohler und so weiter – nichts als Holz enthielten), schien nach den schwankenden blauen Gängen zunächst ein kühles Refugium; aber während die Mahlzeit auf ihren verhängnisvollen letzten Gang zustrebte und auf jedes Mal schrecklichere Weise ein Äquilibrist mit einem vollen Tablett rückwärts an unseren Tisch trat, um einen anderen Äquilibristen mit einem vollen Tablett vorbeizulassen, ertappte man den Wagen immer wieder dabei, daß er mitsamt seinen taumelnden Kellnern rücksichtslos in die Landschaft gestoßen wurde, die ihrerseits eine komplizierte Folge von Bewegungen durchlief – ein Tagmond hielt beharrlich Schritt mit dem Teller, die fernen Wiesen öffneten sich wie Fächer, die nahen Bäume flogen auf unsichtbaren Schaukeln an den Bahndamm heran, ein Parallelgleis beging unversehens Selbstmord durch Anastomose, und eine Böschung blinzelnden Grases stieg und stieg und stieg, bis der kleine Zeuge durcheinandergeratener Geschwindigkeiten seine Portion *omelette aux confitures de fraises* wieder von sich geben mußte.

Nachts jedoch wurde die *Compagnie Internationale des Wagons-Lits et des Grands Express Européens* dem Zauber ihres Namens erst wirklich gerecht. Von meinem Bett unter der Koje meines Bruders aus (schlief er? war er überhaupt da?) beobachtete ich im Halbdunkel unseres Abteils, wie sich Gegenstände und Teile von Gegenständen und Schatten und Stücke von Schatten behutsam hin und her bewegten, ohne irgendwohin zu gelangen. Leise knarrte und ächzte die Holztäfelung. Ein undeutliches Kleidungsstück an einem Haken und die Quaste einer blauen, doppelschaligen Nachtlampe schwangen neben der Tür zur Toilette im Rhythmus hin und her. Es war schwer, eine Beziehung zwischen diesen zögernden Annäherungen, dieser verkappten Heimlichkeit und der ungestüm vorüberrauschenden Nacht draußen herzustellen, von der ich nur wußte, daß sie tatsächlich vorüberrauschte – funkengestreift, unlesbar.

Wenn ich einschlafen wollte, brauchte ich mir nur vorzustellen, ich sei der Lokomotivführer. Ein Gefühl schläfrigen Wohlbehagens durchströmte meine Adern, sobald ich alles wohlgeordnet wußte – die unbekümmerten Reisenden in ihren Abteilen waren die Fahrt zufrieden, die sie mir verdankten, sie rauchten, lächelten einander wissend zu, nickten und dösten, die Kellner und Köche und Schaffner (die ich irgendwo unterbringen mußte) veranstalteten im Speisewagen ein Trinkgelage; und ich selber starrte rußig und mit einer Schutzbrille vor den Augen aus dem Lokführerstand auf die spitz zulaufenden Gleise, auf den rubinroten oder smaragdgrünen Punkt in der schwarzen Ferne. Und im Schlaf dann erblickte ich etwas ganz anderes – eine Glasmurmel, die unter einen Konzertflügel rollte, oder eine Spielzeuglokomotive, die auf der Seite lag und deren Räder sich munter weiterdrehten.

Manchmal, wenn der Zug seine Geschwindigkeit änderte, wurde der Strom meines Schlafs unterbrochen. Langsame Lichter stolzierten vorüber; jedes lugte im Vorbeigehen in denselben Spalt, und ein leuchtender Zirkel maß die Schatten. Kurz darauf hielt der Zug mit einem langgezogenen Westinghouseschen Seufzer. Irgend etwas (die Brille meines Bruders, wie sich am nächsten Tag herausstellte) fiel von oben herunter. Es war wunderbar aufregend, zum Fußende des Bettes zu kriechen – ein Teil des Bettzeugs kam einem dabei nach –, um vorsichtig den Haken des Fenstervorhangs zu lösen, den man nur bis zur Hälfte des Fensters hochschieben konnte, da ihm die Kante des oberen Bettes im Wege war.

Wie die Monde um den Jupiter kreisten bleiche Nachtfalter um eine einsame Lampe. Auf einer Bank regte sich eine zergliederte Zeitung. Irgendwo im Zug konnte man gedämpfte Stimmen und ein behagliches Husten hören. Das Stück Bahnsteig vor mir war nicht besonders interessant, und dennoch konnte ich mich nicht von ihm losreißen, bis es sich aus eigenen Stücken zurückzog.

Am nächsten Morgen sagten mir nasse Felder mit mißgestalteten Weiden, die einen radialen Graben säumten, oder eine ferne Pappelreihe, durch die sich ein milchigweißer Nebelstreifen zog, daß der Zug durch Belgien hastete. Um vier Uhr nachmittags war er in Paris, und selbst wenn wir nur eine Nacht dort blieben, hatte ich immer Zeit, mir irgend etwas zu kaufen – einen kleinen, ziemlich schludrig mit Silberfarbe bemalten Eiffelturm aus Messing zum Beispiel –, bevor wir am folgenden Mittag in den Südexpreß stiegen, der uns auf seinem Weg nach Madrid um zehn Uhr vormittags auf dem Bahnhof Biarritz-La Négresse absetzte, einige Kilometer vor der spanischen Grenze.

2

Biarritz hatte in jenen Tagen noch seine Eigenart bewahrt. Staubige Brombeersträucher und *terrains à vendre* voller Unkraut säumten die Straße, die zu unserer Villa führte. Das Carlton-Hotel war noch im Bau. Etwa sechsunddreißig Jahre sollten noch verstreichen, bis Brigadegeneral Samuel McCroskey die Königssuite des Hôtel du Palais bezog, eines Gebäudes, das auf dem Grundstück eines früheren Palastes steht, wo man in den sechziger Jahren jenes unerhört gelenkige Medium, Daniel Home, dabei überrascht haben soll, wie er mit seinem bloßen Fuß (in Nachahmung einer Geisterhand) das gütige, vertrauensvolle Gesicht der Kaiserin Eugénie streichelte. Auf der Promenade am Casino steckte eine ältliche Blumenfrau mit Kohleaugenbrauen und einem angemalten Lächeln die dicke Wulst einer Nelke behende in das Knopfloch eines angehaltenen Spaziergängers, dessen linke Wange sich noch königlicher faltete, als er auf die Blume hinunterschielte, die ihm da gewandt angesteckt wurde.

Die farbenfrohen großen Eichenspinner, die im Gebüsch auf der Suche waren, waren den unseren ganz unähnlich (welche jedenfalls nicht auf Eichen brüteten), und die Waldbrettspiele geisterten hier nicht durch die Wälder, sondern durch Hecken und hatten bräunliche, nicht hellgelbe Flecken. Kleopatra, ein tropisch wirkender Zitronenfalter in Gelb und Orange, der schmachtend in den Gärten umherflappte, war 1907 eine Sensation gewesen, und sein Fang machte immer noch Spaß.

Auf dem hinteren Teil der *plage* standen die verschiedenen Strandstühle und -hocker, und auf ihnen saßen die Eltern der Kinder, die Strohhüte trugen und vorne im Sand spielten. Mich zum Beispiel konnte man auf den Knien mit dem Versuch beschäftigt sehen, einen gefundenen Kamm mit Hilfe eines Brennglases in Brand zu setzen. Die Männer hatten weiße Hosen an, die für heutige Begriffe aussähen, als seien sie in der Wäsche lächerlich eingelaufen; die Damen trugen in jener Saison leichte Mäntel mit Seidenaufschlägen, Hüte mit großem Kopf und weitem Rand, dicht bestickte weiße Schleier, Blusen mit Brustkrausen, Krausen an den Handgelenken, Krausen an den Sonnenschirmen. Die Brise machte einem die Lippen salzig. Mit gewaltiger Geschwindigkeit kam ein verirrter Postillon über den wimmelnden Strand geschossen.

Für weitere Bewegung und weiteren Lärm sorgten die Verkäufer, die *cacahuètes,* kandierte Veilchen, himmlisch grünes Pistazieneis, Cachous und riesige, konvexe Stücke einer trockenen, spröden, waffelartigen Masse aus einem rosa Faß feilboten. Mit einer Klarheit, die keine späteren Erinnerungsüberlagerungen getrübt haben, sehe ich den Waffelmann mit dem schweren Faß auf dem gebeugten Rücken durch den tiefen, mehligen Sand stapfen. Wenn man ihn rief, streifte er es mir einer Drehung des Gurtes von der Schulter, knallte es auf den Sand, wo es wie der schiefe Turm von

Pisa zu stehen kam, wischte sich das Gesicht mit dem Ärmel und setzte eine Art Wahlvorrichtung mit einem Pfeil und Zahlen auf dem Faßdeckel in Bewegung. Der Pfeil scharrte und schwirrte im Kreis herum. Fortuna war es überlassen, die Größe einer Waffel zu bestimmen, die man für einen Sou bekam. Je größer das Stück, desto mehr tat er mir leid.

Die Badeprozedur spielte sich an einem anderen Teil des Strandes ab. Berufsmäßige Bademeister, stämmige Basken in schwarzen Badeanzügen, waren zur Stelle, um den Damen und Kindern behilflich zu sein, sich der Schrecken der Brandung zu erfreuen. Ein solcher *baigneur* stellte den *client* mit dem Rücken zur heranrollenden Welle und hielt ihn an der Hand, wenn der steigende, wirbelnde Schwall schäumenden grünen Wassers von hinten auf einen niederging und den Füßen mit einem mächtigen Schlag den Halt nahm. Nach einem Dutzend derartiger Stürze führte der *baigneur,* selber glänzend wie ein Seehund, seinen keuchenden, fröstelnden, feucht schnüffelnden Schützling landwärts zum flachen Strand, wo eine unvergeßliche alte Frau mit grauen Haaren auf dem Kinn einem unverzüglich einen Bademantel von mehreren aussuchte, die dort an einer Wäscheleine hingen. In der Sicherheit einer kleinen Kabine half einem ein weiterer Wärter, sich des triefenden, vom Sand schweren Badeanzugs zu entledigen. Er klatschte auf die Bretter, und immer noch zitternd vor Kälte trat man aus ihm heraus und trampelte auf seinen diffusen bläulichen Streifen herum. Die Badekabine roch nach Fichtenholz. Der Wärter, ein Buckliger mit vergnügt strahlenden Runzeln, brachte eine Schüssel dampfend heißen Wassers, in die man die Füße tauchte. Von ihm erfuhr ich etwas, das ich seitdem in einer gläsernen Zelle meines Gedächtnisses verwahrte – daß »Schmetterling« in der baskischen Sprache *misericoletea* heißt – oder zumindest klang es so (unter den sieben Wörtern, die ich in Wörterbüchern gefunden habe, kommt *micheletea* ihm noch am nächsten).

Auf dem brauneren und nasseren Teil der *plage*, der bei Ebbe den besten Schlamm lieferte, um Burgen damit zu bauen, geschah es, daß ich eines Tages Seite an Seite mit einem kleinen französischen Mädchen namens Colette buddelte.

Sie wurde zehn im November, ich war im April zehn geworden. Ich wies auf ein zackiges violettes Muschelstückchen hin, auf das sie mit der bloßen Sohle ihres schmalen, langzehigen Fußes getreten war. Nein, Engländer war ich nicht. Ihre grünlichen Augen schienen mit dem Überschuß der Sommersprossen gesprenkelt, die die scharfen Züge ihres Gesichts bedeckten. Sie trug, was man heute einen Spielanzug nennen würde, ein blaues Trikothemd mit aufgekrempelten Ärmeln und kurze blaue Strickhosen. Ich hatte sie zunächst für einen Jungen gehalten, aber dann hatten mich das Armband um ihr schmales Handgelenk und die braunen Korkenzieherlocken, die unter ihrer Matrosenmütze hervorhingen, stutzig gemacht.

Ihre Sprache war ein jähes, vogelartiges, schnelles Gezwitscher, in dem sich Gouvernantenenglisch und Pariser Französisch vermengten. Zwei Jahre zuvor war ich auf dem gleichen Strand Sina zugetan gewesen, dem liebreizenden, sonnengebräunten, übellaunigen Töchterchen eines serbischen Naturheilkundigen – sie hatte, wie ich mich (absurderweise) erinnere (denn sie und ich waren zu jener Zeit erst acht gewesen), auf ihrer Aprikosenhaut gleich unterm Herzen ein *grain de beauté*, und in der Pension ihrer Familie, wo ich sie eines Morgens besuchte, um einen von der Katze aufgespürten toten Schwärmer in Empfang zu nehmen, stand eine entsetzliche Sammlung von Nachttöpfen, voll, halbvoll und einer mit Blasen an der Oberfläche. Doch als ich Colette kennenlernte, wurde mir sogleich klar, daß dies das richtige war. Colette schien mir soviel fremdartiger als meine anderen zufälligen Spielgefährten in Biarritz! Irgendwie gewann ich den Eindruck, daß sie weniger glücklich war als ich, daß man ihr weniger Liebe entgegenbrachte. Ein blauer Fleck auf ihrem zarten, flaumigen Unterarm gab zu schrecklichen Vermutungen Anlaß. »Sie kneift genauso doll wie Mami«, sagte sie und meinte eine Krabbe. Ich entwarf mehrere Pläne, sie vor ihren Eltern in Sicherheit zu bringen, die *»des bourgeois de Paris«* waren, wie irgend jemand in meinem Beisein mit einem leichten Achselzucken zu meiner Mutter bemerkt hatte. Ich deutete mir die Geringschätzung in meiner Art, da ich wußte, daß diese Leute die ganze Strecke von Paris in ihrer gelbblauen Limousine gekommen waren (ein mondänes Abenteuer in jener Zeit), Colette jedoch schäbigerweise in Begleitung ihres Hundes und ihrer Gouvernante mit dem Personenzug geschickt hatten. Der Hund war ein weiblicher Foxterrier mit Schellen am Halsband und einem höchst wedligen Hinterteil. Aus lauter Übermut leckte er Salzwasser aus Colettes Spielzeugeimer. Ich erinnere mich an das Segel, den Sonnenuntergang und den Leuchtturm, die auf diesem Eimer abgebildet waren, aber mir will der Name des Hundes nicht einfallen, und das läßt mir keine Ruhe.

Während unseres zweimonatigen Aufenthalts in Biarritz übertraf meine Leidenschaft für Colette beinahe meine Leidenschaft für Kleopatra. Da meine Eltern keinen Wert darauf legten, mit den ihren zusammenzutreffen, sah ich sie nur am Strand; doch unablässig waren meine Gedanken bei ihr. Wenn ich feststellte, daß sie geweint hatte, fühlte ich einen hilflosen Schmerz in mir aufwallen, der mir Tränen in die Augen trieb. Ich konnte die Mücken nicht umbringen, die ihren zarten schmalen Hals zerstochen hatten, aber ich konnte mich erfolgreich mit einem rothaarigen Jungen prügeln (und ich tat's), der ruppig zu ihr gewesen war. Sie pflegte mir warme Hände voller harter Bonbons zu geben. Eines Tages, als wir uns zusammen über einen Seestern beugten und ihre Ringellokken mein Ohr kitzelten, drehte sie sich plötzlich zu mir um und drückte mir einen Kuß auf die Wange. Meine Bewegung war so groß, daß mir keine andere Antwort einfiel als: »Du Äffchen.«

Ich besaß eine Goldmünze, die ich ausreichend glaubte für unsere Flucht. Wohin wollte ich sie entführen? Nach Spanien? Amerika? In die Berge oberhalb von Pau? *»Là-bas, là-bas, dans la montagne«,* wie ich Carmen in der Oper singen gehört hatte. In einer merkwürdigen Nacht lag ich wach, lauschte auf das regelmäßige dumpfe Rauschen des Ozeans und schmiedete den Plan für die Flucht. Der Ozean schien sich in der Dunkelheit zu erheben, umherzutasten und dann schwer auf sein Gesicht zu fallen.

Von unserer eigentlichen Flucht habe ich wenig zu berichten. In meiner Erinnerung sehe ich, wie sie sich auf der Leeseite eines flatternden Zeltes gehorsam Leinenschuhe mit Hanfsohlen anzieht, dieweil ich ein zusammenklappbares Schmetterlingsnetz in eine braune Papiertüte stopfe. Als nächstes sehe ich, wie wir, um der Verfolgung zu entgehen, ein stockdunkles Kino in der Nähe des Casinos betreten (das uns selbstverständlich absolut verboten war). Dort saßen wir, reichten uns über den Hund hinweg, der auf Colettes Schoß hin und wieder ein leises Geklingel von sich gab, die Hände und betrachteten uns einen zittrigen, verregneten, aber höchst aufregenden Stierkampf in San Sebastián. Endlich sehe ich noch, wie ich von Linderowskij die Promenade entlanggeführt werde. Seine langen Beine schreiten unheilverkündend forsch aus, und ich kann erkennen, wie sich die Muskeln seiner grimmig verzogenen Kinnbacken unter der straffen Haut bewegen. Mein bebrillter neunjähriger Bruder, den er an der anderen Hand hält, geht hin und wieder ein Stück voraus, um wie eine kleine Eule mit entsetzter Neugier zu mir herüberzublicken.

Unter den trivialen Andenken, die ich vor der Abreise in Biarritz erwarb, sind mir weder der kleine Stier aus schwarzem Stein noch die tönende Muschel die liebsten, sondern etwas, das mir heute fast symbolisch vorkommt – ein Federhalter aus Meerschaum mit einem winzigen kristallenen Guckloch an seinem verzierten Ende. Man hielt es ganz dicht vor das Auge, kniff das andere zu, und wenn einem dann die eigenen flimmernden Wimpern nicht mehr im Wege waren, erblickte man im Innern eine wunderbare photographische Ansicht der Bucht und der Klippenreihe, die mit einem Leuchtturm endete.

Und jetzt geschieht etwas Köstliches. Indem ich mir jenen Federhalter und den Mikrokosmos in seiner kleinen Öffnung wieder vorstelle, wird mein Gedächtnis zu einer letzten Anstrengung angespornt. Noch einmal versuche ich, mich an den Namen von Colettes Hund zu erinnern – und wirklich, er kommt, er kommt, jene fernen Strände entlang, über die leuchtenden Abendsände der Vergangenheit, wo sich jeder Fußstapfen langsam mit Sonnenuntergangswasser füllt, widerhallend und tremolierend: Floss, Floss, Floss!

Colette war wieder in Paris, als wir unsere Heimreise dort für einen Tag unterbrachen; und eben dort sah ich sie (dank einer Übereinkunft unserer Erzieher, glaube ich) in einem rehbraunen Park unter einem kalten blauen Himmel zum letzten Male. Sie trug einen Reifen und einen kurzen Stock, um ihn vor sich herzutreiben, und alles an ihr war außerordentlich adrett und elegant, war herbstliche, pariserische *tenue-de-ville-pour-fillettes.* Von ihrer Gouvernante nahm sie ein Abschiedsgeschenk entgegen, das sie meinem Bruder in die Hand steckte, eine Schachtel Mandeldragees, die – das wußte ich – ganz allein für mich bestimmt waren; und schon war sie wieder fort, trieb mit leichten Schlägen ihren schimmernden Reifen durch Licht und Schatten und immer im Kreis um einen von welken Blättern verstopften Springbrunnen, neben dem ich stand. Das Laub vermengt sich in meiner Erinnerung mit dem Leder ihrer Schuhe und Handschuhe, und irgendeine Einzelheit ihrer Kleidung (vielleicht ein Band an ihrer Schottenmütze oder das Muster ihrer Strümpfe) erinnerte mich, soviel weiß ich noch, an die Regenbogenspirale in einer Glasmurmel. Immer noch scheine ich jenes schimmernde Wölkchen zu halten, ungewiß, wohin damit, während sie mit ihrem Reifen schneller und schneller um mich herumwirbelt und sich endlich zwischen den schlanken Schatten auflöst, die von den verschlungenen Bögen eines niedrigen Schleifenzaunes auf den Kiesweg geworfen werden.

Albert Camus

DIE SPIELE DES KINDES

Eine leichte, niedrige Dünung ließ das Schiff in der Julihitze
schlingern. Jacques Cormery lag halbnackt in seiner Kabine und
sah zu, wie die über das Meer versprengten Reflexe der Sonne auf
den Kupferrändern der Bullaugen tanzten. Er sprang mit einem
Satz auf, um den Ventilator abzustellen, der den Schweiß in seinen
Poren trocknete, noch ehe er ihm über den Rumpf zu fließen begann, schwitzen war besser, und er ließ sich auf seine Koje fallen,
die schmal und hart war, so wie er Betten mochte. Sofort stieg aus
der Tiefe des Schiffes in gedrosselten Erschütterungen wie eine
ständig sich in Marsch setzende riesige Armee das dumpfe Geräusch der Maschinen. Er mochte auch diesen Tag und Nacht hör-
baren Lärm der großen Passagierdampfer und das Gefühl, auf
einem Vulkan herumzulaufen, während ringsum das grenzenlose
Meer dem Blick seine freie Ausdehnung darbot. Aber an Deck war
es zu heiß; nach dem Mittagessen hatten sich vom Fressen stumpf-
sinnig gewordene Passagiere auf die Liegestühle des überdachten
Decks gestürzt oder waren zur Zeit des Mittagsschlafs in die Lauf-
gänge geflüchtet. Jacques hielt nicht gern Mittagsschlaf. *»A benidor«*, dachte er nachtragend, und das war die seltsame Ausdrucks-
weise seiner Großmutter, als er ein Kind in Algier war und sie ihn
zwang, mit ihr Mittagsschlaf zu halten. Die drei Zimmer der kleinen Wohnung in einem Vorort von Algier waren in das gestreifte
Dunkel der sorgsam geschlossenen Jalousien getaucht.* Draußen
briet die Sonne die trockenen, staubigen Straßen, und im Halbdunkel der Zimmer suchten, wie ein Flugzeug brummend, eine

---

* Um das Alter von zehn herum (Zusatz Camus)

oder zwei dicke Fliegen unermüdlich einen Ausgang. Es war zu heiß, um auf die Straße zu den Kameraden zu gehen, die selbst zu Hause festgehalten wurden. Es war zu heiß, um *Pardaillan* oder *L'Intrépide*★ zu lesen. Wenn die Großmutter ausnahmsweise nicht da war oder mit der Nachbarin schwatzte, drückte das Kind die Nase gegen die Jalousien des Eßzimmers, das zur Straße lag. Die Fahrbahn war menschenleer. Vor den Schuh- und Kurzwarengeschäften gegenüber waren die roten und gelben Markisen heruntergelassen, der Eingang des Tabakladens war von einem bunten Perlenvorhang abgeschirmt, und der Gästeraum bei Jean, dem Schankwirt, war ausgestorben mit Ausnahme der Katze, die wie tot auf der Grenze zwischen dem mit Sägespänen bedeckten Boden und dem staubigen Bürgersteig schlief.

Das Kind drehte sich dann zu dem fast kahlen, gekalkten Zimmer um, das in der Mitte mit einem quadratischen Tisch sowie an den Wänden mit einer Anrichte, einem kleinen Schreibtisch voller Schrammen und Tintenflecke und direkt auf dem Boden einer Matratze mit einer Decke darüber, auf der nachts der halb stumme Onkel schlief, und fünf Stühlen eingerichtet war.★★ In einer Ecke, auf einem Kamin, bei dem nur der Aufsatz aus Marmor war, eine kleine Vase mit schlankem Hals und Blumen darin, wie man sie auf Jahrmärkten findet. Gefangen zwischen der Ödnis des Dunkels und der der Sonne, begann das Kind rastlos um den Tisch herumzurennen, wobei es wie eine Litanei »Ich langweile mich! Ich langweile mich!« wiederholte. Es langweilte sich, aber gleichzeitig enthielt diese Langweile ein Spiel, eine Freude, eine Art Genuß, denn wenn es das »*A benidor*« der schließlich zurückgekehrten Großmutter hörte, wurde es von Wut gepackt. Aber sein Protest

---

★ Jene dicken Bücher aus Zeitungspapier mit plump koloriertem Einband, auf dem der Preis größer gedruckt war als der Titel und der Name des Verfassers. (Zusatz Camus)
★★ Die übertriebene Sauberkeit.
Ein Schrank, ein Toilettentisch aus Holz mit Marmorauflage. Ein abgenutzter, schmutziger, ausgefranster geknüpfter Bettvorleger. Und in einer Ecke ein großer Koffer, über den ein alter arabischer Teppich gelegt war. (Zusatz Camus)

nutzte nichts. Die Großmutter, die neun Kinder auf dem Land großgezogen hatte, hatte ihre eigenen Vorstellungen von Erziehung. Das Kind wurde mit einem Stoß ins Schlafzimmer geschoben. Es war eines der beiden Zimmer, die auf den Hof hinausgingen. In dem anderen standen zwei Betten, das seiner Mutter und das, in dem es und sein Bruder schliefen. Die Großmutter hatte Anspruch auf ein eigenes Zimmer. Aber sie nahm das Kind oft über Nacht und jeden Tag für den Mittagsschlaf mit in ihr großes, hohes Bett. Es zog seine Sandalen aus und hievte sich auf das Bett. Seit dem Tag, an dem es, während die Großmutter schlief, aus dem Bett geschlüpft war, um, seine Litanei murmelnd, seinen Rundlauf um den Tisch wiederaufzunehmen, mußte es den Platz hinten an der Wand einnehmen. Wenn es sich dort hingelegt hatte, sah es seiner Großmutter zu, wie sie ihr Kleid auszog und ihr Unterhemd aus grobem Leinen lockerte, das oben mit einem Band zugeschnürt war, welches sie dann aufmachte. Dann stieg sie ihrerseits ins Bett, und das Kind spürte den Geruch alten Fleisches neben sich, während es die dicken blauen Adern und die Altersflecken ansah, die die Füße seiner Großmutter verunstalteten. »Komm«, wiederholte sie. *»A benidor«,* und sie schlief sehr schnell ein, während das Kind mit offenen Augen dalag und das Hin und Her der unermüdlichen Fliegen verfolgte.

Ja, das hatte er jahrelang gehaßt, und noch später, als Mann, bis er schwer krank gewesen war, konnte er sich nicht dazu entschließen, sich bei großer Hitze nach dem Mittagessen hinzulegen. Wenn er jedoch einmal einschlief, wachte er mit Unbehagen und körperlich elend wieder auf. Erst seit kurzem, seit er an Schlaflosigkeit litt, konnte er tagsüber eine halbe Stunde schlafen und ausgeruht und munter erwachen. *A benidor …*

Der Wind mußte, von der Sonne niedergedrückt, abgeflaut sein. Das Schiff hatte sein leichtes Schlingern verloren und schien jetzt geradlinig zu fahren, die Maschinen volle Kraft voraus, die Schiffsschraube bohrte sich gerade in das dichte Wasser, und der Lärm der Kolben war endlich so gleichmäßig, daß er sich mit dem ununterbrochenen gedämpften Kreischen der Sonne auf dem Meer vermischte. Jacques schlief halb, sein Herz war bei dem Gedanken, Algier und das ärmliche kleine Vorstadthaus wiederzusehen, von einer Art glücklicher Beklommenheit bedrängt. So war es jedesmal, wenn er Paris verließ und nach Afrika fuhr, gedämpfter Jubel, das Herz, das weit wurde, die Genugtuung dessen, der einen gelungenen Ausbruch gemacht hat und beim Gedanken an das Gesicht der Wärter lacht. Ebenso wie sich jedesmal, wenn er mit dem Auto und dem Zug hierher zurückkam, sein Herz bei den ersten Häusern der Vorstadt zusammenzog, die man erreichte, ohne gemerkt zu haben, wie, ohne Begrenzungen durch Bäume oder Wasser, wie ein unglücklicher Krebs, der seine Ganglien aus Elend und Häßlichkeit ausstreckte und den Fremdkörper allmählich verdaute, um ihn bis ins Herz der Stadt zu transportieren, dorthin, wo eine glanzvolle Kulisse ihn manchmal den Wald von Zement und Eisen vergessen ließ, der ihn Tag und Nacht gefangenhielt und der sogar durch seine Schlaflosigkeit spukte. Aber er war ausgebrochen, er atmete auf dem breiten Rücken des Meeres, er atmete in Wellen, unter dem hohen Wiegen der Sonne, er konnte endlich schlafen und in die Kindheit zurückkehren, von der er nie erlöst worden war, zu diesem Geheimnis aus Licht und warmherziger Armut, die ihm geholfen hatte zu leben und alles zu meistern. Der jetzt fast bewegungslose gebrochene Lichtreflex auf dem Kupfer des Bullauges kam von derselben Sonne, die in dem dunklen Zimmer, wo die Großmutter schlief, mit ihrer ganzen Wucht auf die gesamte Oberfläche der Jalousien knallte und durch die einzige Kerbe, die durch ein Astloch in der Fugenleiste der Jalousie entstanden war, eine einzelne, sehr dünne Klinge in das Dunkel tauchte. Die Fliegen fehlten, sie waren es nicht, die brummten und sein Dösen ausfüllten und nährten, auf See gibt es keine Fliegen, und zuerst einmal waren jene tot, die das Kind liebte, weil sie in dieser von der Hitze chloroformierten Welt laut waren und als einzige lebendig, und alle Menschen und Tiere lagen reglos auf der Seite, außer ihm allerdings, der sich im Bett auf dem schmalen ihm zwischen der Wand und der Großmutter verbleibenden Raum herumwälzte, und auch er wollte leben, und ihm schien, daß die Zeit des Schlafens dem Leben und seinen Spielen weggenommen wurde. Die Gefährten warteten ganz sicher auf ihn, an der Ecke der Rue Prévost-Paradol, die von kleinen Vorgärten gesäumt war, die abends nach der Feuchtigkeit des Besprengens rochen und nach Geißblatt, das überall wuchs, besprengt oder nicht. Sobald die Großmutter aufwachte, würde er hinuntersausen in die unter ihren Feigenbäumen noch menschenleere Rue de Lyon und zu dem Brunnen an der Ecke der Rue Prévost-Paradol rennen, würde mit voller Kraft die große gußeiserne Kurbel oben auf dem Brunnen drehen und dabei den Kopf unter den Abflußhahn halten, um den dicken Strahl abzubekommen, der ihm in Nase und Ohren schießen und durch den offenen Hemdkragen zu seinem Bauch und unter seiner kurzen Hose die Beine hinunter bis in seine Sandalen laufen würde. Dann würde er, beglückt, das Wasser zwischen seiner Fußsohle und dem Leder der Schuhsohle schäumen zu fühlen, rennen, bis er außer Atem war und bei Pierre* und den anderen ankam, die im Eingang des einzigen zweistöckigen Hauses der Straße saßen und die Zigarre aus Holz anspitzten, um damit nachher mit dem blauen Holzschläger *canette vinga*** *zu* spielen.

Sobald alle da waren, zogen sie los, wobei sie mit dem Schläger an den rostigen Gitterzäunen der Vorgärten entlangklapperten, ein Krach, der das Viertel weckte und die unter den staubigen Glyzinien schlafenden Katzen aufscheuchte. Sie rannten, liefen über die Straße und versuchten sich, schon ganz schön verschwitzt, zu fangen, aber immer in dieselbe Richtung, zum *grünen Feld*, nicht weit, vier oder fünf Straßen, von ihrer Schule. Aber es gab einen obligatorischen Halt an dem sogenannten Springbrunnen auf einem ziemlich großen Platz, einer riesigen runden, zweistöckigen Fontäne, in der kein Wasser lief, deren seit langem verstopftes Becken aber hin und wieder bis zum Rand von den ungeheuren Regenfällen des Landes voll war. Dann stand das Wasser, übersät mit altem Schaum, Melonen- und Apfelsinenschalen und allem möglichen Abfall, bis die Sonne es aufsaugte oder die Stadtverwaltung aufwachte und beschloß, es abzupumpen, und trockener, rissiger, schmutziger Schlamm blieb noch so lange am Beckenboden lie-

---

* Pierre, ebenfalls Sohn einer Kriegerwitwe, die bei der Post arbeitete, war sein Freund. (Zusatz Camus)
** Siehe Erklärung des Autors nächste Seite. (Anm. Hrsg.)

gen, bis die Sonne ihn in Staub verwandelte und der Wind oder der Besen der Straßenkehrer ihn auf die lackierten Blätter der Feigenbäume wirbelte, die den Platz umstanden. Im Sommer jedenfalls war das Becken trocken und bot seinen ungeheuer breiten Rand aus dunklem glasiertem Stein an, der von Tausenden von Händen und Hosenböden geglättet worden war und auf dem Jacques, Pierre und die anderen Pferd spielten und auf ihren Hintern herumrutschten, bis unweigerlich ein Fallen sie in das wenig tiefe Becken warf, das nach Urin und Sonne roch.

Dann, immer noch in der Hitze und dem Staub rennend, der ihre Füße und Sandalen mit ein und derselben grauen Schicht bedeckte, eilten sie zum grünen Feld. Es war eine Art unbebautes Gelände hinter einer Böttcherei, wo zwischen verrosteten Eisenreifen und faulenden alten Faßböden anämische Grasbüschel zwischen Tuffplatten hervorwuchsen. Dort zogen sie unter lautem Geschrei einen Kreis auf den Tuff. Einer von ihnen stellte sich mit dem Schläger in der Hand in der Mitte des Kreises auf, und die anderen warfen nacheinander die Holzzigarre in den Kreis. Wenn die Zigarre im Kreis zu Boden fiel, nahm der Werfer den Schläger und verteidigte seinerseits den Kreis. Die Geschicktesten* trafen die Zigarre im Flug und schlugen sie sehr weit weg. In dem Fall durften sie zu der Stelle gehen, wo sie hingefallen war, und nachdem sie mit der Schmalseite des Schlägers auf die Spitze der Zigarre geschlagen hatten, die dann hochschnellte, trafen sie sie wieder und schlugen sie noch weiter weg, und so weiter, bis sie sie verfehlten oder bis die anderen die Zigarre im Flug fingen; dann liefen sie schnell zurück, um den Kreis wieder gegen die schnell und geschickt vom Gegner geworfene Zigarre zu verteidigen. Mit einigen komplizierteren Regeln füllte dieses Tennis für Arme den ganzen Nachmittag aus. Pierre war der Geschickteste; schlanker als Jacques, auch kleiner, fast schmächtig, so blond, wie er braun war, blond bis hin zu den Wimpern, zwischen denen sich seine geraden blauen Augen wehrlos darboten, etwas gekränkt, erstaunt, scheinbar linkisch, war er beim Spiel von präziser, gleichbleiben-

---

* der geschickte Verteidiger im Singular (Zusatz Camus)

der Geschicklichkeit. Jacques dagegen gelangen unmögliche Paraden, und perfekt vorgelegte Schläge verfehlte er. Wegen seiner Paraden und Glanzleistungen, die die Bewunderung der Gefährten erregten, hielt er sich für den Besten und gab oft an. In Wirklichkeit schlug Pierre ihn ständig und sagte nie etwas dazu. Aber nach dem Spiel richtete er sich zu seiner vollen Größe auf und lächelte schweigend, während er den anderen zuhörte.*

Wenn das Wetter oder die Stimmung nicht geeignet waren, kamen sie, statt auf der Straße und dem unbebauten Gelände herumzulaufen, zuerst einmal im Flur von Jacques' Haus zusammen. Von da gingen sie durch eine Hintertür in einen kleinen Hof hinunter, der von den Wänden dreier Häuser umschlossen war. Auf der vierten Seite ragten über eine Gartenmauer die Äste eines großen Orangenbaums, dessen Duft, wenn er blühte, an den armseligen Häusern hinaufstieg, aus dem Flur drang oder sich über eine kleine Steintreppe in den Hof hinabsenkte. Auf der einen Seite und der Hälfte der anderen wohnte in einem rechtwinkligen kleinen Bau der spanische Friseur, der seinen Laden auf der Straße hatte, und ein arabisches Ehepaar**, und die Frau röstete an manchen Abenden den Kaffee im Hof. Auf der dritten Seite hielten die Mieter Hühner in verwahrlosten hohen Käfigen aus Draht und Holz. Auf der vierten Seite schließlich, beiderseits der Treppe, öffneten sich die ins Dunkle führenden großen Eingänge der Keller des Mietshauses: Höhlen ohne Ausgang und ohne Licht, direkt in die Erde gehauen, ohne jede Trennwand, Feuchtigkeit ausschwitzend, in die man über vier Stufen aus grün gewordenem Humus hinabstieg und wo die Mieter kreuz und quer ihre überflüssigen Besitztümer aufeinandertürmten, das heißt fast nichts: alte Säcke, die dort verrotteten, Teile von Kisten, rostige alte Schüsseln mit Löchern, was eben so auf unbebautem Gelände herumliegt und was nicht einmal der Ärmste mehr gebrauchen kann. Dort, in einem dieser Keller, versammelten sich die Kinder. Jean und Joseph, die beiden Söhne des spanischen

---

* Auf dem grünen Feld fanden die »donnades« statt. (Zusatz Camus)
** Omar ist der Sohn dieses Ehepaars – der Vater ist Straßenkehrer bei der Stadt. (Zusatz Camus)

Friseurs, hatten die Gewohnheit, dort zu spielen. Vor der Tür ihres baufälligen Häuschens war es ihr privater Garten. Joseph, rund und schalkhaft, lachte immer und verschenkte alles, was er hatte. Jean, klein und dünn, hob rastlos den kleinsten Nagel, die kleinste Schraube auf, die er fand, und zeigte sich besonders sparsam mit seinen Murmeln oder mit den bei einem ihrer Lieblingsspiele* unentbehrlichen Aprikosenkernen. Man konnte sich keine gegensätzlicheren Brüder vorstellen als diese unzertrennlichen. Mit Pierre, Jacques und Max, dem letzten Spießgesellen, stiegen sie in den stinkenden, feuchten Keller hinunter. Über rostige Eisenstreben spannten sie die am Boden verrottenden Säcke, nachdem sie kleine Schaben mit gelenkigem Panzer, die sie Meerschweinchen nannten, abgeschüttelt hatten. Und unter diesem widerlichen Zelt endlich daheim (wo sie doch nie ein eigenes Zimmer und nicht einmal ein eigenes Bett gehabt hatten), zündeten sie kleine Feuer an, die in dieser feuchten, verbrauchten Luft qualmend ausgingen und sie aus ihrer Höhle vertrieben, bis sie auf dem Hof abgekratzte Erde daraufwarfen. Dann teilten sie sich, nicht ohne Diskussion mit dem kleinen Jean, die dicken Pfefferminzbonbons, die Erdnüsse oder die getrockneten, gesalzenen Kichererbsen, die *tramousses* genannten Wolfsbohnen oder die grellbunten Gerstenzuckerstangen, die die Araber an den Türen des nahen Kinos auf einem Stand anboten, der von Fliegen belagert war und aus einem einfachen Holzkasten auf einem Kugellager bestand. An Tagen mit Regenschauern floß der überschüssige Regen aus dem vollgesaugten Boden des feuchten Hofs in die regelmäßig überschwemmten Keller, und sie kletterten auf alte Kisten und spielten, weit weg vom klaren Himmel und von den Meereswinden, in ihrem Königreich des Elends triumphierend, Robinson.**

----

* Ein Kern wurde auf drei im Dreieck liegende andere gelegt. Und aus einer vorgegebenen Entfernung wurde ein weiterer Kern geworfen und so versucht, diesen Aufbau umzulegen. Wem es gelang, der bekam die vier Kerne. Wenn er danebentraf, gehörte sein Kern dem Besitzer des Häufchens. (Zusatz Camus)
** Galoufa (Zusatz Camus)

Am schönsten* waren die Sommertage, an denen es ihnen unter dem einen oder anderen Vorwand gelang, die Siesta durch eine gute Lüge abzukürzen. Dann konnten sie nämlich, da sie nie Geld für die Straßenbahn hatten, den langen Weg bis zum Versuchsgarten laufen, durch die Reihe der gelbgrauen Vorstadtstraßen, quer durch das Viertel der Pferdeställe mit den großen Remisen der Betriebe oder einzelnen Fuhrleute, die mit Pferdewagen die Ländereien im Landesinnern versorgten, vorbei an den großen Schiebetüren, hinter denen man das Stampfen der Pferde hörte, ihr Schnauben, bei dem ihre Lefzen schnalzten, das Klirren der Eisenkette, das als Halfter diente, am Holz der Futterkrippe, während sie voll Wonne den Geruch von Pferdemist, Stroh und Schweiß einatmeten, der aus diesen verbotenen Orten drang, von denen Jacques noch vor dem Einschlafen träumte. Sie hielten sich eine Weile vor einem offenen Pferdestall auf, in dem die Pferde gestriegelt wurden, dicke Tiere mit plumpen Beinen, die aus Frankreich stammten und große, vor Hitze und Fliegen abgestumpfte Augen von Verbannten auf sie richteten. Dann, herumgestoßen von den Rollwagenkutschern, liefen sie zu dem riesigen Garten, in dem die seltensten Essenzen angebaut wurden. In der großen Allee, die bis zum Meer einen weiten Ausblick auf Wasserbecken und Blumen eröffnete, nahmen sie unter dem mißtrauischen Blick der Wärter das Gehabe gleichmütiger, gesitteter Spaziergänger an. Aber bei der ersten Queralle fingen sie wieder an, zum Ostteil des Gartens zu rennen, durch Reihen gewaltiger Mangroven, die so dicht standen, daß es in ihrem Schatten fast stockdunkel war, hin zu den großen Gummibäumen**, deren hängende Äste man nicht von den vielfältigen Wurzeln unterscheiden konnte, die von den untersten Ästen zur Erde hinuntergingen, und noch weiter, zum eigentlichen Ziel ihrer Expedition, den großen Kokospalmen, die in ihrem Wipfel Büschel runder, rötlichgelber dichtgedrängter kleiner Früchte trugen, die sie Kokosen nannten. Dort mußte zuerst in alle Richtungen abgesichert

---

* großartigsten (Variante Camus)
* die Bäume benennen (Zusatz Camus)

werden, daß kein Wärter in der Nähe war. Dann begann die Jagd nach Munition, das heißt nach Kieselsteinen. Wenn alle mit vollen Taschen wieder da waren, zielten sie der Reihe nach auf die Büschel, die sich über allen anderen Bäumen sanft am Himmel wiegten. Bei jedem Wurf, der traf, fielen ein paar Früchte herunter, die nur dem glücklichen Werfer gehörten. Die anderen mußten warten, bis er seine Beute aufgesammelt hatte, bevor sie ihrerseits zielten. Im Werfen geschickt, konnte Jacques es bei diesem Spiel mit Pierre aufnehmen. Beide aber teilten ihre Beute mit den anderen, weniger Erfolgreichen. Der Ungeschickteste war Max, der eine Brille trug und schlecht sah. Untersetzt und kräftig, wurde er von den anderen jedoch seit dem Tag respektiert, an dem sie gesehen hatten, wie er sich prügelte. Während sie, und besonders Jacques, der seine Wut und sein Ungestüm nicht zügeln konnte, bei den häufigen Straßenkämpfen, in die sie verwikkelt waren, die Gewohnheit hatten, sich auf den Gegner zu stürzen, um ihm so schnell wie möglich so weh wie möglich zu tun, auch auf die Gefahr hin, harte Konter einzustecken, hatte Max, der einen deutsch klingenden Namen trug, als er eines Tages von dem dicken Sohn des Metzgers mit dem Spitznamen Gigot* als *sale boche*** beschimpft worden war, in aller Ruhe seine Brille abgenommen und sie Joseph anvertraut, hatte sich mit Deckung aufgestellt, wie die Boxer es taten, die sie in der Zeitung sahen, und hatte dem anderen vorgeschlagen, er solle seine Beleidigung wiederholen. Dann war er, anscheinend ohne in Wut zu geraten, jedem Angriff Gigots ausgewichen, hatte diesen mehrfach geschlagen, ohne selbst getroffen zu werden, und hatte schließlich genug Glück, um ihm, größter Erfolg, ein blaues Auge zu schlagen. Seit jenem Tag war Max' Popularität in der kleinen Gruppe gesichert. Mit von den Früchten klebrigen Taschen und Händen liefen sie aus dem Garten hinaus zum Meer, und sobald sie aus der Umzäunung heraus waren, schütteten sie die Kokosen auf ihre schmutzigen Taschentücher und kauten mit Genuß die faserigen

---

* frz. Keule (Anm. Übs.)
** frz. dreckiger Deutscher (Anm. Übs.)

Beeren, die zum Erbrechen süß und fett waren, aber leicht und köstlich wie der Sieg. Dann rannten sie zum Strand hinunter.

Dazu mußten sie die Straße überqueren, die Schafsweg genannt wurde, weil auf ihr tatsächlich oft Schafherden vom oder zum Markt in Maison-Carrée, östlich von Algier, entlangliefen. In Wirklichkeit war es eine Umgehungsstraße, die den Kreisbogen der auf ihren Hügeln wie ein Amphitheater angelegten Stadt vom Meer trennte. Zwischen der Straße und dem Meer waren Fabriken, Ziegeleien und ein Gaswerk voneinander durch mit Tonplakken oder Kalkstaub bedeckten Sandflächen getrennt, auf denen Holz- und Eisenabfälle bleichten. Wenn man dieses Ödland hinter sich hatte, kam man an die Plage des Sablettes. Der Sand dort war etwas schwarz, und die vordersten Wellen waren nicht immer durchsichtig. Rechts bot eine Badeanstalt ihre Kabinen und an Feiertagen ihren Saal, eine große Holzkiste auf Grundpfählen, zum Tanzen an. In der Badesaison betrieb ein Pommes-frites-Händler täglich seinen Herd. Meistens hatte die kleine Gruppe nicht einmal Geld für eine einzige Tüte. Wenn einer von ihnen zufällig das nötige Geld[*] hatte, kaufte er sich seine Tüte, ging, vom respektvollen Schwarm der Kameraden gefolgt, gemessen zum Strand und ließ sich, die Füße fest in den Sand gestellt, am Meer, im Schatten eines aus den Fugen gegangenen Bootes, auf den Hintern fallen, wobei er seine Tüte in einer Hand schön senkrecht hielt und sie mit der anderen bedeckte, um keine der dicken knusprigen Flocken zu verlieren. Der Brauch wollte es dann, daß er jedem der Kameraden eine Fritte schenkte, die den einzigen heißen, nach starkem Öl riechenden Leckerbissen, den er ihnen überließ, andächtig genossen. Dann sahen sie dem Glücklichen zu, der die übrigen Fritten eine nach der anderen bedächtig schmauste. Unten in der Tüte blieben immer Frittenreste übrig. Der Vollgestopfte wurde angefleht, sie doch bitte zu teilen. Und meistens, außer wenn es sich um Jean handelte, faltete er das fettige Papier auseinander, breitete die Frittenkrümel aus und erlaubte allen, sich nacheinander einen Krümel zu nehmen. Es mußte sich nur ir-

---

[*] 2 Sous (Zusatz Camus)

gendeiner bereit finden, zu entscheiden, wer als erster zugreifen durfte und sich folglich den größten Krümel nehmen konnte. Nach beendetem Festmahl waren Lust und Frustration gleich vergessen, und sie rannten unter der grellen Sonne zum westlichen Ende des Strandes bis zu einem halbverfallenen Bau, der wohl als Fundament einer verschwundenen Hütte gedient hatte und hinter dem man sich ausziehen konnte. Im Nu waren sie nackt, im nächsten Augenblick im Wasser, schwammen kraftvoll und ungeschickt, johlten*, spuckten und prusteten, forderten sich zum Tauchen heraus und dazu, wer am längsten unter Wasser bleiben könnte. Das Meer war ruhig, lau, die Sonne jetzt sanft auf den nassen Köpfen, und die Herrlichkeit des Lichts erfüllte diese jungen Körper mit einer Freude, die sie unaufhörlich schreien ließ. Sie herrschten über das Leben und über das Meer, und das Prachtvollste, was die Welt zu geben hat, empfingen sie und machten maßlosen Gebrauch davon, wie Herren, die sich ihrer unersetzlichen Reichtümer sicher sind.

Sie liefen vom Strand ins Meer, ließen auf dem Sand, der sie klebrig machte, das Salzwasser trocknen, wuschen im Meer den Sand ab, der sie in Grau hüllte, und vergaßen darüber die Zeit. Sie rannten, und die Mauersegler begannen mit hektischen Schreien über den Fabriken und über dem Strand tiefer zu fliegen. Der Himmel, gereinigt von der Stickigkeit des Tages, wurde klarer und dann grünlich, das Licht milder, und jenseits des Golfs wurde die bis dahin in eine Art Nebel getauchte Biegung der Häuser und der Stadt deutlicher. Es war noch hell, aber um der raschen afrikanischen Dämmerung vorzubeugen, gingen schon Lampen an. Pierre war gewöhnlich der erste, der das Signal gab: »Es ist spät«, und sofort verabschiedeten sie sich schnell und liefen auseinander. Jacques eilte mit Joseph und Jean in Richtung ihrer Häuser, ohne sich um die anderen zu kümmern. Sie rannten außer Atem. Josephs Mutter hatte ein lockeres Handgelenk. Und was Jacques' Großmutter anging ... Sie liefen noch immer in den Abend hin-

---

* Wenn du ertrinkst, bringt deine Mutter dich um. – Schämste dich nicht, dich vor allen so zu zeigen. Wo ist denn deine Mutter. (Zusatz Camus)

ein, der blitzschnell hereinbrach, aufgeschreckt von den ersten Gaslaternen, den beleuchteten Straßenbahnen, die an ihnen vorbeisausten, am Boden zerstört, daß es schon Nacht war, und trennten sich an der Haustür, ohne sich auch nur zu verabschieden. An solchen Abenden blieb Jacques auf der dunklen, stinkenden Treppe stehen, lehnte sich im Dunkeln an die Wand und wartete, daß sein wild schlagendes Herz sich beruhigte. Aber er durfte nicht warten, und das zu wissen brachte ihn noch mehr zum Keuchen. Mit drei Sprüngen war er auf dem Treppenabsatz, ging an dem Außenklosett vorbei und machte die Wohnungstür auf. Im Eßzimmer am Ende des Flurs war Licht, und erstarrt hörte er das Klappern der Löffel in den Tellern. Er ging hinein. Um den Tisch, unter dem runden Lichtschein der Petroleumlampe schlürfte der halb stumme Onkel★ weiter seine Suppe; seine Mutter, noch jung, mit üppigem braunem Haar, sah ihn mit ihrem schönen sanften Blick an. »Du weißt doch …«, begann sie. Aber, kerzengerade in ihrem schwarzen Kleid, mit festem Mund, hellen und strengen Augen, fiel die Großmutter, von der er nur den Rücken sah, ihrer Tochter ins Wort: »Wo kommst du her?« sagte sie. – »Pierre hat mir die Rechenaufgaben gezeigt.« Die Großmutter stand auf und trat zu ihm. Sie schnupperte an seinem Haar, dann fuhr sie über seine Knöchel, die noch voll Sand waren. »Du warst am Strand.« – »Dann biste ein Lügner«, brachte der Onkel hervor. Aber die Großmutter trat hinter ihn, nahm hinter der Eßzimmertür die dort hängende, Ochsenziemer genannte große Reitpeitsche herunter und zog ihm drei oder vier Hiebe über Beine und Hintern, die zum Heulen brannten. Etwas später, den Mund und die Kehle voller Tränen vor seinem Teller Suppe, den der mitleidige Onkel ihm hingestellt hatte, spannte er sich ganz an, damit die Tränen nicht überflossen. Und nach einem raschen Blick zur Großmutter wandte ihm seine Mutter das Gesicht zu, das er so sehr liebte: »Iß deine Suppe«, sagte sie. »Es ist vorbei. Es ist vorbei.« Dann erst fing er an zu weinen.

★ der Bruder (Zusatz Camus)

Jacques Cormery erwachte. Die Sonne spiegelte sich nicht mehr auf dem Kupfer des Bullauges, sondern war zum Horizont gesunken und beleuchtete jetzt die Wand gegenüber. Er zog sich an und ging an Deck. Am Ende der Nacht würde er Algier finden.

Jean-Noël Pancrazi

MADAME ARNOUL

[…]

Wenn ich auf den Sommer wartete, obwohl die Gluthitze die ganze Stadt lähmen würde, die dann nur ein vergessener Vorort der
Wüste war, wo alle Brunnen erloschen, wo die Markisen der Cafés
so schlaff und beschwert von schwarzem Staub hingen, daß man
sie für die Decken von Katafalken hätte halten können – wenn ich
wartete, dann deswegen, weil wir (alles war ja ans Meer gefahren)
allein waren: Das Haus gehörte uns. Gegen zwei Uhr streckte ich
mich auf den kleinen Sandverwehungen aus, die der Schirokko
auf der Terrasse aufgehäuft hatte. Madame Arnoul ging einen Eimer kaltes Wasser in der Waschküche holen und goß ihn dann ganz
langsam über meinen ausgestreckten Körper aus, um mir die Illu-
sion zu verschaffen, eine Welle habe mich erfaßt. Mit geschlossenen Augen, eine Hand in den Sand gesteckt, glaubte ich am Meer
zu sein, auf einem der Strände der Metropole, die ich mir unendlich vorstellte, ohne irgendeine Begrenzung durch Klippen, Felsen
oder Nadelgehölze. Sie betrat die Waschküche, nachdem sie auf der
Schwelle den Hausmantel abgestreift hatte, der stets nach leichtem
Fieber und nach Kölnischwasser der Marke Farina duftete, das sie
in kleinen Fläschchen bei Buffa kaufte. Sie schloß die Tür, aber ich
ahnte hinter dem Fensterchen die Weiße ihrer Arme und Schultern, wenn sie sich in das Wäschebecken setzte, um dort bis zum
Abend bewegungslos zu verharren.

Ich war traurig, sie im Stich lassen zu müssen, wenn sie uns an
Sommermorgen hinter den halbgeschlossenen, glühend leuchtenden Fensterläden – als wolle sie nicht den Anschein erwecken, sie

beneide uns – beim Aufbruch zu jenen Tagesausflügen zusah, die meine Eltern in den Pausen zwischen zwei Schirokkostürmen machten und als »Reisen« bezeichneten. Wir nahmen den Siebenuhrzug, der nur eine Minute hielt, so daß man kaum die Zeit hatte, die Trittbrettstufen zu erklimmen und seine Taschen vor sich in den Korridor zu werfen – niemals die, sich noch umzudrehen und zum Abschied zu winken. Nach unserer Ankunft in Galbois führte mich Tante Xavière zu den hundertjährigen Pfauen, die unruhig und wie blind endlos um den vertrockneten Brunnen schritten und nach einer Spur Feuchtigkeit suchten. Ihre Flügel waren wie erdfarbenes Pergament und konnten sich unter dem Getreideregen kaum ausbreiten, den ich auf Befehl der Tante über sie ausgießen mußte, ehe sie mich in das kleine Zelt aus geteerter Leinwand führte. Sie schlug mit dem Ende ihres Krückstocks auf die Pfoten ihrer gezähmten Füchse, bis diese um sie sprangen und tanzten und in *extremis* schließlich über den Stab hüpften, den sie ihnen – eine Nummer aus einem untergegangenen Zirkus – waagerecht hinstreckte.

Wir fuhren auch manchmal nach Aïn Tasserat, um Onkel San Piero zu besuchen. Wir warteten auf den glühenden Samtsofas des Salons, bis seine Siesta zu Ende war. Kam er dann endlich herunter, gab er uns allen einen Kuß auf die Stirn und lud uns – nachdem eisgekühlte Orangen aufgetragen worden waren – ein, seinem Klavierspiel zuzuhören: eigenen Melodien, komponiert (sagte er) zwischen zwei zu bearbeitenden Versicherungspolicen, mit denen er sich auch nach seiner Pensionierung immer noch befaßte. Am Ende seiner schmachtenden Sonaten erhob er sich vom Klavierhocker, machte meiner Mutter ein Kompliment über ihr »neues« Kleid – er vergaß, daß sie jahraus, jahrein dasselbe trug – und steckte mir einen Geldschein in meine Hemdtasche, um mich fürs Zuhören zu belohnen. Wenn uns dann am Abend der alte Hausangestellte in der Kalesche zum Bahnhof fuhr, die nach Gardenien, Roßhaar und heißem Sattelzeug roch, hieß ihn mein Vater regelmäßig am Rand eines Weizenfeldes anhalten. Er wog das Korn in der Hand, um seine Reife zu schätzen, verkündete dann – nach Maßgabe seiner goldgelben Färbung, der Höhe der

Halme und der Dicke der Ähren – den Tag, an dem man das Getreide schneiden müßte, und sagte das genaue Datum voraus, an dem er es auf den Lastwagen der Bauerngüter liegen sah. Meine Mutter wurde ungeduldig, und wenn sie den winzigsten Schatten an dem sonst so klaren Himmel sah, sagte sie mit einem von der Hitze noch zusätzlich vergifteten tiefen Pessimismus voraus, dies sei ein Heuschreckenschwarm, der gleich alles kahlfressen würde; sie stellte sich vor, daß wir nach dem Durchzug des Insektenheeres ebenso dürr und schwarz wären wie die Ölbäume, die das Ungeziefer abnagte.

Bei diesen Aufenthalten las ich stets im Straßengraben einen Feuerstein, eine rosenförmige Gipsdruse oder einen Mondkiesel auf, um sie heimlich Madame Arnoul mitzubringen. So würde ich ihr beweisen, daß ich sie nicht vergessen hatte, nicht einmal für die Zeit einer Reise, wo sie mich doch auf ihren Spaziergang mitnahm, an den Sommerabenden. »Nicht weit!« rief sie meiner Mutter zu, die mir eine ungeheure Freiheit zugestand, wie zum Ausgleich dafür, daß sie sich selbst so etwas nicht gönnte – und dabei war sie bloß besorgt, mein Hemd könne am Ende des Tags allzu zerknittert sein. Wie glücklich war ich, an ihrer Seite im Schatten der Bocca-Alleen zu gehen, die Brunnen zu umrunden, wo endlich mit Anbruch der Nacht ein wenig Wasser über die Keramikstufen rann, mit ihr zusammen an den Eukalyptusbäumen der Villa des Friedensrichters entlangzuschlendern und an der Ecke der Rue Carnot vor der Schmuckladenvitrine von Madame Buttigeig stehenzubleiben. Zu dieser Jahreszeit bestand keine Gefahr, jemandem zu begegnen, der sich über das geblendete Entzücken ihrer Armut lustig gemacht hätte, und sie konnte sich nach Herzenslust an den Perlenvögelchen, von denen es hier eine ausgesuchte Kollektion gab, und den zauberhaften Rubinringen sattsehen, die ziseliert waren – so erzählte sie mir – wie die königlichen Taubenschläge und die Wände der Gewächshäuser für die heiligen Tulpen im Palast des Bey in Constantine, den sie auf ihrer Hochzeitsreise besichtigt hatte (die ihre einzige Ortsveränderung in Algerien geblieben war). Sie lud mich zu einem Glas Grenadine an der Theke des Arkadencafés ein, wo ich, stolz auf diesen halb heimlichen

Nachtausflug, auf einem Hocker thronte und den Männern an den Tischen zusah, die ein ums andere Mal ein Gläschen Anisette zur Abkühlung verlangten.

Eines Abends nahm sie mich noch weiter mit, hinter die Tabakmanufaktur und die Türkischen Terrassen, wo im Mondlicht unter den Granatapfelbäumen die Nomaden von Tesserit schliefen und die Weiber aus dem Schwarzen Dorf, die auf der Brust den Pack mit den Haïks aus Seide festhielten, die sie am nächsten Tag auf dem Markt verkaufen würden. Wir waren an der Kreuzung der Landstraße nach Lambèse angelangt, am Rand einer Gegend voller Baracken und Brachland. Wie sie plötzlich innehielt und regungslos stehenblieb, da begriff ich, daß wir vor dem Etablissement angekommen waren. Alle Fenster standen offen, und in dem weißlich-scharfen Licht sah ich unter den Ventilatoren schwere dunkle Frisuren zittern und an den Fensteröffnungen massive Rücken vorbeiziehen, nackt und weiß, wie von fleischfarbenen Automaten, die plötzlich stockten und wieder weiterstürzten. Dann erschallte aus dem Erdgeschoß, hinter dem Perlenvorhang hervor, rauher noch als gewöhnlich die Stimme ihres Mannes. Sie begnügte sich damit, den Kopf zu senken und mit der Handfläche über die sandbestäubten Dahlien zu fahren – wie sie es mit den Falten der Bettdecke machte, wenn sie diese auf der Terrasse getrocknet hatte und sich anschickte, sie wieder ins Schlafzimmer zu legen. Der alte Gärtner, der zunächst auf seinem Strohstuhl gedöst und diese Frau kaum beachtet hatte, die in stummer Würde vor dem Etablissement stand, erinnerte sich plötzlich seiner Wächterpflichten, erhob sich, nahm einen Brokken hartgewordener Erde und warf ihn nach ihr. Doch war es sogleich nur eine Wolke ziegelroter Staub, die durch das Gitter davontrieb und sie kaum berührte. Sie wischte sich die leichte Spur von ihrem Kleid und wich langsam zurück, wobei sie mich an der Hand nahm. Sie wollte nicht fliehen, sie beschleunigte kaum den gewohnten Takt ihrer Schritte, sie fixierte den einzigen erleuchteten Punkt vor uns: den Eingang zum Warenhaus Dellys, dem niemals schließenden Basar – geöffnet sogar an den Morgen der Überschwemmungstage, wenn die Wasser des Oued sich zwi-

schen die Inseln aus gegerbten Häuten in die Lagerhalle drängten. Sie zog mich hinein und wollte mir für den Schuljahresbe-
ginn ein Tintenfaß aus Kristallglas kaufen. Während ich mir eines
zwischen den Schulartikeln aussuchte, die seit Juni in den Hintergrund geräumt waren, hatte sie sich dem Globus zugewandt, der
auf einem Regal über einem Gewirr von Ölkanistern und Ku-
minsäcken thronte. Sie ließ ihn auf seinem Fuß kreisen, sie streifte
den Schleier aus Gewürzstaub von ihm ab und streichelte die erd-
farbene, blaue und goldene Haut. »Den nehme ich …«, sagte sie
abrupt, ohne zu bemerken, daß ich sie umarmte, um mich für das
Tintenfaß zu bedanken.

In den Bocca-Alleen, wo die letzten Laternen erloschen, hielt
sie den Globus, indem sie ihn mit ihren überkreuzten Armen an
sich drückte wie ein Kind, das gegen Ende eines Festes eingeschlafen ist und das sie nun stumm unter den Palmen nach Hause trug.
Sie preßte ihn fester und fester an ihre Brust, wo er wie ange-
schweißt schien, wie ein Auswuchs ihres eigenen Leibes, ein
Pfropfreis aus geblähtem Papier, das sie auf ihrem Körper herange-
zogen hatte. Als sie in das Nachtdunkel der Nordwohnung verschwand, war mir – trotz Tintenfaß, das ich als Unterpfand ihrer
Zuneigung vorzeigte –, als ob sie mich vergessen hätte. Von den
ersten Septemberabenden an gewöhnte sie sich nun daran, den
Globus in den Hof zu bringen – was Madame Vizzavona, die mich
in denselben Blick neugierigen Mißtrauens einschloß, zu der Bemerkung veranlaßte: »Sie wird langsam kindisch …« Je nach Laune heftete sie an die Orte der Welt, zu denen aufzubrechen sie sich
ausmalte, winzige Partikel von einem alten Sommerschal, den sie
in der Tasche ihres Hausmantels mit sich trug, oder löste diese
Fetzchen wieder ab. Sie murmelte Namen – Prag, Neapel oder
Samarkand – und schenkte dabei den Gärten, den Plätzen und
Straßen dieser fremden Städte, deren Duft und Licht sie schon vor-
ab in sich aufzusaugen schien, jene Zärtlichkeit, die sie in ihr In-
nerstes zu verbannen gelernt hatte. Von nun an sang sie, hörte sie
die Stimme ihres Mannes auf dem Bouleplatz lautwerden, nicht
mehr vor sich hin, um den Nachhall zu übertönen; sie betastete,
wie es gerade kam, die Weltkugel, und ihr Kummer zog sich bei

der Berührung mit dem Braun der Höhen, dem Gelb der Wüsten und dem Blau der Ozeane zurück, die nun die Farben ihres Lebens wurden.

Damit ich nicht eifersüchtig auf den Globus wurde, sagte sie, er gehöre auch mir, er sei unser gemeinsamer Besitz. Er könne auch mich, fügte sie hinzu, über alles hinwegtrösten – wie an dem Abend, als sie mich auf der Bank sitzen fand, wo ich keine Hausaufgaben machte, sondern (so elend müde war ich der Regelmäßigkeit, mit der sich die Szenen zwischen meinen Eltern abspielten, angetrieben wie von einem geheimen Uhrwerk der Feindseligkeit, dem nur tränenerstickte Pausen eine Abweichung von wenigen Minuten abnötigten) einen Brief an meine Großmutter mütterlicherseits schrieb. Ich hatte dabei nur das ferne Bild einer alten Frau vor mir, die am Palmsonntag aus der Kirche einen Armvoll geweihter Lorbeerzweige mitgebracht hatte, um diese in kleinen Sträußen an die Wände aller Zimmer zu hängen, damit sie behütet seien und damit endlich Frieden einkehre: Ich flehte sie an, mir das Reisegeld zu schicken und mich in ihrem Haus im Roussillon aufzunehmen. Madame Arnoul nahm mir den zornigen und sinnlosen Brief aus den Händen, den ich gerade beendet hatte, stellte mir den Globus auf die Knie und sagte, indem sie auf die Pazifikküste deutete, auf Sizilien und dann auf Paris: »Bald gehst du dorthin … und dort … überallhin …«, mit einem solchen Tonfall verzückter Ermutigung, daß ich ihr versprach, was auch käme, dort eines Tages hinzufahren.

[…]

Zu jener Zeit begann sie, immer zu dem verlassenen Eisenbahnwaggon auf den ehemaligen Rangiergeleisen zu gehen. Vielleicht hatte sie ihn während eines Besuchs bei den Schwestern Belkhacem in ihrem Haus im Negerdorf entdeckt, das vom Bahnhof nur durch die Eisenbrücke über den Oued getrennt war. An der modernden Holzwand war nur noch der Samtglanz der Mahagoniplakette intakt, auf der sich erhaben der Leib des Windhundes abzeichnete, welcher die Schnelligkeit der Eisenbahngesellschaft symbolisierte. Ich folgte ihr manchmal an den Donnerstagnachmittagen. Um die Trittbrettstufen zu erklimmen, ergriff sie entschlossen das rostige Geländer, und sie ging unbekümmert den Korridor entlang und beachtete den Geruch des zerfallenden Wolfskadavers nicht, den die Jäger aus der Umgebung in den Wagen geworfen hatten, weil sie nicht wußten, was sie mit ihm anfangen sollten, nachdem sie den Wolf den ganzen Herbst durch die Wälder der Aurès gehetzt hatten. Sie setzte sich ins dritte Abteil, das die Zeiten am besten überdauert zu haben schien, auf den Sitz aus nachtblauem Samt, auf dem ganz schwach kreisförmige Spuren der Abnutzung gezeichnet waren. Zum Fenster gewandt, sah sie in das Labyrinth des Schilfs hinaus, dessen Rohre glatt wie Halme aus Stahl standen; nie vermochte der Südwind die Starre dieses in die Bodenwellen genagelten Röhrichtgatters zu regen. Und weiter weg sah sie das düstere Grün der Lauben bildenden, sich ineinander verwickelnden Schlingpflanzen, die den Mönchsgrasmücken als Unterschlupf dienten und den wilden Geiern der Wüste als Ruhestelle auf ihrem Weg zum Meer.

Nach und nach – mit gekreuzten Knöcheln, die rechte Schläfe an das Ohr des Abteilsitzes gelehnt, die Augen halb geschlossen, mit friedlich ruhigem Gesicht (als hätte sie nun alles hinter sich gelassen und wolle in einer Zone ohne Wiederkehr verschwinden) – versenkte sie sich in den Anblick der Sümpfe mit ihrem fortwährenden Grau, das niemals, nicht einmal im Sommer, das winzigste Glitzern regte. Wenn die ersten Luftwogen des Schirokko die Sumpflandschaft mit einer Haut wie aus Asche überzogen, so daß alles draußen eine mondene Färbung annahm und die Grenzen von Wasser und Land vermischten, dann wußte ich, daß sie sich vorstellte, die australische Wüste zu durchqueren – ihren Lieblingsort, bei dem sie, die Oberfläche des Globus streichelnd, besonders lange verweilte, und der sie schon auf einem Bild in meinem Erdkundebuch fasziniert hatte mit der Weite seiner versengten Erde und den primitiven Basaltkreuzen am Rand der Pisten aus kupferrotem Staub. Wenn der Himmel wieder klar wurde und die tiefen, leeren Kähne erschienen, die die Flußströmung herantrieb, glaubte sie vielleicht, in den Lagunen des Staates Kerala die Holzlastschiffe nahen zu sehen, die auf ihrer Fahrt durch die Bewässerungskanäle die Büffel streifen, die vor den Hütten der Familien eingeschlafen sind.

Beim Verlassen des Waggons gefiel es ihr, mit genau der notwendigen kontrollierten Zerstreutheit und sinnlichen Distanz den Auftritt der Kolonistenfrauen nachzuahmen, die im September mit einer neuen Sanftheit aus der Metropole zurückkamen, mit einer Art wollüstigem Fernblick in ihrer ganzen Haltung, die anscheinend belegen sollte, wie sehr sie in diesem auf der anderen Seite des Mittelmeers verbrachten Sommer an Eleganz gewonnen hatten, an weltläufigem Chic, der ihr bisheriges Wesen glücklich ergänzte. Sie riefen die moslemischen Gepäckträger mit einer verträumteren Stimme als beim Aufbruch und reichten ihnen die Geldstücke mit einer Geste, in der die gewohnte Verächtlichkeit etwas Salbungsvolles bekam, vom Anschein eines Mitgefühls geschmeidigt. Sie machten sich sogar die Mühe, sich für die Berge der auf den Karren aufgetürmten Koffer und Hutschachteln zu entschuldigen, und unterließen es, dem gekrümmten Rücken der Träger »Dummköpfe!« hinterherzurufen, wenn diesen auf dem unebenen Pflaster der Bahnsteige das Gepäck auf dem Wagen ins Rutschen geriet.

Sie schritt vor mir dahin, den Blick auf die Geleise gerichtet. Es schien, als gebe es hier für sie keinen anderen Weg, nur diesen aus Stahl, keine rote Sonne außer der des Signals, keine Musik außer dem Klingeln der Schrankenglocken, deren Hall sie nachlauschte, bis aus den Johannisbrotwäldern die Lokomotive des Güterzugs auftauchte. Madame Arnoul trat vom Bahnsteigrand nicht zurück, geblendet vom Leuchten der Salzblöcke vom Dschebel El-Melah, sie ließ sich ganz durchschütteln vom Lärm der Räder und Achsen, einhüllen vom flatternden Qualm und dem stiebenden Schein der Kohlenglut. Dann ging sie zum Bach und beugte sich nieder, um sich die Stirn zu benetzen und die vom Rußstaub gereizten Augen, während das Himmelsblau von den Kieseln zerrissen wurde, die die Kinder des Douar, das Leder ihrer Schleudern straffend, auf die Fregattvögel und die Schwarzdrosseln der Aurès losließen.

Fabrizia Ramondino

DIE VILLEN

Manchmal spielten wir auf Grundstücken, die Ausblick auf eine
Villa gewährten. Die Villen waren fast immer verschlossen und
unbewohnt. Sie übten auf mich dieselbe Faszination aus wie die
Damen aus dem Familienalbum, die auf bessere Zeiten zu warten
schienen, um herauszutreten und sich zu beleben. Die Villa kün-
digte sich schon von weitem durch die Fülle seltener Zierbäume
an, von denen sie umgeben war; zuweilen auch durch rosa oder
gelb verputzte Mäuerchen, Marmorbänke, Holzpavillons, Belve-
deres, reizvolle Ziehbrunnen. Jede Villa war auf ihre Weise eigen-
willig in Farbe und Stein. Eine rechteckig, bourbonrot verputzt,
überwuchert von Bougainvillea, wie von schwerem, langem
Haar, das Kopfweh verursacht. Eine andere riesig, weiß, gespen-
stisch, von der zu beiden Seiten abfallende Terrassen mit von
Glyzinien oder Weinreben umrankten Bögen und Säulen hinun-
terführten; eine andere mit steinernen Voluten, die wie die Muscheln am Strand wirkten, rosa, im Stil des achtzehnten Jahrhunderts: Zwei Treppen führten an den Seiten herab, um sich dann
girlandenförmig zu vereinigen; eine andere schließlich einfach,
viereckig, strahlend weiß wie ein in die Sonne gebreitetes Leintuch, aber mit Terracotta-Hunden darauf, um an ihren herrschaftlichen Charakter zu erinnern. Und alle hatten sie ge-
schwungene Gitter an den Fenstern des Erdgeschosses und
massive Portale mit eisernen Türklopfern, die seltsam geformt
waren, wie eine Hand, wie ein Löwenkopf, eine Sphinx oder
eine Schlange. Mit jeder der Villen verband sich die Erinnerung
an die Verschrobenheiten ihres Herrn. Hier gab der Besitzer Feste
mit bunten Lampions, dort sonnte sich ein anderer nackt auf der

Terrasse. Weiter unten einer, der reichste, hatte ein Motorboot und mehr als eine Dependance, eine zweite Villa, unzugänglich und weiß, auf den Klippen; und dorthin, in diese andere Villa, kam eine Witwe, die ihren Töchtern ein Schlafzimmer in florentinischem Stil hatte einrichten lassen.

So waren die Herren. Und wir belauerten, hinter Büschen verborgen, jene Welten; nur wenn wir sicher waren, daß kein Lebenszeichen von der Villa ausging, betraten wir die verbotenen Gehege; wir gingen umher unter den seltenen Bäumen, deren Namen keiner kannte, und den vielen Blumen, die doch ab und zu jemand zu pflegen schien; lagen wir dann schließlich unter den Eukalyptusbäumen, den Pinien oder der seltenen Trauerweide, erzählten wir uns gegenseitig die Geschichten der Villen. Und unter die Geschichten der Villen mischten wir Bruchstücke von Märchen.

Als die Amerikaner* kamen, regte sich Leben in den Villen, an den Fenstern tauchten Laken, Decken, Unterhosen und karierte Tischtücher auf. Die Portale wurden geöffnet: Auf Befehl der abwesenden Besitzer mußten die Wächter vortäuschen, sie würden darin wohnen, um eine Beschlagnahmung zu vermeiden. Und die Villen wurden noch gespenstischer, mit all der aufgehängten Wäsche, hinter der man die Betriebsamkeit der großen Familien erwartete, wo aber auf Rufe das Schweigen antwortete. »Das ist die Wäsche der Gespenster!« sagten wir, während wir davonliefen. Doch gelegentlich wohnten die mit der Bewachung betrauten Bauern, die Grenzen der Vortäuschung überschreitend, wirklich dort: Sie schickten ein junges Paar hin, das sein Haus noch nicht fertig hatte, oder zwei Alte oder eine Wöchnerin, die der Mühsal der Landarbeit noch nicht gewachsen war, oder einen erholungsbedürftigen Sohn, der gerade aus der Tuberkuloseheilstätte entlassen worden war. Und da vernahm man dann hinter der Wäsche vertraute Stimmen, die uns manchmal verjagten, manchmal dagegen herbeiriefen, wenn sie einen Verwandten unter uns entdeckt hatten.

----

* während des Zweiten Weltkriegs in Italien (Anm. d. Hrsg.)

Erst um das Jahr '47 oder '48 begannen im Sommer die Villeneigentümer einzutreffen, und wir wagten es nicht mehr, uns zu nähern, denn sie hatten Hunde dabei, die Wächter konnten nicht mehr mit uns fraternisieren, und wir waren eingeschüchtert und schämten uns.

Zu manchen dieser Villen hatte unsere Mutter Zutritt und nahm uns zu Besuchen mit. Bei der Gelegenheit trug sie eines der Kleider aus der Vorkriegszeit, die sie, in einer Kiste eingemottet, aufbewahrte, fast als seien Kriegszeit und Piazza nicht würdig gewesen, ihrer Pracht ansichtig zu werden. Entweder trug sie ein azurblaues Jackenkleid aus Leinen oder ein Kleid aus schwerer Baumwolle, mit einem exotischen Muster bedruckt, Palmen, Affen, Bananenstauden und andere tropische Gewächse und Früchte auf weißem Grund, die mich an unsere Reise übers Meer erinnerten, als wir von der warmen, lichten Insel* zurückgekehrt waren. Dieses Kleid war am Rücken, an der Brust und am Armansatz weit ausgeschnitten, aber dazu gehörte ein Bolero, der alles verhüllte; dennoch freute mich die Vorstellung, daß diese Nacktheiten eines Tages offenbart würden, denn die Mama beklagte sich immer darüber, daß sie alt wäre, und wir wollten doch eine junge Mama. Und scherzend sagte ich zu ihr: »Zieh dir den Bolero aus«, aber erst, wenn wir die Einfriedung der Villa passiert hatten, und sie sträubte sich wie ein junges Mädchen mit ihrem Bräutigam.

Oder sie trug ein Kostüm aus Rohseide, auf dem rote Seepferdchen glänzten. Und fragten wir sie, was Seide sei: »Das ist gar nichts!« sagte sie dann und ließ sich aus über ihre in dem großen Koffer im Luftschutzkeller von Althénopis** verstauten Kleider, über jene feinsten, gerafften Seiden, die sie in Santa Maria del Mare nicht einmal in den wiedereröffneten Villen tragen konnte, denn das waren Galatoiletten, die paßten nur für die Stadt; oder vielleicht für eine prunkvolle Zurschaustellung des Fleisches, die ihr nie mehr zuteil werden würde.

---

* Mallorca (Anm. d. Hrsg.)
** Althénopis – Altenauge; die Bezeichnung der deutschen Besatzer für Neapel. (Anm. d. Hrsg.)

Wir gingen neben ihr her, darauf bedacht, uns nicht die Füße schmutzig zu machen, denn bei diesen Gelegenheiten tauschten wir die Holzschuhe gegen die mit weißer Schuhcreme frisch geputzten Ledersandalen, die extra im Hinblick auf die Wiedereröffnung der Villen unter großen Opfern angeschafft worden waren; darauf bedacht, mit unseren Kleidern aus weißem Piquet nicht die Mäuerchen zu streifen, um makellos anzukommen; und nervös schüttelten wir den Kopf, wie Fohlen, die nicht an das Halfter gewöhnt sind, denn man hatte uns große weiße, unter dem Kinn mit Bändern gebundene Hüte aufgesetzt. War die Scham, das Unbehagen und der Kreis der schwatzenden Damen, die uns Komplimente machten, überwunden (wir wußten in den Villen nicht, wie wir uns beim Grüßen, beim Essen, beim Hinsetzen verhalten sollten, und es schien uns, als seien wir herrschaftlich verkleidete Bösewichter), gesellten wir uns rasch zu den anderen Kindern.

Zusammenzusein war hier nicht, wie auf der Piazza, natürlich wie atmen, und das Spiel entsprang nicht spontan der Phantasie und der Laune des Augenblicks – das Gegenteil dieser Art von Spiel ist der Besuch eines Vergnügungsparks –, oder anders gesagt, dem Lauf der Dinge selbst, sondern man spielte systematisch ein Spiel nach dem anderen, fast als müsse man eine Pflicht erfüllen; Blindekuh, Reise nach Amerika, Verstecken, Räuber und Gendarm, Schnitzeljagd und viele andere Spiele mit komplizierten Regeln, an die ich mich nicht erinnere und die oft eine Mischung aus einfacheren waren. Manche dieser Spiele glichen denen, die wir auf der Piazza spielten, aber sie hatten andere Namen und starrere Regeln; ebenso spielten die Damen in den Zimmern mit französischen und nicht mit neapolitanischen Spielkarten. Zuweilen, wenn wir weniger zahlreich waren oder wir gar als einzige von allen dem Regen die Stirn geboten hatten, wurde »Monopoli« gespielt: Auf solche Weise lernten wir die Namen der Straßen von Mailand, im Zusammenhang mit Renditen, Kapitalien, Aktien und fällig werdenden Zinsen. Der Cousin Achille erklärte uns später genauer, welche Gesetze jenes Spiel beherrschten. An solchen Regentagen konnte es auch vorkommen, daß eines der größeren Mädchen oder ihre Gouvernante aus einer mit Samt ausgeschlagenen Schachtel das »Domino«-Spiel herausnahm. Ich erfand einen Vorwand, um nicht mitzuspielen, zu fasziniert von den Zeichen, eher Signalen denn Zeichen, und den schönen Farben der Elfenbeinplättchen; der Raum, wie von jeder Verbindung zur Welt abgeschnitten, wurde zu einem Zauberpavillon, der auf unerforschte Lande zutrieb. So reiste ich, und sehr überraschte mich die Köchin, die kam, um uns zum Abendessen zu rufen.

Manche Besonderheiten, um die sich auf der Piazza keiner kümmerte, wurden dagegen in der Villa wichtig genommen; zum Beispiel, wenn ein kleines Mädchen blond war. Ich war nicht blond. Da war sie dann schön und ging schon anders als die anderen, feierlich und kerzengerade, die langen Haare liebevoll frisiert und gekräuselt. Wenn ein kleiner Junge lange Hände und Füße hatte, wurde das als gutes Vorzeichen betrachtet: Es bedeutete, daß er einmal groß und stattlich werden würde. Dies waren in der Tat Zeichen der Zugehörigkeit zur herrschaftlichen Welt.

Von innen beeindruckten uns die Villen aus zwei gegensätzlichen Gründen. Zum einen wegen mancher zu nachlässiger und häuslich-vertrauter Anblicke, derenthalben wir, uns voller Verwunderung und Spott ansehend, zu flüstern gezwungen waren: »Also sind sie doch wie wir!« Man stieß zum Beispiel die angelehnte Türe eines dunklen Zimmers auf, und da erschien in einem Bett eine alte stöhnende Tante und ein leuchtender Nachttopf auf dem Fußboden; ging man näher heran, verfiel die Tante in eindringlicheres Klagen; und sah man in den Nachttopf, war er wirklich voll mit dunklem Urin. Oder es gab vor der Küchentür scharrende Hühner und in den Abfällen wühlende Hunde. Oder auch einen heimlich mit angehörten Streit um Geld zwischen Hausfrau und Dienstmädchen; oder, auf dem Rand der Badewanne, einen fettigen Kamm mit ausgebrochenen Zähnen, in dem verfilzte Haare hingen; oder man überraschte einen Herrn des Hauses, der später strahlend in seinem weißen Leinenanzug erscheinen würde, wie er sich gerade, auf dem Bettrand sitzend, von seiner Frau die Pickel auf dem Rücken ausdrücken ließ.

Andere Besonderheiten hingegen ließen uns die Bewohner der Villen extravagant und grandios erscheinen. Wie konnte zum Beispiel die kleine Tochter des Hauses bloß allein in dem großen Zimmer, in dem großen Bett in florentinischem Stil schlafen? Wir erwarteten, daß von einem Moment zum anderen hinter dem Gitter des Regals, wo ihre Bücher und Spielsachen aufbewahrt wurden, der Mann mit der Maske auftauchen müßte. Oder wie konnte man bloß in diesen gestärkten Blüschen und Kleidern, die auf dem Speicher zum Trocknen aufgehängt waren, gehen, spielen und essen? Und wozu mochten wohl bestimmte große, alberne Zimmer gut sein, durch die man hindurchging, nur möbliert mit Konsolen und wie zur Wache an die Wand gelehnten Spiegeln?

Und es gab auch große Ungereimtheiten: breite Badewannen mit aufwendigen Jugendstilwasserhähnen englischen Fabrikats, aus denen jedoch kein einziger Tropfen Wasser kam. Und wozu dienten gewisse prachtvoll mit Silber und Kristall gedeckte Tische, wo für jeden zwei Gabeln, zwei Messer, zwei Löffel, drei Teller und zwei Gläser vorgesehen waren? Gelegentlich wurden in der Tat manche von uns zum Abendessen dabehalten; die Damen spielten derweil Bridge im Salon oder unter der Pergola. Aber warum waren die Tische bloß so gedeckt, wenn doch nur ein paar Nudeln in Butter, ein Scheibchen Mozzarella-Käse und ein Apfel serviert wurden? Da trauerte ich dann der großen bunten Steingutschüssel nach, aus der bei den Familien im Dorf die Bohnensuppe mit den großen darauf herumschwimmenden Brotstücken oder der mit Oregano bestreute Salat aus Kartoffeln, Zwiebeln, Tomaten und Zucchini gegessen wurde und in die jeder mit dem Löffel oder der Gabel hineinfuhr, mit Gesten, die gierig gewesen wären vor Angst, daß nichts mehr da sein könnte, wenn nicht die drohenden Blicke des Familienoberhauptes gewesen wären. Wir spürten aber eine heimliche Übereinstimmung zwischen den blassen, blonden, zierlichen kleinen Mädchen der Villen und diesen durchscheinenden Speisen, bei denen wir hinterher mehr Hunger hatten als zuvor. In das zweite Glas wurde am Ende der Mahlzeit Milch gegossen. Und vor dieser Milch, die für uns zu solcher Stunde ungewohnt war, zauderten wir lange, denn kalt, ohne Zucker und Malzkaffee, schmeckte sie uns nicht; wir stürzten sie in einem Zug hinunter, wie eine Medizin, um nicht ungezogen zu wirken. Und auf der Milch war Haut, und wir gebrauchten dann die Silberlöffelchen, um sie wegzuschieben, besorgt, daß dies nicht ihr Gebrauch sein könnte. Dennoch übten all diese Kristallgegenstände und diese milchigen Speisen, die zarten kleinen Nudeln nur eben am Tellerrand ein wenig gelb von Butter, die dünnen Mozzarellascheiben, die fast in ihrer Molke zerfielen, die Milch in den Kelchgläsern, einen besonderen Zauber auf uns aus, ließen uns eine Feinheit der Sitten erahnen, die wir niemals würden erreichen können. Und diese Empfindungen glichen anderen, die wir schon im Umgang mit jenen Kindern gespürt hatten. Wir zum Beispiel kannten alle Pflanzen und Blumen, wußten ihnen aber oft keinen Namen zu geben oder gebrauchten ungenaue Sammelnamen, unter denen große Familien zusammengefaßt wurden: Da waren zum Beispiel über zehn Arten von Blumen, die wir Glockenblumen nannten, und wir verwechselten Löwenmäulchen und Löwenzähne; die Margeriten schließlich konnte man gar nicht zählen. Jene Kinder dagegen kannten Dutzende von Pflanzen- und Blumennamen, konnten diese Namen aber fast nie auf die Blumen und Pflanzen in ihrem Garten anwenden. Wenn wir das Spiel mit dem Alphabet spielten, gewannen immer sie. Zum Beispiel zehn Blumennamen sagen, die mit F beginnen. Und da sagten sie dann: Fuchsie. Wir brauchten sehr lange, bis wir begriffen, daß die schwierige Fuchsie nichts weiter war als eine uns bestens bekannte Abart der Glockenblumen. Ein kleines Mädchen, jünger als ich, dessen Lockenkopf aus einem weiten, gesmokten gelben Kleid hervorsproß, sagte bei J Jonquille, wobei sie die Nase rümpfte, und ich stellte mir vor, durch den Klang erstünde in der Luft eine kapriziöse, erlesene Blume, von Schößlingen umrankt und leicht geneigt auf ihrem Stiel, die mich mit Herablassung betrachtete. Sie sagten nie »also«, weder »als wie« noch ein *mo* entschlüpfte ihrem Mund, sondern sie gaben, als müßten sie sich dabei abmühen, ein »jetzt« von sich, mit einem geschlossenen, gequälten »e«, das stark ihren geschlossenen Mündern beim Kauen und ihrem verhaltenen kleinen Lachen glich. Wenn wir ab und an zusammen mit der Bande von der Piazza am Strand auf diese Kinder trafen, schämten wir drei Geschwister uns: Wir schämten uns der Gesellschaft, in der wir uns befanden, aber auch den Kindern von der Piazza gegenüber, daß wir mit den Kindern aus den Villen auf vertrautem Fuß standen. Unser einziges Gepäck waren in der Tat die Kleider, die wir über dem Badeanzug trugen; wir brachten uns weder eine Unterhose zum Wechseln mit noch ein Handtuch, sondern nur eine Tüte mit einem Vesperbrot. Und dort auf den Steinen schlüpften wir aus den Kleidern, in die wir das Vesperbrot wickelten, damit es im Schatten lag und nicht von den Hunden gefressen wurde. Ohne Zögern stürzten wir uns sofort ins Wasser. Die aus den Villen dagegen kamen mit einem Gefolge von Frauen, Sonnenschirmen, Bademänteln und Handtüchern, Hockern, Hüten, zwei- und dreifachen Badeanzügen, die ihnen jedesmal, wenn sie aus dem Wasser kamen, gewechselt wurden. Frauenhände trockneten sie ab, darauf bedacht, daß sie nicht am Bauch oder am Rücken frören, die halben Stunden und die Stunden wurden gezählt, nachdem sie ihr Vesperbrot gegessen hatten, um zu verhindern, daß die Kälte des Wassers ihre Verdauung blockiere. Die mit hellerer Haut trugen eine Sonnenbrille, und Gesicht und Schultern wurden ihnen mit Öl eingerieben. Ich fühlte mich wie dieser vornehmen und mütterlichen Riten beraubt: setzte mich auf den Strand, allein, an einen Ort in der Mitte zwischen der Bande vom Strand und dem Kreis der Villenbewohner, hin- und hergerissen zwischen zwei Welten, schämte mich der einen wie der anderen, bis ich mich entschloß, den Freunden auf die Klippen nachzufolgen, und dort, beim zügellosen Lauf über den Kai, bei Sprüngen ins Wasser, vergaß ich meinen Neid Diana, der Schönen, der Blonden, gegenüber, die schon *Signorina* war, das heißt schon ihre Menstruation bekommen hatte, obgleich sie mit mir gleichaltrig war, die ruhig unter dem Sonnenschirm saß, neben den fürsorglichen Frauen, die auf jeden kleinsten Wunsch von ihr achteten, besorgt waren um ihre Augen, ihre Haut und sogar ihre von Gummischuhen geschützten Füße.

Kenneth Grahame

DIE RÖMERSTRASSE

Alle Straßen in unserer Gegend waren heiter und freundlich, und
jede hatte ihre eigenen liebenswürdigen Eigenschaften; diese eine
aber stach durch die schwungvolle Zielstrebigkeit, die einen mit-
riß und das Herz höher schlagen ließ, aus den übrigen heraus.
Die andern lockten hauptsächlich mit ihrer Fülle an Hecken und
Gräben, mit dem Überraschungseffekt des ersten Aronstabs, dem
Rascheln einer Feldmaus, dem Platschen eines Froschs, während
sich durch Gatter und Lücken die kühlen Schnauzen brüder-
licher Tiere zwängten. Man durfte es nicht eilig haben, wenn man
eine von ihnen einschlug, so viele winzige Hände streckten sich
einem von allen Seiten entgegen und wollten einen haschen.
Diese eine jedoch war von strengerer Art. Schon nur wie sie Bö-
schungen und Heckenreihen hinter sich brachte und sich schnur-
gerade bis zu den offenen hügeligen Downs hinzog, drückte Verachtung für schmückendes Beiwerk aus, von dem sich nur
Dummköpfe fangen ließen. Wenn ich unter Ungerechtigkeit und
Enttäuschungen litt und, wie an dem betreffenden Tag, alles nur
noch schwarz sah, wählte ich die charaktervolle Straße für meinen einsamen Spaziergang, um für einen Nachmittag der Welt,
die aus unerfindlichen Gründen gegen mich war, den Rücken zu
kehren.

»Die Ritterstraße« hatten wir Kinder sie getauft, aus dem unbestimmten Gefühl heraus, daß, wenn Lancelot und die Seinen je
aufbrachen, wir ihnen eines Tages auf dieser Route auf ihren großartigen Schlachtrossen begegnen würden, immer vorausgesetzt,
daß von der wackern Schar ein paar in Schlupfwinkeln und verlassenen Landstrichen noch überlebt hatten. Die Erwachsenen

nannten die Straße manchmal den Pilgerweg, aber bei Pilgern wußte ich nicht Bescheid; außer Walther in der Hörselberggeschichte* kannte ich keinen. Ihn sah ich zuweilen, wie er hohläugig aus dem Gestrüpp hervorbrach und den Pilgern auf ihrer mühseligen Reise zur heiligen Stadt etwas zurief, wenn sie vorübereilten zu jenem Ort, wo Frieden und Vergebung ihrer warteten. »Alle Wege führen nach Rom«, hatte ich einmal sagen hören, es natürlich wörtlich genommen und tagelang darüber nachgegrübelt. Doch kam ich zum Schluß, daß da ein Fehler vorliegen müsse; nur bei einer Straße war ich sofort überzeugt, daß es stimmte. Eine Bemerkung Miss Smedleys bestärkte mich noch, denn in der Geschichtsstunde erwähnte sie eine merkwürdige Straße, die mitten durch England bis zur Küste hinunterführe und dann in Frankreich genau gegenüber wieder beginne und unentwegt, durch Städte und Weinberge, weiterlaufe – vom nebligen Hochland bis zur Ewigen Stadt. Sofern sie sich nicht erhärten ließen, wurde Miss Smedleys Ausführungen für gewöhnlich wenig Glauben geschenkt, hier aber, mit der Straße vor mir, schien sie ausnahmsweise der Wahrheit auf der Spur zu sein.

Rom! Die Vorstellung, daß es am andern Ende des weißen Bandes lag, das sich vor meinen Füßen bis zu den fernen Downs entrollte, war berückend. So unwissend war ich nicht, daß ich annahm, es ließe sich heute Nachmittag erreichen, aber eines Tages, dachte ich, wenn die Verhältnisse weiter so unerfreulich bleiben sollten wie gerade jetzt – eines Tages, wenn Tante Eliza auf Besuch gegangen war –, eines Tages würde man sehen.

Ich versuchte mir auszumalen, wie es sein würde, wenn ich dorthin käme. Das Kolosseum war mir natürlich von einem Holzschnitt im Geschichtsbuch her bekannt; das plazierte ich als erstes sicher in die Mitte. Die übrigen Versatzstücke mußte ich mir aus dem grauen Marktflecken zusammenlesen, wohin wir zweimal im Jahr zum Haarschneiden gingen. So näherte man sich also dem Amphitheater Vespasians durch aufgeweichte Gassen. Den archi-

-----

* Hörselberg: in Thüringen, Tannhäusers Venusberg; gemeint ist wohl Walther von der Vogelweide im »Sängerkrieg auf der Wartburg«.

tektonischen Hauptschmuck lieferten der »Rote Löwe« und der »Blaue Eber« mit irgendeiner Bierreklame längs der Stirnseite und einer Tafel »Fremdenzimmer« im Fenster, neben dem soliden Backsteinbau des Arzthauses und der Fassade der neuen Methodistenkirche, die wir sehr gediegen fanden. Die römische Bevölkerung ging in Bauernkitteln und Manchesterhosen ihrem Tagewerk nach, zerrte an den Schwänzen römischer Kälber und lud sich in singendem Wessexdialekt gegenseitig zu einem Bier ein. Von Rom aus zog es mich in weitere Städte, von denen ich schon gehört hatte – nach Damaskus, nach Brighton, von dem Tante Eliza schwärmte, nach Athen und Glasgow, das der Gärtner nicht genug loben konnte, aber irgendwie waren sie alle nach dem gleichen Plan angelegt: die Methodistenkirche stand immer wieder da. Wieviel leichter war es, Traumstädte zu bauen, wo die Phantasie hemmungslos walten konnte und man als einziger Architekt freie Hand hatte. Im Geiste zog ich eben durch eine solche Wolkenkuckucksheimstraße, gesäumt von Prachtbauten, als ich dem Künstler begegnete.

Er saß am Straßenrand bei der Arbeit, an einem Punkt, wo sich die ruhigen Weiten der Downs wacholderübersät nach Westen ausdehnten. Seinen Utensilien nach gehörte er der Malerzunft an; er trug Knickerbocker wie ich – eine Kleidung, die, das wußte ich, Jungen und Künstlern vorbehalten war. Mir war klar, daß ich ihn weder durch Fragen stören noch ihm über die Schulter gucken und ins Ohr blasen durfte – das schätzen sie nicht, dieses *genus irritabile*. Aber über das Anstarren fand sich in meinem Verhaltenskodex nichts, diesen Punkt hatte man irgendwie übersehen; so kauerte ich mich ins Gras und studierte ihn in allen Einzelheiten. Nach fünf Minuten gab es an ihm keinen Knopf mehr, über den ich nicht hätte ein Examen ablegen können, und selbst der Träger des handgesponnenen Anzugs hätte über dessen Muster und Webart weniger Auskunft geben können als ich. Einmal schaute er auf, nickte, streckte mir geistesabwesend seinen Tabaksbeutel entgegen, steckte ihn in die Tasche zurück und nahm seine Arbeit wie ich mein geistiges Photographieren wieder auf.

Nach weitern fünf Minuten bemerkte er, ohne mich anzublikken: »Schönes Wetter heute nachmittag; hast du noch weit?«

»Nein, ich gehe nicht mehr weiter heute«, antwortete ich. »Eigentlich wollte ich nach Rom, aber ich hab' es verschoben.«

»Rom ist schön«, murmelte er, »es wird dir gefallen.« Nach einigen Minuten fügte er hinzu: »Aber wenn ich du wäre, würde ich nicht jetzt hingehen, es ist viel zu heiß.«

»Ja, sind Sie etwa schon in Rom gewesen?« erkundigte ich mich.

»Ja«, antwortete er kurz, »ich wohne dort.«

Das war zuviel für mich, mir blieb der Mund offenstehen, als ich zu fassen suchte, daß ich tatsächlich einem Mann gegenübersaß, der in Rom wohnte. An Reden war nicht zu denken, auch hatte ich jetzt anderes zu tun. Volle zehn Minuten hatte ich ihn einfach als Fremden und Künstler gemustert, und nun mußte die Sache von vorne, von diesem neuen Gesichtspunkt aus betrachtet werden. So setzte ich nochmals zualleroberst bei seinem weichen Hut an und arbeitete mich bis zu den soliden britischen Schuhen hinab, aber diesmal war alles von einem römischen Glorienschein umhüllt. Endlich brachte ich hervor: »Aber Sie wohnen doch nicht wirklich dort?«, nicht weil ich es nicht glaube, sondern weil ich es nochmals hören wollte.

»Na«, sagte er und übersah gutmütig die Zudringlichkeit meiner Frage, »ich wohne dort so gut wie anderswo. Manchmal die Hälfte des Jahres. Hab' dort so eine Art Bude. Du mußt mich einmal besuchen kommen und sie dir ansehen!«

»Ja, wohnen Sie denn noch woanders?« forschte ich weiter und fühlte eine Flut ungehöriger Fragen in mir aufsteigen.

»O ja, ein bißchen überall«, war seine unbestimmte Antwort. »Ich habe auch eine Bleibe in der Nähe von Piccadilly.«

»Wo ist das?« erkundigte ich mich.

»Wo ist was?« fragte er. »Ach so, Piccadilly! Das ist in London.«

»Haben Sie einen großen Garten?« fragte ich. »Und wie viele Schweine?«

»Ich habe keinen Garten«, antwortete er traurig, »darf auch keine Schweine halten, obwohl ich das furchtbar gern möchte. Es ist hart.«

»Aber was tun Sie dann den ganzen Tag?« rief ich, »und wo gehen Sie zum Spielen hin, ohne Garten, Schweine und derlei?«

»Wenn ich spielen will«, sagte er ernst, »muß ich auf der Straße spielen, aber das ist nicht sehr lustig. Es gibt zwar in der Nähe einen Ziegenbock, mit dem rede ich manchmal, wenn ich mich einsam fühle, aber der ist sehr stolz.«

»Ziegenböcke sind alle stolz«, pflichtete ich ihm bei. »Bei uns in der Nähe ist einer, wenn man dem nur das Geringste sagt, stößt er einen mit dem Kopf in die Magengrube. Sie wissen wohl, wie das ist, wenn einen jemand in die Magengrube stößt?«

»Nur zu gut!« antwortete er trübe und malte weiter.

»Sind Sie auch sonst noch irgendwo gewesen?« setzte ich bald von neuem ein, »außer in Rom und Piccy … wie heißt das schon?«

»Ja«, sagte er. »Ich bin eine Art Odysseus – habe viele Menschen und Städte gesehen, weißt du. Der einzige Ort, wo ich eigentlich nie war, ist die Glückliche Insel.«

Der Mann begann mir zu gefallen. Seine Antworten waren knapp und erfaßten das Wesentliche, ohne krampfhaft lustig sein zu wollen. Ich spürte, daß sich mit ihm auch Vertraulicheres besprechen ließ.

»Möchten Sie nicht eine Stadt finden«, erkundigte ich mich, »in der es überhaupt keine Leute gibt?«

Er stutzte einen Augenblick. »Ich verstehe nicht ganz, wie du das meinst«, sagte er.

»Ich meine«, fuhr ich eifrig fort, »eine Stadt, in die man durch die Tore hineinspaziert, und die Läden sind voll feiner Dinge und die Häuser wunderbar eingerichtet, und gar niemand ist da. Man geht in die Geschäfte und nimmt sich, was man möchte – Schokolade und Laterna magicas und Gummibälle –, und das alles gratis. Und man wählt sich ein Haus und wohnt dort und tut, was man will, und geht nie zu Bett, nur wenn man Lust hat.«

Der Maler legte seinen Pinsel hin. »Das wäre allerdings eine prächtige Stadt«, sagte er. »Noch besser als Rom. Derartiges ist in Rom nicht möglich, auch am Piccadilly nicht. Das muß auch so ein Ort sein, wo ich nie hingekommen bin.«

»Und man würde Freunde einladen«, fuhr ich fort und geriet

immer mehr in Feuer. »Natürlich nur die, die man wirklich mag. Und jeder hätte ein Haus für sich – es wären genug da –, und Verwandte nähme man keine auf, außer sie würden versprechen, nett zu sein, und falls sie das nicht wären, müßten sie gehen.«

»Du möchtest also keine Verwandten haben?« sagte der Maler. »Ja, vielleicht hast du recht. Wir haben da etwas gemeinsam.«

»Harold würde ich zulassen«, überlegte ich, »und Charlotte. Denen würde das sehr gefallen. Die andern sind fast zu alt dazu. Ach, und Martha – sie würde ich zum Kochen und Abwaschen und Ordnunghalten mitnehmen. Martha würde Ihnen gefallen. Sie ist viel netter als Tante Eliza. Sie ist, was ich mir unter einer richtigen Dame vorstelle.«

»Dann würde sie mir bestimmt gefallen«, entgegnete er überzeugt. »Und wenn ich dann nach – wie sagtest du, daß deine Stadt heißt? – Nephelo*, ... so etwas, hast du gesagt?«

»Ich ... ich weiß nicht«, stotterte ich verwirrt. »Sie hat bis jetzt noch keinen Namen.«

Der Maler blickte zu den Downs hinüber.

»Der Dichter sagt, geliebte Stadt des Kekrops**‹«, sprach er leise vor sich hin, »›warum willst du da nicht sagen, geliebte Stadt des Zeus?‹ Das stammt von Mark Aurel«, fuhr er fort und wandte sich wieder seiner Arbeit zu. »Du kennst ihn wahrscheinlich nicht, aber eines Tages wirst du ihn kennenlernen.«

»Was ist das für einer?« erkundigte ich mich.

»Oh, auch so einer, der in Rom gelebt hat«, antwortete er und pinselte weiter.

»Mein Gott!« rief ich ganz verzagt. »Da müssen ja viele Leute in Rom leben, und ich war noch nie dort! Aber eigentlich glaube ich, *meine* Stadt würde mir am besten gefallen.«

»Ja, mir auch«, antwortete er feierlich, »aber nicht Mark Aurel.«

»Dann laden wir ihn also nicht ein?« fragte ich.

---

* in der Komödie *Die Vögel* von Aristophanes das von den Vögeln in der Luft gebaute Wolkenkuckucksheim.
** Kekrops: der legendäre erste König von Attika und Gründer Athens. Die Stelle findet sich in Mark Aurels *Selbstbetrachtungen,* Buch IV, Abschnitt 23,3.

»Wenn du nicht willst, nein«, sagte er, und als das geregelt war, schwiegen wir eine Weile.

»Weißt du«, fing er wieder an, »ich habe schon Leute getroffen, die in einer Stadt wie der deinen gewesen sind – es war sogar vielleicht eben die. Aber sie reden nicht viel darüber – nur in Andeutungen ab und zu, aber dort gewesen sind sie bestimmt. Denen kann nichts mehr etwas anhaben – sie nehmen alles, wie es kommt, und früher oder später sind sie über alle Berge verschwunden, und man sieht sie nie wieder. Sind wohl dorthin zurückgekehrt.«

»Ja natürlich«, sagte ich. »Ich begreife nicht, wieso sie sie überhaupt verlassen haben. Ich ginge nie mehr fort. Nur um wieder gescholten zu werden, man habe Sachen kaputt gemacht, ohne daß es stimmt, und damit sie es einem verbieten, mit den Dienstboten in der Küche Tee zu trinken und einen Hund ins Bett zu nehmen. Aber auch ich habe Leute gekannt, die dorthin gegangen sind.«

Der Maler blickte mich erstaunt, aber nicht unhöflich an.

»Ja, Lancelot zum Beispiel«, fuhr ich fort. »Im Buch steht, er sei gestorben, aber das kann irgendwie nicht stimmen. Er ging einfach fort wie Artus. Und wie Crusoe, als der es satt hatte, Kleider zu tragen und respektabel zu sein. Und alle die netten Männer in den Geschichten, die die Prinzessin nicht bekommen, weil eben pro Buch nur ein Mann heiraten kann. Die sind alle dort.«

»Und die Männer, die es nie zu etwas bringen«, sagte er, »die sich anstrengen wie die andern, die gebeutelt werden oder sonstwie den Anschluß verpassen und scheitern und von der Menge überrannt werden – und keine Prinzessin gewinnen, nicht einmal ein zweitrangiges Königreich. Einige davon werden hoffentlich auch dort sein?«

»Ja, wenn Sie wollen«, antwortete ich, ohne ihn ganz zu begreifen. »Wenn es Ihre Freunde sind, laden wir sie selbstverständlich ein.«

»Wie herrlich das sein wird«, sagte der Künstler sinnend, »und wie wird sich der alte Mark Aurel entsetzen!«

Die Schatten waren bedenklich länger geworden, eine Flut goldenen Dunstes ergoß sich über die graugrünen Hügel. Der Maler begann seine Siebensachen zusammenzupacken und sich zum Aufbruch zu rüsten. Ich war traurig: so mußten wir uns denn trennen, just da man sich ein bißchen nähergekommen war. Er erhob sich und stand sehr groß und aufrecht über mir mit dem Schein der sinkenden Sonne in Haar und Bart. Kameradschaftlich ergriff er meine Hand. »Ich habe unser Gespräch genossen«, sagte er. »Du hast ein interessantes Thema angeschnitten, und wir haben es noch lange nicht erschöpft. Ich hoffe, wir sehen uns ein andermal.«

»Aber sicher«, antwortete ich, erstaunt, daß man das bezweifeln konnte.

»Vielleicht in Rom?« sagte er.

»Ja, in Rom«, antwortete ich, »oder an diesem Piccy-Ort oder sonstwo.«

»Oder eben in jener andern Stadt«, sagte er, »wenn wir den Weg dorthin gefunden haben. Ich will nach dir Ausschau halten, und du mußt laut rufen, sobald du mich siehst. Dann werden wir Arm in Arm die Straße hinunter und in alle Läden gehen, ich wähle mir mein Haus aus und du dir das deine, und dort leben wir wie die Könige und wie Freunde.«

»Wollen Sie denn nicht bei mir wohnen?« rief ich. »Ich nehme ja nicht jeden, aber Sie sind eingeladen.«

Er tat, als ob er es sich einen Augenblick überlegte, und sagte dann: »Gut denn! Ich weiß, du meinst es ernst, und nehme deine Einladung mit Freuden an. Sonst gehe ich zu niemandem, da kann man mich noch so sehr darum bitten. Und ich werde auch lange bleiben und keinerlei Umstände machen.«

Mit dieser Vereinbarung trennten wir uns, und trübselig ging ich von dem Mann, der mich verstand, zum Haus zurück, wo ich es nie jemandem recht machen konnte. Wie kam es, daß er alles natürlich und einleuchtend fand, was diese Onkel, Pfarrer und die übrigen erwachsenen Männer als Dummheiten abtaten? Nun, er würde mir das und manches mehr erklären, wenn wir uns wieder begegneten. Die Ritterstraße! Wie sie doch stets Trost spendete! War er am Ende gar einer der verschollenen Ritter, die ich schon so lange suchte? Vielleicht würde er das nächstemal in einer Rüstung kommen – und warum eigentlich nicht? Eine Rüstung würde ihm gut stehen, fand ich. Ich würde dann versuchen, als erster dort zu sein, um den Glanz des Sonnenlichts auf seinem Helm und Schild blinken zu sehen, wenn er die Hauptstraße der Goldenen Stadt heraufgeritten kam.

Bis dahin galt es sie nur noch zu finden. Ein Kinderspiel.

Natalia Ginzburg

SOMMER

Ich hasse den Sommer. Ich hasse den Monat August bis Ferragosto, bis zum 15. Ist Ferragosto vorbei, scheint es mir, als erwachte ich aus einem Alptraum. Mir scheint, als besserte sich alles langsam für mich. Die Herbstgewitter beginnen. Ich liebe den Herbst, und gewöhnlich schreibe ich im Herbst etwas. Im Sommer gelingt es mir überaus selten zu schreiben.

Ich hasse den Sommer nicht wegen der Hitze. Ich spüre die Hitze gar nicht und sie ist mir gleich. Daß es heiß ist, merke ich erst, wenn die anderen davon sprechen. In Wahrheit habe ich mehrmals versucht, mir zu erklären, warum ich den Sommer so hasse.

In der Kindheit gefiel mir der Sommer. Er war meine liebste Jahreszeit. Ich freute mich über die Hitze und über die ersten Kirschen. Es gab damals in Turin viele Kutschen, und die Kutscher setzten den Pferden im Sommer Tüllhauben auf, um sie vor den Fliegen zu schützen. Ich sagte, die Pferde wären »als Feen verkleidet«. Bei den ersten »als Feen verkleideten« Pferden fühlte ich mich glücklich.

Der Sommer bedeutete, in Ferien zu fahren. Im Flur tauchten unsere riesigen, uralten Koffer mit rostigen Eisenbeschlägen auf, eine Art Dinosaurier. Meine Mutter stöhnte und schnaufte beim Kofferpacken. Weder sie noch meine Geschwister fuhren gern in die Sommerfrische. Sie langweilten sich. Mir machte es Spaß. Vier Monate verbrachten wir im Gebirge. Den Ort und das Haus bestimmte mein Vater. Nach Meinung meiner Mutter waren es immer unbequeme Häuser und langweilige Orte, wo man niemanden fand, mit dem man mal ein Wort wechseln konnte. Ich wohnte der Kofferzeremonie mit lebhafter Freude bei. Mein

Glück wurde nur durch die schlechte Laune meiner Mutter leicht getrübt.

Kaum war ich im Gebirge, stellte ich mir vor, ein Bewohner jener Orte zu sein, dort geboren und dazu bestimmt, für immer dort zu leben. Ich bemühte mich, unsere Stadtwohnung aus meiner Erinnerung auszulöschen. Es gab keine anderen Kinder, mit denen ich spielen konnte, und ich lief allein über die Wiesen auf der Suche nach Heuschrecken und Fröschen. Damals kannte ich die Langeweile nicht oder kaum, sie dauerte nur ein paar Augenblicke. Dann schnaufte ich ungeduldig und hing ein wenig ums Haus herum. Sofort wurden mir Vorwürfe gemacht. Nach Meinung meines Vaters machte man sich immer schuldig, wenn man sich langweilte, vor allem aber im Gebirge. Meine Mutter dagegen dachte, nur meine Geschwister und sie selbst hätten ein Recht auf Langeweile. Ich hatte dieses Recht nicht, weil ich noch klein war. Nach Meinung meiner Mutter durften Kinder nie ungeduldig schnaufen oder herumhängen. Sie sagte zu mir, ich solle mir das Gesicht waschen und die Aufgaben machen, die ich über die Ferien bekommen hatte. Ich hörte nicht auf sie, denn ich wußte, daß Hausaufgabenmachen ein ganz schlechtes Mittel gegen Langeweile war.

Aber ich befreite mich mit äußerster Leichtigkeit von der Langeweile. Ich dachte damals, daß jeder Nachmittag außergewöhnliche Ereignisse mit sich bringen könne. Ich konnte über die Wiesen laufen und eine große Kröte finden. In den Wäldern gab es Eichhörnchen, und die Hoffnung, ein kleines Eichhörnchen zu fangen und mit heimzunehmen, verließ mich nie. Oder ich konnte versuchen, einen Roman zu schreiben oder einen Kuchen zu backen oder auch plötzlich eine große wissenschaftliche Entdeckung machen. Dann würden meine Eltern und meine Geschwister staunen. Es war mein ständiger Wunsch, sie zu verblüffen, denn ich fand es schwierig, ihre Aufmerksamkeit auf mich zu lenken. Alle Dinge, die ich tat und die ich wunderbar fand, verwunderten sie nie.

Der Tag der Abreise aus dem Gebirge war für mich fast noch schöner als die Ankunft. Zu dem Glücksgefühl darüber, wieder abzureisen, zuerst in einen Autobus und dann in einen Zug zu steigen, gesellte sich die subtile und köstliche Traurigkeit darüber, dem Sommer ade zu sagen, denn damals war die Traurigkeit für mich etwas so Ungewöhnliches und Leichtes, daß es mich entzückte, wenn sie sich mit dem Glücksgefühl mischte. Traurig nahm ich Abschied von jenen Orten, die ich vielleicht nie wiedersehen würde. Mein Vater sagte, wir würden im nächsten Jahr woanders hinfahren, an einen preiswerteren Ort. Außerdem pflegte mein Vater am Ende jedes Ferienaufenthalts und während des Winters zu sagen, wir würden überhaupt nie mehr irgendwohin in Ferien fahren, weil wir kein Geld mehr hatten. Diese Drohung ließ meine Geschwister und meine Mutter absolut kalt, sie glaubten nicht daran und träumten sowieso von nichts anderem als einem Sommer in der Stadt. Was mich anging, so glühte ich vor Seligkeit und Furcht bei der Vorstellung, daß wir so arm wären, denn ich fürchtete und hoffte immer, mich in einer dramatischen Situation zu finden. Dennoch wiederholten sich jene langen Monate im Gebirge, über die meine Mutter und meine Geschwister stöhnten, jedes Jahr pünktlich und unausweichlich, weil mein Vater es so wollte.

Irgendwann merkte ich, daß diese Ferien im Gebirge auch für mich unerträglich langweilig geworden waren. Da begriff ich, daß meine Kindheit vorbei war. Ich machte mir nichts mehr aus Grashüpfern und Kröten. Die Bücher, die ich mitgebracht hatte, hatte ich im Lauf weniger Tage gelesen und wiedergelesen. Und außerdem erschien es mir demütigend, allein dazusitzen und zu lesen. Mir war, als hätte ich Freunde haben müssen, aber ich hatte keine. Ich wußte absolut nicht, wie ich die Zeit herumbringen sollte. Ich war auf einmal pessimistisch geworden und erhoffte mir nichts mehr von jenen langen, öden Nachmittagen.

Außerdem war ich nun die einzige, die unter Langeweile litt, denn meine Geschwister waren erwachsen geworden und kamen nicht mehr mit uns ins Gebirge, und meine Mutter beklagte sich seltsamerweise nicht mehr. Meine Mutter folgte meinem Vater auf seinen Wanderungen und lobte mit ihm die Schönheit der Natur und die Reinheit der Luft. Meine Eltern kamen mir nun sehr alt vor. Von ihren zufriedenen, alten Gestalten, die gemeinsam die Pfade entlanggingen, schien mir eine namenlose Langeweile auszugehen. Obgleich sie mich aufforderten mitzugehen, folgte ich ihnen nicht, in ihrer Gesellschaft zu wandern schien mir demütigend, es wäre ein offenes Eingeständnis gewesen, daß ich keine Freunde hatte, mit denen ich spazierengehen konnte.

Jeden Tag hoffte ich, es würde regnen, denn wenn es regnete, konnte ich zu Hause bleiben, verborgen vor den Augen der Mitmenschen. Wenn es nicht regnete, mußte ich mich an der frischen Luft aufhalten, das hatten meine Eltern befohlen, und ich gehorchte aus alter Unterwerfung. Ich las auf einer Wiese. Ich las jedoch ohne jeden Genuß. Ich hörte die Grillen zirpen, der blendende, grenzenlose Friede des Sommernachmittags betäubte mich. Er schien etwas zu versprechen, etwas, das auf geheimnisvolle Weise allen zuzustehen schien, nur mir nicht.

Auf den Wegen kamen Gruppen von mir unbekannten Buben und Mädchen mit Turnschuhen und Tennisschlägern vorüber. Ich konnte mich nicht zu ihnen gesellen, weil ich vor ihnen keine Silbe herausgebracht hätte. Sie flößten mir einen tödlichen Neid ein. Sie besaßen das außerordentliche Privileg, nicht Kinder meiner Eltern zu sein, mir in nichts zu gleichen, nicht die entfernteste Ähnlichkeit mit mir zu haben. Sie besaßen das außerordentliche Privileg, der Nächste zu sein. Darüber hinaus gingen sie Tennis spielen, und ich konnte nicht Tennis spielen. Tennis war ein Sport, den mein Vater verachtete. Er fand Tennis snobistisch. Er schätzte einzig und allein mühevolle und gefährliche Sportarten wie Bergsteigen.

Plötzlich war mir, als sei ich, mit meinem Vater und meiner Mutter, der einzige Mensch auf der Welt, der noch nie einen Fuß auf einen Tennisplatz gesetzt hatte, und diese Abwesenheit von Tennis in meinem Leben erschien mir wie eine grauenhafte Demütigung. Innerlich zählte ich mir die kleinen Mädchen auf, mit denen ich in der Stadt Umgang pflegte. Alle konnten sie Tennis spielen oder lernten es bei einem *Trainer,* einem Lehrer. »Es täte dir gut, Tennis zu spielen«, sagte meine Mutter manchmal zerstreut. Aber auf die Idee, einen *Trainer* für mich zu nehmen, kam sie gar nicht. Mein Vater hätte es eine lächerliche Idee und eine überflüssige Ausgabe gefunden. Wenn ich mit meiner Mutter an einem Tennisplatz vorbeikam, errötete ich und wandte den Blick ab. Darum zu bitten, es zu lernen, war mir unmöglich, da ich plötzlich meine schmerzlichsten Wünsche in Schweigen eingemauert hatte. So erfuhr meine Mutter nie, daß mein größter Wunsch auf Erden war, im weißen Faltenrock mit Tennisschläger auf einem Tennisplatz zu stehen und die Worte *»play«* und *»ready« zu* sagen. Ich flüsterte diese Worte heimlich vor mich hin. Und sie schienen mir der Schlüssel zur Seligkeit zu sein.

Später, als ich schon im Lyzeum war, ging ich mit meinen Klassenkameradinnen Tennis spielen. Ich hatte einen alten, irgendwo aus dem Keller gefischten Schläger, mein Rock war nicht weiß und hatte keine Falten, alles war unvollkommen. Ich ging vielleicht zehnmal hin. Ich spielte schlecht, und die Freude, *»play«* und *»ready« zu* sagen, hatte sich als armselige Sache herausgestellt.

Es war damals, in jenen einsamen Ferienaufenthalten, daß ich begann, den Sommer zu hassen. Damals dachte ich, daß meine Anwesenheit auf den Wiesen, an den strahlenden Nachmittagen, wie ein schwarzer Fleck war, der das Glück der Erde verunzierte. Ich fand die Welt nicht traurig, ich fand sie wunderbar, nur daß es mir aus irgendeinem dunklen Grund verboten war, ihre leuchtenden Tage zu feiern. So konnte ich nur noch den Herbst, den Winter, die Dämmerung, den Regen und die Nacht suchen und lieben.

Später entdeckte ich, daß ich nicht die einzige war, die ein solches Gefühl empfand, sondern daß es vielen Menschen so geht, weil sich viele wie ich in irgendeinem Augenblick ihres Lebens vom Sommer ausgeschlossen und gedemütigt gefühlt haben, für immer als unwürdig verurteilt, die Früchte des Universums zu ernten. Viele haben daraufhin wie ich das blendende Leuchten des Himmels über den Wiesen und Wäldern gehaßt. Viele fühlen sich wie ich bei den ersten Anzeichen des Sommers voller Angst wie bei der Ankündigung eines Unglücks, weil in ihnen der Schrecken vor dem Urteil und der Strafe wieder aufsteigt.

Es scheint uns dann, als seien wir ausweglos an dem Punkt festgenagelt, an dem wir uns befinden. Wer allein ist, hat plötzlich das genaue Maß seiner Einsamkeit. Der gewohnte Rhythmus der Tage zerbricht. Die vertrauten Leiden werden unerträglich, unablässig erhellt von grausamem Sonnenlicht. Unser Leben liegt in seiner Unordnung vor unseren Füßen. Wir fühlen uns gezwungen, jeden Schmerz oder Fehler darin aufzuzählen. Das Licht des Sommers erleuchtet erbarmungslos unser Schweigen, unsere unbewegliche Person, umgeben von alten und neuen Katastrophen.

Wir fühlen uns auf einmal wie auf der Anklagebank. Wie bei einem Verhör dritten Grades sitzen wir regungslos, vernichtet und verstört da. Unmöglich, uns vor uns selbst und den anderen zu verstecken. Unmöglich, einen Arm zu heben, um unser Gesicht zu verbergen. Auf die Fragen, die man uns stellen wird, werden wir nicht antworten können. Die Gesten, die man uns befehlen wird, werden wir nicht ausführen können. Wir selbst zu sein scheint uns eine schlimmere Schuld, als ein Mörder zu sein, und von allen Seiten wird uns erklärt, es gebe für eine solche Schuld keine Vergebung. Die Verzweiflung der Adoleszenz steigt wieder in uns auf, wie damals, als wir plötzlich verstanden, daß wir dazu berufen waren, anders und glücklich zu sein, aber einer solchen Aufforderung nicht Folge leisten konnten.

Wir wissen aus alter Erfahrung, daß der Prozeß nach Ferragosto, nach dem 15. August, vorbei sein wird. Nach und nach werden wir wieder in einen ruhigen Halbschatten treiben. Dort werden wir uns selbst eine private und persönliche Vergebung zuflüstern können. Geduldig werden wir rund um uns unsere verstreuten Trümmer wieder einsammeln.

Die Tage bis Ferragosto erscheinen uns ewig. Wir hassen die leere Stadt unter der blendenden Sonne, die leeren Kinos, in denen Horrorfilme gezeigt werden. Gleichgültig sehen wir uns diese Filme an, sowohl weil sie häßlich sind als auch weil wir sowieso schon von unserem eigenen Grauen gepackt sind. Noch mehr hassen wir jedoch die Menschenmassen in den Zügen. Es ist uns unmöglich, zu antworten, wenn wir zu der Zahl derjenigen gehören, die weder Lust haben abzufahren noch zu bleiben.

Sylvia Plath

EIN TAG IM JUNI

Es gibt einen Tag im Leben, den du nie vergißt, so sehr du es auch versuchst. Wenn der Sommer wiederkehrt und es warm genug ist, um paddeln zu gehen, fällt er dir ein. Beim ersten blauen Junitag ist die Erinnerung da, leuchtend, kristallklar, wie durch Tränen gesehen ...

Du gehst mit Linda zum ersten Mal in dieser Jahreszeit zum See, um zu paddeln. Ihr geht hinunter zum Bootshaus ... zu dem Anlegesteg aus faulenden Planken, die sich zum Wasser neigen ... zu den leeren Paddelbooten, die wie flache, schwimmende grüne Erbsenschoten wartend daliegen. Wackelig steigst du in den Bug, während Linda das Ruder nimmt, und die ganze Zeit tänzelt und hüpft das leichte Boot unter dir, ungeduldig, fortzukommen. Es ist einer dieser vollkommenen Tage im Juni, die du immer zu beschreiben versuchst, aber es gelingt dir nie. Nimm den Geruch von frischgewaschener Wäsche; von trocknendem Himmelstau nach einem Regen; nimm die huschenden Bewegungen des Sonnenlichts auf der Wiese; den kühlen Geschmack von Minze auf der Zunge; das klare Leuchten der Tulpen im Garten; grüne Schatten, sich ins Gelb lichtend, ins Blau verdichtend ... der strahlende Glanz ... die heiße Berührung der Sonne auf deiner Haut ... blendende Sonnenpfeile, die vom tiefen gläsernen Blau des Wassers abprallen ... die Heiterkeit ... Blasen steigen auf, platzen ... die gleitende Bewegung ... der fließende Gesang des Wassers hinter dem Bug ... die tanzend wechselnden Farbsprenkel: all dieses zum Lieben, zum Verehren. Nie wieder solch ein Tag!!

Du paddelst zu einer Bucht ... du treibst ... du lehnst dich zurück und schließt die Augen vor dem Sonnenlicht, heiß liegt es auf deinen Lidern ... du blinzelst in die Sonne, und auf deinen Wimpern spannen sich Netze von Regenbögen. Eingelullt durch das gleichmäßige Lecken der Wellen am Kiel, das Schaukeln ... das Gleiten ... treibt ihr ans Ufer.

Plötzlich hört ihr Stimmen ... unverwechselbar ... Stimmen von Jungen. Ein Schauder der Erregung ist in deinen Adern, eine überraschende Gespanntheit. Hellwach seid ihr auf einmal. Abenteuer sind in Sicht. Du glättest dein Haar und schaust verstohlen um dich. Tatsächlich ... ein anderes Boot fährt hinter euch am Ufer entlang ... zwei Jungen ... Wie kann man die Fahrt verzögern? Wie zufällig anhalten? Die steile Böschung, der ihr entgegentreibt, ist mit Rhododendren bedeckt ... verführerische Büschel scharlachroter und weißer Blüten hängen über dem See und werfen dunkle Schatten auf das Wasser. Mit bebender Stimme sagt Linda: »Laß uns Blumen pflücken.« Das reicht ... vier Worte ... und ihr beide versteht euch völlig. Du stellst dich im Boot auf, gefährlich schaukelnd und kichernd, als du dich reckst und die Blüten abreißt... rücksichtslos die Zweige abbrichst ... ihr lacht die ganze Zeit ... vielleicht ein bißchen zu aufgedreht, aber ihr lacht, pflückt die Blumen und sehnt euch danach, über die Schulter zu blicken, wagt es aber nicht. Eine köstliche Aufregung summt die ganze Zeit in dir. Die Stimmen werden lauter. Einen hört ihr sagen: »Laß uns rüberpaddeln, die Mädchen besuchen.« Ihr pflückt den Rhododendron jetzt sorgfältiger, seid bewußt um Grazie und Gleichgültigkeit bemüht. »Hallo, ihr«, ruft eine warme männliche Stimme hinter euch. Mit vorgetäuschter Überraschung fahrt ihr herum. »Oh, hallo ...« du tust atemlos und kippst beinahe das Boot, als du dich hinsetzt. Und jetzt? Nervös fragst du dich, wie es weitergehen wird. Aber das Weitere ergibt sich von allein. Du siehst zu Linda, die in aufgeregter Fröhlichkeit kichert und ihr blondes Haar aus den Augen schüttelt. Du siehst zu den beiden Jungs ... von nahem nicht so gutaussehend ... aber nett. Die Boote schaukeln, bedeutungsloses Geplauder geht hin und her. Du denkst zurück und kannst dich nicht einmal an deine Worte erinnern. Aber ihr lacht ... wißt, daß sie euch niedlich finden ... wißt, daß sie euch nett finden. Ihr stachelt die Jungs auf, wer von uns kann schneller paddeln? Sie schauen sich lachend an. Wollen wir um die Wette, schlagt ihr vor. Oh, nein, das wäre nicht fair. Einer wird für dich paddeln. Du protestierst vergnügt. Sie bestehen darauf. Heimlich hoffst du, daß der dunkelhaarige Typ zu dir kommt … Leichtfüßig steigt er in euer Boot und nimmt das Ruder. Buck heißt er. Don, der andere Junge, läßt einen gespielten Seufzer los: »Ich kann nicht allein paddeln.« Er guckt Linda an. Geschmeichelt tut sie, als zögere sie, und fragt: »Soll ich?« Aber sie steigt auch um, und alles ist vollkommen. Ihr sitzt den Jungs gegenüber, lehnt euch in die Kissen und tauscht heimliche Blicke befriedigten Stolzes. So etwas ist euch noch nie vorher passiert. Keiner der Jungs aus der Schule ist je so nett zu euch gewesen. Du konzentrierst dich auf Buck. Er ist dünn und blaß, mit dunklen Augen und strähnigem, schwarzem Haar, aber du bemerkst sein ungekämmtes Haar, seine Blässe nicht; du siehst nur seine Augen. Hier ist ein Junge … paddelt dein Boot … er mag dich. Sofort ist Buck mit einem träumerischen Schleier umhüllt. Mit jeder Minute wird er anziehender. Du schiebst den bohrenden Gedanken »Was werden die Leute sagen?« beiseite. Du lachst dauernd, gibst dich geheimnisvoll und, wie du findest, kokett.

Die Strahlen der Sonne werden jetzt kühler. Du kannst die Dämmerung nicht zurückdrängen. In der Ferne taucht das Bootshaus auf. Die unausgesprochene Frage erhebt sich gleichzeitig zwischen euch vieren … wie soll man zahlen? Du hast den unangenehmen Gedanken, die Boote wieder zu tauschen und allein weiterzufahren, aber ein alberner, launischer Teil von dir ist dagegen. Warum nicht seine Macht erproben? Warum nicht? »Was kostet euer Boot?« fragt Buck kurz. Wieder tauschst du mit Linda einen Blick, und ihr seid euch einig. »Kostet?« stammelst du unschuldig. »Muß man das bezahlen?« Es dauert eine Weile, bis ihr die Jungen überzeugt habt, daß ihr ohne Geld seid, aber ihr versteckt die Geldbörsen in den Taschen und haltet euch an die Spielregeln. Buck paddelt voraus und fragt dich mit starrem, brennendem Blick: »Und was hättet ihr gemacht, wenn wir nicht vorbeigekommen wären?« Du siehst ihn an, innerlich schüttelt es dich, Glut hämmert in deinen Schläfen. Jetzt wird es ein wenig zu ungemütlich. Tränen verlegenen Zorns trüben heiß und naß deine Augen, salzig beißend. Wunderbarerweise wird sein Gesicht sanft. »He, Mensch, nicht weinen. Ich bezahl für uns. Ich will bloß nicht, daß die wissen, daß ich Geld hab.« Du fühlst dich mies, sehr klein und gemein angesichts solcher Großzügigkeit. Du möchtest sagen: »Tut mir leid, es ist alles gelogen«, aber die Worte kommen einfach nicht heraus. Er vertraut dir jetzt. Sein Gesicht ist freundlich, und du kannst … willst … das nicht ändern, indem du ihm die Wahrheit sagst. »Oh, Buck«, das Gefühl würgt dich. »Hilf mir da raus, wenn wir ankommen, so, als wärst du ein alter Freund, dann denkt der Mann, daß wir uns alle schon ewig kennen.«

»Klar doch«, sagt er. Das Boot gleitet an den Landesteg, wo der Mann schon wartet. Du kannst ihn nicht ansehen. Mit abgewandtem Kopf kletterst du auf den Steg, kaum daß du merkst, daß Buck dir hinaufgeholfen und den Mann bezahlt hat. Du stürzt davon, beschämt, haßt dich selbst. Er ruft dir nach. Linda und Don sind eben zusammen angekommen. Ihr geht nebeneinander, und die Jungen folgen euch in dem grünen Dunkel des Waldwegs mit den langen kühlen Schatten. Ihr flüstert. Was kann man machen? Wie könnt ihr gutmachen, daß ihr so gemein gewesen seid? Ihr geht schneller. »Versuch nicht, abzuhauen«, sagt Buck ruhig hinter dir. Deine Beine schlottern in unsinniger Panik. »Ich werd es ihnen sagen«, wispert Linda dir zu.

»Nein«, zischst du hitzig zurück. Wie kannst du ihr erklären, wie es steht … daß Buck dir vertraut? Alles würde verdorben … zerstört werden. Aber Linda hat sich schon umgedreht. Alle bleiben stehen. Der Nachmittag ist schwer vom Warten. Du möchtest schreien, ihre reuige Stimme übertönen, als sie zu Buck und Don sagt: »Wir haben nur Spaß gemacht, wir haben Geld dabei, und damit ihr seht, daß wir nicht ganz gemein sind, zahlen wir euch das jetzt zurück.« Die Stille ist ekelhaft. Buck kann man jetzt nicht ansehen und Linda nicht sagen, was sie angerichtet hat. Wie kann sie noch weitermachen? Aber sie kann. »Wenn wir euch das Geld geben, laßt ihr uns dann allein?« Bucks Stimme ist gefährlich ruhig. Er sagt zu dir, allein zu dir: »Dann war das vorhin im Boot alles Theater?« Deine Augen sind starr auf die Straße geheftet. Ein merkwürdig hoher Ton schrillt in deinen Ohren. Du nickst, wortlos. Um dich zerspringt der Nachmittag in Millionen Glassplitter. Schadenfroh steigen sie in grünen, blauen und gelben Farben auf, tanzen und wirbeln um dich herum … erstickende, glimmende Farbflocken. Du nimmst wahr, daß die Jungen das Geld genommen haben und sich, kleiner und kleiner werdend, auf der Straße entfernen. Du bleibst mit Linda stehen, und ihr schaut ihnen nach. Es ist etwas so Endgültiges um jemand, der eine Straße hinunter verschwindet, sich nicht umdreht, nicht zurückblickt. Linda seufzt mit Befriedigung. Sie hat getan, was nötig war, und betrachtet den Vorfall also als erledigt. Aber du, du gehst langsam neben ihr her, sagst nichts. Wie kannst du je erklären, wie es war. Wie kannst du je erklären, daß du mit mehr betrogen hast als nur mit Geld. Es ist etwas so Trostloses, so Endgültiges um eine leere Straße. Du gehst weiter, sagst nichts.

Jenny Offill

DER SCHWARZE SEE★

In der letzten Nacht der Sommerferien war es zu heiß, um zu schlafen. Nur mein Vater konnte schlafen. Er konnte bei allem schlafen,
behauptete meine Mutter. Um es zu beweisen, kniete sie sich neben sein Bett und blies an seinem Ohr in ein Mirliton. »Siehst du?«
sagte sie, als er weiterschnarchte. »Gott segne Amerika.«

In unseren Nachthemden fuhren wir an den See. Es war still
draußen. Rundherum nur die Bäume und die dunkle Nacht. Am
Ufer zog meine Mutter sich aus und tauchte ins Wasser. Der Ra-
chen des Sees schloß sich über ihr. Ich hatte Angst, aber ich weinte
nicht. *Pst,* hörte ich sie sagen. *Sag kein Wort.*

So war es manchmal. Ihre Stimme in meinem Kopf, leise und
verschwommen wie ein Stück von einem Traum. *Pst,* sagte sie. *Pst.*
Der Wind fuhr über den See. Er machte ein klatschendes Geräusch, wenn er die Wellen traf. *Das Ungeheuer lebt hier,* dachte ich.
Ich hielt Ausschau nach dem Gesicht meiner Mutter, das wie ein
weißer Ballon aus dem Wasser auftauchte. Nachts schläft es wie wir,
hatte sie gesagt.

Das Wasser war kalt an meinen Füßen. Ich watete tiefer und tiefer hinein, bis nur noch mein Kopf zu sehen war. Ich tat, als wäre
ich eine Frau, deren Kopf abgeschnitten worden war und ins Meer
hinaus schwamm. Meine Mutter hatte mir von Guillotinen erzählt
und von dem Scharfrichter mit schwarzer Kapuze, der den Strick
zog. Ich ließ meinen Kopf auf den Wellen treiben und sang ein
trauriges kleines Lied. *Mein Kopf ist ab, es machte schnapp, das war die
Guillotine mit ihrer Messerschiene,* ging das Lied.

★ Aus Jenny Offill ›Annas kosmischer Kalender‹; Titel v. d. Hrsg.

Meine Mutter schwamm zu mir herüber. »Ich dachte schon, das Ungeheuer hat dich geholt«, sagte sie. Eine Haarsträhne klebte ihr am Kopf wie ein Fragezeichen. Der Mond ließ ihre Haut schimmern. Ich warf die Arme um ihren Hals und klammerte mich an sie. Den schwarzen See des Todes nannte meine Mutter ihn, wenn wir nachts hingingen.

Sie schwamm mit mir auf dem Rücken wie eine Schildkröte. Nur wenige Sterne standen am Himmel. Wir schwammen hinaus, am Ende des Piers vorbei, auf die Dunkelheit zu, wo Kanada lag. Der Himmel war schmutziggrau mit weißen Streifen. Er sah aus, als hätte ihm jemand alle Farbe ausgewrungen. Ich dachte an das Ungeheuer, das am Grunde des Sees schlief. Ob es wohl einsam war, fragte ich mich. Meinte es, es wäre das einzige Ungeheuer auf der Welt?

Meine Mutter glaubte, daß das Ungeheuer ein aus einer anderen Zeit übriggebliebener Dinosaurier war. Alle Jubeljahre einmal, sagte sie, wurde in einem abgelegenen Winkel der Welt ein Wesen entdeckt, das alle für ausgestorben gehalten hatten.

Das passierte einmal vor der Küste von Afrika, als zwei Fischer einen seltsamen grauen Fisch fingen. Der Fisch hatte furchterregend aussehende Zähne, und an beinartigen Stielen saßen Flossen. Die ortsansässigen Fischer waren ratlos, bis ein Paläontologe in die Stadt kam. Er identifizierte ihren Fang als einen Quastenflosser, einen primitiven Fisch, der angeblich seit über dreißig Millionen Jahren ausgestorben war.

Meine Mutter kannte viele Geschichten über das Aussterben, aber das war die einzige, die gut ausging.

Seit dem Beginn der Zeit gab es zwei große Aussterben, erzählte sie mir. Das erste geschah vor 245 Millionen Jahren und löschte fast alles Leben aus. Das zweite tötete die Dinosaurier, aber niemand weiß, warum.

Wann würde das dritte Aussterben beginnen, fragte ich, aber meine Mutter sagte, das hätte schon begonnen und würde erst enden, wenn der letzte Mensch von der Erde verschwunden wäre.

In der Ferne flackerten die Lichter vom Ufer und verloschen. Weit draußen im See war ein schwimmendes Dock, und da wollten wir hin. Ich umklammerte den Hals meiner Mutter fester. Sie schwamm jetzt langsamer als vorher. Ich hatte Angst, sie könnte einschlafen und untergehen.

Ich zog an ihren Haaren. »Ich will nach Hause«, sagte ich. »Ich will, sofort.« Meine Mutter antwortete nicht. Sie sagte immer, daß sie eines Tages nach Kanada schwimmen würde, und ich hatte Angst, daß heute der Tag war. Ich dachte daran, wie Alec im Wasser untergegangen war und einen geheimen Vogel gesehen hatte. Ich machte mich schlaff und glitt von ihrem Rücken herunter. Ich schloß die Augen und versuchte, wie ein Stein auf den Grund des Sees zu fallen. Das Wasser wurde immer kälter, je tiefer ich sank. Ich tat, als wäre ich blind. Ich tat, als wäre ich ein Fisch, der durch die Haut atmen konnte. Ich dachte, daß ich bald den Grund des Sees berühren mußte und er würde weich wie Moos sein. Dann konnte ich mich zur Oberfläche hoch abstoßen und meine Mutter überraschen.

Etwas Scharfes kratzte mir über den Fuß. Die Klaue des Ungeheuers. Ich riß den Mund auf, um zu schreien, und das Wasser stürzte herein. Es schmeckte nach Schlamm und Schlick und füllte meine Lunge, bis keine Luft übrig war. Ich versuchte, zur Oberfläche zu schwimmen. Das Wasser fühlte sich an wie ein Stein auf meiner Brust. *Gleich wirst du sterben, Grace Davitt,* dachte ich, aber es war, als käme die Stimme von außen und flüsterte mir ins Ohr. Dann spürte ich die Arme meiner Mutter um mich, und plötzlich wurde ich aus dem Wasser gezogen, und es war wieder Luft da, kalte, saubere Luft. Meine Mutter zog mich zu dem schwimmenden Dock und schob mich hinauf. Dann schlug sie mich auf den Rücken, bis Wasser in einem dunklen Strom aus meinem Mund floß. Ich hatte ein kleines Blatt verschluckt, und das fand ich komisch. Ich hob das Blatt vom Dock auf und hielt es in der Hand.

»Warum hast du das getan?« fragte meine Mutter. »Was ist bloß in dich gefahren?« Ihr Gesicht war rot, und die Ader in ihrer Schläfe pochte, wie immer, wenn sie wütend war.

»Ich bin eingeschlafen«, sagte ich. »Ich bin aufgewacht und war unter Wasser.« Meine Mutter wandte sich ab. Wenn sie wütend war, weigerte sie sich, mich anzusehen. Wären wir zu Hause gewesen, hätte sie gesagt: Mach, daß du mir aus den Augen kommst.

Mein Hals tat weh von dem vielen Wasser, das ich geschluckt hatte. Ich gab mir Mühe, nicht zu husten, um sie nicht daran zu erinnern, was ich gemacht hatte. Es wurde schon langsam hell. Die Sonne war ein dünner roter Strich am Himmel wie ein Faden, an dem man ziehen konnte.

Meine Mutter glitt ins Wasser zurück, und ich folgte ihr. Ich legte ihr wieder die Arme um den Hals. »Diesmal halt dich fest«, sagte sie.

Wir schwammen zum Ufer zurück. Wolken bedeckten den Mond, aber das war mir egal. Ich mochte ihn nicht mehr ansehen, weil mein Vater mir erzählt hatte, daß er nur ein Stück Fels im Himmel war, schön, aber tot. Nichts wuchs da, und es gab kein Wetter, nicht einmal Regen. »Der arme Mond«, sagte meine Mutter, als ich ihr erzählte, was ich gelernt hatte.

Als wir flaches Wasser erreichten, setzte meine Mutter mich ab. »Wenn du mir je wieder so einen Streich spielst, bring ich dich um.« Ich wollte ihre Hand nehmen, aber sie zog sie weg. Wir gingen am Ufer entlang zu der Stelle, an der wir unsere Sachen gelassen hatten. Wir sahen neben dem Pier nach, denn da hatten wir sie hingelegt, aber sie waren nicht mehr da.

»Was zum Donnerwetter?« sagte meine Mutter. Sie ging auf dem nassen Sand hin und her und suchte unsere Sachen, aber sie waren nirgendwo zu finden. Nachthemddiebe, sagte sie.

Der Himmel hatte die Farbe von Zement. Ich sah hinaus auf den See. Ich dachte, vielleicht hatten Vögel unsere Sachen fortgetragen. Wir standen in unserer Unterwäsche da und froren. Die Brüste meiner Mutter waren nackt und wirkten in dem grauen Licht wie aus Stein gemacht. Jetzt bereute ich es, daß ich zum See mitgekommen war. Ich dachte an das Ungeheuer, wie es mit weit offenen Augen in der Dunkelheit durchs Wasser glitt.

In meiner Unterwäsche war Sand. Ich zog sie aus und warf sie in den See.

Meine Mutter lachte. »Wir sollen also Nudisten werden? Schwebt dir das vor?« Sie zog ihre Unterwäsche aus und warf sie auch ins Wasser. »Wir laufen zum Auto um die Wette«, sagte sie. So rasch hatte sie vergessen, daß sie wütend auf mich war.

Ich war außer Atem, als ich beim Auto ankam. Meine Mutter hatte gesiegt. Sie besiegte mich immer bei Wettrennen, denn sie rannte, so schnell sie konnte, und gab mir nie einen Vorsprung. »Fang mich, wenn du kannst«, sagte sie nur, bevor sie voranpreschte. Wenn wir Dame spielten, war es dasselbe. Sie wettete mit mir um fünf Cent pro Spiel, und sie gewann jedesmal. Ich schuldete ihr bereits sechs Dollar. Sei kein schlechter Verlierer, Grace, sagte sie, wenn ich mich beklagte.

Ich stieg ins Auto. Meine Mutter holte ihre Handtasche hervor, die sie unter dem Sitz versteckt hatte. »Wenigstens haben sie nicht die Schlüssel gestohlen«, sagte sie. Das Auto roch muffig, als wären wir tagelang weg gewesen. Meine nassen Beine klebten an dem Vinyl, und es quietschte, wenn ich mich bewegte. Meine Mutter setzte die Brille auf, die sie immer beim Autofahren trug. Es war komisch, nackt im Auto zu sitzen. Ich bedeckte mich mit einer Karte von Vermont. »Kleidung ist das einzige, was uns von den Tieren unterscheidet«, sagte meiner Mutter. »Kleidung und Schamgefühl.«

»Warum können Tiere dann nicht reden?« fragte ich. Meine Mutter runzelte die Stirn. Sie mochte es nicht, wenn ich sie unterbrach.

»Bienen«, sagte sie. »Vergiß nicht die Bienen. Sie vollführen einen besonderen Tanz, um den anderen mitzuteilen, wo die Blumen sind. Auch Wale. Sie singen Lieder aus Klicklauten, die sich wie Worte reimen. Diese Lieder erzählen, woher die Wale kommen und wohin sie wollen. Dann gab es mal einen Gorilla, der lernte in der Zeichensprache fluchen. ›Blödes Klogesicht‹, sagte der Gorilla gerne.«

Meine Mutter drehte das Fenster herunter und hielt den Kopf hinaus wie ein Hund. Der gelbe Schulbus fuhr vorbei. Es war der erste Schultag. Ich fragte mich, ob der Fahrer wußte, daß ich dieses Jahr nicht hinging.

Ich drehte das Fenster hoch. Die Luft draußen war kalt. Trotz der geschlossenen Fenster kroch sie durch die Türritzen herein.

»Dein Großvater war Nudist, hast du das gewußt?« sagte meine Mutter. »Es gibt ein Foto von ihm auf einem Ball in New Orleans, wo er nur einen Zylinder und einen Spazierstock trägt. Emmett Elliot Wingo III. Einmal hat er Champagner aus einem Damenschuh getrunken.«

»Warum aus einem Schuh?« fragte ich. Meine Mutter winkte meine Frage fort. Mit Fragen war sie wie Edgar. Wenn man ihr eine stellte, die ihr nicht gefiel, tat sie, als hätte sie nichts gehört.

Es waren keine anderen Autos auf der Straße. Meine Mutter fuhr vorsichtig durch die Stadt. Sie blinkte jedesmal, wenn sie abbog. Sie hielt an jeder roten Ampel. Verschämt betrachtete ich ihren Körper. Auf ihrem Schoß lag die Handtasche, aber sonst war sie überall glatt und weiß. Sie erwischte mich dabei und lachte. »Was glotzen Sie so, Mister?« sagte sie.

Wir bogen in unsere Straße ein. Ihre Brüste schwangen hin und her, als wir um die Ecke fuhren. Mrs. McKenzie kam aus ihrer Auffahrt und stieß fast mit uns zusammen. Sie drehte sich um und wollte winken, dann sah sie, daß meine Mutter nur mit der Brille auf der Nase am Steuer saß. Sie ließ die Hand sinken und fuhr vorbei, ohne uns anzusehen. Sie hatte sich einmal über das kaputte Auto beschwert, das wir in unserer Auffahrt stehen hatten. »Blödes Klogesicht«, sagte meine Mutter.

Mein Vater schnitt Obst für Müsli klein, als wir nach Hause kamen. »Also, Anna!« sagte er, als wir die Tür aufmachten. Meine Mutter ging ins Badezimmer, um sich den Sand aus den Haaren zu waschen. Als sie wiederkam, hatte sie ein Handtuch um die Taille, aber oben nichts an. Ich dachte an die Amazonen, die im Urwald lebten und sich eine Brust abschnitten, so daß sie mit Pfeil und Bogen so gut schießen konnten wie Männer.

Mein Vater seufzte. »Wo sind deine Sachen?« fragte er. »Bitte sag mir, daß du nicht so nach Hause gefahren bist.«

Meine Mutter nahm ihm die Schüssel mit Müsli aus der Hand. Sie lächelte und küßte ihn auf die Wange. »Hast du eine Banane in der Hosentasche, oder freust du dich nur, mich zu sehen?« fragte sie.

Mein Vater schüttelte den Kopf. Er ging ans Fenster und zog die

Jalousien herunter. »Du mußt bedenken, was du tust, Anna. Es hätte alles mögliche passieren können. Die Polizei hätte dich anhalten können. Das Auto hätte eine Panne haben können.«

»Stell dich nicht so an«, sagte meine Mutter, obwohl ihr Auto oft eine Panne hatte. Erst letzte Woche hatten wir es vom anderen Ende der Stadt abschleppen lassen müssen.

Ich ging nach oben und ins Bett. Ich versuchte zu schlafen, aber ich war nicht müde. Ich setzte mich auf und untersuchte die Stelle an meinem Fuß, wo das Ungeheuer mich berührt hatte. An meiner Hacke war ein roter Fleck, so groß wie ein Zehncentstück. Wenn ich ihn drückte, wurde er weiß und dann langsam wieder rot.

Ich ging in das Zimmer meiner Mutter und holte die Kamera aus ihrer Tasche. Ich hielt meinen Fuß hoch und machte eine Aufnahme. Als das Foto herauskam, schrieb ich das Datum auf die Rückseite und legte es in die Schublade

Marie Luise Kaschnitz

DIE REISE ANS MEER*
Ein Märchen,
welches von Fluß und Strom,
von den wandernden Fischen und von
der Tochter des Meervaters handelt.

Das war ein anderes Wandern als das mühselige Tasten und Kriechen in der dunklen Erde! Dort war es still und dunkel gewesen, hier aber war alles voll von Bewegung und Licht. Eine brausende Fröhlichkeit, eine unbändige Sehnsucht nach dem unbekannten Ziel schien von dem strömenden Wasser auszugehen und alles zu erfüllen, was mit ihm in Berührung kam. Rasch, allzu rasch fast, glitten die schönen Ufer an den Augen der Kinder vorüber, ein Dorf lag zur Seite des Baches, weiße Wäsche wehte an langen Leinen im Mondlicht, und da nun zwischen blühenden Obstbäumen auch ein alter, runder Turm schwarz und mächtig hervorschaute, breiteten die Kinder sehnsüchtig ihre Arme aus, weil es sie lockte zu verweilen. Aber die Wellen des Baches sangen »vorbei, vorbei«, und schon war alles wieder versunken, unwiederbringlich dahin. Der Bach wurde breiter und breiter, ein Flüßchen schon konnte man ihn nennen, er floß durch eine Stadt, Lichter glänzten aus vielen Fenstern, und schwarze Lastkähne lagen wie schlafend an den hohen Ufermauern.

Jenseits der Stadt begann das Wasser in einem breiten Bette träger zu fließen. Ein kleiner Dampfer zog rauschend flußabwärts, und wie die Kinder ihm nachblickten, sahen sie viele Menschen,

---

* Aus: Marie Luise Kaschnitz ›Der alte Garten. Ein Märchen‹; Titel v. d. Hrsg.

die sich über die Reling beugten. Sie winkten, und wie zur Antwort ertönte von dem davonziehenden Schiffe ein sommerlich-sehnsüchtiges Lied. Da war den beiden aufs neue recht traurig zumute, und sie sehnten sich von Herzen danach, wieder Menschenkinder und zu Hause zu sein. Aber sie kamen nicht dazu, sich solcher Betrübtheit hinzugeben. Denn jetzt wurden sie von der Bugwelle des Dampfers erfaßt, die sich rauschend zum Ufer stürzte und die Wiesenränder schäumend überflutete. Und als diese verebbt und das Schiff verschwunden war, machten die Kinder plötzlich eine sonderbare Entdeckung.

Unter ihnen im Wasser nämlich lag etwas, das wie ein breites, schwarzes Band aussah und das von einer beständigen Bewegung durchflossen schien. Aber als sie näher hinschauten, sahen sie, daß es kein Band war, sondern ein Zug von winzig kleinen Fischen, die sich rasch stromabwärts bewegten. Sie schwammen zu Hunderten nebeneinander her und hielten sich dabei immer in einer bestimmten Entfernung vom Ufer des Flusses. Und so viele waren ihrer, daß der Zug kein Ende nehmen wollte.

»Wo kommt ihr her?« rief der Knabe zu den Wandernden hinab, »wo zieht ihr hin, wer zeigt euch den Weg, und wer treibt euch zu so großer Eile an?«

Auf diese Worte hielt der Zug nicht inne, ja, es war, als versuchten die kleinen Fische, nun noch eiliger vorwärts zu kommen. Aber während sie so stumm dahinglitten, begannen die Wellen sich aufs neue murmelnd zu rühren, und was sie sagten, klang dem Knaben wie eine Antwort auf seine Fragen. Denn die Wellen sangen:

> Wo hohe Berge sich erheben,
> Bedeckt mit ew'gem Eis und Schnee,
> Sind sie erst jüngst erwacht zum Leben
> In einem kühlen dunklen See.
>
> Erinnerung lenkte ihre Pfade
> An Dinge, die sie nie geschaut.
> Und Bachesrand und Flußgestade
> Sind ihnen wundersam vertraut.

Die Sehnsucht riß sie aus dem Traume,
Die Sehnsucht treibt sie mächtig hin,
Im unbegrenzten Meeresraume
Gleich ihren Vätern hinzuziehn.

Es will das Leben still beginnen
Im engen Tal, beim dunklen Wald.
Doch Freiheit will es sich gewinnen
Und in der Freiheit die Gestalt.

Als die Wellen aufhörten, auf diese Weise von den kleinen Fischen zu erzählen, waren die Kinder nicht viel klüger als vorher. Es war ja das erste Mal, daß sie etwas von diesen seltsamen Wanderern hörten, deren Väter einst in die Bergseen hinaufgezogen waren, um zu laichen, und die sich nun allein ihren Weg ins Meer suchten. Bald sollten sie noch mehr von diesen Dingen erfahren. Jetzt aber sangen die Wellen nicht weiter.

»Haltet euch fest bei den Händen«, riefen sie, »denn jetzt geht es kopfüber!«, und damit begannen sie zu jauchzen und zu lachen, als ginge es einem wunderbaren Ereignis entgegen.

Sie hüpften und sprangen und trugen die Kinder so schnell dahin, daß diesen fast der Atem ausging. »Jetzt kommen die Stromschnellen«, rauschten die Bäume am Ufer.

»Jetzt kommt der große Wasserfall«, riefen die Gräser und Büsche. Aber die Wellen hörten nicht auf zu jubeln.

»Fürchtet euch nicht«, sangen sie. Und dann …

Es ist nicht sehr angenehm, unfreiwillig zehn Purzelbäume hintereinander zu machen, mit Wasser übergossen und auf einen Felsen geworfen zu werden. Gerade dies aber war es, was den Kindern jetzt geschah. Denn jetzt ging es wirklich den hohen Wasserfall hinunter. Die Wellen taten ihr möglichstes, um die Kinder recht sanft über die großen Felsblöcke zu heben, die am Fuß des Wasserfalles lagen, aber es gelang ihnen nicht. Krach, schlugen der Knabe und das kleine Mädchen auf den harten Stein auf, und wenn sie die Zaubergewänder nicht angehabt hätten, so wären sie wohl kaum mit dem Leben davongekommen. So saßen sie nur eine Weile wie betäubt da und rieben sich seufzend ihre schmerzenden Glieder. Aber jede Lust an der Weiterreise war ihnen vergangen.

»Wenn wir nur ans Ufer gelangen könnten«, sagte der Knabe und blickte sich nach allen Seiten um. Da bemerkte er, daß sie auf dem grauen, nassen Felsen nicht allein waren. Denn in einiger Entfernung von ihnen, dort, wo das Wasser den flachen Stein überflutete, stand ein großer Lachs.

Mit seinem purpurroten Bauch, seinen rötlichgoldenen Flossen und seinem mondblauen, von dunkelroten Zickzacklinien gezeichneten Kopf war dieser Fisch von so stolzer, wunderbarer Schönheit, daß die Kinder lange Zeit ihn nicht anzusprechen wagten. Endlich aber wurde ihre Neugierde zu groß. Sie standen auf und glitten vorsichtig über den glatten, nassen Stein zu dem schönen Fische hin.

»Was hast du für ein prächtiges Kleid«, sagte das kleine Mädchen mit scheuer Bewunderung.

Bei diesen Worten machte der Lachs eine Bewegung, so daß er die Kinder mit einem seiner großen, runden Augen ansehen konnte. Aber es war ein gleichgültiger und kalter Blick, mit welchem er sie maß. Ohne sie weiter zu beachten, ließ er sich ein wenig zurückgleiten und fuhr dann mit dem Wasser, das den Felsen umbrandete, aufs neue empor. Er stützte sich auf seine große Schwanzflosse, und ehe die Kinder noch recht begriffen, was er vorhatte, sprang er schon. Ja, er sprang, er schnellte sich mit aller Kraft in die Höhe, in die weiße, sprühende Gischt, den Wasserfall hinauf, und hoch oben sahen die Kinder einen Augenblick lang das goldene Leuchten seiner Flossen. Aber dann geschah etwas Furchtbares. Der Lachs hatte sein Ziel nicht erreicht, er fiel, er stürzte mit seinem schweren Körper zurück auf den Felsen. Ganz nahe vor den Kindern lag er nun, und das niederfallende Wasser peitschte seinen Leib.

»Vielleicht ist er noch nicht tot«, flüsterte das kleine Mädchen. Und sobald die Kinder sich ein wenig von ihrem Schrecken erholt hatten, gingen sie hin und versuchten mit aller Kraft, den schweren Fisch ein wenig beiseite zu schieben, damit ihn der stürzende Strahl nicht mehr träfe. Da sahen sie, daß er lebte.

Der schöne Lachs lebte und bewegte sich. Aber wie die Kinder ihn nun ängstlich fragten, warum er nicht hatte hierbleiben wollen, gab er ihnen keine Antwort, sondern schlug so ungeduldig mit den Flossen, als wollte er sagen: Haltet mich nicht auf. Und nun wiederholte sich das wunderlich grausame Schauspiel. Der stolze, alte Lachs setzte zum Sprunge an. Er sprang und fiel zurück, und als er kaum zu sich gekommen war, glitt er wieder ins Wasser, um es noch einmal zu versuchen.

Sechsmal sprang der schöne Lachs den Wasserfall hinauf und sechsmal fiel er zurück. Er stürzte auf die scharfen Kanten der Felsen und blutete. Er fiel auf rissiges Moos und rieb sich die Kiemen wund. Jedesmal, wenn er wieder unten lag, eilten die Kinder zu ihm hin, schoben ihn ins Wasser zurück, wuschen ihm das Blut ab und strichen ihm mit den Händen über den glänzenden Rücken. Denn mit jedemmal gewannen sie den alten Fisch lieber, der wie ein prächtiger Ritter aussah und einen so hoffnungslosen Kampf kämpfte. Sie liebten ihn, obwohl er ihre Bemühungen so gut wie gar nicht beachtete. Er lag auf dem Felsen, peitschte den Stein mit seinen Flossen und starrte sie mit einem seiner runden Augen kalt und streng an. Haltet mich nicht zurück, hieß das, ich muß springen. Damit richtete er sich wieder auf ...

Als er zum siebenten Sprung ansetzte, konnten die Kinder wohl sehen, daß dieser der letzte sein würde. Denn nun lief das Blut überall aus dem schönen Schuppenpanzer des Fisches herab. Er hatte fast keine Kraft mehr, sich abzustoßen, und seine Augen waren trübe und blind. Aber er nahm doch noch einmal all seine Kraft zusammen, schnellte empor und verschwand in der Gischt. Jetzt fällt er, dachten die Kinder, und blickten angstvoll in die Höhe. Da sahen sie wieder die goldenen Flossen blitzen und das Wasser sprühen, aber stürzen sahen sie den Fisch nicht mehr. Denn jetzt zog er dahin in seinem prächtigen Hochzeitskleid, jetzt war er verschwunden, um flußaufwärts weiterzuziehen, müde, zerfetzt, aus vielen Wunden blutend, aber so kühn und stolz wie zuvor.

»Er hat es erreicht«, sagte der Knabe, und dem kleinen Mädchen traten die Tränen in die Augen, weil der schöne Fisch fort war und sie ihn nie wieder sehen sollte. Da aber hörten sie die Wellen wieder murmeln und singen: »Kommt mit«, und weil sie des Fisches gedachten, der so tapfer gegen das stürzende Wasser angesprungen war, schämten sie sich ihrer Verzagtheit und Furcht. Auch wir werden unser Ziel erreichen, dachten sie. Wir werden den Meervater finden, die Winde und die Sonne und den Turm der Winde. Wir werden in den Garten zurückkehren und wieder Menschenkinder werden. Und damit warfen sie sich in die fluten- den Wogen. Aber jetzt ließen sie sich nicht länger treiben, sondern rührten von selbst ihre Glieder, und in ihren Zaubergewändern schwammen sie schneller als der schnellste Fisch.

An der Oberfläche des Wassers schwammen die Kinder und sa- hen, wie die Sonne auf- und wieder unterging, wie der Fluß im- mer breiter und zu einem mächtigen Strome wurde, wie er durch ein breites, flaches Land floß und große Städte ihm zur Seite lagen. Dann wieder glitten sie tief unter das Wasser und erblickten dort Hunderte von Lebewesen, die auf der großen Straße ihres Weges zogen, hinauf und hinab, und die von derselben geheimnisvollen Sehnsucht angetrieben wurden wie die jungen Aale und der alte Lachs. Sie sahen Fische, die ihre Reise antraten, und andere, die schon angekommen waren und ihre Eierschnüre wie Girlanden in das Schilf hängten, schwarze Flundern, die im Sande vergraben mit einem einzigen Auge nach Beute spähten, und Krebse, die sich langsam rückwärts bewegten. Alle diese Dinge verlockten zum Bleiben und Schauen, aber die Wellen trieben zur Eile an.

»Das Meer ist nahe«, sangen sie. Und plötzlich, da der Knabe sich mit der Zunge über die Lippen fuhr, schmeckte er das Salz des Meeres. Da tauchten die Kinder wieder auf, und es war wie- derum Nacht. Der Strom teilte sich in sieben Arme, davon flossen drei nach rechts und drei nach links, und auf dem mittelsten trie- ben die Kinder geradewegs ins Meer hinein. Wiederum sahen sie den Mond zwischen zerrissenen Wolken, und wie in Fetzen geris- sen war auch das Land zwischen den Strömen. Schon blieb es zu- rück, eine einsame, flache Küste in dem bleichen Schimmer der Mondnacht.

»Lebt wohl, lebt wohl«, riefen die Wellen, welche mit den Kindern die große Reise gemacht hatten und verloren sich rauschend in das unendliche Meer.

An der Küste waren die Kinder nun, und was sie dort erblickten, erstaunte sie nicht allzusehr. Denn auch in der Nähe ihrer Heimatstadt war ja die See gewesen, und ein langer, mit Muscheln und braunem Tang bedeckter Strand. Etwas anderes aber erfüllte sie bald mit großer Verwunderung.

Obwohl sie schon lang von der Flußmündung abgetrieben waren, wurden sie doch beständig immer weiter ins Meer hinausgezogen. Alles Wasser schien dort hinauszuströmen, so daß der Strand immer breiter wurde, und wenn auch die Wellen der Brandung noch immer dem Lande zuliefen, um sich dort schäumend zu überstürzen, so war es doch, als täten sie dies mit einer gewissen Trägheit und Unlust. Es war kein Zweifel: langsam aber beständig wich das Meer immer weiter zurück.

»Wohin geht die Reise noch?« fragte der Knabe die Meereswellen, »sind wir denn noch nicht angekommen?«

Da erhob es sich im Brausen und Flüstern der Wellen wie ein großes Erstaunen.

»Wer seid ihr denn«, fragten die Meereswellen, »daß ihr von der Klage der Mondbraut nichts wißt? Wer seid ihr, daß ihr die große Sehnsucht nicht spürt?«

»Wer ist die Mondbraut?« sagte das kleine Mädchen neugierig.

»Kommt mit uns, und ihr werdet es erfahren«, sangen die Wellen, »kommt mit, und ihr werdet sie sehen. Auf dem fernen, schmalen Pfade zwischen Wasser und Himmel zieht sie dahin und streckt ihre Arme zum Monde empor. Sie singt und weint vor Sehnsucht nach ihrem Liebsten, den sie nicht erreichen kann.«

»Wir wollen sie sehen«, sagten die Kinder, und da sie nun schon weit draußen waren, hoben sie sich auf den Schultern jeder neuen Welle, so hoch sie konnten. Nach gar nicht langer Zeit gewahrten sie in weiter Ferne, dort, wo eine kaum sichtbare, feine Linie Meer und Himmel voneinander trennte, eine junge Frau, die langsam dahinwandelte. Und so groß auch die Entfernung war, so sahen sie doch, daß das Antlitz dieser schönen, jungen Frau von Tränen bedeckt war, und hörten, wie sie jammerte und klagte.

Die schöne Tochter des Meeres klagte und hob ihre Hände zum Monde auf, und in dieser Gebärde lag so viel Hilflosigkeit, so viel Liebe und Schmerz, daß die Kinder verstanden, warum alle Wellen des Meeres so weit gewandert waren und warum sie nun aufrauschten in Mitleiden und Qual. Denn jetzt versuchte die Tochter des Meeres, obwohl sie keine Flügel hatte, sich in die Luft zu erheben.

Sie reckte sich ganz hoch auf ihren schönen Füßen und breitete ihre Arme weit aus, und mit ihr erhoben sich alle Wellen des Meeres zitternd dem Monde zu. Da erschien in dem weißen Gestirn der Kopf und der Oberleib eines schönen Jünglings, und auch dieser Jüngling streckte nun seine Arme aus, wie um die Geliebte zu sich hinaufzuziehen. Aber trotz alledem gelang es der Tochter des Meeres nicht, sich über die Wellen zu erheben und zu fliegen. Mit einem Klagelaut von unbeschreiblich sanfter Trauer sank sie zurück, sank immer tiefer. Endlich war nichts anderes mehr von ihr zu sehen als ihr weißes Antlitz und ihr Haar, das auf den Wellen lag wie glitzerndes Silbergespinst. Dann verschwand auch dieses.

Da sanken auch die Wellen des Meeres traurig zurück und wanderten dem Strande wieder zu. Langsam, langsam bedeckte sich der graue Sand wieder mit Wasser, und dann stieg die Flut höher und höher und umbrandete endlich auch die verlassenen Felsen am Strand. Aber noch lange rauschte und sang sie von dem traurigen Schicksal der schönen Mondbraut, von dem alten Geheimnis von Ebbe und Flut.

Marlen Haushofer

SOMMERBESUCH[*]

[...]

Die Sommer sind lang und heiß. Alle Onkel und Tanten kommen. Die Onkel und eine Tante sind Vaters Geschwister. Jeden Sommer verbringen sie im Forsthaus. Sie sind alle groß und üppig und einander ähnlich. Die zweite Tante ist winzig klein und nur eine angenommene Tante. Eigentlich war sie Mamas Lehrerin. Mama hat großen Respekt vor ihr, und das ist sehr komisch. Tante Wühlmaus ist der einzige Mensch, dem sie nicht zu widersprechen wagt. Warum die Tante Wühlmaus genannt wird, weiß Meta nicht, vielleicht weil sie ausschaut wie eine Maus. Sie hat graues Haar, ein kleines graues Gesicht und einen großen Busen, der in graue Seide gehüllt ist. Zu Meta ist Tante Wühlmaus, die sonst jeden herunterputzt, nie böse. Sie schläft bei ihr im Kabinett, und lustige Zeiten brechen an. Tante Wühlmaus ist eigentlich ein kleines Mädchen, das sich wunderbarerweise in eine alte Dame verwandelt hat. Abends im Bett kichern und erzählen die beiden, und die Tante kümmert sich nicht um Gebote und spendet auch nach dem Zähneputzen noch Süßigkeiten. Sie bringt immer einen Koffer voll geheimnisvoller Dosen mit, die mit Rettichzuckerl, Seidenzuckerl und Schokoladetalern gefüllt sind. Es wird gemunkelt, die Tante sei eine Verschwenderin und habe sich sogar einmal Hummer und Artischocken aus Triest schicken lassen. Außerdem vertritt sie moderne Ansichten und redet manchmal daher wie eine Anarchistin. Sogar gegen den Bezirks-

[*] Aus: Marlen Haushofer ›Himmel, der nirgendwo endet‹; Titel v. d. Hrsg.

schulinspektor ist sie einmal ausfallend geworden. Meta weiß nicht, was Anarchisten sind, faßt aber sofort eine leidenschaftliche Neigung zu ihnen.

Tante Wühlmaus erzählt gern aus ihrem Leben. Lauter Geschichten, in denen sie schließlich als lächerliche Figur dasteht. Jede Geschichte endet mit einer peinlichen Niederlage für sie. Einmal fällt sie angesichts eines verehrten Jünglings in eine Schmutzlache, dann geht sie hübsch aufgeputzt, aber in alten Pantoffeln zum Kurkonzert, und jedesmal, wenn sie sich mit einem Verehrer treffen will, bekommt sie Zahnweh, oder es wächst ihr mitten auf der Nase ein Pickel. Aber sie lacht nur dazu und sagt, das Leben ist furchtbar komisch. So kichern sich die beiden in den Schlaf. Meta und das kleine Mädchen in der alten Dame. Die Tante war nie verheiratet. Eine Kette unglücklicher Lieben zieht sich durch ihr Leben, und immer noch ist sie geneigt, bedeutende Männer anzuschwärmen. Aber dem scharfen Verstand in ihrem kleinen Vogelkopf gelingt es im Nu, den bedeutenden Mann in einen aufgeblasenen Tölpel zu verwandeln, der aufgegeben werden muß. Bald darauf taucht der nächste bedeutende Mann auf. Die Tante hat es mit den Künstlern, die sich leider besonders schnell als eitle Nichtse entpuppen.

Meta kennt übrigens keinen fleißigeren Menschen als Tante Wühlmaus. Nicht einmal Mama reicht an sie heran. Sie strickt, stickt, webt Teppiche und kocht das feinste Gelee. Tante Wühlmaus ist sehr belesen und kann viele Gedichte auswendig. Die meisten hat ein gewisser Heinrich Heine geschrieben, und Meta ist ihm sofort verfallen. Seine Verse sind so leicht und spöttisch und versetzen sie in helles Entzücken. Abends im Bett trägt die Tante ihr diese Gedichte vor, immer wieder, bis auch Meta sie auswendig kann. Übrigens benützt Tante Wühlmaus nachts ein Töpfchen, weil sie eine zarte Blase hat und der Abort zugig ist. Das Töpfchen, ein bemaltes Porzellanstück, wird nach Gebrauch mit einem seidenen Kissen zugedeckt. Das, sagt die Tante, ist feine Lebensart, und Meta solle sich das merken. Meta ist sehr beeindruckt davon. Manchmal erwacht sie nachts von diskret gedämpftem Geplätscher, setzt sich auf und flüstert: »Tante Wühlmaus, bitte sag was auf.« Und von irgendwoher aus der Dunkelheit ertönt es: »Die Veilchen kichern und kosen und schaun zu den Sternen empor.« Dann muß Tante Wühlmaus so lachen, daß sie einen Hustenanfall bekommt und sich und Meta mit Rettichzuckerl versorgen muß. Wirklich angenehmere Nächte hat es nie zuvor gegeben.

Die Tante kriecht ins Bett zurück und erzählt die Geschichte von ihrer Nichte Pia und dem gräßlichen Onkel Swoboda. Pia ist in einem Modehaus in Mailand angestellt, eine bleistiftdünne, tuberkulöse, aber sehr mondäne Dame mit schneeweißer Haut und üppigem kupferroten Haar. Als Vollwaise ist sie von Onkel Swoboda in sein Haus in Görz aufgenommen worden. Dieses Scheusal von einem Onkel hat nichts im Kopf, als der armen Pia das Leben zu verbittern. Jetzt ist Onkel Swoboda schon lange tot. Er war Postdirektor in Ägypten; wieso, weiß der liebe Gott. Wenn Meta um Erklärung für derartige Absonderlichkeiten bittet, heißt es nur immer: »Das war eben noch in der alten Monarchie.« Für sie ist die alte Monarchie ein Zustand, in dem alles möglich ist. Schade, daß es sie nicht mehr gibt. Onkel Swobodas Haus in Görz, einem Ort, der auch in der alten Monarchie liegt, ist voll ägyptischer Schätze. Ein paar Kleinigkeiten haben sich über Tante Wühlmaus ins Forsthaus verirrt, so zwei bemalte Vasen und ein Straußenei. Onkel Swoboda also sitzt in Görz und haßt fast alles, was es auf der Welt gibt, besonders aber österreichische Offiziere. Im seidenen Schlafrock, gestickten Pantoffeln, eine lange Pfeife im Mund, beugt er sich aus dem Fenster und murmelt höhnische Verwünschungen, sobald eine Militärperson vorbeigeht. Und natürlich verliebt sich die arme Pia in einen Deutschmeisterleutnant. Onkel Swoboda tobt in Schlafrock und Pantoffeln durchs Haus und schwört, die Kaution nicht zu zahlen. Er tut es auch wirklich nicht; ein Ungeheuer von einem Onkel. Bald darauf trifft ihn der Schlag, und wenig später wird der schöne Leutnant im Krieg erschossen. Und jetzt kommt die Stelle, an der Meta spürt, wie ihre Haare sich sträuben. In der Nacht, die dem Leutnant den Tod bringt, träumt Pia, und das ist ihr Traum: Onkel Swoboda kommt in seinem Schlafrock in ihr Zimmer geschlürft, beugt sich über sie, nimmt die Pfeife aus dem Mund und zischt: »Jetzt hab' ich ihn!« So ist Onkel Swoboda, unversöhnlich bis ins Grab. Tante Wühlmaus meint, es könne etwas Wahres daran sein. Die Rothaarigen haben einen sechsten Sinn. Sie ist überzeugt davon, daß wirklich böse Menschen auch nach dem Tod noch Bosheit ausstrahlen. Meta kann noch lange nicht einschlafen und ist froh, daß sie das leise Schnarchen der Tante hören kann.

Onkel Swoboda, ein wirklich böser Mensch, verursacht noch lange Scherereien. Ein Buch aus seinem Nachlaß landet im Forsthaus, wird von Mama begutachtet und als obszön ganz hinten im Kasten versteckt. Meta findet es und wird von Mama erwischt, noch ehe sie die erste Geschichte zu Ende gelesen hat. Es gibt einen großen Krach, und alles für nichts und wieder nichts. Wenn alle obszönen Bücher so dumm sind, will Meta nie wieder eins lesen. Die Geschichte handelt von einer Mutter, die mit ihrem Sohn geschlafen hat und deshalb enthauptet wird. Furchtbar strenge Gesetze muß es früher einmal gegeben haben. Metas ganz geheime Sympathie für Onkel Swoboda schlägt in Verachtung um.

Aber dieser Vorfall wird sich erst etwas später ereignen. Im Augenblick genießt Meta Tante Wühlmaus' Nähe. Sie befindet sich in Görz und sieht Pia im Park mit ihrem Leutnant spazierengehen. Der Sonnenschirm wirft grüne Schatten auf Pias Gesicht, und ihr Haar brennt wie Feuer. Etwas Unheilvolles schwebt um das Paar, das muß der sechste Sinn der Rothaarigen sein. Meta möchte die beiden warnen, aber es ist zu spät, die Kugel für den Leutnant ist schon gegossen, und in Pias Lungen fressen die kleinen Tuberkeln ihre heimlichen Höhlen. »Eine Todeskandidatin«, hat Mama von ihr gesagt. Das heißt, Pia ist schon so gut wie gestorben. Das alles ist völlig unbegreiflich. Plötzlich ist Meta dieser Sache überdrüssig. Es ist eine Geschichte, aus der sie ausgesperrt ist und an der sie nichts mehr ändern kann. Sie legt sich flach auf den Bauch und ist im nächsten Augenblick eingeschlafen.

Bei Tag ist Tante Wühlmaus beschäftigt. Sie hilft Mama in der Küche. Von den anderen Gästen ist ohnedies keine Hilfe zu erwarten. Mama läßt sie erst gar nicht in die Küche hinein. Diese großen fröhlichen Leute machen sie nur nervös. Meta hat sie alle sehr gern. Eigentlich sind sie keine richtigen Erwachsenen, diese lauten, geliebten Großen, die nur eine Sache im Kopf haben, das Spiel. Onkel

Schorsch ist Frühaufsteher, die andern kommen erst nach acht zum Frühstück herunter. Und wie gern sie essen: Kaffee, Butter, Honig, Marmelade und Schlagobers. Sie beißen zierlich in ihre Brote und kneifen vor Vergnügen die Augen zu. Das Frühstück zieht sich hin. Man erkundigt sich nach der Nachtruhe, erzählt Anekdoten, und endlich laufen alle Gespräche zurück in jene ferne Zeit, in den alten Schloßpark, in dem der Großvater Gärtner gewesen ist. Zurück zu den riesigen Bäumen, dem Teich mit den Goldfischen und zurück zu den Abenden, an denen der Großvater ihnen Jules Verne vorgelesen hat. Meta spürt, daß sie alle Heimweh haben, und sie ist stolz auf ihren Großvater, den sie nur von Bildern kennt. Er ist bestimmt der schönste Großvater der Welt. Wie wohl ihr die Zärtlichkeit tut, mit der die Onkel von ihm reden. Der tote alte Mann wirft seine Angel aus, und alle seine Fischlein kommen angeschwommen, zurück und hinunter, zwanzigtausend Meilen unter dem Meer. Ein bißchen Neid frißt an ihr, daß sie nicht auch zu den Fischlein gehört, aber da hat der Großvater sie schon entdeckt und wirft die Angel nach ihr aus. Und wie sie angeschwommen kommt, tut der Haken nicht weh und löst sich in ihrem Mund in Süßigkeit auf. Ein großer Zauberer ist der Großvater. Alle hängen sie an seinen graublauen Augen und lauschen der tiefen Stimme, die so wunderbare Geschichten erzählt; zwanzigtausend Meilen unter dem Meer. Großvaters Hände sind breit und von Dornen und Gräsern zerstochen, und auf seinem graulockigen Haar liegt ein Glanz, der nicht nur vom Petroleumlicht stammt. Einmal hat Onkel Schorsch zu Meta gesagt: »Dein Großvater war ein guter Himmelvater. Ich kann dir sonst nichts sagen. Keiner, der ihn gekannt hat, kann ihn vergessen.« Das also ist Metas Großvater, eine sagenhafte Figur, die zugleich tot und lebendig ist. Wenn Meta ihr Abendgebet betet, weiß sie manchmal nicht genau, betet sie jetzt zum Großvater oder zum lieben Gott. Sie kann die beiden nicht auseinanderhalten, und eigentlich will sie das auch gar nicht.

Allmählich verstummen die Erinnerungen um den Frühstückstisch. Die Erzähler schauen schweigend in die Ferne. Und wie schön ihre Augen sind! Meta ist voll Verlangen nach diesen bunten Kugeln, die vom reinen Vergißmeinnichtblau über Grünblau,

Rauchblau und Gelb leuchten. Und manchmal treten diese schönen Kugeln ein wenig aus ihren Höhlen und werden starr. Meta hat früher immer nach ihnen getappt, jetzt weiß sie längst, daß sie nur zum Anschauen da sind. Auch sie hat so große runde Augen, und manchmal bleiben sie stecken und wollen als blaue Kugeln aus ihrem Kopf springen. Dann sagt Mama: »Starr doch nicht so, das ist ja zum Fürchten«, und Meta senkt die Lider und drängt diese fürchterlichen Augen zurück, die die ganze Welt auffressen möchten.

Das Frühstück ist vorbei, Butter, Obers und Honigreste schmelzen auf den Tellern, und die Gäste erheben sich; große Leute mit schlanken Gliedmaßen und üppigen Leibern. Tante Helene bleibt noch ein wenig sitzen. Sie hat so zarte Füße, daß sie nur mit Mühe gehen kann. Die dünnen Beine wollen den schweren Leib nicht tragen. Ihre Hände sind weiß und zerbrechlich, und sie hat noch nie im Leben gearbeitet. Sie könnte es auch nicht. Schon die Mühe, das Haar aufzustecken ist zu groß für diese zarten ungeschickten Finger. Aber Tante Helene ist gescheit, so gescheit, daß sie für weniger gescheite Leute denken muß. Sie wohnt in Böhmen in einem Schloß. Erst hat sie die Kinder unterrichtet und ist dann gleich dort geblieben, weil ihre Zöglinge sie immer noch brauchen. Sonderbar muß das Leben in dem böhmischen Schloß sein. Man spricht einander nur in der dritten Person an. Manchmal vergißt Tante Helene, wo sie ist und sagt zu einem ihrer Brüder: »Hat Er schon gefrühstückt?« oder: »War Er heute wieder spazieren?« Das ganze Jahr sitzt Tante Helene bei Gänse- und Entenbraten in jenem Schloß und herrscht von ihrem Zimmer aus. Sie ist viel älter als ihre Geschwister, härter und kühler, und sie hat die besten Manieren. Niemals sagt sie ein verbotenes Wort, und wenn jemand flucht, überhört sie es. Meta hat die Tante nicht so gern wie die Onkel. Sie spürt, daß die Tante sich gern mit ihr unterhält, aber sie hat so wenig Übung im Umgang mit kleinen Kindern. Ihr Herz ist versteckt hinter kühlen himmelblauen Augen, und Meta ist in ihrer Gegenwart immer schüchtern. Die Onkel behandeln Tante Helene respektvoll, aber wie ihresgleichen, so, als wäre sie keine Frau. Vielleicht ist sie auch wirklich keine; dort, wo andere Frauen einen Busen haben, trägt sie einen Spitzenwasserfall. Und sie ist genauso versessen auf Spiele wie die Männer. Damit vertreibt sie sich auf dem böhmischen Schloß die Langeweile. Im Winter, wenn der Park verschneit ist und die Zeit stillsteht, spielt sie mit dem Kaplan und den Baronessen, die auch schon ältliche Damen werden. Sie spielt alle Kartenspiele, Schach, Halma, Festung und Dame.

Sofort nach dem Frühstück fangen die Verhandlungen an. Onkel Otto will Schach spielen und schaut nach einem Partner aus. Vater ist nicht da, Onkel Schorsch will einen Ausflug machen, bleiben also nur Tante Helene und Onkel Fritz. Aber Tante Helene will unbedingt Festung spielen, und weil sie, wie Mama sagt, einen starken Charakter hat, bestimmt sie einfach Onkel Fritz zu ihrem Partner. Der seufzt, verdreht die Augen und folgt ihr ergeben ins Lusthaus. Schließlich ist er mehr als zwanzig Jahre jünger als sie. Jetzt steht Onkel Otto schön dumm da. Schmollend verzieht er sich unter den Birnbaum und spielt mit der rechten gegen die linke Hand Schach. Bis mittags wird man nichts von den Spielern hören. Meta ist ein wenig enttäuscht, aber sie weiß längst, die geliebten Riesen, so freundlich sie sind, tun immer nur das, was sie tun wollen. Mama sagt, sie sind Egoisten, liebenswürdige Egoisten. Das dürfte ein betrüblicher Makel sein, aber eigentlich findet sie es gescheit, nur das zu tun, was man will. Wenn sie das nicht darf, wird sie böse und voll Haß. Die liebenswürdigen Egoisten hingegen sind immer guter Laune.

Meta trollt sich in ihre eigene Welt. Nicht zu Mama in die Küche, wo schon um neun Uhr die Vorbereitungen zum Mittagessen angefangen haben. Wo Mama, klein, bleich und überanstrengt, irgend etwas klopft und paniert. Man kann ihr nicht helfen; sie müßte alles hinwerfen und sagen: kocht euch doch selber was, ich geh jetzt spazieren. Aber Mama ist kein liebenswürdiger Egoist, sie ist ein Pflichtmensch, etwas, was Meta leider nie werden wird. Deshalb ist Mama auch so gereizt und nervös. Meta verzichtet ganz leicht auf die Ehre, ein Pflichtmensch zu sein. Sie holt sich ein Buch und geht damit in den Wald. Ganz außer Rufweite. Dies ist ihr Spiel. Sie hockt in einem Rindenhaus, die Wärme brütet rund um sie. Ameisen ziehen ihres Weges über ihre Beine. Meta spürt es nicht. Sie befindet sich auf dem Südpol bei Kapitän Scott und zittert vor Kälte. Die Schlittenhunde heulen draußen im Schneesturm. Tränen verdunkeln Metas Blick, sie fährt mit dem Ärmel über die Augen und liest weiter. Die Sonne steht hoch am weißblauen Himmel, und Meta stöhnt unter den scharfen Eisnadeln, die ihr blaugefrorenes Gesicht peitschen.

Mechtilde Lichnowsky

KINDHEIT

[...]

Ein Wagen hält vor der Türe.

Acht vaselineglänzende Hufe stehen, paarweise geordnet, auf dem Kies. Links vom Kutscher Johann ist ein wundervoller Sitzplatz. Das Kind hat nur einen Wunsch: dort oben möchte ich sitzen.

»Kann ich am Bock?«

»So sagt man nicht. Wie sagt man?«

»Ob ich, bitte, am Bock kann?«

»Nein. Nur wenn du es richtig sagst.«

»Kann ich, bitte, neber'm Johann auf'm Bock?«

»Nein.«

»Ob ich, bitte, auf dem Bock sitzen darf?«

»Mit ›Ob ich‹ fängt man nicht an.«

»Darf ich, bitte, auf dem ... neben dem Johann auf'm den Bock, bitte, sitzen?«

»Na also, in Gottes Namen!«

»Kann ich am Bock« ist nicht deutsch. Vielleicht redet man so im Paradies. Erwartetes Glück prägt sich ungern in schon geprägten Formen aus, und diese Frage ist der Schlüssel zu tiefem Glück. Der Kutscher stemmt die Schuhe gegen die schräg aufwärts geneigte Fläche zwischen Bocksitz und Spritzleder. Um dieses Stemmen beneidet ihn das Kind, das neben ihm sitzen darf und dessen Beine den Boden noch lange nicht berühren werden.

Vorne hupfen in niederen beschleunigten Rucken die oval geformten Kruppen der Pferde, oval, um die bienenkorbförmig geschnittenen schwarzen Schweife der hellbraunen Traber. Vorne haben sie ein Brustgeschirr an, hinten sind sie nackt und glatt wie Birnen. »Wenn man sie da streicheln will«, sagt Johann, »muß man vorne anfangen. Net hinschleichen: da fahrn's z'samm und schlagen aus.« – Johann hat sehr kleine Füße und trägt immer Halbschuhe, aus denen, wenn die schwarze Hose sich verschiebt, ein wenig Rot von seinen Socken hervorsieht. Solche Handschuhe, wie er sie beim Kutschieren trägt, sollte man haben. Am Zylinder ist ein kleiner schwarzer Hahnenkamm mit Kokarde. Auch wenn es warm ist, trägt er einen dunkelblauen Tuchrock. Ganz wenig weiße Krawatte sieht man am steifen Kragen.

Wie die Kolben einer Maschine fegen die vier schwarzen Sprunggelenke der Pferde auf und ab, und die Straße rutscht darunter weg wie ein endloser Papierbogen, ganz undeutlich, so schnell wird er weggezogen. Die Ohren der Pferde sind immerfort beschäftigt. Man könnte denken, daß sie damit zu sehen vermögen. Manchmal blickt eins nach vorne, während das andere den Wagen beaufsichtigt, manchmal sind beide nach vorne gespitzt – und dann blitzschnell nach rückwärts gerichtet, so daß man die gefaltete Öffnung eine Sekunde lang sieht. Mit den Hälsen machen sie Bogen, die ganz hart sein müssen, während die schwarzen Mähnen kaum das goldbraune Fell berühren, sondern im Wind der schnellen Fahrt stehen. Es riecht köstlich nach warmem Pferd, und wenn eines mit den Nüstern schnaubt, weht ein feiner kühler Regen auf die Wange des Kindes.

Kla-kla-kla-kla machen die Hufe, und die Alleebäume sausen vorbei. Wenn der Weg ansteigt, dürfen sie im Schritt gehen, die Zügel werden nach dem Anhalten locker gelassen, und jetzt riechen die Pferde nach warmem Brot, und Johann verteidigt ihre Flanken und Rücken gegen die Bremsen, die leichtes Spiel haben, während die Pferde mit der Rübe auf der feuchtgewordenen Rinne unter dem Schweif klatschen. Bei manchen Pferden ist dort eine natürliche Vorrichtung, die in mattglänzender Seide genauso aussieht wie das große eiserne Schloß mit dem Schlüsselloch an der Kirche. Die Schwalben schießen auf und nieder, und das Kind ist in Gedanken versunken.

Wie kann man laufende Pferde zeichnen?

Es muß herrlich sein, in Leder eingespannt, auf Hufen zu traben. Das Kind möchte für sein Leben gern Pferd sein – traben, springen, schnauben, wiehern, – und wieder traben, elastisch gewichtslos, ein Bein schon wieder emporwölben, kaum daß es den Boden mit den köstlich knirschenden und knatternden Hufen berührt hat.

Vor dem Einschlafen ist dies der letzte Gedanke. Gott kann alles – »Lieber Gott, mach, daß ich ein Pferd bin!« Um es dem Schöpfer zu erleichtern, bildet das Kind aus den schalenförmig gehaltenen Händen kleine Fohlenhufe …

[…]

»Morgen ist Sonntag«, sagte der Vater, »und bis Montag wird das Wetter nicht halten; wenn das Heu nicht heute hereinkommt, ist es zum Wegwerfen.«

Also nahm er in der ihm geläufigen Geste einige Kinder beim Hals, schob sie vor sich her, bestellte einen Leiterwagen mit zwei Ochsen, gab jedem Kind eine Heugabel und einen Rechen, und zu fünft wurde das Heu, das flach auf der Wiese lag, erst in lange Schlangen gelegt und dann zu Haufen zusammengeschoben. Die beiden hellblonden Ochsen standen brav am Wagen, die bläulich schimmernden dunklen Augen glotzten auf das kurze Gras, und vom Munde hingen feuchte Fäden, die sie ab und zu mit dem Reibeisen ihrer Zunge wegwischen wollten. Aber sie zielten schlecht; mechanisch steckten sie die Zungenspitze in die Nüstern, und die Wiederkäufäden hingen weiter. Linda, Henriette und Christiane fuhren tapfer mit dem Rechen über das kurze Gras, mit einem Ruck wurde das aufgekratzte Heu losgelassen, und im Takt bewegten sie sich einen Schritt weiter, die Wiese hinunter, die Wiese hinauf. Wie auf Verabredung zogen Henriette und Christiane im gleichen Augenblick ihre Perkalkleider aus, warfen die Hüte weg und standen im kurzen Unterrock, die Arme frei, in der Junisonne. Linda behielt Hut und Kleid an.

Die Kirchenuhr schlug drei Uhr, vier Uhr; die drei Kinder standen im Heu auf dem Leiterwagen. Der Vater hielt eine volle Heugabel senkrecht nach oben, die Töchter verteilten das Heu; kaum war es glatt, stand schon eine neue Ladung auf der Gabel bereit. Als es zu hoch wurde, warf der Vater es geschickt auf den Wagen. Zum Schluß wurde die Stange mit Seilen vorne und hinten darauf befestigt. Christiane und Henriette sprangen auf die Deichsel, von dort auf die Wiese. Linda ordnete noch die letzten Reste, die der Vater ihr zuwarf. Die Gesichter der Ochsen waren von schnellen Fliegen bedeckt. Manchmal schüttelten sie die schweren Köpfe und hoben die Schweife nutzlos, so, wie man die Schulter hebt, wenn man keine Antwort weiß.

»Man muß ihnen helfen«, sagte Christiane. »Spannen wir sie aus.« Henriette half ihr, die Waagscheite wurden von den Ketten befreit und fielen knapp an den Hinterfüßen der Ochsen zu Boden. Die beiden Kinder bestiegen die Deichsel und von dort die Rücken der Ochsen, die über die unerwartete Belastung erstaunten. Diese neue Sorte Fliegen, mochten sie denken, kann man nur durch Bewegung verscheuchen. Aber Christiane und Henriette preßten die Knie an die mächtigen Flanken und suchten um jeden Preis, ihre Stellung beizubehalten. Mittlerweile hatten sich an den Stirnen der Ochsen die Joche gelockert. Das war zuviel. Wütend gingen sie aufeinander los, preßten gesenkten Hauptes Stirn an Stirne. Linda machte voller Angst den Vater aufmerksam: »Aber was macht ihr denn?!« rief er ärgerlich, warf die Heugabel weg, erwischte eines der schleppenden Waagscheite, zog den einen Ochsen zurück, wobei Christiane von seinem Rücken abrutschte und sich auf dem Boden ausbreitete. Henriette war vom andern Reittier geschickt abgesprungen, als es gerade Präriebüffel spielen und seinen Kameraden angreifen wollte. Linda sah entsetzt auf die jüngeren Schwestern: Arme, Hals und Gesicht leuchteten fast so rot wie der Mohn im Getreide. »Es brennt auch sehr«, gaben sie zu, »das ist die Sonne; aber jetzt werden wir baden.« Als Mama die zwei Rothäute zurückkommen sah, war von Baden bei den Goldfischen im Bassin keine Rede mehr: »Sonnenstich. Sofort Kompressen mit rohen Gurkenscheiben. Ins Bett! Baden wäre Wahnsinn!«

Der Vater blickte schuldig drein, denn er hatte gar nicht wahr-

genommen, daß die beiden Kleider abstreiften und Hüte weg-
warfen. Die Kinder verspürten ein merkwürdiges, schmerzhaftes
Brennen des Zahnfleisches und einen galoppierenden Puls, und als
sie das Zimmer verließen, fingen ihre stets gespitzten Ohren ein
Wort der Mutter auf, die dem Vater in einem Seufzer hörbar zuflü-
sterte: »Aber Albert!«, etwa so, wie man Kindern lächelnd sagt: »Ihr
seid fürchterlich!«

[...]

Eine große Freude für die Kinder war es, in einem braunfließenden
Nebenfluß des Inn zu baden. Ein ungarischer Korbwagen, ähnlich
wie ein Coach gebaut, nur viel niedriger, ohne Federn, und aus
Weiden geflochten, konnte mindestens acht Personen fassen. Die
Rott floß durch Weideland, und zum Schluß der Fahrt gab es nur
mehr kurzgeweidete Wiesen, keine Wege. Çzillag und Formas trab-
ten mit verdoppeltem Eifer auf diesem Präriegrund. Eine Badehüt-
te mit zwei Kabinen hatte der Schreiner Schwarz gezimmert; bei
Überschwemmungen ließ sie sich von den Fluten heben, davontra-
gen, und es war ein gutes Stück Arbeit, sie wieder zurückzubringen
und am alten Platz zu befestigen. Die Mutter und Graini und natürlich der Vater konnten gut schwimmen; besonders die Mutter. Die
Pferde wurden dem Kutscher übergeben, der sie in den Schatten
fuhr. Während die Kinder badeten, richtete der Vater ein Kartoffelfeuer her, Brot, Butter und Kartoffeln waren von zu Hause mitgenommen worden, und Graini kümmerte sich darum, auf dem in
den Boden gepflanzten Tisch Teller und Trinkgefäße zu ordnen.
    Nach dem Bade, zur Erwärmung, veranstaltete der Vater Wettläu-
fe mit Handicap. Christiane, die am besten laufen konnte, wurde am
weitesten nach rückwärts gestellt, und dann auf eins, zwei – drrrei
ging's los. Wenn das Kartoffelfeuer lustig brannte, sprang der Vater
durch Rauch und Flammen hinüber, die Kinder natürlich auch. Im
Spätsommer fand man zuweilen eine Wolfsmilchschwärmerraupe,
die man nach Hause nahm und mit Wolfsmilchblättern fütterte bis
zur Einpuppung. Wenn der Falter aus der trockenen Hülle kroch,
schwach, wie verkrüppelt, und wie er unter den Augen der Kinder

in wenigen Minuten in seine Vollkommenheit wuchs, da galt es, ihn vor Herrn Hart zu schützen, der gern Kopf und Brust mit zwei Fingern zusammendrücken, das herrliche Tier mit Äther berauschen und mit einer Stecknadel in seinen Sammelkasten spießen wollte. Aber Herr Hart war seit Michaels Abreise nicht mehr im Hause, und so ging es den Schmetterlingen gut.

Fulco di Verdura

ERSTAUNLICHE FREMDE

Im August brachen wir zu unserer Reise auf den Kontinent auf, von der wir erst Ende Oktober zurückkehrten. Monatelang war Großmama damit beschäftigt gewesen, die Reiseagentur Cooks' Tours zu konsultieren, die Baedekers und Prospekte zu studieren, ehe sie entschied, welche Richtung unsere Karawane einschlagen sollte. Sie schwankte zwischen Wien und dem Semmering, Bayern mit den Königsschlössern, München zum Oktoberfest oder Budapest und dem Plattensee. Auf einer Sommerreise hatten wir die Loireschlösser besucht, in einem tollen Tempo mit einem vom Hotel Metropole in Tours gemieteten Automobil. Aber für welches Land auch immer unsere Großmutter sich entschied, niemals umgingen wir die Schweiz, die gute, liebe, alte Schweiz, die so vertrauenswürdig und gediegen war mit ihren Seen und Drahtseilbahnen, ihren Gärten mit den runden Blumenbeeten, in denen bescheidene Begonien so angepflanzt waren, daß sie Zifferblätter von primitiven Uhren darstellten. Jedes Jahr kamen wir wieder in die Schweiz. Chillon, Jungfrau und Pilatus, die Hotels Beaurivage und National waren uns vertraut.

Die Reisevorbereitungen waren nicht einfach und gingen nicht leicht vonstatten. Wochenlang herrschte Unordnung im Haus. Offene Koffer, kleine und große, Hutschachteln, Mantelsäcke und Reisetaschen standen in allen Zimmern herum, während Stöße von Wäsche, Pullovern und warmen Mänteln auf den Möbelstücken lagen – ein Zeichen der Besorgnis, die jeder Sizilianer in bezug auf Kälte hegt: »Woher soll man wissen, wie das Wetter im September in Chamonix ist und wie feucht es im Oktober in Paris sein wird?« Ich machte mir das allgemeine Durcheinander zunutze, um einige verbotene Spielsachen zwischen Wäsche und Wollsachen zu schmuggeln.

Je näher der große Tag rückte, um so aufgeregter wurde ich. Ich fieberte geradezu. Die Aussicht, in See zu stechen, mich im wahrsten Sinne des Worts von der Welt, in der ich lebte, zu trennen, die schroffen Bergketten Siziliens in der Dämmerung verschwinden und die ersten Sterne am Himmel aufgehen zu sehen, neue Städte kennenzulernen, unbekannte Sprachen zu hören, allerlei mögliche Unfälle zu bestehen, Zugentgleisungen oder Schiffbruch, düstere Vorahnungen, die mir mein angeborener Pessimismus eingab, all das brachte mich so durcheinander, daß ich schon eine Woche zu früh aufbruchbereit war, meine abscheulich häßliche Reisetasche aus Leder (imitiert) über die Schulter gehängt, meinen Teddybär unter den Arm geklemmt. Meine Schwester Maria Felice, die sehr viel beherrschter war als ich, betrachtete die Reise unter einem ganz anderen Gesichtspunkt. Ihr mißfiel es nur, so lange Monate von ihren Hunden und ihrem Vater getrennt zu sein (genau in dieser Reihenfolge).

Außer uns vieren nahmen an der Reise zwei Zofen und der Diener Pasquale teil, plötzlich zum Reisemarschall befördert. Da er nur sizilianisch sprach, war er für dieses Amt keineswegs geeignet. Wenn wir von einer Stadt in eine andere, von einem Land in ein anderes weiterreisten, wurde er einen Tag zuvor losgeschickt, um Quartier für uns zu machen oder sich zu vergewissern, daß das bestellte reserviert war. Das immer verheerende Ergebnis seiner Missionen erboste Großmama und stürzte den unglücklichen Pasquale in Verzweiflung.

Ein einigermaßen sauberer Dampfer, *il postale* (das Postschiff), legte gegen sieben Uhr abends vom Hafen ab. Wir quetschten uns viel zu früh in unsere Wagen, und wenn wir zum Pier kamen, hatte die Einschiffung noch nicht begonnen. Wir warteten dann in Gesellschaft von Freunden und Verwandten, die gekommen waren, um uns zu verabschieden. Die Hafenkais boten damals ein packendes Schauspiel, denn jeder Passagier, der auf den Kontinent reiste, wurde von einem guten Dutzend Familienangehöriger begleitet. Mein Vater war immer da, vermutlich insgeheim erleichtert, uns für einige Monate los zu sein. Jetzt konnte er ohne irgendwelche Verpflichtungen oder lästige Fesseln tun und lassen, was ihm beliebte. Als Großmamas ältester Sohn und Namenserbe war auch unser Onkel Peppino mit seiner Frau und einigen seiner Kinder da. Außerdem »dear old Monte« – wie hätte man ohne sie nach Frankreich fahren können? – und die Vertreter der Familienverwaltung, die beiden Brüder Cinque.

Wir waren keine überschwengliche Familie und vermieden bei Abreisen übertriebene Küssereien, die uns geschmacklos vorgekommen wären. Aber das entsprach nicht den Landesbräuchen, und was um uns herum vorging, ist einfach unbeschreiblich. Wäre das Ziel unserer Reisegenossen Cayenne oder Sibirien gewesen, der Abschied hätte nicht herzzerreißender sein können. Selbst Hochzeitsreisen gaben Anlaß zu Tränen, Schluchzen, Wehklagen und Küssen.

Wer nicht den Abschied einer jungverheirateten Sizilianerin von ihrer Familie miterlebt hat, kann sich nicht vorstellen, was für heftig aufprallende Küsse es gibt, tränenfeuchte, Dauerbrenner mit klebriger Wirkung, so daß sofort ein Taschentuch gezückt werden muß, das aber gleich wieder verschwindet, um den nächsten Kuß zu ermöglichen, alles begleitet von Anrufungen der Jungfrau Maria und der heiligen Rosalia, von Schmerzensschreien und Ohnmachten. Dann kam das, was wir »Fritüre« nannten. Die Ehre, damit anzufangen, kam dem ältesten Familienmitglied zu. Er bemächtigte sich des Opfers und bedeckte dessen ganzes Gesicht wie aus der Pistole geschossen mit schmatzenden Küssen, deren Geräusch an das Bruzzeln von Öl in einer Friteuse erinnerte. Aber dann wurde dem Ältesten seine Beute gewaltsam vom zweiten in der Altersrangordnung entrissen, der das Schmatzen genauso heftig fortsetzte wie sein Vorgänger, und so ging es weiter, bis die Kleinsten an der Reihe waren, die hochgehoben wurden, damit sie das, was vom Gesicht der Braut noch übrig war, mit Spucke bedecken konnten.

Doch in dem Augenblick, da die Sirene zum letztenmal ertönte, wenn die Passagiere alle an Bord waren, änderte sich die Stimmung plötzlich, und ohne Übergang verwandelte sich die tiefste

Verzweiflung in ausgelassene Fröhlichkeit. Die Taschentücher dienten jetzt einem anderen Zweck: mit ihnen wurde den Reisenden zugewinkt. Scherze (oft schlüpfrige) und Ratschläge wurden den Jungverheirateten zugerufen, Blumen wurden geworfen, begleitet von einem Gitarren- und Akkordeonkonzert, und dann begann die Litanei der Vornamen als Abschiedsgruß: »Toto-o-o«, »Sariddara-a-a«, »Peppino-o-o«, »Santona-a-a«, »Turiddu-u-u«. Dann holte die »Città di Catania« die Ankertrosse ein und legte vom Kai ab, während ihre Schrauben das Wasser aufwühlten. Die Menge rannte indessen zum Ende der Mole, um dem majestätisch zum Hafenausgang dampfenden Schiff einen letzten Taschentuchgruß zu entbieten.

Am nächsten Morgen kamen wir bei brütender Hitze in Neapel an; Purzelbäume schlagende *scugnizzi* (Gassenjungen), Peitschengeknall von Droschkenkutschern, um Kunden anzulokken, der Geruch von getrocknetem Fisch und der Rauch aus unseren Schornsteinen – das waren meine Eindrücke von dieser Stadt.

Ein kleiner alter Mann in einer zerfetzten Uniform, den wir aus unerfindlichen Gründen den »Kapitän« nannten, erwartete uns auf dem Kai. Seine Aufgabe beschränkte sich darauf, uns einen Weg durch die Menge zu bahnen und uns voranzugehen bis zu dem Zug, der auf die Schiffspassagiere wartete, um sie zum Hauptbahnhof zu bringen. Dort stiegen wir in den D-Zug nach Rom.

Wir vier fuhren erster Klasse, und trotz unseres vielen Gepäcks gelang es uns nicht, das Abteil ganz zu besetzen. Vor der Abfahrt und solange Pasquale und die beiden Zofen so taten, als seien sie für uns beschäftigt, »schuf das Fülle« und wir hatten nichts zu fürchten. »Fülle schaffen« war die Taktik, die Großmama sich ausgedacht hatte. Aber sobald der Zug abgefahren war und unsere Bediensteten ihre Plätze in der zweiten Klasse eingenommen hatten, wurde die Gefahr auf jeder Station größer. Die leeren Plätze könnten Liebhaber finden, und dann müßten wir mit Fremden reisen, eine nur schwer zu ertragende Zumutung. Der Leser wird der Meinung sein, wir hätten das vermeiden können, wenn unser

Personal bei uns geblieben wäre. Das ist richtig, aber damals hielt man es für undenkbar, daß es keinen Klassenunterschied zwischen Herrschaft und Dienerschaft geben sollte. In verschiedenen Abteilen zu reisen war einfach selbstverständlich. Also mußte man vor dem nächsten Bahnhof Maßnahmen ergreifen, um Eindringlinge abzuschrecken, und da erwies sich meine Mutter als listenreich:

»Benimm dich flegelhaft«, sagte sie. »Spiel verrückt.«

Bis dahin war mir immer das Gegenteil befohlen worden. Verboten … Und nun bewirkte der Zug seltsamerweise, daß dieses Wort seinen Sinn verlor. Wie ein gut aufgezogener Automat befolgte ich an jedem Bahnhof die Anweisungen meiner Mutter mit der erforderlichen Energie.

Eine weitere Quelle des Vergnügens waren die Schlafwagen. Die Schaffner in ihren dunkelbraunen Uniformen, der dicke Teppichboden, die Betten übereinander, all das entzückte uns, vor allem aber die Inschrift über dem Waschbecken: »*Sous le lavabo se trouve un vase.*« (Unter dem Waschbecken befindet sich eine Schüssel – gemeint war ein Nachttopf.) Nach unserer Rückkehr nach Sizilien pflegten wir bei Tisch (zur Empörung unserer Gouvernanten) diesen Satz in dem Augenblick auszusprechen, in dem einem Gast die Sauciere gereicht wurde, und je nach dem, ob er sofort verstanden wurde oder nicht, beurteilten wir die Weltläufigkeit des Gastes. Gereist zu sein und französisch zu sprechen war in unseren Augen die höchste Empfehlung.

Wie viele Städte haben wir auf diesen Reisen kennengelernt, und was haben wir nicht alles gesehen – heute kommt es einem vor, als wäre das in einem anderen Zeitalter gewesen, und das war es auch, und jenes Zeitalter ging seinem Ende entgegen. In Wien, damals die Hauptstadt eines großen Reiches, stiegen wir im Hotel Imperial am Ring ab, sehr eindrucksvoll mit seiner Marmortreppe und dem nicht enden wollenden roten Teppich. Wenn wir nicht damit beschäftigt waren, die Konditoreien aufzusuchen – unsere Damen sprachen von Demel wie von einem Heiligtum –, machten wir uns auf, den alten Kaiser aus der Hofburg kommen zu sehen. Täglich erschien er gegen vier Uhr in einem offenen Wagen, leicht gebeugt, und grüßte mit einer kaum angedeuteten Geste erst nach rechts, dann nach links, ohne daß sich sein unbeweglicher Gesichtsausdruck änderte. Wir zweifelten fast daran, daß er am Leben war. Seine Hände – hatten sie sich bewegt, oder hatten wir es uns nur eingebildet? In Sizilien wurden im 17. Jahrhundert vornehme Tote wie Lebende in Sänften* auf den Friedhof getragen. Der Verstorbene erreichte seine letzte Ruhestätte sitzend, wenn auch diskret auf seinem Sitz festgeschnallt, und den Vorübergehenden fiel nur auf, daß seine Miene etwas trauriger als gewöhnlich und die Sänfte schwarz war.

In Wien schienen die Leute an die täglichen Ausfahrten von Franz Josef gewöhnt zu sein. Kaum daß einige Herren ruhig und würdig den Hut abnahmen und einige Damen einen sehr diskreten Knicks andeuteten. Es gab weder Beifall noch Zurufe, wenn der zu einer Legende gewordene Kaiser vorbeifuhr. Man sah weder Polizei noch Leibwachen auf der Straße. Alles ging vor sich, als ob gar nichts wäre.

Bei der Messe in der Hofburg, für die man Eintrittskarten bekommen konnte, was sich unsere Damen nicht entgehen ließen (meine Mutter aus Frömmigkeit, meine Großmutter aus Neugier), erschien mir die Haltung der Soldaten, die bei der Erhebung der Hostie das Gewehr präsentierten und dabei ein Knie auf dem Boden hatten, besonders feierlich und der Messe eines Kaisers wahrlich würdig.

Einen zweiten feierlichen Augenblick während unseres Aufenthalts in Wien erlebte ich in der Oper. Wir hörten Enrico Caruso in *Rigoletto*. Er war der einzige, der an dem Abend italienisch sang, alle anderen Rollen wurden deutsch gesungen. Das minderte die Begeisterung der vielen anwesenden Italiener nicht. Sie brachten

---

* Eine dieser Sänften für Verstorbene ist im Sizilianischen Ethnographischen Museum ausgestellt, das 1909 von Giuseppe Pitrè gegründet wurde und sich in den Gebäuden im Park La Favorita befindet, wo einst Dienerschaft und Hofstaat untergebracht waren. Die Sänfte hat die tiefschwarze Farbe, die so zutreffend *nero morto* genannt wird.

Caruso eine nicht enden wollende Ovation dar und überreichten ihm auf offener Szene einen Lorbeerkranz mit einer Schleife in den italienischen Farben. Nach dem entsetzlichen Andante *Cortigiani, vil razza dannata,* nach Gildas Liebe und ihrem grausamen Tod und dem Schmerz des Hofnarren nun die Rufe der italienischen *comitiva* und dann der Lorbeerkranz für Caruso − das war zuviel für mich. Ich brach in Schluchzen aus. Ich sehe mich noch, wie ich kummervoll heiße Tränen vergoß, ohne mich auch nur um die Verwunderung unserer Nachbarn zu kümmern, die sich fragten, was das arme Kind so traurig gemacht haben könnte, noch um den Spott meiner Schwester oder die offensichtliche Mißbilligung meiner Großmutter. Die starken Frauen der Familie sahen in meiner Empfindsamkeit etwas anormal Kindliches.

Von Wien fuhren wir mit dem Schiff nach Budapest, denn wenn man die Donau in ihrer ganzen Schönheit sehen wollte, mußte man sich in die ungarische Hauptstadt begeben. Kaum waren wir am Duna Palota angekommen, beschlossen wir, am Ufer der Donau spazierenzugehen, aber es blieb bei dem Vorsatz, denn wir wurden von dem Schaufenster von Gerbault gefesselt, das mit Fug und Recht als die berühmteste Konditorei in Europa galt. Das Schaufenster bot wirklich einen herrlichen Anblick.

Um das Renommee zu begreifen, dessen sich Gerbault erfreute, muß man wissen, daß es nicht eine Konditorei war, sondern eine Institution, in der die Kuchen zu einem moralischen Gebot erhoben waren. Die Marmortische, an denen man Platz nahm, waren Ausdruck eines sozialen Prestiges. Man traf bei Gerbault nur distinguierte Leckermäuler, die schweigend und hingebungsvoll die Köstlichkeiten verzehrten. Auch die Servierfräulein waren sehr vornehm. Sie nannten ihre Kundinnen »gnädige Frau«, trugen knappe, schwarze Kleider, weiße Häubchen und spitzenbesetzte Schürzen, bedienten sich silberner Kuchenzangen und gingen auf Zehenspitzen. Sie waren außerordentlich hübsch, man traute ihnen reiche Freunde zu. Die Kellnerinnen von Gerbault fühlten sich der ersten Sängerin der Kaiserlichen Oper ebenbürtig.

Trotz der Schönheit des Landes hielt es uns in Ungarn nur wenige Tage. Die Reise in die Schweiz wurde als eine unstreitige

Notwendigkeit hingestellt, als eine Wohltat für Leib und Seele. Nach Österreich und Ungarn besuchten wir wieder das Land, das vorbildlich war mit seiner Ordnung, seiner Sauberkeit, seiner Pünktlichkeit und maßvollen Romantik, lauter Eigenschaften, die zu rühmen Großmama nicht müde wurde. Wir fuhren also in die Schweiz. Ich begann mich allerdings schrecklich zu langweilen und fand unser gemächliches Herumziehen von einem Hotelpalast zum anderen, wo ich keine Spielgefährten fand, und von einem See zum anderen nicht gerade begeisternd, abgesehen von zwei Erlebnissen, die wir entweder 1911 oder 1912 hatten.

Vor dem Ersten Weltkrieg war der Autoverkehr in einigen Alpenkantonen noch verboten. Um ihre Schönheit kennenzulernen, mußte man eine Kutsche mieten. Unsere kühne Großmutter, die nicht nur unternehmungslustig war, sondern auch Sinn für die Romantik des Reisens hatte, beschloß, über den Sankt Gotthard-Paß zu fahren, eine Expedition, zu der man in Göschenen aufbrach, um nach drei Tagen in Airolo zu sein. Mit dem Zug durch den Gotthard-Tunnel hätten wir die Strecke in einer halben Stunde zurückgelegt, aber nichts von den Bergen gesehen.

Wir zählten insgesamt acht Personen, unsere beiden Damen, Maria Felice und Maria Giulia, die unzertrennlichen Kusinen, ich, der Benjamin der Gesellschaft, die beiden Zofen und der unglückliche Pasquale, der immer verwirrter wurde. Wenn ich mich recht erinnere, war die Kutsche ein imposantes Gefährt, von vier Pferden gezogen, ein Mittelding zwischen einem Landauer und einer Postkutsche, so daß wir alle Platz fanden. Das Wetter war prächtig, und in den ganzen drei Tagen konnten wir das Verdeck unten lassen. Die verlockendsten Plätze der Kutsche, die auf einer höheren Ebene und daher außer Sichtweite von Mutter und Großmutter lagen, befanden sich hinten und vorn hinter dem Kutschbock. Ich durfte dort wegen meiner bekannten Unbeherrschtheit nicht sitzen, sondern mußte in der Mitte und unter ständiger Überwachung Platz nehmen. Von dort aus sah ich zwei der mächtigsten Flüsse Europas in ihrem Quellgebiet, den Rhein, der noch ein Wildbach war, und die Rhone, ein durchsichtiges Rinnsal, das über Kiesel plätscherte. Ich vermochte mir nicht zu erklären, wie aus diesem schmalen Wasserlauf der majestätische Strom werden konnte, den ich an den Mauern von Avignon hatte vorbeifließen sehen. Das war für mich der erstaunlichste Anblick.

Sehr erfreulich waren die Übernachtungen in blitzsauberen kleinen Gasthäusern. Aber am meisten Spaß machte es uns, auf steilen Strecken, wenn die Pferde nur langsam vorankamen, auszusteigen und ein Stück zu Fuß zu gehen. Wir ließen keine Gelegenheit aus, uns die Beine zu vertreten und Enzian zu pflücken, der in Mengen im Straßengraben wuchs, auch wenn wir dann rennen mußten, um die Kutsche vor der nächsten Kehre einzuholen. Im 19. Jahrhundert war jeder, der nach Italien reiste, mit der Postkutsche oder anderen Pferdewagen über die Pässe gefahren, und wir machten es genauso. Damals war ich mir dessen nicht bewußt, aber später ist mir der Gedanke oft durch den Kopf gegangen.

Nach dieser Fahrt über den Sankt Gotthard erschienen mir die anderen Unternehmungen, die meine Großmutter organisierte, vergleichsweise unbedeutend. Der Malojapaß machte mir wenig Eindruck. Wir waren von Sankt Moritz aufgebrochen, also schon in ziemlicher Höhe, so daß für meinen Geschmack nicht mehr genug Steigungen kamen. Im Vergleich zum Sankt Gotthard erschien mir die Straße eben und eintönig. Uns war versprochen worden, daß auf dem Paß Schnee liegen würde, weiß wie der Gipfel der Jungfrau. Statt dessen fanden wir an der Gastwirtschaft, wo wir zu Mittag aßen, nur schmutzig-graue und verkrustete Reste. Die Tatsache, daß wir da einen Orgelspieler mit seinem zahmen Murmeltier trafen, war ein unzulänglicher Trost. Es kam uns alles banal vor. Von dort führte die Straße gemächlich und langweilig hinunter in die Lombardei. Dort erwartete uns das trübsinnige 20. Jahrhundert in Gestalt einer seiner bemerkenswertesten Errungenschaften: eines Zuges. Von Chiavenna brachte uns ein rüttelnder und pfeifender Eisenbahnzug nach Mailand. Für diese Stadt habe ich mein Leben lang nur begrenzte Sympathie empfunden, und zwar wegen zwei mißlichen Erfahrungen im Kindesalter: weil ich bei einem Spaziergang im öffentlichen Park ins Wasser gefallen bin, als ich eine Rasse asiatischer Gänse aus allzu großer Nähe betrachten wollte; und weil mir ein andermal dort der Anzug ruiniert wurde. Er war sehr schön, eine schwarze Samthose, die ich nach vielen Diskussionen – meine Mutter fand, »September ist zu früh für Samt« – angezogen hatte, und ein weißseidenes Hemd, das ein kleiner Italiener korsischer Abstammung, Mathieu Pozzo di Borgo, ein wirklich widerlicher Bengel, sofort mit roter Farbe beschmierte.

Wenn sich das Verhältnis zwischen dem Korsen und dem Sizilianer mit der Zeit auch besserte – zu guter Letzt wurden wir sogar gute Freunde –, und ich diesem achtjährigen Eifersüchtigen, diesem Mathieu verzieh, der mir ein grinsendes Gesicht mit Hörnern auf den Rücken gemalt hatte, weil ich mich von einer Traumbambina hatte fesseln lassen, so besserte sich das Verhältnis zwischen der industriellen Hauptstadt des neuen Italien und mir niemals. Nein, ich liebte Mailand wirklich nicht.

Paris fand ich dagegen bezaubernd. Jedes Jahr fuhren wir dorthin. Wenn wir von Mailand nach Paris fuhren, kehrten wir aus der Fremde in ein bekanntes und geliebtes Land zurück.

Zeit meines Lebens bin ich ein begeisterter Paris-Pilger gewesen und habe mich dort oft und lange aufgehalten. Aber das Paris von damals … Ich muß mich sehr anstrengen, um es wieder einzufangen. Seine Gerüche, seine Farben, seine Geräusche … Ich höre noch das Rollen von Pferdewagen und das Hufgeklapper auf dem Holzpflaster in der lila Dämmerung von Oktoberabenden, das seltene Erschallen von Autohupen, die wie unanständige Auswüchse an den Windschutzscheiben der ersten Taxis saßen, die Rufe von Zeitungsverkäufern, die »*Paris-Sport!*« schrien, und die boshaften Behauptungen von Maria Felice, diesem reizenden Geschöpf, die uns weismachen wollte, sie riefen »L'Aristo«, und das bedeute »Aristokraten aufhängen« und sei also ein untrügliches Zeichen, daß eine neue Revolution bevorstehe! Und ich sehe es wieder vor mir, wie auf der Place Vendôme die Gaslaternen eine nach der anderen angezündet wurden und der Herbstregen einen Lichthof um sie herum schuf, wie ein dichter grauer Dunstschleier alles einhüllte und sogar die Säule verschwinden ließ, auf der wie ein Olympier (und daher für uns auf eine heimatliche Weise) ein Mann in einem antiken Gewand thronte.

Durch die Fenster des Ritz jener Zeit, so sehr à la Proust wie nur möglich, atmeten wir Paris ein. Niemals habe ich mich mehr in Sicherheit gefühlt und war nie glücklicher als in diesen behaglichen Räumen, umgeben von Menschen, die ich liebte.

Nachmittags besuchten wir manchmal die in Paris lebenden Sizilianer. Vor allen den Herzog di Camastra, der in Passy wohnte. Seine Frau, geborene Rose Ney d'Elchingen, war eine Freundin meiner Mutter. Der Herzog schickte uns mit seinen Nichten, Paule und Caroline Murat, in den Garten, was die einen wie die anderen erbitterte, denn wir hatten uns nichts zu sagen. Doch erinnere ich mich noch, daß meine Mutter versuchte, uns auf diese Besuche vorzubereiten, indem sie darauf hinwies, daß wir uns unter allen Umständen mit den Bräuchen abfinden müßten: »Denkt daran, daß Murat König beider Sizilien gewesen ist, und überdies war er untadelig«, was Maria Felice eiskalt ließ. Ihre Meinung war unumstößlich. Ein Reiterbild des unglücklichen Souveräns, in seiner Glanzzeit und in doppelter Lebensgröße gemalt, das im Pariser Vorzimmer der Camastras hing, hatte sie ein für allemal davon überzeugt, daß dieser König nichts tauge. Der Grund für dieses vernichtende Urteil war, daß auf diesem Gemälde sein Sitz erbärmlich war und er die Ellbogen nicht angelegt hatte.

Dann kam der obligatorische Besuch in der Rue de Ranelagh bei einem Ehren-Sizilianer, dem Baron Rousseau. Er war lange französischer Generalkonsul in Palermo gewesen. Auch er hatte einen Garten, in dem Statuen mit steinernem Gesicht uns bei unseren Spielen mit seiner Tochter zuschauten, der hübschen Loulou, die sich als genügend sizilianisiert erwies, um unsere einzige Pariser Freundin zu werden.

Wir gingen oft in die Parks: in den *Jardin d'Acclimatation* (Zoologischer Garten), dessen zahme Elefanten und das Zebra, auf denen wir ritten, ich nie vergessen habe; in den Botanischen Garten und seinen Zoo, der, obwohl er weit weg war und nichts von einem Garten Eden an sich hatte, uns beglückte (sehr viel später begriff ich den tieferen Grund für unser Entzücken: wir konnten unserer Tierliebe wieder frönen); in den Luna Park mit seinen Berg- und Talbahnen, dem Spiegelkabinett und den kleinen tükkischen Brücken, auf die wir die vertrauensselige Sandrina schubsten, die voll Schrecken bemerkte, wie sich ihre Röcke durch künstliche Zugluft aufblähten und dann hoben. Von diesen Spaziergängen kehrte sie aufgebracht, entrüstet und in vorwurfsvolles Schweigen gehüllt nach Hause zurück.

In den Tuilerien verachteten wir die von stinkenden Ziegen und räudigen Eseln gezogenen kleinen Wagen, und ebenso verachteten wir das Marionettentheater, dem es im Vergleich mit unserem Pupi-Theater an Schwung mangelte. Wir hatten nur Augen für einen alten Mann mit Patriarchenbart, der mit der Reglosigkeit einer Statue auf einer Bank saß und die Vögel einlud, auf seinen Armen, Schultern und dem zerbeulten Hut Platz zu nehmen. Wir nannten ihn »die verkehrte Vogelscheuche«. Der Vogelbändiger hätte uns fast vergessen lassen, daß wir in den Tuilerien waren, um das bißchen Erde einzusammeln, das wir, wie versprochen, der lieben Toré bringen mußten, unserer palermitanischen Dame.

In der ersten Zeit meiner Jugendliebschaft mit Paris bin ich oft im Zirkus gewesen, dem Medrano, dem Nouveau Cirque und dem Cirque d'Hiver, und ein- oder zweimal haben wir sogar vor einer Tasse Tee im Palais de Glace gesessen, wo wir keineswegs Schlittschuhe anschnallen, sondern lediglich Schlittschuhläufern zusehen wollten, damit wir nach unserer Rückkehr in Sizilien vor unseren Freunden mit unseren angeblichen Heldentaten protzen konnten. Was würden wir ihnen erzählen? Daß wir einen Lehrer hatten, der eine tressenbesetzte Husarenjacke und eine Persianermütze mit Aigrette trug und uns beibrachte, eine Acht auf dem Eis zu laufen und auf Schlittschuhen Walzer zu tanzen. Ungefährliche Prahlereien in einem Land ohne Eis. Und nicht die geringste Chance, daß es das je geben würde. Wir konnten flunkern, soviel wir wollten, nie würden wir unser angebliches Können unter Beweis stellen müssen.

Aber unsere Großmutter fand, daß unser Zeitvertreib in Paris zu wenig bildend sei. Sie warf uns vor, daß wir »die Stätten des Geistes«, wie sie es nannte, überhaupt nicht kannten, sondern nur die Pariser Lieferanten unserer Mutter. Tatsächlich konnte ich die Namen ihrer Parfümerie, ihres Friseurs, ihres Juweliers, ihrer

Schneiderin sehr viel besser aufsagen als meine lateinischen De-
klinationen. Meine Kenntnis von Paris beschränkte sich auf zwei
Achsen, von der Oper zum Palais Royal und von den Tuilerien zur
Place Vendôme, denn mir war klar, daß alles, was »Rang und Namen« hatte, sich dort befand. Wir wurden mit Gewalt in die Nach-
mittagsvorstellungen klassischer Stücke in der Comédie Française
geschleppt. Da ertrug ich unter heftigem Gähnen *Der Bürger als
Edelmann* und *Die gelehrten Frauen.* Wie konnte ich das auch verstehen? Um Molière zu lieben, hätte ich jemanden kennen müssen, der ihn liebte, und wie ich schon erwähnte, habe ich überhaupt keine richtigen Lehrer gehabt.

Die Märchenvorstellungen im Theater Châtelet dagegen, *Der
gestiefelte Kater* und *Aschenputtel* oder die Welt von Jules Verne, vor
allem *Der Kurier des Zaren* oder *In achtzig Tagen um die Welt,* entsprachen meinem Niveau. Meine sizilianische Vorliebe für das Dramatische kam bei den grausamsten Szenen auf ihre Kosten. »Sieh
dich um, Michel, sieh dich zum letztenmal um« … ehe Strogoff
mit einem glühenden Eisen die Augen ausgebrannt werden – diese Szene erschreckte mich weder mehr noch weniger als die grausamen Folterungen der ersten Christen, die auf den Gemälden in
der Galleria des Palazzo Verdura dargestellt wurden. Das Grauen-
volle störte mich nicht. Ich befand mich hier auf vertrautem Boden.

An der Fassade des Châtelet verkündeten riesige Plakate, daß es
sich bei den Aufführungen um »Ausstattungsstücke« handle, und
auch das war nicht überwältigend für mich. Als Stammgast im
Teatro Massimo war ich ein anspruchsvoller Zuschauer, dem man
nichts vormachen konnte. Die Inszenierung von *Reise um die Welt,*
der Angriff der Rothäute auf den Eisenbahnzug, das Fließband, auf
dem die Pferde gleichsam mit verhängten Zügeln dahinpreschten,
die Waldkulissen, die sich in umgekehrter Richtung zur Lokomotive bewegten, das Geschrei der Indianer, die Revolverschüsse, die
donnernden Geräusche, die aus dem Orchestergraben kamen, all
das, was die Pariser, die Provinzler und die Fremden, die aus allen
Hauptstädten Europas gekommen waren, verblüffte, erschien mir
ganz alltäglich.

Wenn man einen Erwachsenen fragt, welches Schauspiel oder welche Entdeckung in seiner Kindheit ihn geprägt habe, wird er einem eine Antwort geben müssen, die ihn selbst erstaunt, und oft wird es ihm sehr schwer fallen zu sagen, warum ihm dieses oder jenes besonders gefiel, und er wird es nicht erklären können. Das ist bezeichnend für das Altern: die Unfähigkeit, eine bestimmte Einstellung aus der Kindheit wiederzuerschaffen. Die jetzige Vorstellungsgabe schafft es nicht mehr. In diesem Sinne bin ich entsetzlich alt geworden, denn ich kann beim besten Willen nicht sagen, warum *Der blaue Vogel* von Maurice Maeterlinck, an dem mich heute das Konventionelle und Süßliche stört, damals für mich eine umwerfende Offenbarung war, eine Zauberreise, die in meinen Träumen etwas Zwanghaftes annahm. Das Märchen wurde in einer Nachmittagsvorstellung in einem Theater nahe den Champs-Elysées gegeben. Sechs Akte und zwölf Bilder … Kaum war ich abends eingeschlafen, da erschien mir Georgette Leblanc als Lichtfee mit ihren schimmernden, goldenen Pailletten. Sie beherrschte meine Träume. Sie brachte mich an Orte, die zugleich bekannt und unbekannt waren und von denen ich, wie ich wußte, nicht zurückkommen würde. Im Schlaf waren Maeterlincks Gärten des Glücks nicht mehr vom Garten der Villa Niscemi zu unterscheiden. Eine Fee zeigte mir den Käfig, wo der blaue Vogel auf mich wartete. Ich erkannte das Fenster meines Schlafzimmers zu Hause: da hing der Käfig. Mal war es Georgette Leblanc, die mir zu ihm hinaufhalf, mal erreichte ich ihn auf prosaischere Weise: über die Rolltreppe der Galerie Lafayette, die ich zu meinem Entzücken kürzlich entdeckt hatte.

Die geträumte Reise zum blauen Vogel ging immer sehr langsam vonstatten, und lebensgefährliche Hindernisse türmten sich auf, die kein Ende nehmen wollten. Historische Persönlichkeiten, die etwas Unheimliches an sich hatten, versuchten sich einzumischen und mir jede Flucht zu verbieten. Manchmal waren es Napoleon und Josephine, die zu weinen anfingen, als wären sie meine Eltern (Erinnerung an die tränenreiche Trennung, die ich einige Tage zuvor im Musée Grévin – dem Pariser Wachsfigurenkabinett – gesehen hatte); manchmal war es Marat, der wütend aus seiner Badewanne kam und mir nachlief; manchmal waren es Ratten aus dem Kerker Ludwigs XVII., die mich verfolgten. Gleichzeitig tauchten in meinen Träumen Szenen auf, die nicht erfunden waren. So sah ich, gleichsam wie in einem Spiegel, im Traum den Zwischenfall im Musée Grévin wieder, der die Folge davon war, daß unsere Kusine Maria Giulia, Maria Felice und ich auf den Gedanken gekommen waren, Wachsfiguren zu spielen, weil nämlich einige hier und dort auf Bänken oder Stühlen saßen, als wären sie Museumsbesucher. Maria Giulia brachte eine Reglosigkeit zustande, die an ein Wunder grenzte, und starrte die Leute an, ohne auch nur mit der Wimper zu zucken. Ich war auch nicht schlecht in meinem Matrosenanzug von Peter Jones. Dabei war meine Aufgabe sehr viel mißlicher, weil ich auf einer Bank saß, meine Füße nicht auf den Boden reichten und es wirklich schwierig war, sie ruhig zu halten. Seltsam, dieses Bedürfnis von so jungen Menschen, sich zugleich als Zuschauer und Schauspieler zu fühlen.

Ich will das peinliche Erlebnis, das, wenn ich es in meinen Träumen wiedererlebte, wie eine Explosion war und mich jedesmal weckte, nicht in allen Einzelheiten schildern. Halten wir lediglich die dramatische Beschleunigung der Handlung fest, als ein französischer Junge, in meinem Alter und sehr sommersprossig, die Hand in eine Tasche steckte, die er für die einer Wachsfigur hielt, um meine Trillerpfeife zu stehlen. Das ging zu weit, und es folgten die fatale Ohrfeige, das bizarre Auftauchen eines riesigen Hutes, unter dem sich eine höchst aufgebrachte Person ereiferte, die Mutter des Geohrfeigten, der nicht zu überbietende Zorn zweier sizilianischer Furien, Maria Giulia und Maria Felice, die mir zu Hilfe eilten, kampfbereit, zwei Amazonen, die mit typisch mediterraner Gerissenheit zur allgemeinen Verwirrung beitrugen, indem sie vorgaben, kein Wort Französisch zu sprechen. Dann das Erscheinen des Museumswärters mit vor Entsetzen geweiteten Augen, die langen Schritte, mit denen wir ohne viel Federlesens zum Ausgang geführt wurden, während die restlichen Beteiligten immer noch brüllten, schließlich die ironische und wütende Geste, mit der der Museumswärter auf das Straßenschild »Boulevard des Italiens«

wies, als wollte er sagen, das sei wohl ein prophetischer Name, und dann das Knallen der Museumstür hinter uns.

Zuerst eingeschüchtert, dann entzückt von unserer Kühnheit, stellten wir wieder einmal unsere vollkommene Solidarität fest angesichts des ständigen schlechten Betragens, das wir stolz für uns in Anspruch nahmen. Nur konnten wir uns die perfide Anspielung auf unsere Nationalität schlecht erklären. Das war gleichsam ein plötzlicher Sturz ins Banale. »Italiener ...« Wir waren also *diese* Italiener. Unsere so lebhaft empfundene Insellage hatte uns nicht daran gewöhnt, in der Masse unterzugehen. Sie machte uns zu etwas Besonderem und genügte uns vollauf.

Simone de Beauvoir

AUF DEM LANDE*

Mein Glück erreichte seinen Höhepunkt in den zweieinhalb Monaten, die ich auf dem Lande verbrachte. Meine Mutter war dort in ausgeglichenerer Stimmung als zu Hause in Paris; mein Vater widmete sich mir mehr; um zu lesen und mit meiner Schwester zu spielen, verfügte ich über unbegrenzte Muße. Den Cours Désir vermißte ich nicht allzusehr: die Notwendigkeit, die das Lernen meinem Leben auferlegte, strahlte auf meine Ferien zurück. Meine Zeit war dann nicht mehr durch feste Anforderungen geregelt, deren Fehlen aber wurde durch die Unendlichkeit der Horizonte, die sich meiner Neugier eröffneten, reichlich kompensiert. Ich erforschte sie auf eigene Faust, die Erwachsenen standen nicht mehr als Mittler zwischen der Welt und mir. Ich schwelgte nunmehr in Einsamkeit und Freiheit, die mir im sonstigen Jahreslauf nur spärlich zugeteilt waren. Alle meine Instinkte kamen hier gemeinsam zu ihrem Recht: mein treues Festhalten am Vergangenen, mein Vergnügen an allem, was neu für mich war, die Liebe zu meinen Eltern und das Streben nach Unabhängigkeit.

Gewöhnlich hielten wir uns zunächst ein paar Wochen in La Grillère auf. Das Schloß kam mir unendlich groß und alt vor; in Wirklichkeit stand es kaum fünfzig Jahre, aber keiner der Gegenstände, die während dieses halben Jahrhunderts ins Haus gekommen waren, hatte es jemals wieder verlassen. Niemand rührte eine Hand, um die Asche der Zeiten fortzukehren: man atmete noch den Duft alter erloschener Existenzen ein. An den Wänden des mit

---

* Aus: Simone de Beauvoir ›Memoiren einer Tochter aus gutem Hause‹; Titel von der Hrsg.

Fliesen belegten Eingangsraumes hing eine Sammlung von Jagd-
hörnern aus glänzendem Messing, die – trügerischerweise, glaube
ich – den Glanz verflossener Hetzjagden noch einmal heraufbe-
schwören sollte. Im ›Billardsaal‹, in dem wir uns gewöhnlich aufhielten, setzten ausgestopfte Füchse, Bussarde und Milane diese
blutrünstige Tradition ebenfalls fort. Es stand kein Billard in dem
Raum, sondern ein monumentaler Kamin, ein sorgfältig abge-
schlossener Bücherschrank und ein Tisch, auf dem Nummern einer französischen Jagdzeitschrift lagen; vergilbte Fotografien, Bün-
del von Pfauenfedern, Steine, Terrakotten, Barometer, Standuhren,
die nicht gingen, und für immer erloschene Lampen standen und
lagen auf kleinen Tischen umher. Alle Räume außer dem Speisezimmer wurden selten benutzt, unter anderem ein naphthalinduf-
tender Salon, ein kleiner Salon, ein Schulzimmer und eine Art von
Büro mit immer verschlossen gehaltenen Läden, das als Abstell-
raum diente. In einem Verschlag, der stark nach Leder roch, ruhten
Generationen von Reitstiefeln und von Straßenschuhen aus. Zwei
Treppen führten zu den oberen Geschossen, an deren Korridoren
mehr als ein Dutzend Schlafzimmer lagen, die meist zweckent-
fremdet und mit staubigem Krimskrams angefüllt waren. Eines
von ihnen bewohnte ich mit meiner Schwester zusammen. Wir
schliefen in Betten mit säulengetragenem Baldachin. Bilder, die aus
der *Illustration* ausgeschnitten und unter Glas gerahmt waren,
schmückten die Wände.

Der lebendigste Ort des Hauses war die Küche, die die Hälfte
des Souterrains einnahm. Dort bekam ich mein erstes Frühstück,
das aus Milchkaffee und Schwarzbrot bestand. Hinter der Fenster-
luke sah man Hühner, Perlhühner, Hunde, manchmal auch Men-
schenbeine vorbeispazieren. Ich liebte den massiven Holztisch darin, die Bänke und die Truhen, den gußeisernen Herd, aus dem die
Flammen stoben, das rasselnde Kupfergeschirr: Kasserollen von jeder Größe, Kessel, Schaumlöffel, Wannen und Wärmpfannen; die
heitere Buntheit der Fayenceschüsseln mit ihren kindlichen Farben, die Vielheit der Näpfe, Tassen, Gläser, Tiegel, Hors d'œuvre-
Schalen, Töpfe, Kannen und Weinkrüge amüsierten mich. Welche
Unzahl von Bouillontöpfen, Pfannen, Schmortöpfen, Milchsie-

dern, Tiegelchen, Suppenschüsseln, Platten, Schalen, Sieben, Hackmessern, Mühlen, Mühlchen und Mörsern aus Gußstahl, aus Ton, aus Steingut, aus Porzellan, aus Aluminium, aus Zinn gab es da! Auf der anderen Seite des Korridors, da, wo die Tauben gurrten, war die Milchkammer untergebracht. Glasierte Satten und Näpfe, Butterfässer aus poliertem Holz, Butterklumpen, weiße, glattflächige Käse, die mit weißem Mull zugedeckt waren: die hygienische Kahlheit des Raumes und der darin herrschende Säuglingsgeruch schlugen mich in die Flucht. Doch hielt ich mich gern in der Obstkammer auf, wo Äpfel und Birnen auf einer Lehmschicht reiften, sowie in den Kellern zwischen Fässern, Flaschen, Schinken, Würsten, Zwiebelkränzen und getrockneten Pilzen. In diesen unteren Räumen konzentrierte sich aller Luxus von La Grillère. Der Park war ebenso überaltert wie das Innere des Hauses: es gab dort keine Blumenrabatten, keinen Gartenstuhl, kein Eckchen, das einen durch Behaglichkeit oder Freundlichkeit einlud, sich darin aufzuhalten. Gegenüber der großen Freitreppe lag ein Fischteich, in dem mit kräftigen Bleuelschlägen oft Mägde die Wäsche wuschen; eine Rasenfläche senkte sich fast steil bis zu einem Gebäude herab, das älter war als das Schloß; dieses ›untere Haus‹ war mit Pferdegeschirren und Spinngeweben angefüllt. Drei oder vier Pferde wieherten in den benachbarten Ställen.

Mein Onkel, meine Tante, mein Vetter und meine Kusine führten ein Dasein, das diesem Rahmen angepaßt war. Von sechs Uhr morgens an inspizierte Tante Hélène ihre Schränke. Da sie viele Dienstboten zu ihrer Verfügung hatte, besorgte sie ihren Haushalt nicht selbst, sie kochte selten, nähte oder las nie, beklagte sich aber gleichwohl, sie habe niemals eine Minute für sich; unaufhörlich durchstöberte sie das ganze Haus vom Keller bis zum Speicher. Mein Onkel kam gegen neun Uhr herunter; er putzte seine Ledergamaschen in der Sattlerei und ging fort, um sein Pferd zu zäumen. Madeleine sorgte für ihre Tiere. Robert schlief. Es wurde spät zu Mittag gegessen. Bevor man sich zu Tisch setzte, machte ›Tonton‹ Maurice mit größter Sorgfalt den Salat an, den er mit zwei Holzstäbchen mischte. Zu Anfang der Mahlzeit wurde mit Eifer über die Qualität der Cantaloupemelonen diskutiert; gegen ihr

Ende fand eine vergleichende Betrachtung des Wohlgeschmacks der verschiedenen Birnensorten statt. Zwischendurch wurde viel gegessen und nur wenig gesprochen. Meine Tante kehrte darauf zu ihren Wandschränken, mein Onkel reitgertenschwingend in seinen Pferdestall zurück. Madeleine ging mit Poupette und mir zum Krocketspielen. Robert tat gemeinhin nichts; manchmal entschloß er sich zum Forellenfischen; im September ging er zuweilen auf die Jagd. Alte, zu herabgesetzten Bezügen eingestellte Lehrer hatten versucht, ihm die Grundbegriffe der Rechenkunst und Orthographie beizubringen. Dann hatte eine ältliche, unverheiratete Person mit gelblicher Haut sich der weniger widerstrebenden Madeleine angenommen, die als einzige der Familie las. Sie stopfte sich mit Romanen voll und träumte davon, einmal sehr schön zu sein und sehr geliebt zu werden. Am Abend versammelte alles sich im Billardzimmer; Papa verlangte Licht. Meine Tante protestierte: »Es ist doch noch so hell!« Schließlich bequemte sie sich dazu, eine Petroleumlampe auf den Tisch zu stellen. Nach dem Abendessen hörte man sie durch die dunklen Korridore trotten. Unbeweglich in ihren Lehnstühlen sitzend, erwarteten mit starrem Blick Robert und mein Onkel die Stunde des Schlafengehens. Ausnahmsweise kam es vor, daß einer von ihnen ein paar Minuten lang im *Chasseur français* blätterte. Am folgenden Tage begann der gleiche Ablauf von neuem, nur sonntags fuhr man, nachdem alle Türen verbarrikadiert worden waren, im Gig davon, um in Saint-Cermain-les-Belles dem Hochamt beizuwohnen. Niemals empfing meine Tante Besuch, und niemals machte sie einen.

Ich selbst fand mich sehr gut mit diesem Lebenszuschnitt ab. Den größten Teil meiner Tage verbrachte ich auf dem Krocketplatz mit meiner Schwester und meiner Kusine, oder aber ich las. Manchmal begaben wir uns alle drei zum Pilzesuchen in die Kastanienwälder. Wir ließen die faden Wiesenchampignons, die Birkenpilze, den Ziegenbart, die Pfifferlinge stehen; wir hüteten uns, den Satanspilz mit seinem roten Fuß oder den Gallenpilz mitzunehmen, den wir an seiner trüberen Färbung und der Härte seiner Linien erkannten. Wir verachteten die alten Steinpilze, deren Fleisch schon weich zu werden begann und schließlich wie grünlicher Schaum aussah. Wir sammelten nur junge Steinpilze mit schön geformtem Stiel und einem Hut aus bräunlichem oder rotbraunem Samt. Wenn wir durch das Moos schritten und die Farnkräuter auf die Seite schoben, zertraten wir die Eierboviste, die beim Platzen schmutzigen Sporenstaub aus sich entließen. Manchmal gingen wir mit Robert Krebse fangen oder aber wühlten, um Madeleine Futter für ihre Pfauen zu verschaffen, Ameisenhaufen auf und brachten auf einem Karren Wagenladungen von weißlichen Eiern mit.

Der ›große Break‹ verließ nur selten die Remise. Wenn wir nach Meyrignac wollten, fuhren wir eine Stunde lang mit einem Zug, der alle zehn Minuten hielt; dann wurden die Koffer auf einen Eselwagen geladen, wir selbst aber gingen zu Fuß durchs Feld bis zum Herrenhaus; ich konnte mir keinen Ort auf Erden denken, an dem es sich angenehmer leben ließ. In gewisser Weise war unser Tageslauf dort sogar dürftiger. Wir selbst, Poupette und ich, besaßen weder ein Krocket noch sonst ein Spiel, mit dem man sich im Freien beschäftigen konnte; meine Mutter war dagegen gewesen, daß mein Vater uns Fahrräder kaufte; wir konnten nicht schwimmen, und im übrigen floß die Vézère auch nicht sehr nahe am Gut vorbei. Wenn man zufällig auf der Allee ein Automobil anrollen hörte, verließen Mama und Tante Marguerite fluchtartig den Park, um Toilette zu machen, unter den Besuchern waren niemals Kinder. Aber ich brauchte hier auch gar keine Zerstreuungen. Lektüre, Spaziergänge, die Spiele, die ich mit meiner Schwester erfand, genügten mir vollauf.

Die erste meiner Freuden war am frühen Morgen schon das Erwachen der Wiesen; mit einem Buch in der Hand verließ ich das schlafende Haus und öffnete das Tor; es war unmöglich, mich in das Gras zu setzen, das von einem weißen Reif überzogen war; ich ging durch die Allee, vorbei an einer mit ausgewählten Bäumen bepflanzten Wiese, die mein Großvater als den ›Landschaftspark‹ bezeichnete; ich las beim langsamen Schreiten und fühlte, wie auf meiner Haut die kühle Luft sich erwärmte; der leichte Dunst, der die Erde verschleierte, löste sich allmählich auf: Blutbuchen, Blautannen, Silberpappeln standen dann in so frischem

Glanze da wie am ersten Morgen im Paradies: Ich aber war ganz allein, um die Schönheit der Welt und die Glorie Gottes zu tragen, wobei mein Magen bereits ein klein wenig von Schokolade und von Röstbrot zu träumen begann. Wenn die Bienen summten, wenn die grünen Fensterläden sich im durchsonnten Duft der Glyzinien öffneten, teilte ich bereits mit diesem neuen Tag, der für die anderen kaum angefangen hatte, eine lange, geheime Vergangenheit. Nach der lebhaften Begrüßung der Familienmitglieder untereinander und dem ersten Frühstück setzte ich mich unter die Catalpa an einen Eisentisch, an dem ich meine ›Ferienarbeiten‹ machte; ich liebte diesen Augenblick, in dem ich, scheinbar mit leichten Aufgaben beschäftigt, mich den Stimmen des Sommers überließ: dem Brummen de Wespen, dem Schrei der Perlhühner, dem angstvollen Ruf der Pfauen und dem Rauschen der Bäume; der Duft des Phloxes vermischte sich mit den Karamell- und Schokoladegerüchen, die aus der Küche in Schwaden zu mir drangen; auf meinem Heft tanzten Sonnenkringel. Jedes Ding und auch ich selbst war hier und für immer an seinem rechten Platz.

Großvater kam mit frischrasiertem Kinn zwischen den weißen Bartkoteletten gegen Mittag herunter. Bis zum Mittagessen las er das *Écho de Paris*. Er war für kräftige Nahrung: Rebhuhn mit Kraut, Blätterteigpastete mit Hühnerfrikassee, Ente mit Oliven, Hasenrücken, Torten, Pasteten, Mandelbackwerk, ›Flognarden‹, ›Clafoutis‹. Während der Tafeluntersatz mit Musik eine Melodie aus den *Glocken von Corneville* spielte, scherzte er mit Papa; die ganze Mahlzeit über versuchte einer den anderen nicht zu Wort kommen zu lassen; sie lachten, deklamierten und sangen; man schwelgte in Erinnerungen, Anekdoten, Zitaten und allerlei Späßen, die an gemeinsame Familienerinnerungen anknüpften. Darauf ging ich gewöhnlich mit meiner Schwester spazieren; wir zerschunden uns die Beine an Ginstergestrüpp, die Arme an Dorngesträuch, wir erforschten kilometerweise im Umkreis Kastanienwälder, Felder und Heideland. Wir machten große Entdeckungen: Teiche, einen Wasserfall, mitten im Heidekraut graue Granitblöcke, die wir erkletterten, um in der Ferne die blaue Linie der Monédières zu erspähen. Unterwegs naschten wir von den Haselnüssen und Maulbeeren der Hecken, den Baumerdbeeren, den Kornelkirschen oder den herben Früchten des Schlehenstrauchs; wir versuchten die Äpfel von sämtlichen Apfelbäumen, aber wir hüteten uns, an der Wolfsmilch zu lecken und an die schönen mennigroten Ähren zu rühren, die so stolz den geheimnisvollen Namen ›Salomonssiegel‹ tragen. Vom Duft des frischgeschnittenen Heues, dem des Geißblatts, des blühenden Buchweizens berauscht, lagerten wir uns im Moos oder Gras und lasen. Manchmal auch verbrachte ich den Nachmittag allein im ›Landschaftspark‹ und schwelgte in meiner Lektüre, während ich gleichzeitig die Schmetterlinge umherflattern und die Schatten länger werden sah.

An Regentagen blieben wir zu Hause. Während ich unter dem Zwang durch menschliche Willensbeschlüsse litt, hatte ich gar nichts gegen den, den die Dinge mir auferlegten. Ich hielt mich gern im Salon mit den grünen Plüschsesseln und den vergilbten Mullvorhängen vor den Fenstern auf; eine Menge toter Dinge starben auf dem Marmorsims des Kamins, auf Tischen und Kredenzen vollends dahin; die ausgestopften Vögel verloren ihre Federn, die getrockneten Blumen zerfielen, die Muscheln büßten ihren Schimmer ein. Ich stieg auf einen Hocker und durchforschte die Bibliothek; dort entdeckte ich mehrere Bände Cooper oder irgendein Bildermagazin mit rostfleckigen Gravüren, das ich noch nicht kannte. Ein Klavier war da, doch mehrere Tasten waren stumm und die Saiten verstimmt; Mama schlug auf ihrem Pult die Partitur des *Großmogul* oder von *Jeannettes Hochzeit* auf und sang Großvaters Lieblingsmelodien; er wiederholte dann mit uns zusammen den Refrain.

Wenn schönes Wetter war, ging ich nach dem Abendessen noch ein Weilchen in den Park; unter der Milchstraße atmete ich den pathetischen Duft der Magnolien ein, während ich nach Sternschnuppen Ausschau hielt. Dann stieg ich mit einem Kerzenleuchter in der Hand die Treppe hinauf, um mich schlafen zu legen. Ich hatte ein Zimmer für mich allein. Es ging auf den Hof hinaus und lag dem Holzschuppen, dem Waschhaus, der Remise gegenüber, die eine Viktoria und einen Landauer barg, beide überaltert wirkend wie antike Karossen; die Winzigkeit dieses Zimmers hatte besonderen Reiz für mich; es enthielt ein Bett, eine Kommode und – auf einer Art von Truhe – eine Waschschüssel und einen Krug. Es war eine Zelle, die ganz meinen Maßen entsprach wie einstmals die Nische unter Papas Schreibtisch, in die ich mich verkroch. Obwohl mich die Gegenwart meiner Schwester im allgemeinen nicht störte, entzückte mich doch das Alleinsein sehr. Wenn mir der Sinn nach Heiligkeit stand, benutzte ich die Gelegenheit, die Nacht auf dem bloßen Fußboden zu verbringen. Vor allem aber hielt ich mich, bevor ich zu Bett ging, noch lange an meinem Fenster auf, und oft erhob ich mich, um den friedlichen Atem der Nacht auf mich wirken zu lassen. Ich beugte mich hinaus, ich tauchte meine Hände in die Kühle eines Kirschlorbeerbusches. Das Wasser des Brunnens rann glucksend auf einen grünlichen Stein; manchmal schlug eine Kuh mit dem Huf an die Stalltür: ich konnte mir dann den Geruch von Heu und von Stroh vorstellen. Monoton, eintönig wie das Pochen des Herzens zirpte eine Grille. Unter dem unendlichen Schweigen, der Unendlichkeit des Himmels kam es mir vor, als ob die Erde mit ihrem Echo auf die Stimme in mir antwortete, die unaufhörlich raunte: ›Ich bin da‹; mein Herz zuckte von lebendiger Glut beim kalten Feuer der Sterne. Oben war Gott, er schaute auf mich herab; vom kühlen Winde umschmeichelt, von Düften berauscht, fühlte ich mich durch das Fest meines Blutes mit Ewigkeit beschenkt.

Walter Benjamin

ABREISE UND RÜCKKEHR

Der Lichtstreif unter der Schlafzimmertür, am Vorabend, wenn die
andern noch auf waren, – war er nicht das erste Reisesignal? Drang
er nicht in die Kindernacht voller Erwartung wie später in die
Nacht eines Publikums der Lichtstreif unter dem Bühnenvorhang?
Ich glaube, das Traumschiff, das einen damals abholte, ist oft über
den Lärm der Gesprächswogen und die Gischt des Tellergeklap-
pers vor unsere Betten geschwankt, und am frühen Morgen hat es
uns abgesetzt, fiebrig als wenn wir die Fahrt schon hinter uns hätten, die wir eben erst antreten sollten. Fahrt in einer ratternden
Droschke, die den Landwehrkanal entlangfuhr und in der mir
plötzlich das Herz schwer wurde. Gewiß nicht wegen des Kom-
menden oder des Abschieds; sondern das öde Beisammensitzen,
das noch anhielt, noch dauerte, nicht vom Anhauch der Reise wie
ein Gespenst vor der Morgendämmerung verflogen war, über-
schlich mich mit Traurigkeit. Aber nicht lange. Denn wenn der
Wagen die Chausseestraße hinter sich hatte, war ich wieder mit
den Gedanken unserer Bahnfahrt vorangeeilt. Seither münden für
mich die Dünen Koserows oder Wenningstedts hier in der Invali-
denstraße, wo den andern die Sandsteinmassen des Stettiner Bahn-
hofs entgegentreten. Meist aber war in der Frühe das Ziel ein nä-
heres. Nämlich der »Anhalter«, laut des Namens Mutterhöhle der
Eisenbahnen, wo die Lokomotiven zu Hause sein und die Züge
anhalten mußten. Keine Ferne war ferner als wo im Nebel seine
Gleise zusammenliefen. Doch auch die Nähe, die mich eben noch
umfangen hatte, rückte ab. Die Wohnung lag der Erinnerung verwandelt vor. Mit ihren Teppichen, die eingerollt, den Lüstern, die
in Sackleinwand vernäht, den Sesseln, die überzogen waren, mit

dem Halblicht, das durch die Jalousien sickerte, gab sie, indem wir eben erst den Fuß aufs Trittbrett unseres D-Zug-Wagens setzten, der Erwartung von fremden Sohlen, leisen Tritten Raum, die, vielleicht bald, über die Dielen schleifend, Diebsspuren in den Staub einzeichnen sollten, der seit einer Stunde gemächlich seine Niederlassungen bezog. Daher geschah es, daß ich jedesmal als Heimatloser aus den Ferien kam. Und noch die letzte Kellerhöhle, wo die Lampe schon brannte – nicht erst zu entzünden war – schien mir beneidenswert, mit unserer Wohnung verglichen, die im Westen dunkelte. So boten bei der Heimkehr aus Bansin oder aus Hahnenklee die Höfe mir viel kleine, traurige Asyle an. Dann freilich schloß die Stadt sie wieder ein, als reue ihre Hilfsbereitschaft sie. Wenn dennoch einmal der Zug vor ihnen zögerte, so war es, weil ein Signal kurz vor der Einfahrt uns die Strecke sperrte. Je langsamer er fuhr desto schneller zerging die Hoffnung, hinter Brandmauern der nahen Elternwohnung zu entkommen. Doch diese überzähligen Minuten, eh alles aussteigt, stehen heute noch in meinen Augen. Mancher Blick hat sie vielleicht gestreift wie in den Höfen Fenster, die in schadhaften Mauern stecken und hinter denen eine Lampe brennt.

NACHWORT

Die Sommer der Kindheit haben sich der Erinnerung auf besondere Weise eingeprägt. Ob sie nun an fernen Orten, am Meer oder im Gebirge, in großen Städten oder auf dem Land verbracht wurden, oder vielleicht auch nur zu Hause. So wird auch der Leser dieser Anthologie in den zu Literatur gewordenen Reiseerlebnissen und Ferienaufenthalten, den Sinneseindrücken dieser lichten und heißen Jahreszeit und den manchmal ungewöhnlichen Begegnungen eigene Erlebnisse angedeutet und reflektiert finden.

Ich erinnere mich zum Beispiel an die Eisenbahnreisen mit meiner Mutter, die sich dadurch auszeichneten, daß wir des öfteren den Zug verpaßten. In letzter Minute klemmte der Koffer, in letzter Minute war etwas vergessen worden, und wenn wir dann im Laufschritt den Bahnsteig erreichten, zwinkerten uns die Schlußlichter des Zuges zu. Ich liebte es, den Zug in die Ferien zu verpassen. Blieben wir doch bis zur Abfahrt des nächsten dann auf dem Bahnhof, einem für mich in der Kindheit magischen Ort: mit Lärm und Rauch, mit kleinen Imbißbuden, mit Wartesälen 1. und 2. Klasse, bevölkert von eigenartigen und faszinierenden Menschen. Bis heute vermag mich das Betreten von Bahnhöfen zu begeistern, auch wenn ich mir die Eigenart meiner Mutter, immer ein bißchen zu spät zu kommen, nicht aneignete. Ich komme eher immer ein bißchen zu früh.

Bei der Zusammenstellung dieser Anthologie habe ich mich von meinen Lesevorlieben leiten lassen und aus Romanen, Autobiographien und Erzählungen Texte gewählt, die überwiegend in der ersten Hälfte des 20. Jahrhunderts entstanden sind oder zumindest dort ihren zeitlichen Rahmen haben. Das Thema an sich erscheint im Spiegel der Literatur aber nahezu unerschöpflich. Bis auf wenige Ausnahmen bleibt der europäische Kontext des Erzählens gewahrt, wenn auch selbstverständlich keinerlei Vollständigkeit hinsichtlich einzelner Länder angestrebt wurde, sehr wohl aber eine Nord-Süd-Dimension von der Ostsee bis zum Mittelmeer.

Auf bezaubernde Weise bilden die Themen Kindheit und Sommer in allen Texten so etwas wie eine »Personalunion«, deren Kern auf ein wesentliches Moment verweist: eine besondere Sinnlichkeit, ein Heraustreten aus dem monotonen Verfließen der Zeit, der Bruch mit Alltagsritualen. Da ist die Schule – weder zu Anfang des 20. Jahrhunderts noch heute ein reines Vergnügen –, die man hinter sich läßt, da sind die Eltern, die zwar oft mit in die Ferien reisen, deren Einfluß in der neuen Umgebung aber leichter zu entkommen ist, und da sind vor allem die Verlockungen und Abenteuer der Fremde. Und selbst wenn man daheim bleiben sollte, im Sommer sieht die Welt anders aus. Und von diesem anderen und besonderen Sein erzählen alle Texte dieser Anthologie, ein jeder auf seine Weise.

Worte tauchen auf wie Paradies, Ekstase, reines Glück. Mit dem Meer vor allem verbinden sich die intensivsten Empfindungen. So bei Virginia Woolf in ihrer skizzenhaften Erinnerung an St. Ives. Das Kind, das hier, im Halbschlaf, umhüllt von einem Kokon aus Sinneseindrücken – der eigensinnige Rhythmus sich brechender Wellen, der Wind, der das Rouleau bewegt, Licht und Brandung –, »in einem Gefühl der reinsten Ekstase« zu sich selbst erwacht, findet in einem anderen Kind, dem kleinen Hanno aus den Buddenbrooks, seine Entsprechung. Auch Hanno, der »wirklichkeitsreine Träumer«[*], der gleich zu Beginn der Ferien ihr sicheres Ende fürchtet, erwacht inmitten der »altfränkischen Möbel des reinlichen kleinen Zimmers« mit einem »gierigen und seligen Blick«.

---

[*] Helmut Haug, *Erkenntnisekel. Zum frühen Werk Thomas Manns*, Tübingen 1969.

Und daß diese Seligkeit ein Ende hat, weiß niemand so genau wie er, der ja auch weiß, daß nach ihm nichts mehr kommen wird.

In eine ironisch gebrochene, mythische Dimension stellt Vicente Aleixandre das Kind seines Gedichtes, das wie eine zarte Venus aus den Wellen emportaucht und nichts weiß oder zu wissen scheint von jener uralten Verbindung zwischen Mensch und Meer. Auch Fabrizia Ramondino erzählt in ihrer Autobiographie von den südlichen, mythenumwobenen Wassern ihrer Kindheit in Neapel und von den Meeresgrotten, in die die Kinder bei Ebbe eintauchten, um dort ihre Körper mit einer phosphoreszierenden Substanz aus Kaktusfeigen zu bestreuen, von denen im Dunklen »ein himmlischer Schein ausging«. Aus dem Dunkel der Erde, über die Flüsse und das Meer führt die mythische Weltreise, die die beiden Kinder in Marie Luise Kaschnitz' Märchen ›Der alte Garten‹ unternehmen.

Doch Paradies, Ekstase und reines Glück, der mythische Glanz aus Kinderspiel und Meereswogen, das ist nur die eine Seite der Ferien am Meer. Ganz anders erzählt René Goscinny in seiner im pseudo-naiven Ton eines Erlebnisberichts gehaltenen Geschichte ›Der Strand ist Klasse‹. Sie ist ein komisches Beispiel dafür, wie strapaziös die großen Ferien für geplagte Eltern werden können. Doch manchmal sind auch die Kinder die Leidtragenden, wie Erich Kästner augenzwinkernd und quasi zwischen den Zeilen zu verstehen gibt, wenn er beschreibt, wie Frau Kästner dem Sohn zuliebe Schwimmen und Radfahren erlernte – oder genauer gesagt – nicht erlernte.

Auch Walter Benjamin lernt Radfahren in Glienicke, ganz offenbar mit größerem Erfolg als Frau Kästner, wenn auch nicht ohne eine gefährliche Talfahrt. Und während Marcel Pagnol mit Onkel und Vater in der Provence auf Rebhuhnjagd geht, reist Vladimir Nabokov von St. Petersburg an die französische Riviera, wo im Sand ein kleines französisches Mädchen namens Colette buddelte, eine frühe Lolita-Variante.

Derart weitläufige Reisen über Ländergrenzen hinweg blieben zu Anfang des 20. Jahrhunderts den Familien vorbehalten, die sich die

Ferienzeit nicht unbedingt mit Wandertouren, Aufenthalten in öffentlichen Badeanstalten und ähnlichen harmlosen, weil wenig kostspieligen Vergnügungen vertreiben mußten. Zu ihnen zählt auch der einer alten sizilianischen Familie angehörende Fulco di Verdura, der schon als Junge den Kontinent bereiste und Österreich, die Schweiz und Frankreich in einer tour d'horizon kennenlernte.

Ob er sehr zu beneiden war, bleibt fraglich, denn neben manchen Strapazen war auch das enge gesellschaftliche Korsett den freudigen Freiheiten der Kindheit, wie Marcel Pagnol sie in seinem zauberhaften Kindheitsroman aus der Provence so unvergleichlich schildert, sicher eher hinderlich. Ein Beitrag zum ennui der frühen Jahre.

War es da nicht besser, man blieb zu Hause und bekam interessanten Sommerbesuch? Wie beispielsweise Marlen Haushofer. Für das Kind eines Försters liegt die Ferienlandschaft direkt hinter dem Gartenzaun, und da kommen eben die Tanten und Onkel aus der Stadt zu Besuch, und man kann von Glück sagen, wenn darunter eine Tante Wühlmaus ist, die »eigentlich ein kleines Mädchen ist, das sich wunderbarerweise in eine alte Dame verwandelt hat«.

Auch für Mechtilde Lichnowsky, die als Kind des Grafen Maximilian von und zu Arco-Zinneberg auf Schloß Schönburg in Niederbayern heranwuchs, inmitten einer Schar von Geschwistern und Tieren, sind die Ferien, von denen sie in ihrem Roman ›Kindheit‹ erzählt, Ferien zu Hause und vor allem – Ferien auf dem Lande. Darin vergleichbar den Erinnerungen von Iwan Bunin, der auf einem Gutshof im zaristischen Rußland am Rande der Steppe heranwuchs.

In beiden Texten spürt man eine Nähe zur Natur, die geprägt ist von den Erfordernissen einer ländlichen Lebensweise, aber auch von einem Selbstverständnis des Menschen als einem Teilchen im Kosmos einer größeren Ordnung, die nicht allein von ihm abhängt. Erfahrungen, die in unserer Zeit auch nicht durch ›Ferien auf dem Bauernhof‹ wieder zu neuem Leben erweckt werden können.

Überhaupt steckt in den Texten dieser Anthologie mehr als eine Reminiszenz an unwiederbringlich Vergangenes. In ›Das Kästchen‹ von Alice Herdan-Zuckmayer wird das Vergehen der Zeit in jenem goldenen Etui versinnbildlicht, das von dem kleinen Mädchen (dem alter ego der Autorin) in einem Amsterdamer Antiquitätengeschäft mit sehnsüchtiger Begierde betrachtet wird, weil es so schön ist und vor allem, weil es das Porträt der Frau des österreichischen Thronfolgers trägt, der nur kurze Zeit später in Sarajewo ermordet wird.

Und wenn Klaus Mann nicht ohne Wehmut von jenem »Paradies« erzählt, das nach »Tannen, Himbeeren und Kräutern« duftete, für ihn der Inbegriff eines Sommertages in Tölz, wo die Kinder der Familie Mann ihre Ferien zu verbringen pflegten, so steht auch hier der Ausbruch des Ersten Weltkrieges als Vertreibung aus jener unschuldsvollen Gelassenheit unmittelbar vor der Tür, und auf die »Mythen der Kindheit« folgt in seiner Autobiographie das Kapitel ›Krieg‹.

Auch Fabrizia Ramondino, deren ›Althenopis‹ mit Walter Benjamins ›Berliner Kindheit‹ verglichen wurde, erlebt ihren Kindersommer in einem Exil, das anscheinend dem Paradies zum Verwechseln ähnlich sieht. Aus Neapel wurde die Familie während des 2. Weltkriegs durch die deutschen Besatzer vertrieben. Mag auch dem heutigen Leser jene mediterrane Welt des kleinen Dorfes in Süditalien mit seiner Piazza und den Kindern, mit den versteckten Villen der Reichen eher wie ein Sehnsuchtsort erscheinen, in den Ängsten, die das Kind nachts überfallen, wächst ein Schatten, der das Helle, Strahlende eigenartig grundiert.

So fallen auch die Sommerkinder aus ihren Paradiesen wieder heraus in die sie umgebende Welt und Zeit, was gewesen ist als »reines Glück« oder als »Ekstase« wird der Erinnerung überantwortet, in der, um es mit Virginia Woolf zu sagen, das Leben sein Fundament hat.

Ingrid-Maria Gelhausen

QUELLENVERZEICHNIS

Vicente Aleixandre, Die kleine Schwester. Aus: Spanische Gedichte des XX. Jahrhunderts. Ins Deutsche übertragen von Karl Krolow. © Insel Verlag, Frankfurt a. M. 1962.

Simone de Beauvoir, Auf dem Lande★. Aus: Simone de Beauvoir, Memoiren einer Tochter aus gutem Hause. Deutsch von Eva Rechel-Mertens. © Rowohlt Taschenbuch Verlag GmbH, Reinbek 1960.

Walter Benjamin, Pfaueninsel und Gliniecke. Aus: Walter Benjamin, Berliner Kindheit um neunzehnhundert. Gießener Fassung. © Suhrkamp Verlag, Frankfurt a. M. 2000.

Walter Benjamin, Abreise und Rückkehr. Aus: Walter Benjamin, Berliner Kindheit um neunzehnhundert. Gießener Fassung. © Suhrkamp Verlag, Frankfurt a. M. 2000.

Ingmar Bergman, Sonntagskinder. Aus: Ingmar Bergman, Sonntagskinder. Aus dem Schwedischen von Verena Reichel. © Verlag Kiepenheuer & Witsch, Köln 1996, 1998.

Iwan Bunin, Ein Gutshof im alten Rußland★. Aus: Iwan Bunin, Das Leben Arsenjews (Seiten 18–28; 68–71). Aus dem Russischen von Georg Schwarz. © Aufbau-Verlag Berlin und Weimar 1979 (für die deutsche Übersetzung).

Albert Camus, Die Spiele des Kindes. Aus: Albert Camus, Der erste Mensch (4. Kapitel). Aus dem Französischen von Uli Aumüller. © Rowohlt Verlag GmbH, Reinbek 1995.

Natalia Ginzburg, Sommer. Aus: Natalia Ginzburg, Das imaginäre Leben. Aus dem Italienischen von Maja Pflug. © Verlag Klaus Wagenbach, Berlin 1995.

Heidi Zerning. © S. Fischer Verlag GmbH, Frankfurt a. M. 2000.

Marcel Pagnol, Der Ruhm meines Vaters. Aus: Marcel Pagnol, Eine Kindheit in der Provence (Seiten 103–138). Aus dem Französischen von Pamela Wedekind. © Langen Müller i. d. F. A. Herbig Verlagsbuchhandlung GmbH, München 1964.

Jean-Noël Pancrazi, Madame Arnoul. Aus: Jean-Noël Pancrazi, Madame Arnoul, Roman (Seiten 13–20; 22–25;). Aus dem Französischen von Joachim Kalka. © Editions Gallimard, 1995, Klett-Cotta, Stuttgart 1996.

Sylvia Plath, Ein Tag im Juni. Aus: Sylvia Plath, ›Zungen aus Stein‹. Aus dem Amerikanischen von Julia Bachstein und Susanne Levin. © der deutschen Ausgabe: Frankfurter Verlagsanstalt GmbH, Frankfurt a. M. 1989.

Marcel Proust, Gilberte★. Aus: Marcel Proust, Auf der Suche nach der verlorenen Zeit. Band 1. Aus dem Französischen von Eva Rechel-Mertens. © Suhrkamp Verlag, Frankfurt a. M. 1979.

Fabrizia Ramondino, Am Meer. Aus: Fabrizia Ramondino, Althénopis. Kosmos einer Kindheit. Roman. Aus dem Italienischen von Maja Pflug. Mit einem Nachwort von Lea Ritter-Santini. © für die deutsche Ausgabe: Arche Verlag AG Raabe + Vitali, Zürich 1986.

Fabrizia Ramondino, Die Villen. Aus: Fabrizia Ramondino, Althénopis. Kosmos einer Kindheit. Roman. Aus dem Italienischen von Maja Pflug. Mit einem Nachwort von Lea Ritter-Santini. © für die deutsche Ausgabe Arche Verlag AG Raabe + Vitali, Zürich-Hamburg 1986.

Natalie Sarraute, Kindheit. Aus: Natalie Sarraute, Kindheit (Seiten 36–47; 77–79). Aus dem Französischen von Elmar Tophoven. © Verlag Kiepenheuer und Witsch, Köln 1984, 1996, 2000.

Karla Schneider, Sommerschweiß. Aus: Karla Schneider ›Kor, der Engel‹. © Haffmans Verlag AG, Zürich 1992.

Fulco di Verdura, Erstaunliche Fremde. Aus: Fulco di Verdura, Edmonde Charles-Roux, Selige Sommerzeit. Eine sizilianische Kindheit. Aus dem Französischen von Margaret Carroux. © für die deutsche Ausgabe: Rainer Wunderlich Verlag Hermann Leins GmbH & Co., Tübingen 1983.

315

Virginia Woolf, Eine Skizze der Vergangenheit. Aus: Virginia Woolf, Augenblicke. Skizzierte Erinnerungen. Herausgegeben von Hilde Spiel. Aus dem Englischen von Elizabeth Gilbert. © für die deutsche Ausgabe: Deutsche Verlags-Anstalt GmbH, Stuttgart München 1981.

Die mit einem * versehenen Titel sind von der Herausgeberin.

Alice Herdan-Zuckmayer

Das Kästchen

Die Geheimnisse einer Kindheit

Band 733

Die *Geheimnisse einer Kindheit* und mit ihnen die längst versunkene Welt der k. und k. Monarchie vor dem Ersten Weltkrieg werden in diesem Buch beschworen. Die Autorin »darf stolz auf dieses Buch sein, auf seinen klaren Stil, auf das Abgewogene seiner Haltung, auf die menschliche Klugheit und Güte, die hinter dem Ganzen steht, aber auch auf die melodiöse Resignation, die Schnitzlerische Melancholie, aus welchen Ingredienzien sich das Buch zu einer vollendeten Einheit zusammenfügte«. (Erich Pfeiffer-Belli in *Das Schönste*). Privates Erleben und große Geschichte werden in diesem Buch auf kunstvolle Weise miteinander verknüpft.

Fischer Taschenbuch Verlag

fi 1917 / 4